Pepetela

O TÍMIDO E AS MULHERES

Pepetela
O TÍMIDO E AS MULHERES

Romance

Copyright © 2014, Pepetela

Diretor editorial: Pascoal Soto
Editora executiva: Tainã Bispo
Produção editorial: Pamela Juliana de Oliveira, Renata Alves, Maitê Zickuhr
Diretor de produção gráfica: Marcos Rocha
Gerente de produção gráfica: Fábio Menezes

Revisão: Juliana Caldas
Diagramação: Fernanda Satie Ohosaku
Capa: Maria Manuel Lacerda
Fotografia do autor: © Jorge Nogueira

Dados internacionais de catalogação na publicação (CIP)
Angélica Ilacqua CRB-8/7057

Pepetela
   O tímido e as mulheres / Pepetela. --
São Paulo : LeYa, 2014.
   304 p.

ISBN 978-85-8044-956-3

   1. Literatura Angolana 2. Luanda – África I. Título.

13-0999 | CDD-A869.3

Índices para catálogo sistemático:
1. Literatura Angolana

Este livro foi produzido conforme o Novo Acordo Ortográfico da Língua Portuguesa.
Nos casos de dupla grafia ou nos que não foram contemplados pelas normatizações do Acordo,
optou-se por manter a grafia original.

2014
Todos os direitos desta edição reservados a
TEXTO EDITORES LTDA.
[Uma editora do Grupo Leya]
Rua Desembargador Paulo Passaláqua, 86
01248-010 – Pacaembu – São Paulo – SP – Brasil
www.leya.com.br

Tenta o Bem

Atingirás o Mal

– Lição de Satanás aos sobrinhos,
dúbia como todas as ficções.

1

Heitor é nome de herói.

Os nomes são importantes. Os heróis às vezes também.

Não há heróis tímidos, embora não sejam conceitos totalmente contraditórios. O Heitor de que falaremos [*para usar o aristocrático plural, privilégio de narrador*] era tímido, muito tímido mesmo. Tão inibido que, apesar de reconhecido como o melhor aluno da escola, nunca levantava o braço para sugerir uma resposta se a questão era dirigida à turma e gaguejava quando o professor lhe perguntava diretamente alguma coisa. Gaguejava, mas acertava. Sempre. Depois baixava os olhos, envergonhado. Talvez Tatiana estivesse a mirá-lo, bem ele desejava, mas nunca saberia, pois não ousava fitá-la. Ficava de olhos baixos até passar o efeito do seu sucesso. A turma não o odiava nem amava. Era apenas o melhor aluno. Sem mais nenhum rasgo, nem no futebol, nem nas brincadeiras, nem nos amores, nem nas malandrices de meninos. Alguns miúdos que sabem tudo da matéria escolar são odiados pelos colegas, invejados, sofrem pressões e ataques nos intervalos. Heitor não. Porque a sua timidez parecia modéstia. Os colegas gostavam de pessoas modestas. No entanto, estavam redondamente enganados.

Ele tinha orgulho de ser bom, o melhor.

Muito orgulho. Tanto, que nem o mostrava. Atitude de desprezo para com os outros? Talvez.

Nunca se gabava e no caso de alguém realçar a sua inteligência ou capacidade de trabalho, baixava logo os olhos, naquele trejeito de padres fingindo ser pobres e repetindo adorar a pobreza. Parecia efetivamente modéstia, de quem pede desculpa por brilhar contra a vontade.

Dá para enganar muita gente.

No entanto, há sempre uns incréus desconfiando das qualidades dos outros. Joka por vezes afirmava, esse gajo é um dissimulado, goza quando nós erramos, já vi um sorrisinho a lhe aparecer na boca se dizemos uma asneira ou quando o professor nos castiga. Porém ninguém acreditava no Joka, invejoso e aldrabão. Já tinha chumbado três vezes. Fisicamente o mais velho e forte da classe, o último nos deveres e nas notas. Bom na luta e no futebol, defesa central, do género passa a bola não passa o homem, sempre a se meter com as miúdas, tentando lhes apalpar os caroços a ressaltarem debaixo das blusas, me dá um beijo, vem para o capim comigo, e graçolas semelhantes que elas fingiam não entender, porque meninas educadas não têm ouvidos.

Pelo menos para ordinarices.

Heitor nunca ouvira Joka falar mal dele. Talvez o matulão tivesse afinal algum respeito e só mordesse pelas costas. Mas não era questão que Heitor se pusesse, claro. Estava demasiado metido dentro de si próprio, imaginando cenas onde encontrava Tatiana na praia deserta, uma praia só para os dois. Há praias assim, vazias. Feitas de propósito para o par que nelas se encontra. E não são de filmes ou de livros coloridos. São praias da vida.

Praias.

Se lhe perguntassem, não poderia responder à questão, Tatiana sabe da tua existência? Pergunta complicada para ele. A essa pergunta, pelo contrário, Joka riria, com a resposta na ponta da língua, claro que sabe, ela se vem mal pensa em mim. Ela e as amigas. Todas. Não era presunção de Joka, apenas ignorância. Heitor, por sua vez, bem gostaria de olhar de frente para Tatiana e notar na cara dela o deleite de o fitar. Mesmo apenas um agrado fraco, seria já alguma coisa capaz de o pôr a rir para dentro, ouvir campainhas e sinos a tocar, nuvens a chocarem no céu sem trovoada, embate de nuvens se entrelaçando, roçando, inteiriçando, estremecendo. De prazer.

Pobre Heitor, longe de Troia.

Um dia a mãe lhe perguntou, qual é o segundo melhor aluno da classe? A mãe pensava ele ia dizer o Lucas, seu companheiro de sempre, o dos incisivos de coelho, mas o filho respondeu, Tatiana, com certeza. E a dúvida se instalou na cabeça da mãe, seria possível Tatiana ultrapassar Heitor na escola? Ele achou graça, qual a maka, era tão boa quanto ele, e se estudasse um pouco mais... A senhora não gostou, habituada a ter as suas vontades realizadas, foi à escola tirar informações, quem era essa Tatiana de que o filho falava, e o diretor careca, com gestos movediços, apenas uma menina de um bairro pobre fora do centro, esforçada, é certo, mas tendo de estudar à luz de candeeiro, os olhos já muito estragados para quem é ainda tão novo, inteligente como poucos, mas, desculpe, dona Genoveva, ou senhora diretora, nem sei como lhe chamar agora, pouco importa para o caso?, muito bem, pode ficar tranquila, a pobre Tatiana não se compara em entendimento ao seu filho, nascido para brilhar, e ainda por cima com todas as condições materiais... Tatiana tinha de ir ao mercado fazer as compras, confidenciou o responsável da escola, visitar a mãe no hospício, abandonada pelo marido, tratar da casa e fazer a comida para a família, três irmãos, como vê, não tem muito tempo para estudar, apesar disso é uma das melhores alunas, o meu filho diz ser a segunda depois dele, sim, talvez, se o seu filho afirma, mas o diretor escondeu o que Heitor também tinha disfarçado, talvez Tatiana fosse até a melhor, se as meras notas correspondessem exatamente à verdade dos factos. Mas quem trombeteia a heresia de a melhor aluna ser uma miúda vinda da periferia pobre da cidade de Luanda, prenhe de tantas diferenças sociais? Ainda era no tempo em que a classe média estudava nas escolas públicas, juntamente com alguns desfavorecidos. Estamos todos habituados a que os mais destacados venham sempre do centro privilegiado, superprotegidos por pais acima de todas as suspeitas e defendidos por fortunas medianas ou mesmo abundosas. Além do mais, uma menina melhor que um macho? Só em estórias do século passado, ávido de sucessos feministas. Coisas dessas nunca poderiam acontecer em Luanda, mais uma vez se diz, urbe exemplar em equidade social e moral, desde a fundação. O diretor tranquilizava assim a preocupada e influente mãe, falsificando desavergonhadamente a história da cidade. Nunca se saberá ao certo o trabalho de bastidores, houve ordem baixada aos professores? Heitor passou de novo com as melhores notas da turma, para tranquilidade e orgulho de sua amantíssima progenitora.

E ele, o herói, que pensava?

De propósito cometeu alguns erros no exame final de Física e no de Inglês, com fito de Tatiana o ultrapassar nessas disciplinas, sem sequer imaginar que ela tinha deixado de responder a duas perguntas de Português e de História só para ele não ser massacrado pela exigente mãe. Pelo que percebemos, nenhum dos dois conhecia os sacrifícios concedidos por cada um para o outro ser realizado e feliz.

Um amor mútuo e nunca revelado. Desprendido.

Condenado.

Foram, um para a esquerda e outro para a direita da vida, se separando de vez. Sem imaginarem o que tinham deixado para trás. E nenhum deus disse, esperem lá, sabem o que fizeram, o muito que cada um abdicou para o outro? Vocês merecem mais que um simples adeus.

A maka, a verdadeira, é não haver deuses atentos.

Por isso, ao relembrar Tatiana, a inteligente colega de classe, Heitor apenas reconhece ser uma excelente segunda aluna. Sabe, conseguiu uma rara bolsa de estudos a pagar depois de empregada, e se formou em veterinária, especialista de cães e gatos, o que lhe permitiu sair do gueto das vidas. Nunca se reviram. E ele, sempre tímido, acreditando pouco nas suas capacidades científicas, começou a guardar as recordações e frustrações na lisura branca dos papéis, depois em cadernos pautados com muitas páginas, enchendo-os de letra miudinha, cada vez mais regular e redonda, sobretudo depois de ter lido num livro que letra redonda e pequena significava imaginação, enquanto uns traços fortes sobre os TT revelavam força de caráter. Escrevia cadernos, esperando a psicóloga que descobrisse os seus dons.

Aconteceu um dia, nem tudo são quimeras.

E a pretendente psicóloga (de facto não o era, apenas tinha lido um longo artigo numa revista sobre o mambo) ficou encantada com a figura e os escritos. A figura, devemos reconhecer, era deveras impressionante: um rapaz, ainda muito novo, de espessos e encrespados cabelos pretos, mais uma barba à Che Guevara saindo da guerrilha de Santa Clara. Não saberemos se a pretensa psicóloga se apaixonou pela lenda guerrilheira ou pelo homem. Apenas um parênteses na estória, não conta. Mas lhe ensinou algumas artes do amor, o que nunca é desperdício. Ele achava ter aprendido o suficiente, rompeu a ligação, com explicações descosidas. Gaguejantes. Ela nem protestou, se atrelou a um verdadeiro guerrilheiro africano no exílio dourado de Luanda.

Assim era Heitor aos vinte e tal anos. Cabelos fartos e brilhantes, de prováveis mestiçagens, muito escuro de pele, ar de revolucionário. Ideias de mudar o mundo. Queimando noites na solidão da escrita. De dia, ia estudando para ter um curso a justificar existências, curso já durando o dobro do tempo necessário, recusando as ofertas de bolsa no exterior que os pais lhe arranjavam, não queria abandonar o país. Fazia o esforço de estudar, em permanente luta contra o sono. De facto, vivia de noite, com seus personagens sempre furtivos, surpreendendo-o em trilhos e emboscadas. Desenvolvia a hipótese de Tatiana ter continuado perto dele e se deleitava em inventar cenas eróticas, misturando sonhos com impossibilidades. Sofria com os seus personagens e se apaixonava por suas amadas. Fez filhos, enterrou parentes, traiu confidentes, experimentou amantes, fez e desfez guerras, arriscou todas as aventuras, subiu o Evereste e se afundou na dorsal do Atlântico Sul. Se maravilhou com as ternuras de palavras nascendo, se amarfanhou perante verbos dominantes. Tentou a poesia e depressa a abandonou, tão concisa, tão difusa. Optou definitivamente pela prosa, lhe abrindo praias imensas de areia branca, virgens, reproduzíveis até ao extremo dos universos. Se encantou por poder inventar mundos em que se perdia, atmosferas irrespiráveis de conflitos, dualidades onde podia procurar consensos ou duelos definitivos. Ainda fez um desvio para o drama, num momento de divagação, mas sentiu as limitações espaciais e temporais do palco. Não, ele precisava das extensões livres do cinema americano com que se formou e ficou marcado em miúdo, por isso só o romance lhe satisfazia a ânsia libertária. Mas antes de se lançar para tão longos cursos, como o corredor que treina a maratona com percursos mais reduzidos, escreveu uma novela.

O título era *Para lá das ondas*. Na novela não tinha nada relacionado com *surf* ou mar, nem com acústica ou matemática. A palavra ondas era absolutamente arbitrária e irrelevante, alheia à estória. Por isso manteve o título, haveriam de perguntar onde estão as ondas no seu livro, e ele diria, as ondas estão no cérebro de cada leitor, são talvez campos eletromagnéticos, ou apenas imaginação, que importa? Um livro é tanto do leitor como do escritor, pois o leitor reescreve-o constantemente. Antes de o acabar, já procurava respostas para as perguntas de futuros entrevistadores e improváveis admiradores.

Onde estava o tímido Heitor?

Era, no entanto, uma novela de um amor no meio de combates inodoros, insípidos, mas não menos dolorosos.

2

Para alguns seria farta de seios.

Também o resto do corpo era um pouco mais cheio que o considerado divinal, próprio de misses e manequins, na opinião dos fazedores de apetites e mitos. Marisa gostava assim, não podem dizer passo fome, não passo, tenho carnes, combustível para alimentar os desejos dos machos, não apresento ossos pontiagudos, anoréticos. A bunda dela fazia as pessoas virarem a cabeça e apreciarem o espetáculo de duas nádegas se ritimando como êmbolos. Alguns miúdos chegavam ao ponto de ir dançando atrás, em compasso. E ela prezava. Quem de seu corpo gosta, não se importa de partilhar. Só para desfrutar da imagem, fique entendido, mais longe não ia.

Marisa era jornalista, trabalhava numa rádio. Animava mesmo um programa matinal, com muita música, alguma conversa, recados vários. Um programa alegre como ela. No entanto, não era despreocupada. E aproveitava de vez em quando para criticar atitudes, comportamentos, situações. Delicadamente, com leveza e certo humor. Não é preciso estar sempre a empunhar a Kalashnikov, dizia, uma agulha chega, se tocar no sítio certo. Não resistia a revelar a melhor arma contra a jiboia, sabem qual é?, apenas um alfinete ou uma agulha ou um pau muito afiado, pois quando ela enrola uma pessoa para a estrangular, uma picada no corpo fá-la imediatamente se desenroscar e a pessoa escapa. Não inventei nada, o povo do mato é que conta.

O programa tinha muita audiência e os telefones ficavam sempre entupidos, até que decidiram não aceitar mais telefonemas, aquilo parecia um contínuo namoro pela rádio. Os que não a conheciam pessoalmente, quase todos os ouvintes afinal, se deixavam encantar pela voz um pouco rouca. Ligavam para conversar, talvez com outras intenções menos próprias. Os conhecidos confessavam, ela não se protegia por trás de uma personagem, se abria na conversa e na escolha da música, era assim mesmo no trabalho e na vida. Daí o sucesso, sobretudo junto ao público masculino. Um programa de rádio de manhã é na teoria dedicado a mulheres trabalhando no domicílio, costureiras, doceiras, donas de casa. O dela, pelo contrário, era mais escutado pelos homens se enfurecendo nos carros, parados no meio do coro de buzinas e nos estratagemas para chegarem a algum lado na cidade caótica e congestionada. Por isso o sucesso da voz ligeiramente rouca, despertando cobiças. A maioria dos homens se digladiando nas ruas ouvia a rádio desportiva, por isso ainda mais valor tinha o programa dela, conseguindo mordiscar nesse meio fechado dos atletas por desespero.

Aconteceram muitos protestos por parte dos ouvintes com o fim dos telefonemas. A direção da rádio foi intransigente, não podia caucionar possíveis escândalos e risco de conflitos. Mulheres despeitadas tinham contactado a organização feminina do partido no poder, reclamando por reconhecerem por vezes as vozes e os tiques dos maridos em telefonemas anónimos para o programa, num assédio claro à jornalista. Ameaças de divórcio tinham mesmo ocorrido. O próprio consorte de Marisa, um senhor de certa idade, chamado Lucrécio, chegava amiúde a intuir nas ondas a promessa velada de um romance. Sabia, do lado dela não havia nada a temer, a sedução fazia parte do jogo, tinham discutido o mambo. Mas o mesmo não se podia dizer dos gandulos que ligavam para a emissora. Por outro lado, ele tinha confiança na mulher, era fiel e sabia se defender, melhor, sabia afastar as moscas do mel. No momento certo punha vinagre no meio, confidenciava ela, rindo. E ele acreditava, fazer mais como então? Preferiu não opinar quando a direção lhe pediu parecer a título excecional. Choque de interesses, se desculpou, bom esgrimista em direito. Retiraram os telefonemas do programa.

Sem apelo.

Para Marisa, as novas diretivas significavam mais trabalho, pois essas conversas ligeiras e com muitos segundos sentidos preenchiam os espaços entre músicas. Sem elas, tinha de improvisar pequenos discursos, ler pedaços de notícias engraçadas, enfim, entreter os desesperados automobilistas e as molengonas das mulheres se arrastando pelas casas. O termo molengonas não só é injusto, pois quem trabalha na cidade como no campo são as mulheres, os maridos se limitando a barafustar no trânsito todo o dia, como me saiu com raiva, pensou a radialista, defensora declarada da igualdade no género, e praticante. Mas assim nos tratam os imprestáveis machões, os burros, que nem percebem quanto os gozo nas entrelinhas.

Em tempo de calor, a praia era muitas vezes uma fuga perfeita para preencher minutos, caro amigo, vá dar um mergulho, está um sol lindo, a água azul e a 23 graus de temperatura, dizem os serviços de meteorologia, quer melhor para fazer?, abandone o serviço, faça como eu, que lhe falo debaixo de um toldo, sorvendo um sumo de múkua, contemplando o nosso belo mar, ouve as ondas?, e lá continuava inventando gaivotas e golfinhos, até fazer sinal ao companheiro para pôr mais uma música. Se esta rádio não fosse tão cototó, bem podíamos mesmo fazer o programa a partir da praia, bastariam alguns recursos técnicos baratos, se queixava ela nos intervalos para o disco-jóquei e o editor, eventualmente presente no apertado estúdio, o que era raro. Quando não se estava no tempo do calor, por vezes também evocava com saudade essa época magnífica em que as ondas morrem de tédio na areia branca da Ilha. Outra âncora para a falta de ideias, sobretudo no cacimbo, altura em que devem ser podadas as árvores: a maneira canibalesca como os serviços municipais cortavam os troncos, deixando as ruas da cidade com postes nus e alguns braços decepados, esperando a nova folhagem, a qual muitas vezes não vinha. E Marisa dava exemplos de ruas com essas estátuas de troncos isolados, mortos antecipadamente pela incapacidade dos técnicos camarários. Rendia uns bons minutos de alocução.

Truques do ofício.

Não o confessava de forma aberta, mas a radialista tinha saudade das conversas com os ouvintes. Se tratava de verdadeiras batalhas com inúmeras frentes, onde era forçada a aguçar o engenho. Por um lado, devia interessar e até excitar subtilmente os parceiros, por outro, sabia, o marido seguia todos os programas, portanto não devia exceder os limites que ambos tinham marcado. Era uma mulher séria, aparentando alguma futilidade.

Nem sempre era fácil, sobretudo quando o ouvinte que se intitulava O Guerreiro Solitário ligava para o programa. Uma vez por mês, nos dias 13. A voz dele ou o facto de não sugerir lascívia alguma? Falava de coisas triviais ou importantes, sempre com grande profundidade. Era tão interessante, sem procurar facilidades nem ostentar grande cultura, que os insetos paravam de zumbir e até a qualidade do som da rádio melhorava. Os próprios transístores ou *chips* ou lá como lhes chamassem tinham respeito ao dito cujo. Usava uma voz quente, pausada, tranquila. Raras hesitações, procura de palavras, hum, hum, nada disso, parecia ler um texto. Usava o pseudónimo de O Guerreiro Solitário e ela lhe passou a chamar Senhor do Dia 13. Ao fim de um ano reparara na regularidade. E lhe nomeou pelo dia. Ele riu, finalmente descobriu? Ninguém acharia, se não houvesse interesse escondido. Qual o apresentador que juntaria os dados e diria, caramba, este tipo telefona sempre e só a 13? Porque para estas coisas nunca há outro registo senão as gravações que se apagam ao fim de algum tempo. Essa dica foi quase fatal, pois ele agora sabia o quanto ela ansiava pela chamada e, por outro lado, o marido, atento a todos os detalhes, também perceberia a chispa no ar. Talvez aconteceu isso mesmo, ou então Lucrécio era fino demais para lhe acusar, já te apanhei, traidora. Se calhasse o 13 num domingo, ele fazia a chamada a 12, pois no domingo não havia programa, exploração sim, mas limitada, costumava ela dizer ao diretor, domingo é dia de missa para os fiéis e de acordar tarde e ir à praia para o resto dos mortais. No entanto, não podia negar a si própria, começava a ter sobressaltos quando o mês terminava. Telefonaria daí a duas semanas, um pouco menos? Então, na manhã do 13, acordava com grande nervosismo, obrigada a disfarçar depois de ter revelado o segredo, não fosse Lucrécio notar, estás tão ansiosa, é por ser dia 13, agora és supersticiosa?, e ela a fingir ignorar a ironia, empurrando a cadeira de rodas para a cozinha. Tomava um calmante às escondidas. Não estava habituada e por isso toda a gente a achava menos brilhante, mais comedida, a 13 de cada mês. A estrela do dia era O Guerreiro Solitário. Ele falava, puxava os assuntos, ela apenas seguia, sonâmbula, angustiada, percebendo não ser capaz de esconder uma paixão proibida, se desenrolando no palco de uma rádio ouvida por milhares, entre os quais todos os seus familiares e amigos. E o mambo era perceber que, agora, depois de ter chamado ao ouvinte o Senhor do Dia 13, alguns também apontavam mais a atenção para aquela conversa, parecendo embora insípida, conversa coisa nenhuma, diziam os menos condescendentes, aulas sobre vários assuntos, isso sim, tiradas da internet, proferiam os mais ácidos. Quantos notariam o seu embaraço? O verdadeiro murro no estômago consistia em, por um lado, ouvir aquela voz serena, por outro, o efeito amolecedor do calmante. Tinha mesmo medo de tomar café, como sempre fazia durante o programa, quem sabe que efeitos provocaria a conjunção de cafeína com tranquilizante? Lucrécio nunca dizia nada, mas ela suspeitava das suspeitas dele. Seria platónica, mas, mesmo assim, uma traição. O mais curioso da coisa é que O Guerreiro Solitário nunca a procurou, mesmo depois de terem suprimido os telefonemas para o programa. Marisa não sabia portanto de quem se tratava. Bem procurava nos buracos da memória recordações dessa voz, mas não a reconhecia de outros passados. E desapareceu no éter.

Grande frustração.

Gostaria de lhe ter visto a cara. Sem outras sequências. O orgulho, sobretudo, ficou abalado. Se tratava de um tipo inteligente, acima da média, sem dúvida percebeu ter despertado algum interesse nela. Então por que não tentou a aproximação, se apresentar? Nos momentos menos lúcidos do seu desencanto, procurava desculpas, talvez fosse um deficiente físico que não pudesse se deslocar, como o Lucrécio, mas nesse caso conseguiria o telefone dela fora do estúdio e ligaria a se explicar. Ou podia ser homem casado, sem vontade de fazer uma qualquer asneira. Neste caso, nunca deixaria de estabelecer ligação para, sobranceiramente, mostrar quão digno fora. Ou afinal telefonava apenas para falar e ser ouvido, o que não era de rejeitar, pois tinha ideias interessantes, merecendo ser passadas para a consciência de muitos. Um político? Não, esses se escudariam por terem vozes reconhecíveis, ou então, pelo contrário, fariam campanha e portanto diriam o nome, filiação, programa de governo e até a cor das cuecas, tudo por um voto. Ele seria mais um cívico. Porra, mas então o gajo não sentia falta das conversas de dia 13?

Tudo indicava: não.

Passou à frente. Com mágoa. Uma voz daquelas e uma mente brilhante, aliadas a ponderação e simpatia distantes, punham qualquer mulher em transe. Talvez se lhe visse a cara o encanto caísse em farrapos. Esse o milagre da rádio, a possibilidade de inventar rostos e corpos para vozes sem etiquetas. Sim, disso ela gostava. O mais certo era não corresponder às ilusões criadas e, prudente, ele se escondera. Um defeito pelo menos teria, covardia. A descoberta ajudou-a a passar à frente até o dia 13 seguinte, em que recebeu no estúdio um ramo de rosas vermelhas. Sem cartão nem nome do remetente. Viu o dia, desconfiou. Guardou para si. E sempre no dia 13 de cada mês recebia o mesmo ramo, que enfiava numa jarra e deixava envelhecer, sem ousar levar para casa, pois teria de o explicar ao marido.

A sua relação com Lucrécio era antiga.

Ele morava na casa amarela de um só piso ao lado do prédio onde ela foi parida, entre a igreja e o mercado de S. Paulo. Dizia, te conheci quando nasceste, lembro bem. Podia ser imaginação de quem teve paralisia infantil e cresceu sem jogar bola, sempre sentado na cadeira de rodas. O pai de Lucrécio era dono de uma pequena loja, uma cantina de facto, vendendo petróleo, sabão, sal, fósforos e algumas latarias, leite em pó, açúcar, enfim, o habitual nesses comércios modestos da época. Não tinha posses para levar o filho a fisioterapias e a tratamentos mais complicados, como operações ou próteses, os quais provavelmente também pouco adiantariam. Pouparam nos gastos e lhe compraram uma cadeira de rodas, libertando-o da cama ou do colo de um adulto. Impedido de brincar com os amigos nas tropelias do bairro e nos jogos, Lucrécio se desforrava nos livros. Estudou bem, até onde os pais puderam aguentar. Havia mais quatro irmãos em casa, os lucros da cantina não davam para prolongados estudos de todos. Um dia teve de abandonar mesmo a escola, mas continuou sozinho a se instruir. Não havia biblioteca pública à mão. Conseguiu então apoio de alguns mais-velhos, os quais lhe descobriam livros e revistas. Quando não tinham as obras de que ele necessitava, mobilizavam familiares e conhecidos, até as desejadas aparecerem. Era uma festa, e os olhos de Lucrécio ficavam marejados de lágrimas.

Porém, havia uma contrapartida.

Há sempre, não é?

Uma tarde por mês, os mais-velhos se reuniam no quintal de um deles, para Lucrécio lhes fazer uma preleção sobre as coisas mais interessantes lidas durante o espaço de tempo. Para ele era um desafio. Tinha de recapitular as leituras de trinta dias e selecionar os temas que mais apreciara, traduzindo-os para uma linguagem acessível aos ouvintes, interessados mas na maioria analfabetos. Uma aula de duas horas exigindo preparação de dois dias plenos. Mas valia a pena: os assuntos ficavam mais claros, lhe davam novas ideias de pesquisa, enquanto aprendia a ensinar. E a discussão seguinte era sempre muito engraçada, pois os mais-velhos, estimulados, não se calavam, pareciam doutores ou comentaristas políticos. Por vezes dava origem a desaguisados, sobretudo depois de umas cervejas que alguém mandava vir. Os mais-velhos aqueciam com pouco, como veio a descobrir quando ele próprio se tornou consumidor de álcool.

Quando Marisa desabrochou numa jovem cheia de curvas, alegre e despachada, correndo com os livros para a escola de jornalismo, saindo para brincadeiras que se podiam adivinhar pelos rastos de rapazes a rondar perto, já Lucrécio era homem maduro, passada a idade normal de casar, trabalhando em casa como explicador de Matemática, História e outras disciplinas, na verdade o que fosse preciso, mas também contabilista para pequenas firmas precisando de mostrar contas ao fisco ou aos sócios desconfiados, ou até enfermeiro sem diploma e portanto clandestino para os vizinhos em apuros, vítimas de doenças súbitas ou apenas falhos de dinheiro para irem ao hospital. Era dotado para muitas artes, embora nunca se fixasse numa só. E, como foi dito, nunca casara. A mãe ainda era viva e uma irmã mais nova não arranjara noivo depois de o seu morrer na guerra civil. Viviam portanto os três na pequena casa de sempre, ameaçados de serem desalojados porque um grupo poderoso de financeiros queria construir um grande prédio no terreno, no momento em que a febre da construção tomou conta de Luanda. Um dos irmãos ficara com a cantina do pai e tentou interessar Lucrécio nela, seria o mais competente para a gerir, mas nunca aceitou, negócios não eram com ele, só contas e equações. Apesar dos múltiplos trabalhos, ainda encontrava tempo para ler. E estar à janela quando Marisa passava. Reprimindo suspiros.

Nem tudo na vida é doloroso ou inviável.

Um dia, a moça bonita acenou para ele, ao passar pela janela. No seguinte, foi um sorriso. Depois ela parou para cumprimentar. Após uma semana aumentou para uma pequena conversa. E deixou de acontecer ela correr para a escola ou para casa, sem parar.

[*Observação: A cena pode ter sua graça pois estamos habituados pelos livros antigos ou filmes a imaginar o contrário. O rapaz fica no passeio, conversando com a moça, na janela. Por vezes ele em cima de um cavalo ou bicicleta, ela bordando. Neste caso era o inverso: o que se via da rua era uma muito bem modelada bunda, um pé coçando a outra perna, fazendo subir um pouco a saia e descobrindo uma coxa fulgurante, virada para uma janela aparentemente vazia, pois Lucrécio, na sua cadeira, apenas chegava ao parapeito e ficava tapado pelos fartos seios de Marisa. A cena teria de ser filmada de cima e com zoom irrequieto, para ser captada na íntegra.*]

Quando se espalhou pelo bairro o mujimbo das conversas continuadas, as reações foram apaixonadas, embora díspares. Os amigos dele avisavam, onde te estás a meter, uma miúda dessas, fogosa como poucas, só pode acabar num frondoso par de cornos, uma tragédia do caraças, meu. E a família dela, que brincadeira vem a ser essa, o tipo podia ser teu pai, ainda por cima aleijado. Evitemos alongar os preconceitos esgrimidos. Cada um se desculpava, era apenas uma grande amizade, conversavam sobre as coisas mais variadas e interessantes, não houvesse razão para preocupações, tudo acontecia à vista de todos, na rua, não passava disso. O que a câmera filmava não passava disso: uma moça apetitosa virada para uma janela. Mas as câmeras nunca filmaram emoções, desejos, excitações, nós é que imaginamos sobre o filmado.

Ninguém estranhou portanto, dois anos depois do começo das conversas, e o fim do curso de jornalismo, serem anunciadas as bodas. Do anúncio à efetivação ainda passou algum tempo, por terem de respeitar o luto entretanto provocado pela morte inesperada da mãe de Lucrécio. A senhora não deu um ai, ficou de vez na cama. As kuribotas da vizinhança aproveitaram acrescentar, morreu de medo e desgosto, adivinhando o fracasso do casamento, não queria ficar para assistir de camarote ao desastre do filho, aleijado mas querido. Mesmo no óbito foi esse o assunto, existe sempre um grande tema para animar um óbito. Haveria melhor assunto que a floresta anunciada na testa do órfão? A irmã dele ouvia e lamentava, agora que se tornara a mulher da família, ainda jovem, quem noivaria com uma predestinada a juntar os cacos partidos do moringue? Nem todos os homens são distraídos.

No entanto, o destino continuava com seus jogos trocistas.

O grupo de financeiros ganhou a causa no tribunal por um suborno que Lucrécio nunca poderia cobrir, pois nem advogado de facto tinha. O juiz descobriu uma falha no título de propriedade do terreno, na família havia quatro gerações. Nem o abaixo-assinado de vizinhos, comerciantes, antigos sobas imigrados dos campos, reconhecendo o direito de propriedade sobre o terreno e a casa, serviu para demover o meritíssimo magistrado, quase tão infalível como o Papa. E deu ordem de despejo. A irmã foi viver para casa do dono de loja, com alguns deveres familiares por ser o mais velho de todos. Lucrécio alugou um apartamento no rés do chão de um prédio no bairro Prenda, pormenor importante para evitar escadas, e para lá se mudou com Marisa, antes mesmo da cerimónia do casamento. Juntando o que cada um ganhava, viveriam folgadamente, se isso era possível em Luanda, cidade conhecida pelos preços dignos de Primeiro Mundo.

[Desperta certamente alguma curiosidade saber como foi a primeira noite entre os noivos, se tratando de um homem com visíveis dificuldades de locomoção contra uma fogosa jovem há muito se reprimindo. Arrisco defraudar o leitor mais lascivo, o qual atirará de imediato o livro para o lixo, mas não serão adiantados pormenores, não por questões de pudicícia, como escreveria meu mestre Jorge Amado, mas por respeito a alguém que, apesar de ter os membros inferiores atrofiados, na cama se exprimia como um exímio tenor no palco do Scala de Milão, apenas dispensava público ou reconhecimento. E sobre o assunto nem mais uma palavra, estamos conversados.]

Lucrécio e Marisa casaram meses depois, ela num modesto vestido de pano do Congo e ele de casaco preto e gravata, botinhas novas e reluzentes na cadeira de rodas. Não quiseram rituais exagerados nem matrimónio religioso, pois pouco lhes interessava aparecer nas revistas de mexericos. Os pais dela ajudaram nos custos, afinal tinham de contribuir, embora já não houvesse alembamento para compensar as perdas familiares com a saída de uma filha. Se tinham habituado à ideia e não mais trataram Lucrécio por "o aleijado". Deixaram mesmo de o ver e pensar como tal, ao que diziam, o que seria uma notável vitória civilizacional. Mas evitavam frequentar a nova casa do casal. Para dizer a verdade, nunca lá foram, com a desculpa de ser muito longe do S. Paulo.

Houve boda, pois claro. Os patos do bairro foram aceites, os alheios expulsos, ao som daquela música já tão antiga, "Patos fora". Das comidas passaram para a dança, claro. Marisa aceitava todos os convites e olhava sempre para Lucrécio, sentado, feliz, vendo-a rodar de cavalheiro para cavalheiro, os olhos só nele, porém. Podiam desejá-la, até mesmo apertar um pouco, isso não gasta, o proveito afinal era só dele. Até quando?, pergunta que se fazia com alguma angústia, cuidadosamente escondida nos muitos refegos da mente. Talvez toda a vida não chegasse para tamanha cumplicidade, se confessava no fato escuro, lúcido. Um dia de cada vez. Hoje era o seu de felicidade, assim atirando para longe os maus agouros, partilhados pela maioria dos presentes.

Marisa foi afirmando o seu talento na rádio, com o apoio de Lucrécio. Este aconselhava temas para tratar, sobretudo. Raramente saía para longe de casa, pois não tinham carro e era muito complicado entrar num candongueiro. Só com alguma boleia de um amigo. Ia todas as manhãs comprar o jornal no quiosque da esquina, um dos poucos da cidade. Conseguia estar informado sobre a vida das pessoas, apesar das explicações e contabilidades que lhe consumiam quase todo o dia. Lia os jornais, colhia a impressão da gente de vários estratos sociais e tinha a capacidade de, por trás da janela aberta sobre o passeio, captar a maior parte das conversas entre os passantes. Ouvidos apurados, como têm todos os que precisam a sério deles. Olhos também muito atentos às expressões dos rostos, capazes de detetarem desesperos silenciosos ou fugazes momentos de felicidade. Se divertia à janela descobrindo os namoros principiantes dos jovens vizinhos ou os ilícitos de gente casada. E até mesmo as incompatibilidades ou zangas de familiares habitando juntos. Tudo através de pequenos gestos, olhares ou um tique nos lábios. Conseguia algo difícil também: dar explicações de Matemática ou Física a alunos atrasados, ao mesmo tempo que seguia o programa da mulher na rádio, o som muito baixo. Por vezes acontecia ter de chamar a atenção dos alunos, mais concentrados no programa que nas lições. Embora lhes fosse quase impossível captar o sentido dos temas, pois os ouvidos deles estavam viciados em enfrentar as toneladas de som das discotecas e não sussurros ou música suave. Sabiam, no entanto, do que se tratava, e já iam entrando na idade de serem atraídos pela voz insinuante de Marisa.

Passados alguns anos, tinham finalmente juntado dinheiro suficiente para pagar metade de um carro pequeno, daqueles que entram em qualquer sítio ou beco, razão pela qual os calús lhes chamavam "gira-bairro", de preferência vermelhos. Assim, de vez em quando saíam a passear, sobretudo para Lucrécio conhecer as mudanças repentinas na sua cidade. Não podia ser todos os dias, o trabalho de Marisa não o permitia, nem o trânsito. Passeavam ou sábado ou domingo. Era um pouco complicado meter Lucrécio no carro, mas tudo se consegue havendo boa vontade. A cadeira de rodas se perfilava ao lado da porta já aberta do carro, os dois empregavam forças no ato de o levantar e sentar no banco da frente.

Depois ela ia guardar a cadeira em casa, voltava gritando onde meti as chaves do carro, estão em cima do aparador da sala, lembrava ele. De outra vez eram os documentos que faltavam, estão na tua bolsa, a vermelha com que saí ontem?, claro, só pode ser nessa, respondia ele, sempre atento aos gestos dela.

Lucrécio nesses passeios se admirava de cada vez, cresceu tanto, isto não é uma cidade, isto é uma metrópole, quais quê, uma megalópole, o que lhe parecia quando via televisão, mas não é a mesma coisa que sentir o pulsar das ruas, as casas surgindo do nada, os prédios crescendo a cada semana, as lojas fechando e abrindo, mas num sentido de crescimento. Iam para os novos condomínios, do que passou a chamar-se Luanda-Sul, onde os ricaços viviam ao lado de funcionários importantes e de declarados vigaristas bem-sucedidos e habituais nas colunas sociais. Condomínios de altos muros e segurança nos portões. Muitos estrangeiros de todas as proveniências habitavam aí. Não gosto, declarava Lucrécio, e Marisa concordava, nunca poderia habitar num sítio destes, faltam ruas com gente, com vida. No entanto, amigos dela diziam, têm as suas vantagens.

Defensores de guetos.

A radialista não tinha apenas trabalho de manhã, embora fosse o seu programa preferido. Por vezes lia o noticiário do meio da tarde ou fazia reportagens à noite. Havia muitas cenas, desde lançamentos de discos e livros ou estreias de bailados, até cerimónias ou reuniões importantes a cobrir. Sabes como é, Lucrécio, jornalista nunca tem uma vida certa, planificada, a rotina não é para nós. Durante o namoro já tinham acertado as agulhas e ele prometera não se chatear pela vida agitada da moça. Uma coisa ela tinha prometido, nunca aceitaria sair da cidade em reportagem, a menos que fosse um evento absolutamente excecional. O diretor da rádio aceitou a exigência, Lucrécio agradeceu. Poderia se safar por uns dias sozinho em casa, mas seria sempre complicado. Sobretudo porque a irmã mais nova finalmente desencalhara e estava de casamento marcado. Não poderia se mudar para o apartamento deles com o fim de ajudar o irmão na ausência de Marisa, deixando marido e futuros filhos. Até então Marisa cumpriu. Podia chegar tarde a casa, mas sempre chegava antes da madrugada. E o diretor não a escalava para reportagens em outras cidades, embora lhe dissesse à laia de conselheiro, estás a perder coisas, a carreira se faz tendo experiências diferentes. Sem dúvida, uma observação no mínimo ambígua. Marisa deixava passar sem réplica, a considerar mais para o lado do paternalismo de chefe.

Não devia.

O diretor era um filho da puta, mais retorcido que a serpente de Eva. Pensava, ela nutria inclinação para mais velhos, só por se ter apaixonado por Lucrécio. Como se a idade do marido tivesse pesado na sua decisão. Para dizer a verdade, Marisa tinha dificuldade em explicar a si própria o que tinha visto em Lucrécio que não nos amigos ou colegas da sua idade. Era um facto, se foi apaixonando pela inteligência dele, a delicadeza, as ideias firmes mas sem as tentar impor, gostando de explicar o que aprendia na vida e nos livros, sempre a dizer, cada um deve ter o direito de perceber as coisas à sua maneira, há muitas perspetivas ou ângulos de visão e seria um mundo fantástico se todos possuíssem verdades próprias, sempre originais. Uma barafunda, dizia ela, e ele ria, sim, uma Babel, mas não era tão interessante, libertador? A verdadeira liberdade, a Anarquia, pois cada um teria a sua verdade, aceite por todos como intrínseco direito do humano.

Lucrécio, o homem livre.

Esse era de facto o seu marido, que se moldou a si próprio, produto de muito estudo e pensamento, como alguns personagens do século XIX que ela encontrara em escritos antigos. Uma pessoa que nunca poderia ser derrotada, pois nada impunha e não se deixava dominar, pelo menos o seu cérebro. Fraqueza apenas no físico, mas força tremenda no raciocínio. A razão do seu amor? Um profundo respeito. Não chegava como motivo, dizia a si própria. Os outros pretendentes, porém, tinham encontrado um adversário invencível e foram de fininho dando o fora, para não parecerem derrotados pelo paralítico, como lhe chamavam. O que não vexaria Lucrécio, sou mesmo, e depois?, não são as palavras que ferem, e a sociedade só está preocupada em inventar maneiras hipócritas de nomear doenças, fraquezas ou incapacidades. Sou aleijado, paralítico, podem chamar, é verdade. O que dói não é o nome que me dão. O que dói, e isso ninguém pode compensar, é não poder correr uma maratona, deve ser formidável correr quarenta e dois quilómetros, já imaginaste o estoicismo e coragem necessários? E ela ficava cansada só de pensar, mas poderias não correr uma maratona e com a tua cadeira tentar atingir uma velocidade elevada, sei lá, a que estabelecesses...

– Pensei nisso – disse ele. – Mas já imaginaste a dificuldade? Nesta cidade não tens passeios, só há buracos nas ruas, como fazer mover a cadeira a uma velocidade razoável? Mesmo para ir à esquina comprar o jornal, tenho de vencer poças de água e lama, raízes de árvore a romper o passeio, carros e motos mal estacionados que não me dão espaço para passar, já para não falar de outros obstáculos. No fundo, é essa a minha maratona. Cada um tem a maratona possível, para não dizer a maratona que merece.

Riu quando outro suspiraria. Nunca falava da sua deficiência com queixa ou autocomiseração. Se faltava a solução, tinha de conviver com as leis da natureza. E fintá-las através da inteligência. Era mesmo todo um programa de vida. Insuficiente para fazer uma mulher se apaixonar por ele? Certamente.

Mas ajudava muito.

3

Numa altura, Heitor pensou estar a viver o sonho da sua vida. Como podia acontecer uma coisa tão maravilhosa com ele, um desprezado rapaz tímido? Parecia Tatiana resgatada à infância, mas melhorada pelos anos. Moça independente, instruída, voraz, sublime. Um sonho recheado de emoções e surpresas. Cada dia diferente do anterior, cada hora uma descoberta espantosa. E não fora ele a conquistá-la, ela apenas se impôs com toda a pujança. Os momentos vividos, os melhores da sua vida.

Tão forte o sonho que a queda foi violenta.

Ela segredou um dia, arranjei namorado, é caso sério, podes deixar de vir à minha casa?

Heitor largou a cidade, mudou mesmo nesse dia para um mato onde houvera cajueiros, cortados para o fabrico de carvão, fora da periferia construída. Abandonou o emprego de repente tornado detestável, não voltou ao apartamento que os pais lhe tinham cedido, e não justificou perante eles a súbita partida. Ficou a curtir a tristeza do sonho destroçado. Não possuía telefone, deixado em casa, nem outro modo de comunicação com o mundo. Queria ficar isolado, apenas na companhia do seu sofrimento e cheio de pena de si próprio, tão boa pessoa mas com azar na vida.

Quem diz, o mal de amor não faz doer o coração?

Dói sim, como se fosse arrancado. Mas melhor que fosse mesmo arrancado e atirado para a sanita, ao menos deixaria de bater forte e irregularmente, por vezes parecendo parar, breves segundos de pânico, para de repente voltar a cavalgar como um louco. E dói também na barriga, aquela dor que os combatentes conhecem de antes da batalha, uma moinha permanente que tira o fôlego, obriga a respirar de boca aberta, provocando suores frios ao mesmo tempo, para só passar quando a ação se precipita. A diferença é que no mal de amor não há combate que se trave, apenas a ausência.

Para se autocondoer ainda mais, escreveu em sete dias e sete noites uma novela, a que deu o título *Para lá das ondas*, como a anterior. Como a outra, também se tratava de um amor no meio de combates inodoros, insípidos, mas não menos dolorosos. Esta, no entanto, era melhor, mais trabalhada, tinha dado tudo nela.

Sabia, tinha finalmente atingido qualquer coisa.

Depois da hesitação de vários dias vazios, a recuperar do esgotamento provocado pelo parto, resolveu mostrá-la ao maior amigo de infância, o Lucas. Para isso teve de reaparecer na cidade, onde alguns se preocupavam com o seu sumiço. A minha casa agora é lá, e deu o endereço, ou melhor, as complexas indicações para chegar ao ximbeco isolado onde se escondera. Já não precisava de refúgio secreto para sofrer o mal de amor. Mas não disse ao amigo de que padecia. Também não foi preciso, Lucas percebeu logo.

Outro preconceito existente é o de ser possível esconder o mal de amor. Tentativa inútil, ele parece estar escrito na nossa cara, nos olhos de cão abandonado, no verdor incrustado na pele, independentemente da cor original, por mais escura que seja. Nunca viram um negro verde? Então nunca viram um negro sofrendo do mal de amor. Ou não repararam. Até muda a maneira de andar, arrastada, apesar de se pretender dar passadas de desportista. As pernas ficam confusas com o arfar do coração, se atrapalham uma à outra, o caminhar é descontínuo. Isso é visível. O sofredor daria menos nas vistas se carregasse um cartaz de dois metros e a vermelho-sangue, contando em letras capitais a razão da sua dor.

No entanto, Lucas fingiu não notar. Astuto. Só perguntou, então vais passar pela casa dos teus pais? Heitor disse, telefono, não aguento explicar muita coisa à minha mãe, ela quer sempre saber tudo, controlar, já sou maior. O amigo era da mesma idade, mas mais pragmático, alguns diziam cínico. Aprovou com a cabeça, não acrescentou palavra.

– Vou ler o teu livro... Posso mostrar ao Antunes?

Era outro amigo de infância. Heitor percebeu, Lucas, engenheiro civil, muito mais virado para coisas práticas da vida, duvidava dos seus dotes de crítico literário. Antunes era jornalista, julgado competente para o assunto em causa, portanto. O mundo anda cheio de ideias já feitas, vamos fazer mais como então? O pretendente a escritor encolheu os ombros, não se importava.

– O livro deixou de me pertencer – fez pose de poeta. – Podes mostrar a quem quiseres. Até a um editor, embora ninguém queira publicar isso.

– Nunca se sabe – disse Lucas, numa de encorajar. – Mas telefona à tua mãe, ela está preocupada.

Lucas sempre mantivera um grande relacionamento com os pais de Heitor, talvez pelo facto de continuar a viver perto da casa que este abandonara aos vinte e seis anos, em troca do apartamento paterno, para fazer a sua vida de intelectual incompreendido. Ou, mais prosaicamente, Lucas gostava mesmo dos pais de Heitor, para que complicar sempre as coisas?

Heitor voltou para a sua solidão. Na verdadeira aceção do termo. A casa de adobe imperava sozinha num terreno onde só havia um mamoeiro. À volta estavam a demarcar áreas para futura urbanização. Parecia haver urgência. Em breve avançariam os exércitos de condomínios de luxo ou de renda média. Na sequência, recuariam os barracos dos rejeitados para a periferia cada vez mais longínqua do centro. As jogadas imobiliárias iam obrigar a mudanças na falhada quinta. Por isso o aluguer tinha sido tão barato e com garantia de apenas um mês, pois a dona devia estar pronta no caso de surgir repentinamente uma proposta de compra muito mais cara ou uma proposta de associação destinada a construir um grupo de casas. Além disso, vivendo alguém na moradia, afastava olhares cobiçosos. Para Heitor, o aluguer baixo dava para pagar e comprar comida, mesmo sem trabalhar. De facto, o rendimento de dois anos de emprego enfadonho depois da faculdade estava praticamente incólume, por teimosia da mãe, insistindo em satisfazer todas as necessidades dele. Os pais viviam bem, altos quadros do Estado, e sem mais filhos ou dependentes. Como quadros do Estado, o pai diretor num ministério e a mãe deputada, tinham carros, combustível, motoristas, cozinheiro, lavadeira e demais criadagem, tudo pago pelos serviços. No fim do ano, subsídios de férias bastante elevados. Mesmo sem entrarem em jogos sujos, *sempre difíceis de provar, portanto o melhor é não referir*, tinham rendimentos bastantes para ajudarem o filho único. E guardarem o resto para a velhice.

A casa de adobe estava bem construída, apesar dos materiais rústicos. Todos os quartos tinham teto falso, o que atenuava o barulho da chuva nas chapas de zinco, supunha ele, pois não era época de chuva, e sobretudo a entrada de insetos incómodos, muito abundantes e persistentes. No entanto, quando chovesse a sério, não conseguiria ouvir os próprios pensamentos, para usar um lugar-comum. As paredes estavam todas pintadas de branco, recente. A casa parecia nunca ter sido habitada, mas tinha uma longa história afinal. Um amigo descobriu a propriedade num passeio e procurou saber quem era o dono. Se tratava de um kota importante já falecido, um comandante da luta pela Independência, e a viúva, com residência na cidade, não sabia que fazer do ximbeco, projeto de uma quinta resumido a um mamoeiro e uma demarcação com dois arames paralelos. Ao ser rejeitado pela sublime, Heitor se lembrou dessa informação ouvida dias antes e foi propor uma renda à viúva. Para o apartamento dos pais não voltaria, suprema humilhação. A dona aceitou o preço, aceitaria qualquer um. Apesar do isolamento, tinham feito uma derivação clandestina de um cabo de eletricidade, por isso havia luz. E um poço com bomba. Quer dizer, tinha luz e boa água.

E silêncio.

Que se pode querer mais quando há um livro para escrever?

Talvez mobília. No futuro. Por enquanto desfrutava de uma cama de casal e uma mesinha que servia para comer e teclar no computador. Um banco pouco cómodo, mas punha uma almofada por cima.

Armários na cozinha e um fogão. Mais nada. Na casa de banho, apenas a sanita, o lavatório e um chuveiro. Nenhum móvel para arrumar coisas, sentia a falta. Agora, com o livro pronto, podia se dedicar a melhorar o conforto. O conforto não rima com dor e antes sofria demais para se preocupar. Mas já podia. Continuava a sofrer do mal de amor, porém as necessidades da vida material deitavam finalmente a cabeça de fora. Primeiro tinha sido a ânsia de mostrar o livro a um amigo, depois vinha o resto. Amanhã ia alugar uma carrinha e fazer compras para a cozinha e a casa de banho. A sala estava vazia mas teria de esperar. Não contava com visitas e os livros ficavam bem em pilhas pelo chão, enquanto a cama era confortável para ler. Sim, tinha de arranjar uma mesinha de cabeceira. Amanhã...

O terreno em volta apresentava capim ralo, apesar das demarcações. Terra vermelha. Era bom passear pelo mato, na época do cacimbo em que estavam. Talvez no resto do ano fosse quente demais, a própria casa se tornasse num forno com as chapas de zinco por cima. Por enquanto o tempo estava fresco e a moradia aconchegante. Quando acabasse o cacimbo, veria. Talvez então estivesse curado do mal de amor e pudesse voltar para a cidade. Embora a ideia no momento lhe repugnasse. Já tinha sido um grande sacrifício e ato de coragem entregar o livro ao Lucas, hesitou muito, esteve mesmo para desistir. Mas se sentia recompensado, sobretudo com a oferta do amigo, um rádio a pilhas. Enquanto andava submerso na dor e no livro não precisava de música nem nada, bastava escrever e sofrer, não é a mesma coisa, afinal? Mas seria útil para o futuro próximo. Estás a morar nesse deserto, então leva o rádio, tenho outros, leva, leva essa porra, insisto, vai dar jeito. Nunca soubera recusar as ofertas do Lucas.

Tão raras eram.

Acordou na manhã seguinte e ficou deitado a ouvir a locutora de voz quente, um pouco rouca, falar do tempo do cacimbo, com este frio a soprar só apetece ficar na cama, quentinho, abraçado ao seu amor, e ele lembrou como era bom estar na cama com a sublime traidora, se amortalhou no travesseiro, sentiu o coração galopar e sair pela boca, até ficar mais aliviado. A voz da radialista voltou a convidar para uma canção em voga. E ele foi ficando a ouvir o programa, a quase adormecer com as músicas mas despertando quando Marisa retomava a fala. Se levantou muito tarde nesse dia. Também não tinha nada para fazer.

O mamoeiro tinha duas papaias quase maduras. Os siripipis se entretinham a furar os frutos para sugar os interiores. Encolheu os ombros. Enxotar para quê? Deixa lá os pássaros comerem tudo e a natureza seguir suas leis. Talvez a dona do terreno não se importasse que pusesse umas mangueiras e outras árvores no sítio. Não se importava nada, nem precisava de autorização. Que casa de campo era digna desse nome se não tinha uma mangueira, um abacateiro e uma mandioqueira grande? Aquilo não era o começo de uma quinta? Então? Não seria difícil encontrar mudas. Tinha piada ver as plantas crescer, mesmo se não se enxergasse nada, de facto era uma forma de falar, pois a lentidão do crescimento impedia notar o desenvolvimento celular. Só ao fim de algum tempo, haka!, já me dá pela barriga, ou então, aiué!, tem o meu tamanho, cresceu bué.

Plantas, uma floresta, um mundo.

Se admirou como de repente encontrava tanto encanto em árvores e arbustos. Fora menino criado na cidade, sem contacto com o campo. Mesmo na época em que era considerado um quase-génio, se desinteressava pelas botânicas ultrapassando os livros de estudo, sem conhecer na prática de onde vinha a batata-doce ou o milho que comia. De repente, sonhava com uma mangueira e calculava saber como a obter e dela tratar. Sabia. Ia prová-lo.

Esqueceu o armário para a casa de banho e a mesa de cabeceira que decidira comprar, foi procurar mudas de árvores. Esqueceu também de reparar nos arredores, no avanço vertiginoso das casas sobre as áreas de quintas, condenando-as a curto prazo. Nem notou a rapidez com que apanhou um candongueiro. Dois meses antes seria impossível, eles não se aventuravam tão longe naqueles sítios ermos onde inexistiam clientes.

No caminho, dentro do candongueiro azul e branco abarrotado de gente, inconsciente do mundo gritando fora dele, se lembrou do mais útil e primevo dos vegetais, o jindungueiro. Compraria um molhe de jindungo na primeira kitanda que encontrasse e faria das sementes uma plantação. Jindungo para usar e vender. Não mais comida insípida, o picante avivaria os sabores e tons.

Pena não modelar também os sons.

Reinava grande algazarra no candongueiro, com as mulheres a discutirem em altos berros, para poderem ultrapassar os decibéis da música posta no máximo. O motorista ia feliz da vida, assim é que ele gostava, barulho, música, mulheres gritando umas para as outras, numa bela harmonia. Achava ele. De *t-shirt* parte-os-cornos preta, *jeans* surrados e sandálias de sola de pneu, como gostava de guiar, olha só aí, meu, e metia a mudança com o pé, isto é para os mestres, dizia para Heitor, com quem engraçara e que ia a seu lado. Até lhe tinha prometido levar depois do fim da linha, por pouco mais dinheiro, a uma horta resistindo à invasão urbana onde tinha de tudo para comer e plantar, com regresso garantido, ele esperaria o kota. A música batia tão forte no peito de Heitor que ele deixou de sentir o coração cavalgar quando experimentava a ausência da sublime. A discussão no candongueiro andava à volta de uma cena passada no último bairro, em que uma mulher esfaqueara o marido na véspera. Umas não defendiam declaradamente a mulher, mas compreendiam, "às vezes uma dona já não aguenta mais, esses homens abusam mesmo", o defunto tinha duas casas afinal, uma cambada de filhos de outra mulher, até que a legítima descobriu. A bigamia era comum e não seria talvez o motivo do crime, mas "a maneira desrespeitosa como ele procurou se explicar", ou melhor, não se explicou nada, disse "eu é que sei da minha vida, te mete na tua...". "Muita falta de respeito mesmo, então uma dona trabalha todo o dia para manter a família, vai na zunga, vende o que consegue, foge da polícia sempre a querer ficar com as coisa, leva muitas vezes porrinhada na cabeça e nas costa, vai em casa limpar, fazer comida, tratar dos filho, depois o senhor só chega pra comer e pra fazer mais filho ainda... Então nos finalmentes lhe maltrata assim?" Uma senhora ousou dizer, "mas matar?", "era só a raiva, ela não queria lhe matar, queria só deitar fora a raiva com a faca nas costa dele, morrer foi acidente". O motorista riu alto, gargalhada cobrindo as discussões e a música, agora matar é acidente? Afinal? Se fosse o marido a fazer isso, era violência doméstica, quá-quá-quá. As senhoras não gostaram da observação mas nunca ninguém discute com um candongueiro, ainda pode trazer azar. Continuaram a falar entre elas. Só Heitor sorriu nas escondidas para o motorista, ele sabia o que era violência doméstica, ser escorraçado como um sarnento por alguém que se colocou no cume do Olimpo. A dor lhe dava para memórias de gregos, talvez por ser uma tragédia se abatendo sobre a sua cabeça, talvez por se chamar Heitor, o assassinado em Troia pelo brutamontes Aquiles, talvez por ser terra muito falada agora, apanhada pela crise dos ricos, paga pelos pobres.

Apesar de estarem fora da cidade, o trânsito permanecia intenso demais e avançavam devagar. As mulheres iam saindo aos poucos e não entrava ninguém. Já havia espaço e menos barulho. Acabaram as discussões, a música mantinha a sua força, com a batida rebentando tímpanos e sobretudo peitos. E continuou, quando os outros passageiros todos saíram, ficando só Heitor, o candongueiro e o ajudante, encarregado de gritar os trajetos, orientar a ocupação de assentos e cobrar o valor da viagem. O jovem antes era só lotador, o que grita os destinos e tenta lotar o carro, mas foi promovido a ajudante e cobrador, por ser primo do motorista.

A família acima de tudo, mesmo nos pequenos negócios.

Seria falta de cortesia pedir para baixar o rádio lhe bombardeando o peito, por isso Heitor não o fez. Os tímpanos resistiam, que remédio, pois o coração, esse, até agradecia!

Em breve chegaram ao sítio, é aí mesmo, mano, diz só que vais da parte do Xico-taxista-de-todas-as-estradas, eles conhecem o carro, vou claxonar para avisar da chegada. E buzinou três vezes.

Para Heitor tanto fazia, já estava surdo.

O pretendente a agricultor foi à espécie de quinta, rodeada por uma vedação formada por acácias espinhosas. Os cães ladraram e ele lembrou, é isso, tenho de arranjar um cão também. Veio o dono e lhe indicou o sítio onde estavam as mudas. Escolheu duas mangueiras, por causa da sombra além da fruta, um abacateiro e uma figueira, árvore que no sul se chama amendoeira. Ainda hesitou ao ver os coqueiros, mas pensou, coqueiro exige muita água, não estamos perto do mar.

Ao voltar para o carro, o candongueiro riu. Uma viagem tão grande só para isso?, mas assim ocupa pouco espaço, melhor para si, mano Xico, o ajudante concordando, podemos meter mais pessoas. Logo que não me pisem as plantas, avisou Heitor. Fizeram o caminho inverso e na primeira paragem, de facto o início de linha, entraram já pessoas. Uma senhora vestida de preto sentou ao lado de modo que Heitor ficou entre o motorista e ela. Um pouco acanhado. O motorista normalmente só aceitava duas pessoas à frente quando o carro estava cheio, pois assim tinha mais dificuldade em meter as mudanças com o pé. Mas a senhora era cliente conhecida, ainda por cima de muito respeito, dona Luzitu, como se apresentou a Heitor. Aquele lugar da porta da frente era sempre para ela, estivesse ou não o carro cheio.

– Meu filho, compraste as muda é para que então?

– Aqui o mano é verdadeiro empresário, está fazer um grande projeto – disse Xico. – O mano manda bué de ideias.

– Exagero, dona Luzitu, exagero – quase se desculpou Heitor. Sentiu necessidade de explicar: – É que moro num terreno muito vazio, comprei essas plantas para darem sombra.

– Vais esperar muito pela sombra, meu filho – disse a senhora. – Mangueiras, primeiro que cresçam pra dar sombra, aiué... E figueira então!

– É verdade, mas tenho tempo.

– Cada um sabe da sua vida, não é mesmo verdade?

– É, sim, dona Luzitu.

Outro passageiro lá atrás perguntou:

– Mas essas são as únicas árvores do teu terreno?

– Tem um mamoeiro.

Riram todos com tanta miséria florestal. Xico empurrou um pouco as plantas para o lado de Heitor e gritou para trás, na direção do passageiro que falara.

– Os empresários são assim, começam devagar. Preciso é ter plano.

Uma senhora lá atrás desconfiou, empresário a andar no candongueiro, só chinês, mas preferiu não expressar a dúvida. Logo começou uma discussão sobre igrejas, umas indo para um culto e outras vindas do concorrente, discussão aumentada com os novos clientes a entrarem nas paragens seguintes e cada um pertencendo a igrejas diferentes. Até mais uma vez o motorista intervir, para matar a discussão lhe agradando pouco, falou numa de ecuménico, Deus é o mesmo, muitas são as vias para chegar ao Senhor e seus intentos, ámen. Conseguiu o consenso e abordaram um tema mais interessante para o candongueiro, o célebre assassinato de um bígamo pela esposa, o assunto do dia. Agora Xico voltava a rir feliz e a meter as mudanças com o pé, mais difícil agora por estar Heitor muito chegado à alavanca. Mas conseguia.

– Dona Luzitu, hoje de preto? – perguntou o candongueiro, baixo, para a senhora sentada ao lado de Heitor. – E não foi na zunga?

– Hoje não deu, man' Xico. Óbito.

Palavra terminando qualquer conversa, vais falar mais quê perante a morte? O motorista puxou outra conversa para animar a freguesia.

Assim tornou Heitor a Troia.

No caminho a pé para o kubiko, parou no último grupo de casas antes de começarem os terrenos demarcados mas vazios, junto de um grupo de zungueiras expondo a mercadoria. Escolheu alguns jindungos maduros e mais uns tantos que lhe meteram praticamente nas mãos, tudo isso é cem, mano, leva já para umas semanas. Tinha sementes para fazer uma horta.

Quando chegou ao kubiko é que lembrou, e vou cavar com quê então? Para o jindungo não havia bilo, uma faca bastava para remover um pouco a terra e semear. Mas árvores exigiam buraco fundo e com terra solta, para as raízes respirarem bem. Precisava de enxada. Amanhã comprava, hoje já tinha andado muito. Pôs água nas raízes das mudas, que vinham com terra, aguentavam assim vários dias. Encheu uma grande bacia esburacada com terra e inumou as sementes de jindungo. Com o ritual que o facto merecia. Regou.

Porém, dizem os entendidos, jindungo não se enterra da maneira usada por Heitor. Deve se deixar secar as sementes ao sol durante vários dias, só então se põe no solo. Manias de perfecionistas ou agrónomos de universidade. O povo sabe, pouco importa afinal a forma utilizada, nascem na mesma, até a partir do fruto inteiro. Os jindungueiros dele haveriam de florescer e escaldar muita boca, merecedora ou não, para que se cumprisse Natureza.

Ao fim da tarde, parou de ler um complicado romance russo sobre a batalha de Estalinegrado, em que os nomes se confundiam todos e as estórias se amalgamavam numa girândola de personagens, mas iam entretanto formando um portentoso mural daquele morticínio horrível da Segunda Grande Guerra que haveria de marcar o princípio da derrota de Hitler. Veio ver a bacia com as sementes de jindungo. Apalpou a terra, sentiu a humidade dela. Riu alto e falou para o mamoeiro, tenho de ter calma, eles não são tão rápidos assim a se desenvolver. Lembrou a cena memorável de *A Leste do Paraíso* em que James Dean se deita entre as fileiras de feijoeiros, ou lá que planta era o seu grande projeto de vida, a tentar vê-los crescer.

Aí Dean não estava a leste, estava no próprio.

E depois lhe deu uma saudade das carícias da sublime criatura que o abandonara. A mesma falta de ar, a mesma angústia. Fugiu para dentro de casa.

Chorar resolve?

4

O Antunes não só leu a novela, entregue no *pen-drive* pelo Lucas, como foi fazer propaganda para o serviço. O meu amigo Heitor escreveu qualquer coisa memorável, eu sabia ele um dia havia de o fazer. Aí está. Vai dar estrondo no nosso miserável panorama cultural. Os colegas gozaram, quanto recebes de comissão pela publicidade? Vais pôr essas ideias no ar? O Antunes começando então a jogar na retranca, que o tempo não está para grandes discursos encomiásticos, nem sobre as louvadas mamas da Marilyn, aquilo que se enaltece hoje aparece amanhã manchado por um anónimo qualquer e mal escrevente, em jornal ou livro ou *blog* internético criado apenas para derrubar reputações, a novela ainda nem sequer está publicada, só existe no computador dele e neste *pen*. Vou fazer uma cópia, antes que se perca. Marisa, entrada pouco antes na sala de redação, levantando como sempre espirais de penas e pó de desejos, se intrometeu na conversa:

– Tens autorização para copiar?

– Claro que não. E é preciso?

– Óbvio! E os direitos de autor?

– É meu amigo. Até pode ser bom para ele. Imagina que tem um incêndio em casa, um terramoto, qualquer coisa...

– Terramotos aqui são pouco prováveis, dada a nossa estabilidade, não só geológica como política... – gargalhada irónica da moça.

– OK! Mas pode acontecer um azar. Assim eu guardo-lhe uma cópia em toda a segurança, a obra-prima não desaparece.

E fez mesmo a rápida operação de copiar o conteúdo do *pen* para o seu computador. Marisa se aproximou mais dele.

– Estás a gozar com essa de obra-prima, não é? – perguntou.

– Estou a falar muito a sério. Isto vai fazer história na literatura.

Marisa ficou com aquela estranha comichão que lhe dava na planta dos pés quando desejava muito uma coisa. Às vezes nem sabia particularizar, só tinha comichão. Acabava por descobrir, desejo de um gelado, um funji de carne seca ou bagre fumado, qualquer coisa, mas desejo forte havia.

– Ouve, ele ficaria chateado se me emprestasses o *pen*? Lia em casa, com todas as calmas...

– Não posso sem lhe perguntar. Sobretudo nesta altura da vida dele. Percebes, lhe deram com os pés, não te quero mais, fora da minha casa e é já. Cabra maldosa, fazer isso ao meu amigo! Com dores de corno, ele escreveu a estória, uma espécie de autoflagelação e regeneração do ego. Duvido que queira dar a ler a uma mulher, mesmo bela como tu, deve estar misógino neste momento.

– Contou-te tudo isso? Normalmente há coisas que os homens escondem...

– Tu que o digas! De facto, nem o vi. Anda acantonado fora da cidade. Foi um outro amigo de infância, éramos sempre os três juntos, que me contou e passou o *pen*. Com anuência do Heitor, fique claro.

– Criaste-me água na boca, agora recusas...

– E tu não és mestre nisso? De outra maneira...

Marisa sabia fazer aquele ar de cachorro abandonado, voz de viúva queixosa no leito de viuvar, mexendo com qualquer homem. Antunes derreteu do alto da sua arrogância de único leitor da obra.

– Não recuso. Mas tenho de lhe pedir autorização. E ele mora longe, nem sei bem onde, fora da Nguimbi. Se insistes em ler o livro, posso perguntar ao Lucas onde é o kubiko dele.

– Por favor – disse Marisa, coçando a planta do pé esquerdo.

Antunes olhou para ela, julgou ser uma posição expressamente provocante, mais uma. Porém, fingiu não reparar. A colega era conhecida como incendiária, punha os homens ao rubro e depois escapava, deixando-os exangues e de língua de fora. Também no princípio da sua amizade tentara qualquer coisa, convencido de que ela estava a propor umas brincadeiras mais íntimas. Marisa deixou que lhe beijasse uma orelha, só riu e se afastou. Malandro, disse, parecendo instigar tesão nele. De outra vez deixou-se abraçar e ele acariciou-lhe as costas. Mas quando a mão chegou à bunda, a rapariga gargalhou e foi embora, rodeando-o, malandro, menino muito malandro. Até que o avisaram, cuidado com ela, já todos tentámos, mentira, ela só deixa ir até certo ponto, depois abandona-te sozinho com a tua fome.

Doloroso.

Foi isso que Antunes explicou dois dias depois a Heitor. Foi com Lucas, no carro deste, aproveitando o domingo de folga e também por ser o dia em que havia menos trânsito por aquelas bandas. Encontraram o amigo a regar as árvores e o viveiro de jindungo, operação feita num minuto. Primeiro explicou com certo humor para quê regava as plantas e a bacia com sementes, arriscava uma proveitosa carreira de agricultor em frutas e picantes. Só depois de ouvidas as explicações hortícolas, o jornalista lhe entregou o *pen*, fez os elogios e observações habituais sobre a obra literária, embora com sincera admiração, e contou do desejo da colega. Os visitantes estavam sentados em dois banquinhos forrados de pele de cabra, comprados de manhã. Uma sorte, os artesãos tinham passado ali perto a caminho do mercado e ele achou ser muito barato e útil comprar assentos pequenos, fáceis de transportar, levíssimos e resistentes. Heitor sentou mesmo no chão, devia ter comprado três. Não havia sol, o cacimbo era uma barreira protetora contra o calor, se estava bem ali ao pé da bacia para os jindungueiros.

– Mas atenção, Heitor, Marisa é uma acendalha, segundo consta – era prudente demais para confessar que também tinha ensaiado uma aventura com ela. – Estás a ver o que é, uma substância que arde com o primeiro fósforo e depois fica um tempo largo a se consumir até fazer o carvão todo pegar fogo. Bem, ela põe um tipo em brasa, deixa-o arder, até ele estar pronto a trepar paredes. Aí deita-lhe um balde de água em cima, vai para casa, acabou, eu não sou dessas que traio o meu marido. E um tipo tem de ir embora, teso que nem uma bengala de soba, os tomates a doerem, frustrado como um touro que não acerta no toureiro. Perigosa. Tem cuidado. É o que dizem, provoca os homens, mas nunca deixa que lhe baixem as calcinhas. No entanto, goza com eles e deles. O único que foi um pouco mais longe, segundo rezam as resenhas nunca escritas da rádio, mas atualizadas constantemente, foi o baterista de um conjunto famoso que ela adora, chamado Dorivaldo, o qual conseguiu beijar-lhe o sexo por cima da cueca. Mas logo o superego entrou em funcionamento e ela saltou da cama, para desespero do músico, o qual segurava já com as duas mãos a bunda dela pronto a lhe baixar as ditas calcinhas. O próprio baterista contou a um conhecido meu...

– Pode pois ser tudo falso.

– Ele não ia inventar uma coisa dessas que lhe diminui o prestígio. A malta só conta as vitórias, as derrotas esconde, sabes como é. Estou a avisar, por amizade.

– É melhor ouvires o Antunes... – apoiou Lucas.

– Só disse que pode ser tudo falso. Imagina, uma miúda boa, casada com um paralítico, como nos contaste. Paralítico e muito mais velho. Claro, todos os colegas e conhecidos acham, eis a presa fácil. Ela é fiel e afasta-os a todos. Despeitados, inventam essa da acendalha. Pura maldade. Não é uma versão possível?

– O escritor a efabular – menosprezou Antunes. – Nunca viste como ela olha para um kota e se mete com ele, e se põe em posições que lhe realçam as formas...

– Ah, então tu também... Já percebi.

– Escuta, Heitor, estou a falar a sério. É o que se diz. E nunca tentei nada, sabes, sou um tipo... assim, um tipo...

– Ias dizer prudente? – perguntou Lucas, melífluo. – Ou ngombelador envergonhado?

Conhecido como engatatão era o próprio Lucas, senhor de muitas estórias de sucesso com as miúdas mais bonitas do tempo dos três inseparáveis, na escola, no futebol, na praia. E depois. Fora sempre o Lucas a empurrá-los nas farras, a arranjar garinas para todos, porém de nulo proveito para Heitor, tímido demais, sem coragem de meter conversa com elas. Antunes ia aproveitando o seu pedaço, conseguiu assim algumas peças de coleção.

– Sou um tipo sério – replicou este, tentando convicção na voz e na cara.

– Por quê? – disse Lucas, abrindo muito os grandes olhos, como quem os abre para não o fazer com a boca. – Não estás comprometido, a menos que me tenha escapado alguma coisa. Andaste ultimamente com a minha prima Rosinha, mas acabou mal... Quase te obrigavam a pagar pensão de invalidez por a teres tratado de forma pré-histórica.

– Mentiras! Sabes bem, te contei tudo. A Rosinha foi se queixar a ti e em vez de acreditares na minha versão, eu, teu amigo desde kandengues antes de irmos na escola, foste engolir as mentiras dessa intriguista, apesar de tua família. Longínqua, mas família. Que lhe destratei, lhe apertei um braço, mais quê? Portei-me lindamente com a Rosinha, nunca escondi as intenções, era apenas um caso sem consequências, até mais ver... A Marisa é diferente, se trata de dona casada e não me meto com gajas enforcadas, sabes muito bem.

– Tenho mesmo de encontrar essa jornalista. Não me apresentas, Antunes?

Lucas parecia falar a sério. Seria afinal normal, para quem o conhecesse. Nunca fugia a um desafio e Antunes, sem querer, esfumaçara um repto. A intromissão de Lucas até seria uma maneira de defender Heitor, o mais frágil dos três nas questões do amor.

– Bem gostaria de te ver, meu, levares uma derrapada da Marisa. Se quiseres, vai à rádio amanhã, apresento-te. Já estou a rir de antecipação. O grande Lucas a levar uma tampa monumental e a vir de língua de fora à procura de água.

– Vou lá, sim. E vais apresentar. Sempre quero ver a grande brasa.

– Esperem aí, então o assunto não era comigo?

– Autorizas ou não a tipa a ler o teu livro? – perguntou Antunes.

– O que não impede que eu a coma entretanto – disse Lucas, com seu ar de predador mais acentuado, aquele com que poderia entrar numa igreja e toda a gente o julgaria um piedoso fiel em peregrinação mística.

Para essa imagem só não ajudava ter os dois incisivos superiores grandes, de coelho, embora sem saírem da boca como em alguns desagradáveis casos. Os dentes e os olhos brilhantes faziam lembrar um *dobermann*, nome por que ficou conhecido no liceu, exatamente por lançar tremendas chispas com os olhos e até provocar tentativas de suicídio por parte de duas moças e uma grande surra dada por um marido ofendido, ajudado por dois irmãos matulões. Nesse caso, o *dobermann* teve de se arrastar a ganir, de olhos e dentes escondidos. Antunes e Heitor ainda tentaram enfrentar os energúmenos, deixem lá o nosso amigo, isso lhes vai sair caro, queixamos na polícia, mas não passaram das ameaças, caso impossível de resolver.

– Este gajo está só a desviar a conversa – disse Antunes. – Diz lá, Heitor, entrego o *pen* à miúda ou não?

– Ela tem carro?

– Tem, mas que interessa?

– Muito. Porque se não tivesse, era bastante chato vir até tão longe de candongueiro.

– Espera aí, estás a pensar o quê? – perguntou Lucas, um pouco assustado.

– As minhas condições são as seguintes – disse Heitor. – Tenho ouvido o programa dela e acho uma voz bestial, entesoadora. Por isso quero que leia para um gravador o meu livro. É pequeno, deve durar uma hora e meia ou duas, no máximo. Ela vem com o gravador e lê aqui. E eu fico com a cassete, pois não é para passar na rádio, mais faltava! Se ela aceitar, tudo bem, vai conhecer o livro.

– O grande génio já põe exigências – disse Antunes.

– O Heitor tem razão – disse Lucas. – É preciso fazê-las sofrer primeiro.

– Também marcas dia e hora?

– Quando lhe der jeito. Tenho todo o tempo do mundo.

Antunes hesitou, pouco à vontade. De facto, admitira a ideia de o amigo recusar, ou até, na pior das hipóteses, aceitar. Aquilo não, inesperado.

– Qual é o mambo? – lhe perguntou Lucas.

– É que certamente só poderia vir à noite. Sabes como é a nossa vida de jornalista.

– Então será à noite – disse Heitor.

Lucas olhou demoradamente para o amigo. Que era aquilo, o rapaz estava a ficar mais firme, mais confiante? Por ter escrito um grande livro, no entender de Antunes. Ele também achou, uma bela estória, mas quem era ele, um engenheiro, para compreender as belezas literárias? A consciência de ter feito uma grande coisa pode ser uma boa razão para ganhar autoconfiança, melhor razão que muitas outras.

Era uma jogada do camano.

Antunes também estava sem palavras. Pela primeira vez, houve silêncio, aproveitado pelas vozes de longínquas vizinhanças para o preencher. As vozes vinham de longe, com as nuvens de pó. Também o choro de uma criança, algures, perdido na tarde da terra vermelha. E ladrar de cães. É verdade, o Lucas tem uma cadela, pensou Heitor. Será que pariu há pouco? Não posso esquecer de mais tarde lhe perguntar.

– Estás a falar mesmo a sério? – perguntou Antunes. – Queres que ela venha à noite?

– Quero que ela venha cá ler para o gravador. Se é à noite ou não, isso ela é quem sabe. Mas avisem antes, para eu estar preparado. Posso dar uma volta ou ir comprar qualquer coisa, fora de casa portanto.

– Porreiro! Como avisar, se deixaste de usar telemóvel?

Silêncio embaraçado. Cada um pensando pelo seu lado como resolver o mambo.

– E se for pela rádio? – disse Lucas, o pragmático. – A tipa pode muito bem mandar uma mensagem cifrada no meio do programa, do género, hoje à noite vou ler um livro fantástico. Pronto, aqui o génio capta e se prepara para o combate. Meu – virado para Heitor –, nesse dia tens de almoçar e jantar bem, pelos vistos vais enfrentar uma onça capaz de aterrorizar o Antunes.

– Hum, é de facto o mais prático, vantagem de se fazer um programa de rádio – reconheceu Antunes. – E que tenhas muita sorte.

Antunes fez o sinal da cruz por cima da cabeça de Heitor. Tanto fazia, também podia lhe ter dado um encontrão.

– E tu, não me provoques – disse Antunes para Lucas. – Aterroriza-me uma merda...

– Deixem de imaginar coisas, não vai acontecer nada – disse Heitor. – Só quero que venha gravar o meu livro. Não aceito ser na rádio, ainda me fazem uma sacanice e gravam em várias versões... A voz dela fica bem naquele livro, quente e um pouco rouca. Depois arranjo uma aparelhagem para ouvir quando me apetecer. De facto, começo a sentir necessidade da minha aparelhagem que está no apartamento dos pais, aqui só tenho o rádio que me deste...

– Vês como sou teu amigo? Dei-te o rádio e dei a ideia de comunicação através do programa.

– Sempre foste um craque, meu – disse Antunes, lhe dando um murro no ombro. – Mas queria ver tu a levares sopa da Marisa.

– Calma, ainda não desisti da gaja. Vamos ver primeiro como se safa o escritor, depois entro eu no jogo para salvar a reputação do grupo de três vagamundos.

Ficaram brincando uns com os outros, recordando os velhos tempos em que se chamavam os três vagamundos, sem nunca terem saído da Nguimbi, e com poucas esperanças de isso acontecer. Depois Antunes lembrou, porra, para que trouxemos cerveja se estamos a deixá-la aquecer no carro? Este cabrão nem uma geleira tem aqui. Foram buscar as cervejas e beberam todas, sem preocupação com os caíngas que tinham uma barragem para caçar todos os criminosos condutores com alta taxa de álcool no sangue. Deixavam escapar os mais perigosos, apanhavam os menos culpados mas sem dinheiro para a gasosa, maneira local de dizer gorjeta. Por isso não havia que recear, Lucas, além de ter um carro intimidante de tão caro, também atirava notas de cem dólares quando necessário. Nenhum caínga era sério ao ponto de recusar.

Há ofertas irrecusáveis.

Na hora da partida, Heitor lembrou a ideia e perguntou a Lucas se a cadela tinha crias ou estava prenhe.

– Tenho ainda dois cachorros. Um macho e uma fêmea.

– Dás-me o macho?

Lucas olhou em volta, abriu os braços, deu depois um murro no ombro de Heitor.

– Não te vou deixar neste deserto sem a proteção de um cão. Que remédio! Queres mais quê, o planeta Marte? Dou-te tudo, meu.

5

Normalmente, a passagem da época do cacimbo para a estação quente é gradual. Nesse ano ameaçou não ser. No dia seguinte, ao acordar, Heitor sentiu algum calor. Coisa estranha. Se levantou e foi para a porta da frente, só de cuecas, como dormia. O sol estava radioso, iluminando as duas papaias quase todas roídas por dentro. Em breve cairiam e os sacanjueles e siripipis iam procurar outras paragens. Voltou para casa e ligou o rádio.

Começava o programa de Marisa. Logo a abrir,

– O 15 de agosto, fim oficial do cacimbo, está a chegar e apenas hoje o sol finalmente brilha. Só vos trago boas notícias. Em breve poderemos ir à praia. Não sentem o calorzinho? Aqui no estúdio, pelo contrário, está um frio de rachar, com a eterna mania do ar-condicionado. Para nos aquecer a alma e estarmos de acordo com o que se passa nas ruas, fomos ao baú da emissora onde guardam papéis, livros, fotos, mil e um objetos considerados inúteis. Pois bem, encontrámos uma preciosidade. Imaginem, desenterrámos um disco de vinil dos anos sessenta do século passado, vejam há quanto tempo estava ele sepultado. E esquecido. É argentino, mas não um tango. Não sei ao certo se nasceu primeiro a música, se o filme, mas é a música de fundo de um filme com o mesmo nome. Aposto que as pessoas da idade dos nossos pais não o ouviam há muitos anos, alguns até nem se lembrarão, mas aposto, os que se lembram vão ter boas recordações. Só pode. E nós, mais jovens, vamos descobrir coisas lindas, feitas antes de nascermos. Mas estou com muita conversa e vocês já com as orelhas todas espetadas para cima à espera. Oiçam então "*Cuando calienta el sol*".

Soltaram-se os primeiros acordes de uma canção que no seu núcleo primordial, como as estrelas que têm um centro mais turbulento e quente que as partes exteriores, dizia:

> *Cuando calienta el sol*
> *Aqui en la playa*
> *Siento tu cuerpo vibrar*
> *Cerca de mi...*

Heitor ficou deitado de novo na cama, ouvindo a música de uma ponta à outra, com vontade de ir à praia, de correr pelo mundo, dançar, saltar, jogar futebol, fazer amor, tudo de repente. Não escrever. A canção imperava. E o sol adivinhado lá fora.

Marisa, Marisa, uma voz tão quente, núcleo de vulcão, pensou.

Os vulcões lançam lava e a lava queima tudo à sua passagem.

6

Apareceram no fim de tarde em dois carros. Lucas vinha sozinho no seu, alto de gama. Antunes apanhou boleia no de Marisa, um gira-bairro vermelho. Heitor, entretanto, tinha tudo preparado. Para impressionar a jornalista e chatear os amigos, preparou sumo de múkua. Claro, tinha muita cerveja numa caixa térmica, comprada de manhã com o gelo. Na caixa estava também o sumo a arrefecer. Porém, tudo escondido na cozinha. Ia dar só a bebida caseira no princípio, deixaria a cerveja para Marisa, se ela quisesse, mais tarde.

De manhã, ao ouvir o programa matinal com a voz um pouco profunda mas tentando gorjeios alegres, há sol, a praia deve estar uma maravilha mesmo se a água ainda se apresenta fresca, e de novo vos passo a canção argentina mais apropriada, "*Cuando calienta el sol*", porém antes devo avisar hoje vou ler um livro maravilhoso, me foi recomendado por um amigo de muito bom gosto, Heitor soube, tenho de me preparar, é à noite. E foi longe encontrar o gelo, o mais difícil, pois múkua e cerveja há em todo o lado da Nguimbi.

Vinham os carros levantando poeira vermelha na picada que ligava à estrada asfaltada de Luanda. Lhe assaltou de repente a ideia de ser a polícia prestes a desalojá-lo por ordens da proprietária, anda a utilizar o meu terreno plantando árvores e jindungo sem minha autorização, passa uma noite na cadeia e paga multa para sair, acrescentando umas notas no aluguer futuro. Não era nada disso, ele sabia, devaneio só para preencher o tempo e segurar o nervoso.

Porque de facto sentia certo desassossego com o desafio constituído pela jornalista, uma prova dos nove. Era a simpatia que diziam e ela aparentava no seu programa? Ou era antes daquelas com cara de quem anda sempre a cheirar todo o estrume do mundo, género perito francês e sua delicada esposa em África? No fim da leitura diria, a novela é uma merda total, perdi o meu tempo e gasolina para vir a este fim do mundo, devo ser recompensada. Que poderia dar como gratificação? Só a possibilidade de usar a casa nos fins de semana, indo ele para outro sítio matar tempo.

No entanto, que utilidade veria ela numa casa isolada?

Os carros pararam e esqueceu as inquietações. Agora tinha de vestir o fato de escritor seguro de si e da sua obra. Já lera entrevistas e artigos sobre isso, o fato ou pele que as pessoas são forçadas a usar por causas profissionais. Antunes também lhe tinha ensinado, nunca dar confiança a um jornalista baixando os olhos, senão eles intimidam, se sentem por cima, e ganham a luta, arrancando segredos. É uma guerra, meu camarada, o jornalista está sempre a querer destruir mitos, vive disso. Grande frase! Não se aplicava felizmente ao seu caso. Como se ele fosse algum mito vivo, um Gandhi ou Mandela. Nem gostaria, mito tem obrigações diferentes do citadino anónimo. E sobretudo visibilidade. Ele apreciava se esconder entre formigas, ser mais uma delas no meio da multidão.

Mesmo com riscos de ser esmagado.

Marisa de facto tinha formas aveludadas. Vinha de vestido justo, azul-claro, um colar de âmbar ao pescoço, sandálias. Ao sair do carro, a coxa esquerda se destacou do vestido, roliça, fremente, até o pé tocar o chão. Heitor não viu os dois amigos se aproximarem, só tinha olhos para as ancas bamboleantes dela e depois o sorriso, novo sol nascendo em oposição ao que morria no mar, lá longe.

– Marisa, Heitor – apresentou Antunes.

Desnecessariamente.

Se cumprimentaram com um formal aperto de mão. Outro qualquer avançaria a cara para os dois beijos da praxe, não Heitor. Estendeu a mão e ela estacou, surpresa, mas replicou com a sua. Lucas partiu a moca, escondendo a boca com o braço. Isso Heitor conseguiu

O Tímido e as Mulheres

ver ou adivinhar, tanto fazia, conhecia demais o amigo. Lucas esticaria o pescoço para ela, como o fez antes certamente, aproveitando demorar um pouco na mudança de face para, sem querer, os lábios dela roçarem nos dele ou, pelo menos, sentirem a respiração um do outro. Uma tática usada e reusada por todos os ngombeladores que se prezam, marcando o primeiro ponto no torneio iniciado. Heitor tinha aprendido dele, mas era demasiado respeitador para cometer tal barbaridade na primeira vez que via uma mulher, na primeira, na segunda e na terceira. Para a quarta nem fôlego já teria.

Ficaram à frente da porta, olhando os três banquinhos (já tinha sido comprado mais um) encostados à parede. Ele não os convidou para dentro, a sala não tinha nada, a não ser uma mesa, alta demais para os bancos. O assento para a mesa era o mesmo em que escrevia e comia, não havia outro com altura suficiente. Por isso, adiantava convidá-los para dentro? Só então reparou, Marisa, com sua saia justa, nunca poderia sentar no banquinho. Disfarçou o embaraço.

– Tenho sumo de múkua gelado, quer? – perguntou para Marisa.

– Pode ser.

– Para vocês também?

Antunes levantou os braços, ia dizer, não gosto, só bebo coisas alcoólicas, mas Lucas se antecipou, temos de ir embora, viemos só indicar o caminho à Marisa, na cidade está um trânsito horrível. Heitor não insistiu e os dois se despediram da jornalista. Lucas fez o habitual truque dos beijos, mas ela estava prevenida e só encostou a cara uma vez. Heitor observou, atento e regozijado. Lucas disse a Heitor, não te trouxe o cachorro porque achei não vir a propósito, podia te distrair, fica para a próxima. E deu uma gargalhada de sacana, sem se importar se ela ouvia. Claro que ouviu e fingiu não perceber. Ou não percebeu mesmo? Entraram no carro. Ao fechar a porta, já sem possibilidade de ser ouvido pelos outros dois, Lucas segredou para Antunes:

– Aposto que o sacana tem cerveja. Ofereceu sumo de múkua para nos mandar embora.

Arrancou com força de levantar poeira. Marisa ficou à porta enquanto Heitor foi lá dentro servir um copo que lhe trouxe.

– Não sei se prefere entrar ou nos sentamos aqui fora nestes banquinhos.

– É melhor entrar – disse ela. – Está a ficar escuro, não há luz aqui fora c os mosquitos vão aparecer.

– É que... Não sei se o Antunes lhe explicou. Esta casa é alugada e não tem mobília.

– Sim, ele disse. É provisória.

E a moça entrou com o seu copo na sala, parando à espera que ele indicasse onde sentar. Parecia óbvio, só havia o banco à frente da mesa, por isso ele nem fez o gesto. Ela bebeu um trago do sumo, está bem bom, poisou o copo na mesa, tirou da bolsa um pequeno gravador.

– E onde te vais sentar? – perguntou ela.

– Bem, de facto não tenho outro banco desses. Fico de pé, não tem maka.

Ela avançou resolutamente pela casa, olhou a cozinha, depois olhou o quarto de dormir com a cama solitária.

– Aqui no quarto há luz?

– Sim, claro.

– Então é melhor aqui, ao menos ficamos à mesma altura.

Ele não entendeu. Nem ousou interpretar a frase de maneira mais malandra, como se podia fazer.

– Tem uma ficha na parede, podes ligar o computador aí, não podes?

– Sim – disse ele. – Muitas vezes o faço.

Ele foi buscar o computador, ligou a ficha e ficou com ele no colo, sentado na cama, à espera que abrisse o ficheiro onde estava escondido o livro com uma palavra-passe. Conhecia os truques dos ladrões de internet que roubavam, não só as contas bancárias, mas também documentos e livros guardados num computador, todo o cuidado era pouco. Ela sentou na cama ao lado dele, gravador na mão. Quando o título estava visível em capitais, *PARA LÁ DAS ONDAS*, ele colocou o computador no colo dela.

– Não, assim não dá. Daqui a pouco começa a aquecer e é desagradável ficar com ele no colo. Vou pô-lo na cama.

Problema novo. Com o computador na cama, ela não poderia ler estando sentada. Ou apanharia um torcicolo, ao fim de algum tempo. Foi o que ele ousou formular.

– Tens razão, assim não dá – concordou Marisa. – Só há uma solução, ler deitada.

– Deitada? E o vestido?

– Que tem o vestido? – disse ela.

– Vai ficar todo amarrotado. Nunca pensei que fosse tão complicado aqui... Peço desculpa, deveria ter proposto outro sítio...

Ela lhe bateu no braço, a interromper.

– Deixa disso. Tens razão em impor as tuas condições, a interessada sou eu. Terias de sair deste ermo e como voltavas à noite? Compreendo. No entanto temos de facto um problema, não posso voltar toda amarrotada... Já sei. Tiro o vestido e deito-me.

Não deu tempo para ele esboçar uma reação. Puxou o vestido pela cabeça, ficou de sutiã e cuecas, o colar de âmbar mais visível, numa aparição de outro mundo. Se deitou ágil e rapidamente de barriga para baixo, o gravador na mão esquerda, o rato acionado pela direita.

Heitor, meio apatetado com o sonho de um corpo divino e quase nu, só lembrou dizer:

– Vou buscar o sumo... Também tenho cerveja gelada.

– Prefiro cerveja, obrigada.

Ele levantou de um salto, bastante tonto e garganta seca. Parou na cozinha para respirar fundo duas vezes, antes de abrir a caixa térmica. Voltou com a cerveja, mais o banco da sala, sobre o qual colocou o copo à frente dela. Trazia também uma garrafa para si, beberia pelo gargalo, como sabia melhor. A cerveja, toda a tarde mergulhada no gelo, estava na temperatura certa, quase a rachar dentes.

Marisa deu um trago e começou a ler em voz alta, mesmo sem preparação. As frases borbulhavam na garganta dela mais bonitas e fortes do que as escritas. Desprendido do ecrã do computador, olhando o teto falso pintado de branco, via a estória pairando sobre ele e lhe parecia possível agarrar as próprias palavras, tremeluzentes, se unindo em sentidos ocultos, misteriosos e promissores. Sempre em movimento e se transformando em mil sentidos, as palavras que já tinham sido suas, e delas era desapossado sem dor. Depois de meia hora levantou, deu a volta à cama e se deitou ao lado da jornalista, evitando fazer ruído. Aproveitou a passagem por trás dela para perscrutar as coxas descobertas, a bunda apercebida por baixo das cuecas transparentes, o rego formado pelos músculos das costas, um encanto. Deitado, perdia a visão daquele corpo lembrando estátuas gregas.

Na diferença com as gregas, esta era esculpida em mármore preto.

Voltou a sentar, encostado à parede, longe do alcance dos olhos dela, podendo contemplar à vontade a vida se desenrolando dentro da mulher. Heitor imaginava as células estremecendo com a leitura, mas de facto eram músculos, movimentos nervosos, contrações, tudo em doses mínimas e harmoniosas, como estudara na biologia da escola. Havia um perfume suave, talvez água de colónia, talvez creme para a pele ou desodorizante, ou tudo isso em combinação impecável, preenchendo os espaços do quarto, e que ele associaria definitivamente a Marisa. Só ela tinha aquele cheiro indefinível de fêmea sofisticada, mas com o almíscar do cio. Bem tentava apanhar as palavras se soltando da garganta dela, mas só dava atenção à música das frases, que se coadunava com a beleza do corpo e o aroma. Conhecia demasiado bem o livro para poder, em momentos de lucidez, captar uma frase e a situar no todo, mas o resto do tempo estava como em volúpia de ópio.

E tesão de morrer.

Marisa parou o gravador, bebeu mais um gole do copo. Se virou de lado para o fitar, estou a ler bem? É difícil improvisar, precisava de ter lido uma vez antes da gravação.

– Está ótimo – disse ele, com uma voz angustiosa, porque arrancada da garganta. Foi pelo menos o que Heitor achou, talvez para ela tudo fosse normal, mesmo a maneira de ele falar. – Parece outra estória.

– Ai sim? E melhor ou pior?

– Melhor, muito melhor.

Marisa sorriu, fitou-o intensamente, se virou de novo para o ecrã do computador, religou o gravador. Continuou a ler. E ele ficou tentando recordar o instante breve em que conseguiu abarcar

O Tímido e as Mulheres

o rosto dela e o peito, onde as mamas saíam um pouco do sutiã, cheias. Foi só de relance, com medo de a ofender. E se admirava agora como ousara descolar os olhos dos dela, para lhe afagar o peito. Espero que não tenha notado. Foi no momento em que ela se virava para a leitura, talvez não tivesse reparado. Se foi apanhado no delito, também não houve recriminação. Ou fazia parte do jogo (seria mesmo um jogo?) ou ela pura e simplesmente não se importava de ser avaliada, talvez gostasse. Se era de facto uma acendalha, como dissera Antunes, então até se expunha de propósito para o consumir no fogo do desejo. Não deveria ter medo de ser apanhado a espreitar, antes pelo contrário, devia aquecer o olhar ao máximo, de modo que ela sentisse o calor da vista dele na bunda, nas coxas, entrecoxas, no peito, na raiz do cabelo. A estória entraria nela mais profundamente, como punhal ardente no sexo, mas sem dor.

A voz grave subia e diminuía de tom, imitando o movimento das ondas que davam título ao livro. Pela primeira vez, ele se convenceu que tinha de facto acertado, todos haveriam de compreender porquê aquele título... Se soubessem ler como Marisa, intérprete fiel da música escrita para ela. O orgulho de ter feito qualquer coisa de belo, misturado às sensações múltiplas vindas do corpo e da voz e do perfume, faziam-no engolir em seco e o coração bater em rítimo acelerado. Seria possível se apaixonar tão rapidamente? Não havia dúvida possível, estava mesmo apanhado, muito longe da saudade sentida pela sublime criatura que lhe tinha dado com os pés.

Isso era do anterior milénio, já tão longe.

A partir de agora, só haveria Marisa, sua voz sensual, seu corpo modelado como pauta de música. E irresistível tesão se apoderando dele. Se nota tesão pelas vibrações no ar? Talvez não. O certo é que, por o sentir ou por cansaço, a voz dela era cada vez mais grave, pausada, lançando perfumes e prazeres, como fêmea em orgasmo. Chegava à parte mais romântica da estória, com a heroína deitada, nua, sobre a areia da praia, enquanto o macho se aproximava cautelosamente, pronto a cobri-la, uma sombra ao luar. Um fauno violando uma inocente musa? Marisa teve um estremecimento, Heitor pôde sentir sem dúvida nenhuma, enquanto as nádegas dela se apertavam e depois enlangueciam, deixando as coxas enfim se separar. Ela sabia, estava a ser observada. No entanto, permitiu a visão mais ampla da bunda fremente, ou não pôde resistir a um suspiro que escapou entre frases e um gaguejar ligeiro quando o herói realizou o desejo mútuo. Devia ser muito lasciva a estória, pensou Heitor, ou ela a vivia com a intensidade que se deseja dos bons leitores, porque a sensualidade explodia na sua garganta e havia arrulhos e gemidos que se colavam às palavras, enquanto os dois heróis se perdiam num orgasmo prolongado.

Marisa voltou a juntar as coxas, bebeu mais um gole, respirou fundo. Não se atreveu a enfrentar imediatamente o computador e encostou a cabeça ao colchão, virada para o lado contrário ao dele. Heitor nem se mexeu, com medo de a perturbar. Ela ficou um tempo sem tempo nessa posição, descansando ou gozando, difícil de dizer, embora fosse visível que havia músculos e tendões no corpo dela se contraindo e alongando de forma quase ritimada. Seria prazer? O incómodo da posição? O amolecimento seguindo o gozo? Só poderia saber se ousasse meter a mão por baixo dela, tocando o sexo, para investigar se as cuecas estavam humedecidas. Já o pensamento o deixava louco. Nunca teria tal coragem ou falta de polidez. Claro, Lucas nem hesitaria.

Não eram iguais, ele estava ali para ouvir a gravação da sua estória.

Coisa de que Marisa se lembrou passados momentos. Voltou a ligar o gravador, se soergueu com os cotovelos, continuou a leitura. A voz parecia normalizada, mais fria.

Não houve outras cenas de registo até ao fim da gravação. Ele entretanto tinha ido buscar mais cerveja, que ela bebeu sem parar. Poisou o copo sobre o banco, pôs o computador no chão, se virou para ele. Tinha lágrimas nos olhos. Não falou, ficou a contemplá-lo. As lágrimas não corriam pelas faces, estavam apenas nos olhos. Sussurrou:

– O final é muito comovente.

Ele não replicou. Devia? Que faz um escritor quando lhe dizem uma frase daquelas? Só o final? E o resto da estória agradou-te? Não sabia perguntar, por isso ficou calado. Olhando para as lágrimas dela.

– Escreves muito bem. É um belo livro.

Ele continuou ouvindo a música saindo dos lábios dela, sentindo o cheiro mais intenso do corpo, se perguntando o que fazer. Decidiu, não faço nada, espero. O melhor caçador tem paciência e se isto é uma caçada, então devo seguir os mestres. Mas não era uma caçada, ele sabia. Pelo menos, nunca seria ele o caçador, antes a presa. Ela rodou mais o corpo e ficou de lado, virada totalmente para ele, mirando sempre a sua face. E Heitor, se sentindo um canalha, desviou o olhar da cara dela, deixou-o poisar com langor nos seios, depois no umbigo e por fim no que se adivinhava ser o monte de Vénus. Com vagar, com deleite, para ela sentir a quentura do exame. Ao voltar a vista para a cara de Marisa, os olhos estavam secos e ela sorria.

– Vais ser um grande escritor.

Silêncio. Um pouco constrangido. Nem Antunes teria dito aquilo, um vaticínio capaz de destruir qualquer modéstia. Mas ela estava embalada agora e despejou:

– No princípio estava com receio de ficar dececionada, afinal a expectativa que criaram em mim foi muito forte. Tinha mesmo medo de me desiludir e de como o dizer no fim. Mas quando li a primeira página e depois a segunda, fui começando a ficar calma, não ia precisar de mentir ao elogiar o escritor, bastaria ser sincera. À medida que a estória avançava, mais convencida ficava de viver um grande momento, pois se trata de facto de um grande momento, é a primeira vez que leem a tua obra estando tu presente. Deves ter notado na minha voz as emoções que despertaste. Confesso, fiquei agarrada, sofri com os personagens, gozei com os personagens. Tens o condão de colocar o leitor no centro do drama, de o fazer ver e ouvir e sentir todo o ambiente e a ação.

Ele teve vontade de perguntar, a um momento dado, vieste-te? Como os personagens o fizeram na praia? Mas não ganhou coragem para tanto. Indiretamente ela já tinha confessado. Bastava a suspeita.

– Ainda tens cerveja?

Ele se levantou, mas agora com muita precaução. Marisa olhava para ele. Teve de rodar o corpo para não mostrar tesão que devia ser visível mesmo com as calças. Foi buscar duas garrafas. Ela estava agora deitada de barriga para cima, olhos fechados. Em oferta? Ele ficou sem saber como proceder.

– Está aqui. Queres no copo?

– Na garrafa.

Marisa recebeu a cerveja sem abrir os olhos. Não podia beber assim, ia entornar. Teria de levantar um pouco a cabeça. Ele sentou na borda da cama, esperando. A respiração da jornalista nascia no peito, dois seios consistentes apertados pelo sutiã, passava pela barriga e ia parar no sexo, uma mancha escura e convexa debaixo das cuecas brancas. O umbigo era perfeito, coisa mais rara do que se pensa. Sem beber, ela fletiu um pouco a perna direita, a mais afastada dele, fazendo sobressair a coxa. Parecia se dar à mirada. Heitor bebeu pela garrafa e se encostou de novo à parede. Ela permanecia assim, a garrafa na mão, o corpo talvez em oferenda, ou apenas em repouso, quem pode adivinhar?

– Tenho de ir embora, já é tarde.

Sentou na cama, lhe dando as costas, bebeu a garrafa inteira. Enfiou o vestido, enquanto ele também se levantava, com dores no baixo ventre. Marisa tirou a pequena cassete do gravador e lhe entregou.

– Como vês, esta é a única cópia. Não te passo uma rasteira. Antunes me falou dos teus receios...

– Não, claro... – ficou atrapalhado, o que estava ela a pensar, que não acreditava nela? – Confiei logo em ti.

– Seria bom se passasse isso na rádio, era um tremendo furo... mas, claro, é impossível. Isso merece ser publicado primeiro como livro.

Estavam à frente um do outro, ele sem jeito, com vontade de a beijar, mas seria o fim de toda aquela cumplicidade, um abuso. Foi ela que tomou a iniciativa com um beijo breve nos lábios. Como Heitor ficou sem reação, ela abraçou-o e beijou-o profunda e prolongadamente.

– Obrigada, foi tudo muito bom...

Se virou para sair do quarto.

Ele quis perguntar, o beijo também foi bom? Não teve coragem. Assim, ficou sem saber.

7

Foi tão difícil dormir.

O quarto estava impregnado do cheiro dela. A boca, do sabor dela, apesar da fugacidade do beijo. O sexo, do desejo dela. Ainda por cima, sentia o primeiro calor da estação. Se levantou duas vezes para beber cerveja. Sentado no escuro, garrafa na mão, misturava muitas emoções ao mesmo tempo. Ela gostara da estória, dera um sentimento novo ao que ele escrevera, confirmara mesmo, um bom livro, merece ser publicado. A vaidade do autor. Por outro lado, e talvez mais forte, a experiência inesperada com ela. Uma mulher vivida, casada, com um milhar de fanáticos correndo atrás, que se deitara quase nua na sua cama com a maior naturalidade e lhe dera um beijo de... de quê? Reconhecimento? Admiração? Ou outra coisa mais forte, uma promessa?

Acendalha? Sim, talvez.

No entanto, se despiu e vestiu com tal à vontade que podia ser porque, de facto, não haveria outra solução para o problema e nenhuma segunda intenção. Mas fosse acendalha... fosse uma fornalha. Ele não se importava nada de se deixar cremar. O que sentem os tipos que se regam de gasolina e ateiam fogo a si próprios? Não tem nada relacionado com isto, estou a derivar.

Heitor respirava o sítio onde ela esteve deitada, o perfume permanecia. Examinou com atenção o lugar da colcha onde assentara o sexo mas não notou mancha ou sinal de fluidos. Estava à espera de quê? Apenas o desenho de um corpo afundado na colcha. Podia acariciar o sítio, como se fosse um monte de Vénus. Seria apenas a cavidade criada por ele. O pensar em cavidades voltava a excitá-lo. Se levantava, dava umas voltas pela sala, espiava o exterior pela janela. O ladrar de cães ao longe lhe concedia alguma calma. À cama retornava e apagava a luz. Mas em breve percebia, não iria conseguir dormir nessa noite. Calor demais. Ainda não o que ficaria incrustado nas chapas de zinco do telhado, o calor vindo do Sol. Aquele era de outro tipo. O calor de dentro. O que nunca se refresca, nem com cerveja gelada.

8

Lucrécio percebeu algum desassossego nela.

Apesar da hora avançada, estava ainda acordado, à frente da televisão, talvez distraído. Muitas vezes adormecia. Tinha cerca de cinquenta anos, mas parecia um sexagenário muito avançado, apesar de os climas húmidos fazerem as pessoas aparentar menos idade por não favorecerem o aparecimento de rugas. A imobilidade forçada dos membros inferiores, a facilidade com que apanhava infeções renais, o fígado também a não funcionar nada bem por falta de exercícios, tudo era motivo para precoce envelhecimento. Marisa sabia, nunca poderia invocar ignorância. Deixou de reparar como ele tinha definhado desde o casamento, ou melhor, não queria reparar. Os médicos amigos tinham avisado, pessoas com a doença dele desde a infância têm menor esperança de vida. Mesmo assim, tinha ultrapassado a idade que lhe vaticinaram como a máxima. E com boa cabeça e melhor coração.

No entanto, na hora da verdade, ela traiu o seu dever de lhe contar tudo. Se desculpou com o trabalho, sabes como é, aparece sempre qualquer coisa que devemos seguir, acontecimentos graves no Norte de África ou no Brasil, queda da bolsa de Nova Iorque, temos de ir ficando na rádio, quase inventando notícias... De facto, não vale a pena perder tanto tempo, te asseguro, é uma perda de vida, mas vai explicar isso ao dono da rádio, ele só quer ganhar dinheiro com a publicidade e esta é atraída por notícias de catástrofes.

Vontade de contar.

Não. Admitia até ser compreendida, perdoada no momento. Nunca tinha feito a experiência de revelações mais perturbadoras. Ele podia desconfiar, mas sem ter tido motivo para realmente comprovar traições, reais ou supostas. E era sábio demais para forçar cenas patéticas. Talvez reagisse mal, não em relação a ela, mas a si próprio. Fraco como estava, um AVC é coisa que acontece com a menor das emoções. Lhe explicaram, por altura do casamento, todas as causas possíveis de problemas graves de saúde. E os choques psicológicos faziam parte dessas causas. Ela tinha de o poupar a todo o custo.

Mesmo se aparecia um Heitor pela frente com uma estória linda de morrer.

Porque o rapaz tinha realmente talento. E uns olhos de Jesus Cristo pregado na cruz. Um Cristo negro, de barba desgrenhada. Só de pensar que aqueles olhos de santo sofredor tinham pousado no seu corpo, chegaram mesmo a lamber mentalmente o seu corpo, já ficava perturbada. Desejosa.

Excitação consumida nessa noite pelo corpo de Lucrécio, principesco batalhador de todas as causas.

Sobretudo as alheias.

Antes de adormecer, Marisa lembrou, amanhã é dia 13. Ainda terei direito ao meu ramo de rosas?

9

Heitor acordou cedo. Foi regar as plantas. Ia fazê-lo de manhã e ao fim da tarde. Talvez assim crescessem mais. A terra era muito seca na zona, mal não faria. Tinha vaga ideia de alguns vegetais que com demasiada água estagnada apodreciam pelas raízes. Não podia ser o caso com árvores de fruta ou sementes de jindungo. Pelo menos as árvores tinham sido plantadas em buracos fundos, onde ele soltara a terra para a tornar mais porosa, evitando o acumular das águas. A bacia dos jindungueiros tinha tantos furos que não havia perigo nenhum. De qualquer modo, quando tivesse ocasião, procuraria um livro sobre o assunto, só para confirmar a inocuidade da dupla rega. Inútil, bastaria perguntar a alguém da zona e com um passado agricultor, ali, naquelas terras secas, quanto mais água melhor.

Voltou para a cama e ligou o rádio. Ainda não tinha começado o programa de Marisa. Queria atingir os subentendidos, pois era infalível escaparem, aquela noite tinha perturbado a jornalista, não poderia se esconder de um ouvido atento.

E interesseiro.

De facto, depois de umas tantas músicas e frases sobre o sol que já começava a aquecer, numa esperança antecipada de verão, a voz um pouco mais rouca do habitual de Marisa anunciou a música *"Cuando calienta el sol"*, dedicada aos escritores.

– Os queridos ouvintes deverão estar a perguntar-se, por que os escritores? Também merecem uma dedicatória, não acham? Por vezes alguns dão-nos alegrias profundas com a sua arte, levam-nos para mundos maravilhosos de onde não queremos mais sair, transtornam os nossos pensamentos, se instalam na nossa vontade, acalentam os nossos desejos mais íntimos e delicados, nos provocam, nos perturbam, nos excitam, enfim, põem-nos em êxtase. É para esses, e só para esses escritores abençoados pelo dom mágico, os quais talvez nem sejam muitos a percorrer este mundo, que dedico a música da estação.

Vieram os acordes que Heitor já conhecia. E, ao ouvir a canção, pensava nas palavras, inequivocamente a si dirigidas. Marisa dizia que a obra a tinha provocado, excitado, extasiado... talvez não o escritor. Valia para qualquer um, nonagenário sem dentes ou peludo como um gorila, desde que fizesse um bom texto. De qualquer das formas, um passo. E um reconhecimento do valor do livro.

O outro passo veio mais tarde, depois de assuntos banais de jornalismo sem aparentarem esconder qualquer mensagem. Ele, pelo menos, não lhes encontrava nada de cifrado. Anunciada para fechar uma música muito romântica e no fim:

– Não resisto à dose, hoje quero repetir a cerveja gelada que bebi ontem. Não aconselho a toda a gente. Cuidado com as barrigas, sobretudo agora que se aproxima a época da praia e devemos estar elegantes. Eu não me importo muito com isso, acho uma ligeira barriguinha coisa bastante sensual. Por isso vou beber uma daquelas birras de partir os dentes. E, se for preciso, como penitência, amanhã corro dez quilómetros para abater banhas. Não esqueçam, façam como eu, só vos dou bons conselhos.

O programa terminava, sem mais mensagens.

Heitor saltou da cama, tinha de ir comprar gelo e cerveja, pô-las a refrescar desde já. Com o coração a bater na garganta.

Todo o dia com o coração a bater na garganta.

Como é óbvio, não fez nada, além de um almoço para aldrabar estômagos nervosos. Arroz com atum de lata. Simples mesmo, pois não tinha cebola, tomate nem pimentos, ingredientes necessários para um bom arroz de atum. Não fez nada, mas também não tinha nada para fazer, só esperar que tivesse compreendido bem o aviso.

Lucas, se por acaso esteve com atenção ao programa, conhecendo as coisas, talvez tenha captado. Suspeitaria da caixa térmica e das cervejas, sabia que ela ia na véspera ler, e ligando as pontas... o sacana era capaz de aparecer à noite só para lhe sabotar os planos, pelo menos atrapalhar. A ele nunca pregara partidas dessas, mas a outros sim. Normalmente o engenheiro de dia tinha trabalho, projetos, visitas a obras da sua empresa, reuniões, mas o azar ou satanás podia ter feito das suas, levá-lo a ligar o rádio do carro no momento do programa, pensar, deixa lá ver o que esta gaja diz hoje, será que gostou mesmo do livro do nosso génio, e perceber de imediato, oh lá lá (expressão recorrente que lhe ficou de um estágio em França), temos encontro marcado. O segundo em dias seguidos? Lucas não resistiria a pregar alguma, com Antunes ou sem Antunes. Amigos sim, mas em questão de gajas as amizades muitas vezes são atiradas para o lado. Se não fosse assim, Abel ainda estaria vivo e a Bíblia teria perdido algum tom de tragédia familiar.

Heitor não sabe, mas Marisa recebeu, logo pela manhã, mesmo antes de lhe enviar a mensagem pela rádio, o habitual ramo de rosas. Era de facto dia 13. Ela pegou no ramo, sopesou por um minuto atrações, sentimentos, e, pela primeira vez, deitou-o diretamente no caixote do lixo.

Era dia 13, mas Heitor não reparou. Podia haver razão para reparar?

Lucas podia aprontar alguma, devia avisá-lo, mas não tinha maneira. Só indo à cidade. Porra, já é tempo de voltar ao apartamento e recolher algumas coisas que me fazem falta, entre as quais o telemóvel. Já não estou de luto, ainda dói um pouco o pensamento da sublime a viver com outro, enroscada a ele, mas que se lixe, é passado. Nos primeiros dias quis encontrar solidão e por isso se mudou para aqueles matos sem meio de comunicação, apenas o computador para escrever. Tinha lógica deixar o telemóvel e cortar com o mundo, para desespero da mãe. Agora já não. Mas podia ficar para o dia seguinte, hoje tinha coisa séria em que pensar. Tratar de receber condignamente Marisa. E esperar que Lucas não tenha ouvido o programa. Ou que Antunes não lhe tenha telefonado, estás a ver, o nosso génio até volta a ter encontro, perdeste, meu ngombelador indecente, o quê, ela vai lá de novo?, sim, vão se encontrar outra vez, anunciou no programa, de maneira cifrada, claro, mas entre aqueles dois só vai haver um relacionamento de cifras, a minha experiência de jornalista garante uma grande estória, e conto ser eu a escrever, de forma fantasiada, é claro, não quero ser demasiado explícito, mas te digo, Lucas, esta estória dá uma reportagem do género *The New Yorker* (realmente Antunes não era nada modesto, se comparava logo aos melhores), a menos que seja o Heitor a contar a verdadeira estória, se vingaria Lucas, o escritor é ele. A discussão imaginada entre os dois amigos ajudou-o a passar tempo e a criar mais ansiedade. Ao contrário de vezes anteriores, era agradável essa ansiedade.

O galope desenfreado do coração pode afinal ser doce.

Felizmente para o descrente Heitor, nenhum dos seus amigos teve comportamentos traiçoeiros. E chegou o lusco-fusco, com a caixa térmica bem atestada de cerveja e gelo, uns bolinhos de acompanhamento, candeeiro novo para a cabeceira da cama, luz provocando maior intimidade. E Marisa chegou. Da primeira vez foi por acaso, vinha de vestido. Hoje deveria vir de calças de ganga, traje normal de trabalho para quem bumba em rádio, diferente das emproadas da televisão. Usando calças, já não precisaria de tirá-las e provocar situações de constrangimento, como na véspera. Mas não. Veio de vestido branco, virginal. Um sinal. Heitor captou? Veremos.

Se cumprimentaram com dois beijos nas faces.

– Percebeste a minha mensagem no programa? – perguntou logo ela.

– Sim. Tenho cerveja bem gelada.

Ela riu. Ficaram a olhar um para o outro.

– Uma coisa é ler em voz alta. Outra coisa é ouvir. Quero ouvir o que gravámos ontem. Pode ser?

Claro que podia, como iria ele negar tal pretensão?

Ela avançou para o quarto. Para ouvir a gravação, não era necessário voltarem à cama, podia se sentar no banco à mesa e ele num dos banquinhos. Ah, ela diria, gosto de estar à mesma altura. Talvez. O certo é que sem aparente necessidade, pois também poderia ouvir sentada na cama, encostada à parede, como ele na véspera ficara, Marisa despiu logo o vestido branco e ficou em roupa interior também branca, cueca e sutiã. E se deitou de cara para cima. Pediu a cassete de Heitor, meteu-a no gravador minúsculo que usara na véspera e a sua voz começou a fluir, ligeiramente rouca. Heitor subiu também para a cama, mas não se deitou ao lado dela, ficou sentado contra a parede. Olhando para o corpo despido. Não sem antes ter aberto duas garrafas de cerveja, que foram bebendo sem copo. E mais duas, meia hora depois. Marisa ouvia de olhos fechados, se oferecendo aos dele, levantando um joelho e depois o outro, abrindo um pouco as coxas ou voltando a fechá-las, tudo muito lentamente, como absorvida pelo rítimo das palavras arrulhando envoltas em ondas.

Quando o silêncio finalmente se instalou, ficaram quietos, ela de olhos fechados, ele observando o umbigo, os seios, as coxas, o monte de Vénus. E se mortificava perante o medo. Que faço? Se avançar para uma carícia, ela pode se zangar. Se não avançar, ela vai pensar que sou um merda, talvez até gay. A mão esquerda de Marisa estava muito perto da sua direita. Dez, vinte centímetros. Bastaria tocar na dela, como por acaso. Logo se veria a reação. Mas ele não era capaz. Um caçador que se deixa caçar, apenas sabe ser caçado. Apetecia-lhe mais cerveja mas não ousava romper o silêncio. Era expressivo, pesado, aquele silêncio. Ela estava à espera de uma atitude dele? Ou apenas enlevada pelo que acabara de ouvir, ainda analisando e saboreando? Marisa devia falar, confirmar o dito na noite anterior, era a leitora.

– Sim, de facto é muito belo.

De olhos fechados, como se continuasse a ouvir a própria voz lendo a estória. Ou em oferta. Não era a mesma coisa? Ele tinha a certeza. Mas não avançou uma carícia, um toque sequer.

Marisa acabou por abrir os olhos, virar a cara para ele, os lábios carnudos parecendo até mais inchados. Chegara o momento. Devia tocar na mão dela. Pelo menos isso. Não superou o medo. Ela se soergueu. Ficaram os dois sentados, olhos nos olhos. À mesma altura. Muito tempo. Ou apenas segundos. Há situações em que o tempo se suspende, também ele à espera. Até ela levantar a mão e lhe acariciar a face. O tímido finalmente fez o gesto de avançar o rosto e ela deixou os lábios se colarem. Depois caiu para trás e ele foi junto. E acariciou os seios e meteu a mão entre as coxas, as bocas sempre coladas. Quando procurou o fecho do sutiã, ela deixou soltá-lo. As mamas resplandeceram, os bicos cheios. Muito tempo se beijaram e acariciaram. Ele voltou às coxas e ela entreabriu-as, permitindo a mão envolver o sexo. Ele sentiu o desejo dela no sexo, a mão tinha toda a sensibilidade. Foi então...

– Não posso fazer isto, desculpa...

Marisa rebolou e se libertou docemente do corpo dele. Ficou sentada na cama, com os pés no chão. Arfando um pouco. Ele abraçou-a por trás e ela deixou as mãos se encherem dos seios dela.

– Gostaria muito, mas não posso... Desculpa.

E se levantou. Enfiou rapidamente o vestido, nem olhou para ele. Saiu do quarto.

No ar ficou borbulhando apenas a palavra "desculpa".

Heitor ouviu bater a porta da rua. Tremenda dor no baixo ventre.

Se masturbou enquanto ouvia o motor do carro gemer soluços na picada.

10

Antunes tinha razão, reconheceu desconsoladamente Heitor, Marisa era mesmo uma acendalha. Mas no momento seguinte a dúvida persistia, haveria talvez outra desculpa desconhecida e aceitável. Ela não explicou porquê, mas se entendia, não podia fazer sexo, embora quisesse, por ter marido. E pretender ser fiel. Tudo fora apenas uma fatalidade, evitada por uma atitude nobre da parte dela no último momento. Fatalidades dessas dão origem a mujimbos mal-intencionados. Devia no entanto reconhecer, se tratava de coincidência muito estranha. Foi de tão longe só para o excitar e depois o largar? Afirmou querer ouvir o que gravara na véspera, podia ser, perfeitamente normal, se de facto gostou tanto do livro, o que parecia fora de dúvida. No entanto, a perplexidade: aconteceu ponto-por-ponto como Antunes avisara. Sim, o amigo tinha razão, só o amor-próprio ferido procurava ainda indulgência. Marisa superava em crueldade a sublime mulher que o pôs de rastos. Cortou a relação antes mesmo de ser consumada. Oh, mas para quê comparações?

Nunca há situações idênticas, só parecidas.

E razões escondidas.

Foi uma noite difícil. As chapas de zinco do telhado já tinham acumulado calor suficiente para o fazerem suar, mesmo de noite. Antes nem notara, tão entregue à frustração. Nu, suando cada vez mais, sentia o lençol de baixo também húmido. E o facto de perceber que tinha calor, ainda lhe aumentava mais o suor e o incómodo. Os mosquitos, que devem ter entrado quando Marisa abriu a porta ao partir, picavam o corpo sem proteção. Foi tomar um banho, mas a frescura da água aliviou a pele por pouco tempo. Deitado de novo, o calor se tornava presente. É psicológico, de tesão, pensou. Não lhe adiantava saber, os mosquitos não eram psicologia porra nenhuma, o calor não diminuía e ele estava com uma raiva descomunal. Imaginou Marisa na cama com o marido. Comentaria as aventuras? E riam os dois, cúmplices, da malandrice dela? Menina mazinha, diria o homem babando, põe o rapaz pronto a trepar paredes e depois deixa-o sozinho, sem sequer um biberão. E o casal ria muito, até se entregar aos jogos do amor. Na frescura do ar-condicionado! Heitor saltava da cama, capaz de morder tudo, a cama incluída, o candeeiro novo, as garrafas vazias no chão com que chocava sempre ao levantar, as paredes, enfim...

Que venha logo o dia para avançarmos com a estória.

A qual se desfiou como previsto, ele de ressaca deitado a ouvir Marisa na rádio, lhe parecendo a voz dela pesarosa, mas só podia ser hipocrisia, a filha da puta devia estar a gozar. No entanto, às tantas ela pôs o tema do filme *"Cuando calienta el sol"*... e anunciou ser a última vez que essa canção apareceria no seu programa, opção de uma noite de tristeza, revelou, devemos sempre seguir para a frente, abandonar as ideias inalcançáveis e lutar apenas pelo possível, a busca da utopia tem feito muito mal ao mundo, e por aí fora nessa treta fatalista e conservadora para os espíritos mais abertos, falando de sonhos que se desfaziam sem vento, de gente abandonada pelas estradas andando como cazumbis sem sul nem norte, e os ouvintes deviam estar chocados porque a conversa não parecia ter ligação com a música, tão banal, falando de praia e sol e amor, também Lucrécio devia ter parado de ensinar aos explicandos para perceber porquê a sua mulher entrara nesse discurso disparatado sobre mortos-vivos ou vivos-mortos provocados por utopias (e então as revoluções deixam de ser válidas?).

Já dormia na véspera quando ela chegou e ao acordar encontrou-a à janela olhando o vazio, sem nenhum gesto de ternura, apenas uns olhos pisados fugindo dos dele e um até logo, tenho de ir trabalhar mais cedo. E ele ligou as coisas, ontem foi dia 13, que aconteceu no dia 13?, mas isso era coisa antiga, do tempo em que havia conversas telefónicas no programa, será que houve um retomar de relações, ou elas nunca pararam? Lucrécio pela primeira vez sentiu o ferrete do ciúme. Sabia, mais cedo ou mais tarde Marisa podia se interessar por outro, desejada como era. Um língua de mel, com prendas de bom gosto e promessas de viagens em cruzeiro, guiando um *tubarão* reluzente pelas ruas de Luanda, um rapaz bonito e perfeito, com as duas pernas musculadas, capaz de correr e nadar... Rival imbatível.

Percebera a perturbação da mulher quando O Guerreiro Solitário, como se alcunhava, ligava para o programa e falava, falava, doces palavras e sábias, num discurso escorreito, sem hesitações, mas também com poucas teorias religiosas ou esotéricas, sem nunca se abeirar de afirmações pedagógicas, abrangendo assuntos do dia a dia mas também política, economia, sociologia, ciência pura, se tornando portanto em filosofia que fazia deslizar pelos ouvintes, uns talvez enfastiados, este gajo nunca mais se cala para podermos ouvir a voz entesadora da Marisa ou uma música, outros encantados, sobretudo as senhoras de meia-idade, suspirando, porque não me apareceu um homem brilhante destes quando podia escolher, enquanto uma parte mudava de emissora, bastava carregar num botão. Marisa ficava calada, estática, e deixava-o falar, até ser chamada à atenção para o tempo, corta, corta, e ela lá cortava, desculpe, esta conversa é muito interessante, mas temos obrigações com a publicidade, volte a ligar, é sempre um prazer ouvi-lo. Até ao fatídico dia em que lhe chamou de Senhor do Dia 13. Lucrécio sentiu um sobressalto no peito. Como poderia ela saber? Tinha anotado os dias, tinha pesquisado? Só porque ficara tocada. Mas Lucrécio sempre se convenceu nunca ter passado disso, uma perturbação, um salto no caminho. Até acabarem com as conversas pelo telefone. No entanto, bem a sentia nervosa todos os dias antes do 13. Mais uma razão para se convencer de que nunca houve nada de grave. Agora, pela primeira vez, tinha dúvidas.

Angustiosas dúvidas.

Passou a prestar mais atenção aos pequenos gestos e reações da mulher, se possível fosse. E lhe apanhou uma vez com uma furtiva lágrima. Ela se mantinha terna, embora mais distante. Marisa escondia tristeza, dava para perceber. Porém, ele nunca iria falar do dia 13, só ela deveria tomar a iniciativa. Lucrécio geralmente não fugia de discussões ou cenas mais delicadas com a esposa ou outra pessoa qualquer. Se tinha de ser, discutia mesmo. Neste caso procurava preservar a intimidade da moça, não lhe violar os segredos guardados.

Escrúpulos de quem sofreu a injustiça da vida.

E aprendeu.

Nessa manhã em que ela estava triste, na janela do amanhecer, Lucrécio se vestiu a preceito, como sempre, avançou com a cadeira para a porta do prédio, fez a difícil ginástica de descer o degrau sem ajuda, pois o edifício não tinha porteiro, luxo disparatado para o edifício e o quarteirão classe média baixa. Da rua ficaram a ver o seu esforço mas ninguém se destacou para o auxiliar. Era habitual dispensar favores na ida. Segurando firmemente as rodas, deixou-as avançar milímetro a milímetro, se inclinando o mais que podia para trás, até a cadeira se desequilibrar para a frente e tocar o passeio, travando logo. A habilidade estava em não a deixar inclinar muito para a frente, só o suficiente. Mais complicado seria voltar a subir o degrau na volta.

O senhorio já podia ter resolvido o problema, arranjando uma pequena rampa ao lado da porta, solução obrigatória em cidades civilizadas. Além do mais, era afinal só a altura de um degrau. Mas o senhorio não teve a sensibilidade, e Lucrécio não pedia. Lhe custava tratar do assunto, falando ao proprietário para a necessária autorização e contratando ele próprio um pedreiro. Caramba, se tratava de obra minúscula que até podia pagar. No entanto, sentia ser dever do senhorio perceber o assunto e resolver por si. A cidade não estava preparada para facilitar a vida a ninguém com todas as faculdades, quanto mais a alguém com uma deficiência. E as pessoas nem sequer consciência tinham de ser afinal simples ajudar outros. Devia confrontar o proprietário? Era o senhor Gomes, apenas solícito no primeiro dia do mês a reclamar o aluguer. Outro o teria já feito. Nunca passaria pela cabeça de Lucrécio. Detestava incomodar uma pessoa para a levar a cumprir a sua obrigação, todos devemos ter perceção das nossas responsabilidades. Também não tinha a certeza de ser uma obrigação do proprietário. E nem se queixara a Marisa, o senhor Gomes podia se lembrar que uma pequena rampa me facilitaria a vida. Nem em conversas de brincadeira sobre maratonas, referindo vários impedimentos na ida ao quiosque da esquina, Lucrécio contou a Marisa a complicação daquele degrau. Como não queixou do facto, Marisa também despercebia a dificuldade dele. Poderemos considerar uma enorme falta de sensibilidade por parte dela?

Também.

No entanto, sabemos como a moça corria pela vida, um passarinho debicando uma flor e outra e outra... Talvez mereça a nossa benevolência.

E se Marisa a merece, com muito mais razão o senhor Gomes, o qual estava ali apenas para ganhar o dele e minimamente preocupado com questões morais ou de igualdade social, questões com um ministério encarregado de as resolver. Por isso Lucrécio todos os dias fazia o exercício penível de descer aquele fatídico degrau (sorte ser apenas um, com efeito a escolha do prédio foi em função disso, entre outros fatores). Ia depois até o quiosque do canto do passeio, uns cem metros de esforço por causa dos buracos, garrafas abandonadas, sacos de lixo que a empresa paga pela municipalidade não tinha vindo recolher durante a noite, poças de água, da chuva ou de algum morador mais descuidado, pedras que as crianças transportavam para brincar no passeio e depois esqueciam etc. Pior era quando algum cano rebentava e cavava logo a terra batida, provocando uma ravina, mesmo pequena, que ele não tinha coragem de atravessar. Nesse caso, ou uma alma caridosa o empurrava para a rua e de novo para o passeio, ou tinha de voltar para trás. No quiosque comprava o jornal, trocava duas impressões com o dono, senhor Tomás, crítico de tudo, sempre contra a opinião do último freguês sobre qualquer assunto. O senhor Tomás tinha a barba branca, embora o cabelo ainda fosse bem escuro, daquela carapinha negra reluzente, o que contrastava ainda mais com a cor da barba, também encarapinhada. Esta era arredondada, tomava cuidado com ela, todas as semanas bem aparada no barbeiro da frente. Ele se inclinava sobre o balcão para olhar o cliente tão baixinho, coçava a penugem branca e começava, já viu, senhor Lucrécio, o que me disse o Alcobia há bocado, vão mesmo alcatroar a rua e arranjar o passeio. Grande ingénuo! Como se esse governo estivesse preocupado com o povo... e até discordo, mais asfalto traz mais carro, mais fumo na rua, mais buzinas e mais acidentes. Melhor deixar assim. Se o cliente Alcobia tivesse resmungado que o governo nunca mais repunha os candeeiros da rua, é uma vergonha viver num sítio escuro e perigoso como este, o senhor Tomás logo diria, o Alcobia parece um tonto, agora quer candeeiros na rua para os miúdos apanharem choques elétricos nos postes e as pessoas verem tudo o que se passa à noite. Pois ele gostava de mijar num poste à saída do trabalho, fica ali especado todo o dia, exceto à hora do almoço, quando fecha bem o quiosque, correndo a grelha de ferro, e mija geralmente onde come, na taberna do quarteirão seguinte. Mas permanece toda a tarde dentro do quiosque. Com a luz na rua, teria de guardar a vontade de mijar até chegar ao kubiko, ou então ir chatear alguém, onde já se viu, me deixa entrar em sua casa para mijar um coxito, haka!, não se faz, é falta de respeito! O dono do quiosque era no entanto incapaz de rebater as ideias do Alcobia ou de outro freguês na sua face. Só para o cliente seguinte. De maneira que os clientes mais prudentes, fartos de conviverem com o vendedor de jornais, nunca falavam muito com ele, sobretudo escondiam opiniões, pois já sabiam, ele ia logo comentar os seus ditos. Maldizente violento. E negativista, ainda por cima.

Portanto, Lucrécio ouvia um pouco as reclamações do senhor Tomás, abanava a cabeça de forma indefinida, comprava o jornal e voltava para casa. Impossível elevar a parte dianteira da cadeira para vencer o degrau. Se punha então de frente para o prédio e ia lendo tranquilamente o jornal até que algum seu aluno ou conhecido aparecia e oferecia boleia, quer subir o degrau? Nunca acontecia o senhor Gomes, o senhorio, aparecer nesse momento. Talvez então tivesse a ideia generosa de lhe resolver de vez o problema.

Um dia haveria de acontecer, esperava Lucrécio, o filósofo. Crente, como qualquer bom filósofo. Embora o homólogo romano de vinte e tal séculos atrás se propusesse tornar a humanidade mais livre, lhe retirando o medo da morte e dos deuses, causadores de todas as tristezas do mundo. No entanto, como também prova a história da filosofia, nunca apareceu o senhor Gomes em tais momentos, nem lhe passou pela cabeça fazer uma rampa para inquilinos desvalidos.

A propósito do seu nome, e porque nunca é tarde para se voltar atrás numa estória, Marisa lhe perguntou no princípio do namoro a que se devia. O seu pai era dado a escolhas difíceis? Ou foi sua mãe, tirando a palavra de algum livro sobre raridades? Ou haveria alguma alusão à Lucrécia de tantas versões, a do tempo dos Bórgia, militares, cardeais e mesmo um papa saído de Espanha para conquistar a Itália, na época das grandes sacanices e das mais deslavadas traições à pureza e à humildade de Jesus Cristo feitas no seio da Igreja Católica? Sorrindo, ele cortou logo, fica sabendo, não é tão raro assim, conheço alguém que também usa o nome. Não faço a mínima ideia sobre a razão por que mo deram, quem sabe foi o padre versado em latinismos no momento do batismo, esquecendo as putifarias da célebre Lucrécia, para alguns apenas um instrumento ou uma pobre vítima de família gananciosa. Gosto de imaginar ter havido algum passarinho a segredar a palavra ao meu pai, por ver no bebê que eu era possibilidades de competir com o filósofo romano que queria libertar os homens de seus terrores. Também eu gostaria de fazer as pessoas felizes, porque mais livres.

Não é bonita a resposta?

Lucrécio por vezes lia no passeio o jornal inteiro, tão parco de notícias e de assuntos de interesse, exceto a parte bem preenchida dos anúncios e do necrotério, mais de metade das páginas. Durante esse tempo muitas vezes ninguém lhe valia. Uns vizinhos ignoravam, porque achavam ele querer ficar ali mesmo e ser falta de respeito incomodá-lo. Outros nem se preocupavam com os acontecimentos da rua, encafuados nas suas legítimas preocupações de sobrevivência. Os miúdos tinham mais que fazer, ocupados em brincadeiras, bandidagens ou negociatas, já que não tinham espaço livre para improvisar um pequeno campo de futebol. Mas também é verdade que nunca Marisa o encontrou em tal situação, pois acabava por ter o assunto resolvido no tempo de ler o jornal e meditar sobre as notícias. Na pior das hipóteses, mais cedo ou mais tarde, aparecia sempre um explicando com exercícios em atraso.

Não era de facto assunto para preocupação.

Pior seria se Marisa caísse apaixonada por outro e o deixasse. Isso sim, uma verdadeira sentença de morte. Não um degrau a mais ou um buraco rasgando as entranhas da rua. Postado na cadeira de rodas à frente do prédio, o jornal aberto na direção dos olhos, nesse dia de facto não lia, o pensamento concentrado na mulher e seu estranho comportamento. Bem o avisaram, mulher nova demais, ele com deficiências, poderia dar confusão. O amor era demais. Ou o orgulho? Se punha a questão, foi amor ou orgulho? O orgulho de apanhar uma jovem que todos no bairro desejavam (talvez em toda a cidade). Desvendar os recantos da sua alma e corpo, ser dono e senhor, não, isso não queria, não era servo nem seria senhor de ninguém, os homens devem nascer livres e iguais em direitos. Não seria dono nem senhor, mas o parceiro ajuramentado, assim lhe soava melhor, o marido extremoso, capaz de saltar valas e cercas em cima de um corcel brandindo a lança em defesa da sua dama. Como nos romances antigos. De outros sítios. Mas igualmente belos. Claro, parceria suscitando invejas babadoras de mujimbos maldosos. Sabemos muito bem como funciona o cérebro humano, quase tão bárbaro como o dos deuses, ciumentos e vingativos. Todos eles, ciumentos e vingativos, sem exceções. Por isso não acreditava em deuses.

Apareceu enfim dona Clélia, vizinha de duas casas à frente, gorda e bem-disposta, apanágio dos ventres dilatados.

– Vai uma ajuda?

– Se fizer o favor – apenas murmurou.

Contrariamente ao seu caráter e educação, avançou pelo prédio sem agradecer a amabilidade da vizinha. Nem despedir. Perturbado, sem dúvida, deve ter ficado muito tempo à espera de alguém, pensou a senhora, sorrindo. Tinha reparado nele quando saía de casa para as compras e atravessou a rua para lhe empurrar a cadeira.

Quem disse haver gente mais simpática que um gordo? Porém há os mais antipáticos entre antipáticos, os obesos que conseguem se tornar magros, esses ficam impossíveis de má disposição.

Indiferente às cogitações de D. Clélia, Lucrécio abriu a porta do apartamento e entrou. Pouco depois chegava o primeiro dos explicandos, menino bem vestido, pagando regularmente, mas burro que se fartava. Segundo o explicador, não era bem verdade, de facto ele não se fartava de ser burro, nem notava a sua própria estupidez. Mas, da mesma maneira que o advogado deve aceitar o maior criminoso como cliente, lá o diz a ética da profissão, também o explicador tem obrigação de tentar meter umas luzes na cabeça mais dura. O contrário seria uma rendição.

Lucrécio, já o sabemos, nunca se rende.

Mesmo se por vezes está mais distraído, metido em seus cismas ou ouvindo a rádio onde trabalha a sua mulher.

E mais tarde ouviu mesmo a declaração dela, banindo de vez a canção argentina por causa de uma triste noite. Que se terá passado nessa noite tão tormentosa? Um pesadelo a fez levantar e ir para a janela, onde ele a encontrou ao acordar? A mulher recusou explicações, até saiu mais cedo para o trabalho. Evitando-o? Podia ser. Algo se tinha passado naquela noite e ele sentiu o dever de esperar e perguntar a Marisa pela verdade. Mesmo horrível ou terrificante, a verdade era melhor que aquele silêncio prenunciador de maiores desgraças. Depois daquela conversa da locutora sobre utopias se esvanecendo, melancolias adivinhadas numa misteriosa noite, conversa provocando espanto na redação e estúdio, desejos espúrios dos colegas querendo aprofundar a confissão, esquivas dela, silêncio prolongado nos olhos pisados, Marisa foi a casa preparar o almoço. O marido tinha terminado as explicações e esperava. Mas, ao ver o ar dela, desconseguiu de lhe perguntar qualquer coisa, falou só das cenas da rua e do senhor Tomás com sua má-língua, tentando levá-la a sorrir, o que aconteceu ao fim de algum tempo.

Sorriso triste, porém.

Marisa não estava pronta para contar, ele tinha paciência de esperar. Continuou tentando diverti-la, observando a rapidez da mulher a confecionar a comida. Parecia uma máquina. E foi mesmo isso lhe disse, pareces uma máquina, onde vais buscar tanta energia? De costas para ele, Marisa apenas encolheu os ombros. Não se sentia nenhuma máquina, sem rolamentos, eixos, placas, botões, comandos, fios, óleos. Estava masé infinitamente vazia.

Ou talvez cheia, repleta, mas apenas de dor.

Depois de comerem, a jornalista voltou para o trabalho, mas antes aconselhou o marido a fazer uma sesta. Ele hesitou na preguiça de se levantar da cadeira e fazer a ginástica de se deitar na cama. Embora o leito tivesse sido encomendado na altura ideal para, sem dificuldades, passar dele à cadeira e vice-versa, exigia sempre um exercício. Ficou mesmo na sala, na cadeira, tentando adormecer. Desejo impossível. Moveu a cadeira para a janela, de onde não podia ver a rua em si, apenas os passantes e as casas, mas ficava a um nível mais elevado que a da residência antiga, onde observava Marisa crescer e passar à sua frente, os livros numa sacola. Bons tempos aqueles em que ainda tinha mãe. E sonhos. Impossíveis, mas sonhos. Alguns chegaram a se realizar. O principal aconteceu mesmo, Marisa se apaixonou. Quem podia imaginar, o sonho mais louco foi o concretizado.

Sabia, devia evitar que o sonho se transformasse em pesadelo.

11

Talvez fosse apenas amizade, mas Heitor, em maré de desconfiança, interpretou como curiosidade um pouco doentia. Ou desíg-
nio escondido mas afinal à vista de todos. A razão? Chegava o amigo
Lucas no seu carro, trazendo um cachorro.

– No outro dia prometi, cá estou.

Era um magnífico pastor-alemão. Três meses, no máximo. Mas já
com certa corpulência e desajeitado, como são os cachorros dessa
raça. Carente de afeto. Os dois estavam carentes, pensou Heitor,
quando o cachorro se pôs logo a pular pesadamente à sua frente
e a lhe lamber as mãos. O bicho adivinhou uma alma gémea? Tem
acontecido.

– Espero que tenhas comida para ele, panca bué – disse Lucas.

Estudava-o atentamente, era óbvio. Um olhar, uma inclinação da
cabeça, um soluço, alguma coisa indicaria como tinham corrido os
encontros com Marisa. Caçador atento procurando uma pista sobre
uma presa disponível, um verdadeiro predador de sorriso terno.
Perante o silêncio do amigo, o qual, sentado no degrau da escada
de entrada, apenas acariciava o cão e nem o convidara a entrar, o
engenheiro voltou à carga:

– Como é, estás bem? Estás mesmo bem?

– Claro que estou.

Lucas não se fez rogado, entrou em casa, trouxe dois dos banquinhos. Sentou num deles, enquanto Heitor continuava no chão,

acariciando o bicho e deixando que a língua gulosa de carinhos o lambuzasse nas mãos.

– Hoje encontrei a tua mãe. Bem, para ser exato, fui lá a casa à hora do almoço. Não para aproveitar a comida, que por acaso até estava ótima como sempre, mas mesmo para os ver. Já que o filho não quer saber deles... Foi o lamento dos dois... A tua mãe insistiu mais, sabes como é. Porra, vai dar uma satisfação aos velhotes, custa-te muito? Não precisas contar segredos, nem mais vergonhosos nem menos, apenas arranjas uma boa desculpa para o desaparecimento e o facto de teres abandonado o emprego. Que o teu pai arranjou com as amizades, fez questão em repetir. E nunca mais terá coragem de enfrentar o teu patrão, pois este deve estar lixado com ele, então o pai pede um emprego de radioso futuro para o filho e o sacaninha desaparece, sem dizer sequer que não aguenta com dor de dentes?... O patrão telefonou para ele várias vezes, mas afinal que aconteceu ao rapaz? O teu pai confessou, ainda bem que foi pelo telefone, se fosse olhos nos olhos choraria de vergonha, fraqueza feia num homem. Porra, pá, não se faz. Nem há mulher nenhuma que mereça comportamento tão piegas.

– Vou aparecer. E fica sabendo, essa mulher já não me interessa nem fico chateado quando penso que me pôs a andar... Parece ter sido há séculos.

A frase feita deve ter caído bem na mente conservadora de Lucas, achou Heitor. Um breve pensamento para a sublime, afinal mais velha, já tinha as mamas um bocado caídas. Pensamento não provocando nenhuma vergonha, ela que se lixe, uma rosa meio fanada.

O despeito é cruel.

– A ultrapassagem da tua dor foi resultado de um novo interesse?

Heitor encolheu os ombros. Tenta, rapaz, tenta, não vais saber nada, pelo menos por mim. O Antunes conheceria alguma coisa? Nos serviços sempre se descobrem as carecas de uns colegas e a conversa de Marisa na rádio de manhã deve ter posto aquela malta muito atenta aos seus mínimos tiques. Deviam estar a lhe marcar todos os gestos, estudar reações, medir palavras e silêncios, tentando adivinhar. O Antunes talvez tenha ligado para o Lucas, alguma coisa grave se passou lá no casebre do nosso comum amigo. Imaginava a cena sem dificuldade. Lucas procura um pretexto para aparecer e, com seu raciocínio rápido, bom de matemática, se lembra então do cachorro e vem numa tentativa malandra e calculista de sacar mujimbos. Para depois trocar informações e palpites com o Antunes, no meio de copos e no maior gozo. E aproveitar deles, se a ocasião aparecer. Lucas nunca esquecia um alvo, pragmático e sem princípios, por isso tinha ganhado também bastante dinheiro em negócios mais ou menos legais.

Só morto contaria a verdade, portanto.

– Estou mesmo a pensar ir lá a casa, pois preciso de um carro. A mãe empresta-me. É um vexame, mas...

– Se quiseres, vamos agora, te dou boleia.

– Não, obrigado, hoje não. Vou amanhã. Se quiseres, podes telefonar à minha mãe a anunciar a boa-nova...

– E tirava-te o prazer da surpresa? Já agora, pede-lhe também um telemóvel novo, os deputados têm uns porreiros, recebem nas ofertas, ligam à internet, limpam até o cu a um gajo se for preciso... Aqui precisas de um, isto é muito isolado, chegar aqui só mesmo com muito boa vontade...

– Vai deixar de ser. Já viste os preparos para as construções?

– Notei, de facto. Quase de um dia para o outro. Da última vez que vim era de noite, quando trouxemos a jornalista, não deu para notar. Mas em três ou quatro dias as frentes avançaram. E os populares também se orientam com os seus ximbecos. Vai ser um novo bairro. E vão te pôr na rua, estou farto de lidar com casos parecidos.

Heitor percebeu a alusão ao interesse principal de Lucas, Marisa, mas o amigo depois desviou o discurso para áreas mais da sua profissão. Andamos em ziguezague, porreiro! Lucas continuou:

– A viúva dona do terreno ou anda muito distraída na sua viuvez ou então no fim do mês diz, menino, vai procurar outro mato, este vai deixar de o ser, teremos uma nova centralidade, é o termo da moda. E andas tu aqui a plantar árvores!

– Pode ser que conservem as árvores nas novas centralidades. Ela já é uma viúva antiga, o marido não morreu ontem. Mas tens razão, o terreno foi muito valorizado com esta frente de construção. Não vai resistir às ofertas de compra. Mais uns dias e volto para a cidade. Também já mudou tudo o que me atirou para aqui.

Tinha despertado o interesse de Lucas, que o mirou intensamente e soltou uma exclamação:

– Porra, pá! Finalmente ganhas juízo. Com um bocado de sorte, inventas uma desculpa lógica e recuperas o lugar no emprego. O tipo afinal é amigo do teu pai. E mesmo se não for grande kamba, nunca se sabe quando precisa de um empurrão ou uma cunha, o teu velho tem poder, é diretor nacional, um tipo que manda...

– Infelizmente nunca mais chega a ministro, para tristeza da minha mãe. Ou chega ela, ajudada pelas quotas das mulheres.

– Deixa lá os velhotes e as suas ambições. São da geração da tomada do poder, do assalto aos cargos públicos. Não é assim que costumas falar quando analisas o regime? Devias compreender um pouco melhor as personagens que crias.

– Trava aí, Lucas. Não fui eu que os criei, eles é que me criaram.

O amigo deu uma gargalhada que espantou o pastor-alemão. A cabeça de orelhas ainda caídas se virou para ele. Mas não largou Heitor, nitidamente o preferido.

Sensibilidade canina.

– E tu, muito bumbanço? – Heitor desviou o rumo da conversa para o outro, só para melhor observar quando voltaria ao objetivo principal da viagem, ainda não abordado de forma direta.

– O normal. O país reconstrói-se, como apregoa a propaganda do regime, por isso os engenheiros têm muitas obras. Mas sabes como sou, faço apenas o essencial. E bem. Se a empresa aceita mais obras, que contrate outros engenheiros, a mim não tiram uma hora de sono.

– Não te interessa ser engenheiro-chefe, ou diretor de projeto ou lá o que chamam?

– Claro, as promoções são boas. Vão acontecer. Mas ao meu rítimo. Não há por aí tanto chinês para trabalhar? Eu não aceito horas extraordinárias. No entanto, vou subir na empresa, mesmo assim. Há poucos engenheiros nacionais com qualidade.

– Não tens vergonha? Falta de patriotismo...

– Deve ser. Os verdadeiros patriotas andaram a encher os bolsos dos que estão no poleiro. E levaram um pontapé no rabo, na hora de dividir os lucros. Só há interesses, ganância, o patriotismo é uma treta. Seria bom para ti, se não fosses lúcido. Mas és, por isso sabes, tenho razão. Aliás... tu, com a grande desculpa de seres um génio incompreendido, também não bumbavas muito no serviço.

– Foi o meu pai que disse?

– Talvez terá sido o teu patrão. A tua mãe segredou-me, o Heitor, tão inteligente, foi tão bom estudante, um dia, de repente perdeu o interesse por qualquer trabalho, andou tempos e tempos com os olhos para cima, como a perscrutar as nuvens. E terminado o curso, feito com a maior lentidão, ia para o emprego como um desgraçado e fazia o mínimo possível. As palavras não foram estas, é a ideia.

– Disse-te agora?

– Não. No tempo em que achava que eu tinha alguma influência positiva sobre ti. Não te contei para não te causar uma depressão, sei como prezas a opinião da tua mãe...

Foi a vez de Heitor dar uma gargalhada. O cachorro não se incomodou em olhar. Embalado pelas carícias, dormia agora entre as pernas dele, a cabeça poisada na anca.

– Essa da influência positiva é boa.

– Também achei piada. Escreveste um bom livro, todos o dizem, e não lhe mostras antes de publicar? Ela vai ficar orgulhosa e talvez compreenda, afinal o meu filho não é parvo nenhum nem um parasita social, apenas um artista sem mecenas.

– Todos dizem que o livro é bom... Quem são esses todos? Mostraste a alguém mais?

– Todos que o leram. Conheço três pessoas. A última foi a jornalista que suspirou na rádio, bem ouvi.

Se esperava resposta, bem podia se pôr a jeito de dormir, como o cachorro. Não pegava na deixa dele. Mas ia insistir, claro, ou não fosse um caçador. Lucas deixou o silêncio poisar nas árvores plantadas e tremular nas folhas. Demorou um pouco, com o objetivo de a frase se entranhar em Heitor e na natureza.

– Aquilo foi mesmo um suspiro.

– Não sei a que te estás a referir.

– Vai-te lixar. Quando ela disse no programa, ontem li um livro fantástico. Falou e suspirou. Ou foi um orgasmo seco?

Ele aí vinha. Conhecia tão bem o amigo, de tantos anos de convívio permanente, que podia até imaginar os pensamentos escondidos, enrolados nas poucas palavras proferidas. Muitas interrogações dentro de afirmações. O perigo de resvalar residia nas perguntas ocultas, sabia. Estava, porém, atento. Por isso ficou calado. Um momento. Depois se levantou, afastando cuidadosamente o cão.

– Queres uma birra?

Não esperou pela resposta e foi buscar duas cervejas. Talvez isso fizesse mudar o ambiente, levasse as perguntas para longe. Um milagre podia acontecer e Lucas estar diferente.

Mas não estava.

Beberam as cervejas calados, em emboscada mútua. O cachorro, alheio aos duelos dos amigos, quase ressonava. Que comida teria para um bicho destes? Leite pode ser, mas não chega. Não havia grande coisa para o jantar, chá com pão e manteiga. Os cães não gostam de pão com manteiga, pois não? Deve lamber a manteiga e deixar o pão. Gosta menos de chá e ainda por cima nem é de raça inglesa. Tinha de se contentar com miolo de pão numa tijela de leite. Se sobrou algum. Como não tinha geleira, só comprava o leite do dia, de manhã cedo. Sim, devia ter sobrado algum no pacote. E ainda não azedo. O Lucas disse que o bicho comia bué, tinha de se prevenir, amanhã cedo resolvo o teu mambo, fica só calmo, meu kamba.

Alguém deveria romper o silêncio, por isso resolveu passar ao ataque, antes que o outro voltasse ao tema Marisa.

– Retomando a conversa de há pouco. Gabaste-te, e não é a primeira vez, de trabalhar só o essencial na empresa. Até pode ser verdade. Mas não se limita aí o teu salo. Até duvido que seja a tua fonte principal de kumbú.

– Estás a falar de quê?

– Ora, meu mano, embora um engenheiro ganhe bem, o teu emprego não chegaria para comprar a casa e o carro que tens. Casa? Aquilo é uma mansão. E este *tubarão* vale mais de cem mil dólares.

– Faço os meus negócios, nunca te escondi. Assino uns projetos sem os ver, as empresas estrangeiras por vezes precisam de uma caução nacional e vêm ter cá com o rapaz, o meu nome está firmado apesar de ser jovem. Por vezes faço mesmo uns cálculos por fora. Sim, isso dá uma certa massa. Porra, já te contei mil vezes e ao Antunes. Não é para andar aí a badalar muito, pois os patrões podem não gostar que entre em esquemas de concorrentes. Arredonda as contas, tens razão. Por exemplo, falas da casa, uma mansão, até pode ser, no entanto foi cara demais. Tinha pressa na altura por uma razão sem interesse agora, comprei no auge da falta delas, quando prédios inteiros eram vendidos aos ricalhaços e especuladores quando só estavam ainda no papel. Hoje a minha casa vale muito menos e o preço vai caindo, por causa do sítio. Mas, francamente, foi dinheiro fácil, não me chateia perder. O que quero dizer é, não ando a matar-me a bumbar, vou fazendo segundo as necessidades e os planos. Se visses uns tipos que conheço, verdadeiros mercenários, a correr de empresa em empresa a mostrarem o rabo e a se venderem para assinar projetos virtuais... Nem imaginam que um dia lhes vão cair em cima porque os projetos são irrealizáveis, não por falta de verbas, mas porque desabariam ao primeiro sopro de brisa, de tão mal feitos. Esses enriqueceram. Sem garantias. Eu assino sem ver, ou quase sem ver, mas com empresas fiáveis, de gente competente e séria...

– Não devem ser assim tão sérios, se precisam da assinatura de um engenheiro nacional a quem pagam sem lhe mostrar os cálculos.

– Até mostram, eu é que não vou perder tempo a estudá-los, confio na capacidade deles. E toda a gente sabe que ter um engenheiro angolano a comprovar o projeto com a sua assinatura acelera as decisões, por isso me procuram.

– Não é arriscado para ti?

– Bem, um erro toda a gente pode cometer, mesmo a companhia mais idónea. Se acontecer, no entanto, não é difícil arranjar uma boa defesa, os cálculos estavam bem feitos mas houve uma falha ou pior qualidade dos materiais, engano do fornecedor, enfim, o suficiente para levantar dúvidas. E a responsabilidade principal será sempre da empresa construtora. Até hoje tem corrido bem, os projetos são aceites, as obras razoavelmente construídas e as queixas são apenas em relação aos preços, de morte. Mas não são os tipos do poder que lamentam os altos preços, até vão lucrando mais numas comissões ou num apartamento de esquebra.

– Conheço o filme.

– Te digo desde já, como se não soubesses... Nunca ouvi falar nada sobre os teus pais, parecem alheios a essas negociatas.

– E estão. Talvez a minha mãe gostasse de se encontrar num posto que desse alguma vantagem negocial. Ainda não teve essa sorte. Quanto ao meu pai, não, tenho a certeza, nunca se meteu em nada. Tem bom salário, recebe prémios de serviço no Natal, tem as facilidades da classe dirigente, e é tudo. Que é muito, mas passemos...

– Heitor, o puro! Porra, pá!

– Puro uma porra! Tu mesmo disseste, sou lúcido. Claro que é muito, comparado com a grande maioria da população, vivendo na miséria. E isso não podem negar.

Lucas abanou a cabeça. Não insistiu. O pastor-alemão levantou o focinho, olhou para Heitor, voltou a poisar a cabeça na anca dele.

– Que nome lhe vais pôr? – perguntou Lucas, apontando o cão.

– Como queres que saiba, nem tive tempo para pensar. Mas surge-me agora um porreiro. *Comandante.*

– Vais chamar *Comandante* ao cão?

– É um nome nobre.

– Então, tu, o dono, tens de te chamar Almirante!

Desataram os dois a rir, dando murros no chão, as lágrimas chegando aos olhos. Como nos velhos tempos. Riam não só pela piada mas por qualquer coisa muito maior, pela amizade, pelo prazer de estarem juntos a rir. Tão simples como isso. Lucas limpou os olhos, foi buscar mais cerveja. E sentou no banquinho, sempre rindo. Entregou a segunda garrafa a Heitor. Beberam em silêncio, interrompido pelas migalhas de riso. Depois, voltou o silêncio. Como o toureiro que cansou o touro o suficiente e lhe mediu bem as espáduas, Lucas espetou a espada no momento certo.

– Comeste a gaja?

Heitor bebeu mais um trago e se ia engasgando. Percebeu logo, se tinha encolhido instintivamente ao sofrer o bote. Os olhos do outro colados na sua cabeça, procurando indícios, olhos flamejantes.

– Não.

– Não?

– Não, não te vou contar nada. Nem não nem sim. Nada.

Lucas encolheu os ombros. Acabou o conteúdo da garrafa de uma assentada.

– O Antunes acha que sim. E que depois as coisas correram mal e ela está a sofrer.

– E que sabe o Antunes sobre isso?

– Nada, claro. São só especulações.

– E se vocês parassem com as especulações sobre um assunto que não vos diz respeito?

– Aí é que te enganas. O Antunes está metido nisto até os cabelos. Foi ele que falou do teu livro à jornalista, a interessou, te apresentou. Mais que eu, mas mesmo assim também me sinto responsável. Portanto, diz-nos também respeito.

– Vai-te lixar, meu cabrão. Tu apenas queres saber se tens terreno livre para avançar.

– Não sou hipócrita, a gaja é boa. Se falhares, tento a minha chance. Apenas se falhares. Não me intrometo nos negócios dos amigos, sabes como é.

– Só vigias!

– Exato, só vigio. Achas mal?

Heitor acabou a cerveja. Abanou a cabeça e começou a rir. O pastor-alemão levantou de novo o focinho para ele.

– Pois é, *Comandante*. Estamos sob vigilância. No mundo da paranoia, em que todos espiam todos, por que não nós também? Somos vigiados mas para nosso bem, para não fazermos asneira, não nos magoarmos. – Virou-se para Lucas, falou com agressividade: – Não é isso uma espécie de segurança, ó espião? Resta-me saber, espião de quem? Da minha mãe? De ti próprio?

Lucas levantou. Com as duas mãos endireitou o vinco das calças, num gesto de dignidade ofendida. Avançou para o carro. Depois de estar nele, disse com voz neutra:

– Vai a casa dos teus pais, insisto. Estás visitado. Isto aqui é longe demais para vindas frequentes, devias considerar. Só mesmo amigos verdadeiros...

Heitor já se perguntava se não tinha exagerado na dose, ofendendo sem necessidade o seu maior kamba. Andava mesmo muito suscetível, falta de mulher.

O carro ergueu poeira, levada pelo vento para os lados da cidade. Heitor não se mexeu. O *Comandante* também não. A noite caíra sobre eles. E a cidade imensa e traiçoeira, se aproximando inexoravelmente.

12

Saindo do serviço, ao fim da tarde, Marisa avançou para o estacionamento reservado aos quadros da rádio e abriu a porta do carro. Da sebe de buganvílias lilases se destacou um homem de meia-idade, alto, bem vestido, com um ramo de rosas na mão. Estendeu o ramo, segurando com as duas mãos.

– Percebi que estava muito triste, por isso lhe trouxe isto.

Marisa ficou hesitante, com as flores na mão. Deveria rejeitar? Qual o pretexto? Já lhe tinham dado ou tentado oferecer muita coisa, algumas aceitava, outras não.

– Desculpe, conhecemo-nos?

– Não pessoalmente. Mas já nos conhecemos de ouvido há uns tempos. Diria alguns anos...

Ela então ligou o ramo, em tudo semelhante ao que na véspera deitara no lixo, à pessoa que lho fazia chegar todos os dias 13 e que antes falava com ela no programa. Não foi mesmo o que ele disse, que se conheciam mas não pessoalmente? Nos casos mais vulgares seria pelo telefone, no deles fora pela rádio.

– Não me diga que é...

– O Guerreiro Solitário. Exatamente.

– Ou o Senhor do Dia 13.

– Esse foi o nome com que a senhora me honrou. Na época, fiquei espantado com a sua perspicácia, conseguiu descobrir que era sempre no mesmo dia que eu telefonava para o programa...

Riram os dois, algo cúmplices, mas ainda muito constrangidos. Em estudo mútuo.

– Havia alguma razão para escolher sempre o dia 13?

– Uma possibilidade em trinta e uma apenas. Mas tem razão de perguntar, resolvi-me com alguma ligeireza pelo 13. O número em si pouca importância tem, embora gente supersticiosa faça associações. Poderia ser o 7, em algumas civilizações considerado como sagrado. Na egípcia antiga, por exemplo. Ou o 4, o meu preferido, símbolo de estabilidade, as quatro pernas da cadeira dos grandes chefes tchokuê, as quatro patas do cágado sobre as quais se firma o mundo. Como em algumas crenças da Índia, aliás. No nosso caso, o importante era ser sempre no mesmo dia.

– E por quê?

– Admitamos ser um teste. A ver se descobria... A avaliar a sua perspicácia.

– Passei então no teste – disse ela. Depois, falando para si, como numa peça de teatro do Bairro Operário: – Estamos sempre em testes na vida, mesmo sem saber.

– E sem os escolher.

Voltaram a sorrir, mais cúmplices agora. Ele era malandro, fora mais que um teste, fora um desafio. Uma armadilha? Também.

– Em todo o caso, muito obrigada pelas flores. E pela sua constância em me fazer entregar um ramo todos os dias 13 de cada mês.

– Uma inocente forma de me desforrar dos dirigentes insensíveis que acabaram com as conversas no programa. Tive o maior prazer em ouvir a notícia de que a direção da rádio tinha sido toda mudada, meses depois, embora por outros motivos. Bem feito! Sinto-me vingado. Gostaria de ter tido poder para o fazer eu mesmo.

– Faria isso? Só por causa de um programa?

– Faria pior. Mas não tinha poder para tanto.

Um silêncio se instalou entre eles.

Marisa tivera tantas fantasias com o momento em que conheceria fisicamente o seu atento ouvinte, tinha mesmo em segredo desejado este instante, desejo com uma parte de paixão culposa. No entanto, chegado o acontecimento, apenas lhe achava alguma graça. Nem um palpitar de coração nem ligeira falta de ar. De facto, lhe era quase indiferente. E o tipo não parecia tão loquaz como ao telefone. No físico até se assemelhava ao que ela tinha desenhado no inconsciente. Alto, boa figura, vestido sem ostentação, nem relógio de ouro, nem fios grossos ou cachuchos enormes nos dedos, ostentando pornográfica fortuna, apenas roupa de marca e sapatos bem polidos. Mas faltava aquele encanto que o conversador tinha ao falar sobre os mais variados temas. Bem, é verdade, disse para si, ainda estavam nas apresentações, não tivera oportunidade de discorrer sobre qualquer coisa. Podia atribuir o silêncio ao prazer de a encontrar ao vivo ou a certa timidez? No entanto, não foi timidez que o trouxe com flores, se expondo. Poderia ser uma bem montada estratégia de sedução, há grandes inventores nesse jogo. A jornalista tinha o vício da profissão, ultrapassou o silêncio e as observações para perguntar:

– E por que decidiu agora aparecer, depois de tão prolongada ausência? Que eu saiba, nunca tentou telefonar ou falar comigo. Nem quando havia as conversas no programa nem depois...

– De facto. Mas só agora senti tristeza em si. Era muito divertida, sempre alegre. Pela primeira vez a senti triste. Por isso vim.

– Para me alegrar?

– Para a ajudar. Não sei em quê, mas precisa de ajuda. Aqui estou eu portanto a oferecer...

Marisa quis rir mas apenas soltou uma gargalhadinha nervosa. Se queria mostrar o habitual à-vontade, o efeito saíra ao contrário, um vergonhoso conjunto de guinchos abafados para tentar corrigir a gargalhadinha desafinada. Encontrou, porém, forças para controlar a voz e murmurou:

– Nem sempre quando se mostra tristeza se necessita de ajuda... Até pode ser o contrário. O triste prefere muitas vezes se isolar, lamber sozinho as feridas.

Não queria, lutara todo o dia contra a tentação, mas estava de novo a pensar em Heitor, isolado, recuperando dos ferimentos provocados pela cabra malvada e talvez por si própria. Se deixara enrodilhar num novelo de emoções sufocantes. Lutava para se libertar dos sentimentos e todos os incidentes a empurravam para a lembrança dele, da carapinha volumosa e desalinhada, a barba de um Jesus Cristo guerrilheiro, da fala tímida, da mão quente no seu sexo. O Guerreiro libertou-a dos pensamentos incómodos.

– Tem razão. De qualquer modo, vim dizer-lhe que pode contar comigo se precisar de alguma coisa. Vou dar-lhe o meu endereço e telefone, assim como o nome verdadeiro. No caso de... precisar. E, claro, informar ser esta a última vez que lhe envio flores... bem, hoje vim trazer eu próprio, para finalizar a série.

– Refere-se a uma série de televisão? – sentiu dizer uma estupidez, mas ele ia interpretar de outra maneira, mordacidade.

De facto, o Guerreiro Solitário fitou-a, aturdido. Logo sorriu e respondeu:

– Refiro-me à série de vinte e três meses em que lhe enviei rosas.

– Que muito agradeço. Foi muito amável.

– Se fossem vinte e quatro seria um lugar comum, contas demasiado redondas. Dois anos... Paro pois antes.

Ficaram outra vez sem saber o que dizer, ela encostada ao carro, ele de braços cruzados à sua frente. Nem anel nem aliança. Podia ser casado ou solteiro, as alianças tinham perdido significado pela inflação dos últimos tempos em que as pessoas ganharam mais dinheiro e a primeira coisa que faziam era se enfeitarem com pulseiras, anéis e relógios vistosos, marcando o estatuto.

– Posso lhe pedir um favor? – disse ele.

– Sim, claro.

– Pode me dar uma boleia?

Ela quase sentiu um soluço de espanto. Depois, receio. Começava a escurecer. Seria mesmo um admirador inofensivo, ou um malandro com péssimas intenções? Veio a pé, vestido como estava, ou estacionou o carro à frente da rádio e o pedido de boleia fazia parte da mesma estratégia? Se a ajuda a que se referia queria dizer ter percebido um momento de fraqueza da parte dela, com a resultante vulnerabilidade, não era inconcebível aproveitar a ocasião para tentar obter pela força o desejado há muito. Todos os pretextos são bons. Olhou de frente para ele e sacudiu a cabeça em negativa. Mas a boca deu uma resposta diferente do movimento da cabeça.

– Se não for muito longe. É que tenho coisas a fazer em casa.

– Não é longe. Digo-lhe mais, moro a meio caminho entre a rádio e a sua casa. Não precisa de se desviar da sua rota habitual.

Marisa entrou no carro e fez o gesto convidando-o a entrar do outro lado. Reparou, dois colegas observavam das escadas. Zongolas! Amanhã vão comentar, um tipo ofereceu um ramo de rosas e entrou no carro da Marisa. Tema para muita conversa maldosa. De facto parecia um caso insólito, devia reconhecer. Ela própria seria capaz de interpretar mal a cena, se fosse assistente e não participante. Mais um segredo para servir de repasto ao apetite da redação, sempre falha de notícias para alimentar tertúlias de maldizer. Que se lixe!

– Afinal sabe onde moro?

– Sim. Não é difícil, a Marisa é uma figura pública.

Ela manobrou para sair pelo portão e fez o habitual gesto de adeus ao guarda.

– Figura pública é um pouco exagerado, não é?

– Exagero nenhum. Sempre me perguntei porque não vai para a televisão. Apresentar um programa ou ler o telejornal, por exemplo. Nunca lhe acenaram com um convite?

– Por acaso, já. Mas prefiro a rádio. Diga-me, senhor...

– Desculpe, não me apresentei... Jeremias Guerra. O Guerreiro Solitário vem daí.

– E é mesmo solitário?

– Por enquanto. Convivo com pessoas, mas gosto da minha solidão.

Outro! Tenho pontaria.

– Por acaso dava essa ideia, quando conversávamos no programa. E cheguei a trocar impressões com os colegas, tentando imaginar o que seria na realidade...

– Ai sim? Chegou a trocar impressões sobre mim?

– Sobre si, não. Sobre o personagem que apresentava na rádio, penso ser diferente.

– Sempre inteligente, bravo!

– Não vale gozar.

– Estou a falar muito a sério. E reconheço a sua inteligência. Aliás, quem passa no teste do dia 13 passa em todos os testes. De facto, compus um personagem. Sabe, sempre quis ser ator. Essa foi a forma de o ser, durante algum tempo, uma vez por mês. Tem de reconhecer, não era um personagem fácil de interpretar, sempre inventando assuntos de solilóquio, sabendo que do outro lado não viriam deixas. Sentia-me um grande intérprete, se perdoar a estúpida vaidade. Infelizmente deram cabo do meu palco.

Enfim, estava de volta o Senhor do Dia 13, usando palavras certas, frases sem um erro nem uma repetição, redondas. Se ele quisesse, era capaz de usar uma linguagem próxima da de Shakespeare, já que se falou em palcos e teatros.

– Era mesmo o seu palco.

– E a Marisa tinha a gentileza de se desvanecer, para que o palco ficasse inteiramente para mim. Como vê, devo-lhe muita gratidão. As rosas eram apenas um pequeno agradecimento.

Só me calham poetas, pensou ela. O outro é um prosador maravilhoso, este revela-se um poeta-ator ou ator-poeta, vai dar no mesmo. E tenho um filósofo em casa. Não me posso queixar, quanto a intelectualidades estou bem servida.

– Admitamos por momentos essa coisa de figura pública, não é discussão interessante, acho eu. Mas conhece as casas de todas as figuras públicas?

– Obviamente, não. Talvez de quatro ou cinco, algumas por mero acaso.

– E por que conhece a minha?

Ele ficou calado. Marisa usava a sua arte, a da pergunta, para encostar o adversário à parede de forma imprevista, o emudecer com o bote de serpente. Guerra também talvez fosse tímido ou não treinado nesses duelos tão próprios de políticos e de jornalistas, afinal figuras públicas, então a resposta lógica e imediata não seria, porque me interesso por si? Ou preparava o momento certo para revelar o segredo mal guardado? Na sua estratégia de caçador, não deveria ser num carro em movimento com ela ao volante. Quando estivessem parados, o momento era mais adequado para o ataque, claro. Mas ela tinha decidido, quem escolhe as ocasiões sou eu, devo controlar a conversa.

– Não quer dizer? Fica-lhe mal não responder a uma pergunta tão direta.

– Sei. Mas estava a refletir, não à maneira de responder, mas sobre outro aspeto. Foi também por acaso... Sou responsável da fiscalização municipal, sabe o que é, os fiscais que vigiam as obras, os vendedores, as infrações que se cometem às regras urbanas, muros altos demais, casas avançando sobre os passeios, vendas em lugares impróprios etc. Nunca teve problemas desses, por isso lhe explico os detalhes.

– Esqueceu, sou jornalista, tenho obrigação de conhecer.

– Tem razão, desculpe. Uns tempos atrás houve problemas com um seu vizinho que acrescentou um quarto à casa sem pedir autorização municipal. Um fiscal descobriu a construção ilegal, interveio, tratou de tudo como mandam as regras. Mas o infrator tinha apoios elevados, cordelinhos foram puxados. O caso se complicou e acabou por cair nas minhas mãos, pois sou o chefe desse fiscal. Tive de me deslocar à sua rua para verificar a infração. E vi-a a sair de casa. Um edifício cinzento de três andares, certo?

– De facto.

– Não sei qual o apartamento mas suspeito ser o rés do chão direito. Por conversas da vizinhança quando saiu... Só uma figura pública merece ser notada pela vizinhança e animar logo uma conversa, desviando o fiscal do seu objetivo.

– Imagino o tipo de conversa...

– Sim, deve imaginar. Fiquei a saber que o seu marido tem um problema físico, se desloca em cadeira de rodas. O resto das conversas não interessa, as habituais kuribotices de bairro e seria muita indelicadeza sequer lembrar-me dos ditos, não quer dizer que tenham sido ordinários ou insinuações, nada disso... Desculpe perguntar, mas ele teve um acidente? É irreversível?

– Poliomielite em criança. É irreversível, sim.

– Lamento saber. Deve ser uma pessoa culta.

– Por que diz isso?

De novo era encostada às cordas, na defensiva, paralisada com a observação pertinente do adversário. Devia estar sempre ao ataque, não lhe dar tempo para pensar, se de facto queria dominar o assédio subtil, como pensava ser o caso.

– Ora, as pessoas que por qualquer insuficiência têm de ficar muito tempo no mesmo sítio, por vezes em isolamento, são mais cultas que a sua condição deixaria supor. Os solitários também.

– Andou a fazer algum estudo sobre isso? – Deu uma gargalhada trocista, para o pôr no devido lugar.

Um fiscal vê muita coisa, anda sempre pela cidade, conhece os casos e sítios mais insólitos, portanto a pergunta nem era tão despropositada assim, nem podia parecer impertinente, apenas a gargalhada lhe punha a pitada de ironia.

– Não fiz nenhum estudo, quem sou eu para o fazer? Mas está escrito. E a experiência me diz ser verdade.

– Pois é o que também lhe acontece. Um solitário com uma cultura mais elevada que a de um chefe de fiscalização municipal...

– Oh, não estava a pensar em mim. Nem me considero minimamente culto...

– Mas é um solitário.

– Assim me sinto.

– No entanto, trabalha num serviço em que contacta muita gente, tem colegas, superiores, iguais, inferiores e o corrupio de gente a protestar, fazer exigências, pedir apoios, apresentar planos... Sei lá, o habitual em qualquer funcionário médio ou superior. Como se pode considerar um solitário?

Ele suspirou. Apontou para a frente, do lado esquerdo.

– Aquele é o meu prédio. Segundo andar, nº 22. Como vê, é mesmo no seu caminho...

Ela abrandou, fez sinal para encostar ao passeio. Estacionou. Jeremias Guerra retomou a conversa:

– Posso contactar essa gente toda que referiu e às vezes até sou convidado para festas e jantares, mas conheço-os? Eles conhecem-me? De facto? Só me sinto bem quando estou ali fechado a ler, pensar, ouvir música. Sou mesmo um solitário, acredite. As pessoas

O Tímido e as Mulheres

interessam-me, claro, mas a sua companhia constante não me atrai, antes me cansa. Será essa a melhor definição para solitário? Não é forçosamente o tipo que se refugia numa gruta ou numa ilha deserta.

Tinha no bolso da camisa uma pequena agenda verde. Escreveu nela algo, rasgou a folha e entregou a Marisa.

– Podia entregar-lhe um cartão, mas é demasiado profissional, quase como lhe passar uma multa. Escrevi aí a morada, o telefone e o endereço de *e-mail*. Se algum dia quiser contactar-me, ou por problemas na casa, no bairro, uma obra de um vizinho que a incomoda ou outro assunto qualquer, faça favor, disponha, será um prazer ajudá-la. Mesmo se for por ter sido apanhada a lavar o carro na rua, delito que o meu serviço persegue com muito empenho e, a meu ver, um verdadeiro disparate dadas as condições desta cidade...

Sim, dá direito a boas gasosas, a multa é absurdamente pesada e passada de forma discricionária, deve arredondar muitos salários municipais, pensou Marisa.

Apertaram as mãos e ele saiu do carro. Atravessou a rua e quando a jornalista arrancou, estava a abrir a porta de casa. Se virou e fez um adeus e uma ligeira vénia, como um cavalheiro.

E estava eu com suspeitas sobre as intenções deste *gentleman*? (A pergunta lhe saiu mesmo em inglês, única forma de expressar o conservadorismo da criatura.) Demasiado perfeito? Claro, o tipo é um pouco estranho, formalista, previsível, à moda antiga, do tempo do meu avô, ele mesmo um defensor dos direitos indígenas mas expressos com delicadeza para não ferir os sentimentos de superioridade da elite colonial, pensou a jornalista, abanando a cabeça enquanto conduzia. Um autodidata como o Lucrécio. Solitário? Lucrécio está treinado pela vida, convive bem com a solidão. Mas será que Lucrécio se considera mesmo solitário? De repente, descobriu, há tantos anos conhecendo o marido, nunca lhe tinha feito a pergunta simples, achas que és um solitário, sentes-te bem sempre sozinho ou precisas da presença constante de alguém? Pois é, foi preciso aparecer este Senhor do Dia 13 para me questionar sobre o meu marido e num assunto essencial.

Remorsos.

Até julgava ser boa esposa. Apenas distraída, algo espalhafatosa, levantando folhas e restolho à sua passagem. Um pouco mais espaventosa que as colegas e amigas, se acrescente para a verdade do relato. Por isso alguns a achavam demasiado fácil, ou leviana, termo usado pelas amigas da mãe para alguma vizinha dando nas vistas.

Ao chegar a casa, pensou no ramo de rosas poisado no banco de trás.

Estacionou quase à frente do prédio, evitando um buraco que alguém abriu para remendar um tubo de água e esqueceu de tapar. O bairro estava em fase de renovação, se abriam valas por todo o lado para passar cabos elétricos, de transmissões, esgotos. A palavra do município era pomposa, processo de requalificação. No entanto, poderiam fazer tudo de uma vez, para evitar constrangimentos aos moradores. Por infelicidade estavam implicados serviços diferentes, contratando cada um a sua empresa e usando sem regras o orçamento, o que permitia comissões não controladas que iam parar aos bolsos da chefia. Por isso, quando uma obra estava feita, começava outra. Tapavam uma vala, resolvendo um problema, e logo a reabriam para colocar outra coisa. As ruas muitas vezes estavam interditas à circulação, ou parte delas. E as valas ou buracos ficavam por tapar, recebendo a água das chuvas, criando poças onde se reproduziam os mosquitos. Agora iam asfaltar a rua e arranjar os passeios, assim rezava uma placa posta pelo governo municipal, pedindo a compreensão dos habitantes pelo transtorno obrigatório. Porém, havia casas sem ligação ao esgoto principal passando no meio da rua. Depois de se pôr o asfalto, haveria de ser necessário retirar uma parte dele para fazer a ligação de um cano de esgoto. Conhecia a estória de outras ruas de outros bairros. Nunca mais aprendemos a trabalhar com planificação? Alguns falam de génio africano, baseado na improvisação. Também ouvira o mesmo sobre outros países e continentes.

Desculpas.

Afastou o pensamento, olhando o ramo. Levo, não levo? Decidiu levar. Os colegas ofereceram por ela ter decidido não voltar a pôr a canção *"Cuando calienta el sol"*, da qual já estavam fartos. Uns gozões, os meus colegas! Lucrécio ia acreditar na justificação, cheia de ironia, o que se pressupõe em jornalistas imaginativos.

De facto, aconteceu como previra. O marido não podia ligar o ramo de rosas ao Senhor do Dia 13. Ainda por cima já era o dia seguinte. Ela colocou as flores numa jarra, disposta a enfrentar por uns tempos os sentimentos e temores vividos nesse fim de tarde.

Lucrécio começou a contar a história de um vendedor que lhe bateu à porta, querendo impingir um elixir que fortalecia as pernas. Depois de o ver na cadeira de rodas. Se lhe tivesse aparecido um atleta grande, de halteres na mão, certamente a propriedade principal do elixir seria reforçar os músculos ou diminuir o rítimo cardíaco.

– Onde está o frasco? – perguntou Marisa.

– Qual frasco? – estranhou o marido.

– Do tal elixir que compraste...

– Achas?

E caíram os dois no riso.

A sua Marisa estava curada da tristeza, pelo menos já brincava. Lucrécio se comoveu. Na condição dele, era muito fácil disfarçar emoções, bastava olhar para uma roda da cadeira, fazê-la virar. As pessoas involuntariamente fitavam as rodas ou as mãos dele, não a cara. Tinha tido muitos anos para aprender truques como o que usou agora. Como correu a tarde, perguntou, e tudo tinha sido normal, escondendo a vontade de lhe dizer que hoje alguém lhe tinha chamado figura pública, o que talvez levasse a perguntas e obrigação de alguma revelação mais íntima. Marisa nunca se tinha considerado assim, até porque os trabalhadores da rádio não são visíveis como os da televisão, mesmo quando fazem reportagens. Os ouvintes conhecem as vozes, não as caras. Lhe agradava isso, embora soubesse ter um rosto bonito, pelo menos agradável, e um corpo bem modelado. Despertava cobiças não por ser uma figura pública, mas por ser sensual. Cada macaco no seu galho, como diria o malandro do Escórcio.

Foi preparar a comida, com Lucrécio atrás. Muitas vezes ele se contentava com o resto do almoço, sempre guardado na geleira, pois Marisa tinha de fazer a reportagem de um acontecimento qualquer e era avisada um minuto antes. Telefonava ao marido, não contes comigo ao jantar, sabes o que há de reserva. Aos fins de semana cozinhava pequenas porções para servirem de último recurso. Muitas vezes ele ia se deitar sem ela ter chegado a casa.

Mas nunca aconteceu Lucrécio ir dormir com fome.

Assim, as boas esposas.

13

Heitor foi primeiro ao apartamento cedido pelos pais. Recuperou o telemóvel, sem carga na bateria. Pôs a carregar. Para passar tempo, tomou banho e vestiu roupas limpas. Ligou a aparelhagem e sintonizou a rádio, mas o programa de Marisa estava mesmo no fim.

Demorara a vir do subúrbio, porque os candongueiros passavam sem parar, sempre cheios. Perguntou a uma senhora, também na fila de espera, que se passa, hoje está difícil. Ela explicou, então não sabes, meu filho, muitos taxistas foram requisitados ou alugados para levar pessoas no comício, por isso tem poucos candongueiros a fazerem o serviço. Ele nem perguntou comício de quê, já se sabia, só podia ser do partido no poder, ele é que tinha direito a requisitar ou dinheiro para alugar os carros necessários à deslocação das suas hostes. Para isso estava no poder. Centenas de táxis. Sem contar com as dezenas de autocarros. Nem tinha reparado era sábado. Ainda perguntou, sabe a que horas é o comício, mas a senhora não lembrava, mas deve ser aí pelos meio-dia, hora boa para gritarem um pouco e depois porem música e distribuírem cerveja, assim as pessoas vão lá. Heitor não perguntou mais nada, essa senhora devia ser de alguma igreja moralista, se indignava facilmente com o facto de porem toda a gente a beber cerveja para gritarem palavras de ordem e baterem palmas, devia achar que ingerir álcool era pecado. Ele não considerava a bebida em si um pecado, mas ofendia-o o facto de se mobilizar as pessoas para um ato político com muita cerveja e música, as chamadas maratonas. Tinha havido um dia em casa dos pais brava discussão sobre o mambo, depois ele desistiu de argumentar, a mãe era deputada e adepta de todos os meios para ganhar votos, defendia com fervor a distribuição de cerveja. No dia seguinte discursava com igual veemência sobre a premente necessidade de serem resgatados os valores morais da juventude, ameaçados pela cobiça dos bens materiais e pelos vícios, como a bebida e a droga.

Dona Genoveva Barbosa talvez não estivesse em casa. Raramente falhava um comício, só pelo prazer de brilhar com panos vermelho-pretos e lenço amarelo na tribuna principal. Dava benefícios também, aos quais a senhora nunca se alheava, antes pelo contrário, ficava toda indignada se por acaso não os concediam.

Heitor considerou o telemóvel com carga suficiente para o dia, meteu o carregador no saco com outras coisas que tinha recuperado no apartamento, telefonou ao pai, certamente em casa a ler os jornais, com fobia a manifestações e atos de massa, talvez por isso nunca tendo passado de diretor nacional. Hermenegildo Barbosa atendeu o filho.

– Finalmente te anuncias. A tua mãe já tinha pensado em chamar a polícia para te ir recuperar lá no refúgio de Viana.

– Não é em Viana, é mais longe.

– Quando te vemos?

– Posso ir aí?

– Desde quando precisas de perguntar se podes vir a casa dos teus pais? Também é tua casa.

– Podiam ter saído. Ou irem sair.

Uma boa desculpa, embora antecipadamente soubesse que o pai estaria, conhecidas as rotinas. Partiu para lá, não era muito longe. Sempre recusou o carro que os progenitores lhe queriam oferecer, compraria um quando ganhasse dinheiro. Diferente dos outros filhos de responsáveis, brincando com automóveis caros ainda antes de terem idade para tirar a carta de condução. Distraído com coisas mais importantes, demorou no curso de História, sendo sustentado pelos pais. A compra do veículo foi sendo pois adiada, porque antes teria de bumbar e ganhar kumbú para merecer a confiança de algum

O Tímido e as Mulheres

banco e beneficiar de um empréstimo. Não queria usar os velhos como fiadores, já bastava pagarem o curso e terem acedido ao seu capricho de mudar para o apartamento, o qual podia estar a render bom dinheiro de aluguer. Apartamento no centro e em prédio bem cuidado significava bué de kumbú. No caso, kumbú perdido, só para o deixarem viver nele.

Curso terminado, recusou mestrados ou doutoramentos acenados pela prestimosa mãe com bolsa de estudos onde quisesse, começou a trabalhar numa área completamente diferente da sua formação, numa empresa imobiliária de amigo da família. Se ainda fosse para vender casas antigas, como as que sobreviviam na Baixa a cair aos bocados e cobiçadas por muitos gulosos, haveria alguma relação com o curso, pois sempre poderia estudar os arquivos e descrever a época da construção, os primeiros donos, aspetos relacionados com o bairro etc., enfim, uma coisa interessante de pesquisar. História, porém, que não interessaria compradores, apenas querendo arrasar as casas para aproveitarem os terrenos e construírem torres de trinta andares. Portanto o seu trabalho na imobiliária não era nada histórico, apenas pesquisava a compra de apartamentos em prédios novos, um negócio florescente com os preços mirabolantes atingidos pelos imóveis, dada a falta de residências na cidade, foco de atração de milhões de pessoas. Lia todas as notícias e anúncios da imprensa, localizava os projetos mais interessantes de prédios que seriam construídos ou aproveitava os contactos em altas esferas, as tão conhecidas *connections* (em inglês, pois claro, tinham mais valor!), que o informavam das últimas autorizações municipais para edificação. Comunicava com os empreiteiros para saber preços, datas e características dos apartamentos, selecionando os mais apetecíveis. Apresentava ao patrão os dados adquiridos. O patrão escolhia então, em função do preço, zona da cidade, rua e tamanho do kubiko, quais lhe interessavam. No princípio o especulador usava crédito bancário para o investimento, depois já dispensava os banqueiros, uma cambada de gatunos, exigindo juros inexistentes em qualquer outra parte do universo, sob pretexto de correrem muitos riscos com os empréstimos. Assegurava dois ou três apartamentos pagando de imediato um sinal. Antes de o prédio sair do papel. Quando estava concluído, pagava o resto. Vendia de seguida o apartamento a uma empresa ou a um expatriado vivendo desesperado em hotel. A transação se fazia pelo dobro do preço de custo, lucro de cem por cento portanto. E reinvestia o ganho em novos edifícios, já não dois ou três apartamentos, mas quatro ou cinco.

A multiplicação dos pães.

Dizia para Heitor, milagres existem mas em períodos de tempo limitados, o próprio Jesus Cristo não fez milagres toda a vida, não sou burro, sei, anda demasiada gente neste *business* e por isso qualquer dia podemos ficar com casas compradas mais caras que o valor a que se pode vender, esta bolha está a inchar e vai rebentar como tem acontecido pelo mundo fora. Mas enquanto não acontece, já ganhei dinheiro suficiente para viver tranquilo o resto da vida. E apesar de se estar a construir muito, ainda faltam bué de alojamentos. Saberei parar no momento certo, ou reformular o negócio, estou a pensar em gestão de condomínios, esses todos que estão a ser feitos na periferia vão necessitar de manutenção e proteção permanentes, será uma boa atividade. Sempre no imobiliário, pois uma casa é coisa que dura muitos anos, não é como esses malucos da internet que inventam produtos que nem existem realmente, mas que dão dinheiro no imediato, lá isso dão, vá um tipo entender como, coisas que nem existem. Embora ache, esses *business* de internet ainda vão rebentar mais depressa do que os bancos, problema deles. A mim isso parece fumo, boa imagem que inventei, investir em fumo. Prefiro casas, património sólido, não andam aí pelo ar, controladas não se sabe por quem, tudo virtual. Entretanto já comprei duas vivendas num condomínio, uma para a minha velhice e a outra para os filhos. Essas não são para vender. O resto só passa pelas minhas mãos o tempo de as entregar ao cliente. Como vês, Heitor, o dinheiro é isso, uma passagem rápida de bens, quanto mais rápido melhor.

O patrão deve estar mesmo chateado com a minha ausência, pensou ao caminhar para casa dos pais. Não era desagradável andar a pé, pois no sábado havia muito menos carros na rua, menos fumo, menos gente a correr e a se empurrar, todos mais preocupados com as compras para o fim de semana. O patrão deve estar mesmo lixado da vida, quem gosta de perder um licenciado para um trabalho de merda e com um salário de merda? Ainda por cima de família bem posicionada, o que abre umas oportunidades. Ele já tinha alguns, mas comigo arranjou mais contactos e muita informação. Agora deve estar a chatear o pai, esse teu filho traiu-me, foi trabalhar para algum concorrente escondido.

– Sirvo-te um uísque? – perguntou o pai, mal lhe abriu a porta.

Nem cumprimentou, como se ele tivesse ido ao lado comprar pão para o almoço.

– Pode ser, obrigado. Com muito gelo, o pai sabe.

O velho podia dar uma xingadela, seria normal. Tática do Sr. Barbosa, Dr. Barbosa para os subordinados (só tinha um curso médio de contabilidade, mas era chefe, portanto doutor), Hermenegildo para os amigos, Gildo para os íntimos, Gigi unicamente para dona Genoveva. Deixava as recriminações para a mulher, ele já se tinha queixado ao Lucas, sabia que a mensagem fora transmitida, o Lucas era bom menino, para que entrar em conversas aborrecidas?

Sentaram em cadeiras de verga na varanda lateral, única que escapara à fúria modernizadora de dona Genoveva. Era uma vivenda relativamente grande no Maculusso, do tempo colonial, anos cinquenta, comprada por uns patacos, quando houve a privatização das moradias confiscadas pela revolução. Com uma enorme varanda à frente e uma pequena num dos flancos. Quando deu a fúria à mãe, eleita para deputada, mandou fechar a varanda da frente com vidros espelhados e restaurar partes da casa, sobretudo o quintal e anexos. O pai por uma vez enfrentou o rompante de mudança, ao menos deixa-me a varanda pequena, gosto de apanhar o ar do dia e da noite, no que foi apoiado pelo filho. Guerra triunfante. O resultado bélico não era brilhante, a casa ficou na fachada principal com vidros espelhados segundo a moderna moda de influência chinesa e a lateral com o aspeto original, da época da colónia. Porque se situava numa esquina da rua, os dois lados eram bem visíveis e despertavam curiosidade. Se fosse só curiosidade! Heitor tinha ouvido comentários jocosos de alguns arquitetos num debate televisivo em que a moradia era apontada como exemplo do mau gosto novorriquista, descaracterizando a traça da cidade, misturando conceções e estilos absolutamente contraditórios, pior, incompatíveis. O mais assanhado era um magro, magro como um palito, que agarrava no braço do mais gordo sentado ao lado, e quase gritava aquilo é aberrante, meu parente, aberrante, berrante mesmo. E quase berrava.

Nunca é agradável habitar num motivo de chacota.

Embora não tenha sido esse o fundamento principal para pedir de empréstimo o apartamento acabado de perder o inquilino, morto de ataque cardíaco, coincidência. Queria tranquilidade, isolamento, para escrever e viver como quisesse. Os pais foram de alguma compreensão, depois de acirrada resistência de dona Genoveva, mãe galinha. Houve o dedo do pai no convencimento, mas sobretudo da tia Doroteia, irmã mais velha da deputada. Quando percebeu a possível oposição materna, Heitor pensou em pedir a ajuda da tia, senhora de espírito aberto e com grande influência sobre a cassule. Mas nem necessitou, a mais velha em conversa fraternal se apercebeu das queixas de dona Genoveva e argumentou, pois o rapaz tem toda a razão, vocês não precisam de alugar o apartamento, ganham os dois muito bem, e ele tem idade para viver a sua vida como lhe der nos miolos, sem estares sempre em cima dele. O tempo da Pide já passou, pelo menos é o que vocês dizem, agora temos liberdade. Então dá também liberdade ao rapaz e me enche o copo outra vez que este vinho sul-africano é mesmo bom. Heitor não ouviu o sábio conselho da tia Doroteia, foi o pai a contar. Abençoada senhora. Hoje mais para o forte, talvez pelo uso de vinho tinto mesmo fora das refeições, mas no seu tempo tinha sido uma afamada beleza da cidade, boa dançarina, animando bailes de quintal ou do salão da Escraquenha, antes da Independência, e ultimamente ainda dando suas passadas nas pistas da Associação Chá de Caxinde, de que foi uma das primeiras usuárias. Um dia levou lá o Heitor, meu filho, és sossegado demais e isso é perigoso, te vou arranjar um par à altura para aprenderes a dançar, é indigno deste país quem desconsegue de dançar um bom semba. Fica sabendo, esta nação está assente na música e na dança, não nas palavras dos livros e nos discursos. Fazer música ou cantar não é para todos e também não podemos exigir esse dom, mas dançar é obrigação nacional, questão de patriotismo, seja dança de roda como as do Leste e da nossa rebita, seja dança de pares, seja mesmo sozinho agarrado a uma garrafa de cerveja. Vamos lá chocalhar bem o corpo e beber um vinhito, eu me encarrego. Heitor foi mesmo obrigado a dançar, se meteu no meio dos outros pares, pediu desculpa à moça conhecida da tia Doroteia, vou ter cuidado para não lhe pisar os pés, pisa à vontade, se te apetece, mas encosta bem a barriga para sentires o rítimo. Afinal, não foi tão difícil desenrascar, a moça se mexia bem e suavemente. Heitor não ouviu mas a tia aproveitou se gabar ao presidente da Associação, é meu sobrinho, um crânio, pode ser tudo o que quiser, miolos tem demais, mas é mole e todos temos de o agitar. Ficas responsável por encaminhar o jovem, até pô-lo a trabalhar para a Associação, um meio de o obrigar a ter relacionamentos. Mas Heitor se afastou dos meios da farra e da boémia, sempre encafuado em casa, lendo ou escrevendo ou sonhando que escrevia, maneira muito literária de viver, ou presunção dele.

O presidente desconseguiu, portanto.

Heitor se sentou ao lado da cadeira do pai. Tinha saudades daquelas cadeiras, verdadeiras relíquias, de verga, amolecidas com almofadas de pano do Congo, que antes, nos tempos logo a seguir à revolução, imperavam na sala e mais tarde foram relegadas para a varanda ou o quintal, deixando o lugar para sofás e poltronas de pele, móveis de branco, no dizer gabarolas da mãe.

– O pai lembra quando a mãe teve aquela fúria consumista e resolveu mudar a casa toda?

– Como vou esquecer? Só escapou esta varanda.

– Estava a lembrar estas cadeiras que ficavam na sala. Depois veio a mobília de couro. Mobílias de europeu, dizia a mãe.

– Ser deputada subiu-lhe um bocado à cabeça. Claro, com todos os privilégios que tem... Mudar a casa e os móveis correspondeu a uma afirmação de novo estatuto, um salto na vida.

– Pois, mas noutras pessoas isso aconteceu com as roupas de marca, carros blindados de cinco metros, joias, bué de empregados... A mãe não entrou por essa. Foi só em relação à casa.

– Sim, tens razão. Veste decentemente, tem de ser, vai a muitas coisas em que tem de estar como as restantes mulheres. E tem uma ou outra joia que lhe ofereci. Mas nunca exagerou nesses luxos. Desforrou-se na vivenda. Talvez por ter nascido em casa de telhado de zinco, paredes sem reboco.

– Eu moro numa casa de telhado de zinco, a propósito. Mas as paredes estão rebocadas e pintadas.

– De amarelo...

– Verdade. Como sabe?... Ah, o Lucas!

– Não, o Lucas não falou da cor das paredes, não entrámos em tantos pormenores. Mas casa com chapas de zinco só pode ser amarela. Isso é Luanda dos velhos tempos.

– Vi fotos antigas e quadros – disse Heitor. – Também havia pintadas de azul.

– Sim. Com um rodapé branco, de meio metro. Mais raras. Uma aqui mesmo, no Maculusso. Foi derrubada no fim do tempo colonial.

Riram os dois, concordando. Beberam até ao fundo dos copos, em silêncio. Tranquilos, satisfeitos por estarem juntos. Nem precisavam de o dizer.

– A mãe foi ao comício? – perguntou Heitor, depois de muito tempo de calmaria. Pareceria mal não mostrar interesse por ela.

– Não. Imagina que não. Diz estar farta de comícios inúteis. Foi às compras. Eu arranjei uma desculpa para não a acompanhar.

Arranjava sempre uma desculpa para não ir com a mulher às compras. Se fosse necessário obter qualquer coisa, ia sozinho. Detestava as hesitações, as comparações, os não compro neste supermercado que está muito caro, antes vou ao do outro lado, e as batatas numa loja, os detergentes noutra, não era nada mais barato aqui que ali, só uma mania feminina de saltitar uma manhã inteira, cumprimentar pessoas, falar mesmo da família e dos mexericos do dia, enquanto ele ficava encostado ao carrinho das compras, inútil e furioso, sem vontade sequer de trocar prosa com um amigo. Não. Agora tinha sempre uma desculpa engatilhada para os sábados e domingos, dias de compras. As melhores desculpas eram sempre as relacionadas com o corpo, ou uma dorzinha nas costas, ou uma diarreia, ou a cabeça latejando... Dona Genoveva não tinha tempo nem paciência para os males dele, ia embora, faço tudo sozinha, fica masé para aí a ler o jornal.

– Mas a mãe não ir ao comício? Isso vai pesar quando escolherem a lista para deputados nas próximas eleições.

– Claro. Mas já é o segundo comício seguido que ela falha. Também há tantos que não deve dar para notar. Só pelos outros camaradas que também não forem e a encontrarem nas compras. Nesse caso são cúmplices, ninguém vai zongolar no Partido. Para dizer a verdade, nem sei se conta muito para as estatísticas de militância. Antes contava, até eu tinha de ir. No tempo do Partido único.

– Não me lembro de o pai ir a comícios ou coisas dessas...

– Eras muito pequeno ou nem tinhas nascido. É verdade, cansei-me cedo. Um calor do inferno, encontrões e mais encontrões, maus cheiros, sol em cheio na cabeça, ter de gritar as mesmas coisas, sempre as mesmas palavras de ordem. E os discursos então... todos iguais, data sobre data, ano após ano, todos sabíamos como terminava uma frase mal alguém a começava. Só vitórias e esperança de futuro, amanhã já. No novo ano, o futuro continuava tão longe como no ano velho, as vitórias que não levavam a nada. Jurei para nunca mais. Em compensação, a tua mãe, que me atazanava a cabeça por eu ser militante e perder tempo e pouco ganho com isso, um dia descobriu que afinal dava algum lucro ser da OMA. Teve trabalho em ser levada a sério nessa organização. E sabes porquê? Já te contei?

Heitor fez que sim com a cabeça. Preferia ter mentido pois o pai ficava sempre desiludido se não lhe contava tudo. Mas várias vezes tinham comentado, mesmo com a mãe, os preconceitos existentes contra mulheres com apenas um filho. Tinha sido opção do casal. Mas as mulheres levavam a mal, só um filho? Com tanta terra no país e tão pouca gente? Falta de patriotismo. Então o Sr. Hermenegildo teve a brilhante ideia, diz às outras que o Heitor te rasgou toda quando nasceu, não podes ter mais, ficaste sem útero ou ovários, sei lá, inventa uma dessas. Ela primeiro ficou furiosa, como posso dizer isso do meu próprio filho, coitadinho! No entanto, a vontade política prevaleceu sobre os escrúpulos de boa mãe e acabou por dizer às companheiras, tive um parto muito difícil, complicações bué, não posso mais conceber. Foi aceite finalmente como boa patriota, mãe de família.

Pronto, começou a participar nos comícios de panos vermelhos e pretos, lenço amarelo na cabeça. E em outras atividades da Organização da Mulher Angolana, como convencer famílias a fazer uma boa votação, obviamente no seu partido, a levar as crianças para as campanhas de vacinação, a mobilizar mulheres para a alfabetização etc. Como estava na moda a discussão sobre o género e a necessidade de as donas serem melhor representadas nos parlamentos, o que aliás não é contestável, acabou por ser lembrada para uma lista. Ficou suplente de deputado. O deputado foi para o governo e ela passou a efetiva. Nunca mais de lá saiu.

– Não sei se alguma vez lhe agradeci por me ter apoiado quando a mãe trouxe o papel para me inscrever na Jota e eu não queria. Foi uma grande discussão.

– Ai é? Não me lembro.

– O pai apoiou-me, disse, ele só vai se quiser, não é obrigado. E se perderes o lugar de deputada por isso, então ainda bem.

– Eu disse isso tudo?

– Lembro-me tão bem. Afinal não foi há tanto tempo assim.

Ficou suspenso. Angústia súbita. Sentiu finalmente o que fingia não notar, o pai estava a ficar velho. Aquela falha de memória podia configurar uma situação grave, porque a recusa de participar da Juventude do partido em que a mãe é deputada se trata de heresia que nenhum pai nem nenhum filho esquece em condições normais. Bateu levemente no ombro do velho em solidariedade.

– Quer que lhe prepare outro uísque?

Só abanou a cabeça. Ficaram calados, cada um resmungando para si próprio seus pensamentos. Heitor sofrendo saudades de Marisa. Disfarçadamente olhou para a cabeça do pai. Apenas alguns cabelos brancos. Mas se aproximava dos sessenta e cinco anos, tendo já ultrapassado a idade da reforma, mas sem vontade de a pedir. Ia fazer mais quê, ficar em casa a entreter as malambas? Já tinham

O Tímido e as Mulheres

discutido isso e o funcionário garantido que só pararia o trabalho quando aparecesse um ministro armado em esperto que o pusesse na rua. No entanto, Heitor nunca tinha imaginado o pai velho, para ele continuava na mesma. Afinal tinha importantes falhas de memória, pelo menos aquela. O Lucas tinha razão, ele devia olhar com mais atenção para os progenitores, embora para Lucas só dona Genoveva contasse, pouco o Sr. Hermenegildo.

– Mas se quiseres, serve um para ti, sabes onde estão as coisas.

Heitor negou, um uísque já estava muito bem, bebera só para acompanhar. Ficaram de novo calados, esperando a senhora deputada.

Que chegou em pé de vento. Só com a carteira na mão. O motorista carregaria as compras para dentro de casa. Apenas faltou xinguilar quando viu o filho. Gritou que chega. Desde querido a malandro, usou todos os adjetivos para mostrar a sua satisfação, por um lado, para lhe recriminar a ausência, por outro. E lhe beijava e abraçava e olhava, estás mais magro, de quê te tens alimentado?, e onde dormes, é mesmo uma cama ou é uma esteira com as tuas manias de budista ou lá o que é, sempre que vejo na televisão aqueles monges amarelos até me arrepio toda a pensar que um dia ainda te entra uma ideia maluca na cabeça e só comes formigas e dormes no chão no meio de cocô de vaca... Heitor queria interromper para corrigir algumas ideias, pois budista não come formiga e isso das vacas é mais cena de hindus, mas ela nem lhe dava tempo pois agora estava a contar todas as amigas dela que tinham perguntado por ele, chegando uma atrevida, quase da minha idade, imagina, a murmurar, o teu filho é um pãozinho de leite, metido com uma desgraçada traiçoeira, eu ao menos cuidava bem dele, vê lá só a tua fama de bom rapaz e bonito, e metes-te por aqueles matos, o Lucas me contou, são matos mesmo, fora do asfalto, casa isolada, com cobras e talvez onças, aí o pai não resistiu, ó Genoveva, há séculos que não tem onças a cem quilómetros daqui, não exageres, mas ela é que sabia, era dona da conversa, das palavras e do sentimento, e enquanto não queixasse tudo o que lhe ia acumulado no coração não ficaria descansada. Enfim, estacou de repente, limpou umas lágrimas, arrancou para a cozinha, gritando pela Esmeralda, a empregada, lhe dando ordens para o almoço, obviamente funji. Antes ainda perguntou a Heitor, carne ou peixe? Ele encolheu os ombros mas não adiantou, já ela tinha desaparecido.

– Não te incomodes em responder – disse o pai. – Antes de sair, já tinha dado ordens para a Esmeralda fazer um calulú. A menos que queiras funji de carne.

– Calulú está ótimo.

Esmeralda era uma exímia cozinheira, arte aprendida em Benguela, sua cidade natal. O calulú dela era reconhecido, sobretudo se conseguia que mandassem vir peixe seco da sua terra, não há igual, diz com orgulho, o peixe é melhor mas sobretudo a gente sabe secá-lo de maneira especial. E é o peixe seco o ingrediente mais importante do calulú, e as ervas, de preferência rama de batata-doce, e a fervura, mas com a fervura sai-se das artes da agricultura ou do mar para entrar na arte real, a temperatura da chama, o tempo de cozinhado, os segredos de engrossar o molho com base no óleo de palma. No fundo, sempre segundo explicações de Esmeralda, o peixe fresco e os quiabos são o menos importante, embora tenham de ser de boa qualidade. Como em qualquer partitura, diria Heitor exprimindo o pensamento da empregada com palavras desconhecidas dela, todos os sons têm de ser bons para se atingir a harmonia celeste. A diferença está sempre na mão do maestro. Esmeralda era um deus misturando ingredientes. Por isso ria quando dona Genoveva vinha encantada de um restaurante, tem uma comida maravilhosa, logo se ouve o muxoxo de Esmeralda, restaurantes... Como se cozinhar para cinco fosse o mesmo que para cem. Por isso há levantamentos de rancho nas casernas. Com ela à frente da tropa cozinheira, isso nunca aconteceria. Pois, se julga um general, comenta despeitada a deputada. Há alguns generais que não acertam num edifício de vinte andares mesmo se estão só a dez metros, diz o marido, fungando. Dona Genoveva não admite que se diminua o mérito dos generais, seus heroicos companheiros, muitos hoje reformados combatendo com barrigas no parlamento, rivalizando em roncos e ressonares. Assim, a propósito de um calulú, o casal discutia de forma turbulenta sobre as capacidades do generalato. Discutiria sobre qualquer coisa, se o Sr. Hermenegildo não se calasse, lhe deixando a última palavra. No princípio não era assim, no entender de Heitor. Com o passar do tempo, a mãe se foi convencendo da sua superior qualidade, perdeu a modéstia da fase da juventude, filha de família muito pobre, vivendo na periferia do Cazenga. Ele era pequeno e ela lhe ensinava, é preciso poupar, não temos dinheiro para isto ou para aquilo, o teu pai ganha alguma coisa mas não é muito. Depois ela subiu na Organização da Mulher Angolana e com as roupas vermelho-pretas se deslumbrou perante a estrela amarela à frente dos olhos, como a estrela que dizem os cristãos ter orientado os Reis Magos. A estrela a transformou. Começou a falar mais alto, ousou enfrentar o marido em discussões, mas antes armou makas com as vizinhas, nas lojas, na rua. E quando tirou a carta de condução, o que coincidiu com o primeiro carro facilitado pelas camaradas da OMA, um gira-bairro, a voz ganhou novo volume. Então, o pai foi diminuindo a argumentação, passou a encolher os ombros e a deixá-la dizer o que quisesse, mesmo os maiores dislates. Primeiro foi um domínio apenas a nível da fala. Passou mais tarde às decisões em tudo o que dissesse respeito à casa. Depois à família. Quando se tornou deputada, a sua autoridade irradiou sobre os serviçais, o motorista e mesmo uma parte importante da bancada parlamentar. Agora tinha esperanças em cassumbular definitivamente a presidência da OMA, um dos postos mais apetecíveis por parte das mulheres políticas. Heitor ouvira de algumas companheiras da mãe palavras de apreço por essa possibilidade. Tinha seguidoras.

Ele e o pai que se cuidassem.

O pai, coitado, não tinha grande ponto de recuo. Ele ao menos escapou com diplomacia, mudando de residência. E esperava a investida de dona Genoveva, ofendida por ele preferir viver no subúrbio, numa casa talvez parecida com aquela em que ela própria nascera. Um recuo no estatuto social, intolerável para a ambiciosa senhora.

Heitor se enganou. Ou então ela usava táticas próximas das do pai. Almoçaram falando de trivialidades, sem ela abordar uma só vez a mudança de residência. E muito radiante se mostrou quando ele, se sentindo um oportunista miserável, perguntou no fim do almoço:

– Mãe, por acaso não tem um carro velho que me possa emprestar? Estou a morar muito longe e nem sempre há candongueiro.

Os olhos de dona Genoveva se rasgaram de alegria, como se todos os raios de sol para eles convergissem. Embora talvez a referência a candongueiros não fosse muito agradável, onde já se viu?, o filho dela sujeito a se misturar com o povo no táxi.

– Se percebi bem o que o Lucas me explicou, o terreno onde moras exige um jipe. Podes levar o cinzento.

Tinha um outro, azul, novo. Além do carro de função, um topo de gama europeu. Sabia, ele não ia aceitar o jipe mais novo, ficava muito feliz por lhe passar um carro qualquer, feliz apenas por ele pedir, num aperto se lembrar da sua mãe. O mercenário Heitor engoliu o orgulho, não ousou fitar o pai, posto à margem da decisão e se fingindo mesmo alheio dela, disse, tentando mostrar gratidão, muito obrigado, bem, de facto o jipe sempre dá mais jeito, embora os turismos passem lá. O azul também era jipe, pensou, e podia sugerir esse. Mas seria má educação. E pareceria que se rendia aos privilégios do capitalismo de *passerelle*, como lhe chamara numa discussão. Ele precisava apenas de um carro.

– É por uns dias.

– Fica com ele o tempo que quiseres. Não nos faz falta.

Heitor apreciou o não *nos* faz falta. Talvez o Sr. Hermenegildo também tenha apreciado ser incluído na conversa ao menos uma vez. Porque de facto o jipe cinzento tinha sido comprado há muito tempo e com base unicamente nos seus proventos de funcionário. Só mais tarde compraria o carro que conduz agora. O jipe cinzento apenas servia agora para apoio à casa, usado de vez em quando para não enferrujar, velho demais até para ser vendido.

– Esmeralda, diz ao António para lavar o jipe cinzento, o Dr. Heitor vai levá-lo.

Esmeralda tinha ouvido a conversa e nem seria precisa a ordem, ela estava na família há muitos anos e sabia todos os passos a dar. Reprimiu o instintivo muxoxo e saiu da sala a transmitir ao motorista a vontade da senhora deputada. Apesar do seu embaraço, nada escapou ao atento Heitor. Olhou de lado para o pai, procurando cumplicidade, mas o velho enchia um copo com uísque velho, aparentemente alheio ao que se passava na mesa.

Os kotas têm muita experiência, são como cágados, é sabido.

Sobretudo para se encolherem quando adivinham tempestade.

O *Comandante* tinha ficado fechado dentro de casa, com água e comida, lembrou de repente Heitor. Mas já devia ter sujado tudo. Felizmente havia pouca coisa para estragar. E os livros e as resmas de papel impressas com as suas obras de começo literário? Estariam a salvo das brincadeiras do cachorro, pequeno demais para saltar para a mesa sem qualquer interesse, mais atraído pelo cimento do chão onde podia se rebolar e dormir mil sonos. Mas era um bom pretexto, medo de deixar muito tempo o cão sozinho, para não ficar tempo demais na casa paterna, sem remorsos. Apenas esperou que o carro ficasse pronto e se despediu, prometendo voltar em breve.

Dona Genoveva, estranhamente, não lhe perguntou quanto tempo iria durar a sua clausura nem o motivo de abandonar o emprego. Os pais tinham combinado não lhe fazerem perguntas incómodas? Ou era conselho do Lucas?

Oh, saudades de Marisa.

14

E quem encontra Heitor no regresso a casa, parada à espera de um carro? A dona Luzitu, senhora que conheceu no candongueiro, quando foi comprar as mudas. Tinha aos pés uma bacia tapada com um pano e parecia cansada. Heitor travou.

– Boa tarde, dona Luzitu. Aceita uma boleia?

A senhora olhou, desconfiada, para o estranho, e só depois o reconheceu.

– É o moço que conheci no carro do man'Xico, não é?

– É isso mesmo. Vou para aqueles lados e se quiser levo-a a casa.

– Aceito mesmo, muito obrigado.

Mostrando ter boas maneiras, Heitor saiu do seu lugar e deu a volta para ajudar dona Luzitu a poisar a banheira no banco de trás do jipe e abrir a porta da frente para ela se acomodar. Pelo peso da bacia percebeu, devia ser zungueira. Vinha provavelmente de algum mercadinho ali perto. Arrancaram.

– Hoje há problemas com os táxis, não é?

– Nem é bom falar, meu filho. Com esse comício... a esta hora estão os candongueiros todos a se embebedar de cerveja... e depois regressam cheios de gente e há acidentes. O Xico por acaso não. Ele não é de beber no serviço. Gosta de confusão, música alta, barulhos, mas bebe pouco. Os outros, aiué...

– Eu tive dificuldade em apanhar um carro hoje de manhã para vir para a cidade.

– E então nós com as banheiras cheias? Ainda pior. Há mesmo uns miúdos lotadores que dizem, mamã, hoje não dá, é melhor ficar em casa, não vamos mesmo te aceitar no carro... Miúdos atrevidos! E vamos viver do quê? Se não vendemos, não comemos.

– No outro dia não percebi que a dona Luzitu afinal é comerciante...

– Comerciante, eu? Isso é para os grandes, com loja. Sou só zungueira... Nesse dia estava a vir da igreja, não é? É dia de prejuízo quando vou na igreja. Mas tenho mesmo de ir. Se Deus se zanga comigo, não vendo nada durante toda a semana.

– Já aconteceu?

– Sim. Mas nunca mais faltei na igreja, para não voltar a acontecer.

E se benzeu, afastando kalundús. O desalmado materialista sorriu para dentro, tentando manter o ar mais seráfico, cada um tem o direito de acreditar, como ele tinha o direito de não acreditar, boa convivência a isso obriga. A senhora murmurou o que Heitor julgou perceber, nem quero pensar na zanga de Deus.

– A vida está difícil e uma semana sem vender é grande prejuízo – concordou ele, a alimentar a conversa. – E tem família grande, talvez...

– Seis filhos, meu mano. Ainda mais, viúva. O meu falecido era antigo combatente, lutou mesmo contra os tugas na Segunda Região, Cabinda. Recebia uma pensão. Pequena, mas como trabalhava com um marceneiro, dava para alimentar a família. Morreu e recebo na mesma a pensão dele. Mas não o salário de marceneiro, esse é que era maior. Então vou fazer mais como? Me aconselharam, só mesmo na zunga. Como as minhas vizinhas, minhas amigas. Hoje elas não vieram, umas na igreja, outras...

– No comício...

– É mesmo. Como adivinhaste, mano?

Riram os dois.

– É por causa da cerveja – concluiu a senhora. – Única maneira de beberem sem pagar muito... No comício fazem grande abatimento no preço, às vezes mesmo é de graça, beba à vontade e depois vota em nós. É maratona de música e cerveja. Nunca foste?

Ele fingiu não ouvir a pergunta.

– Mas a dona Luzitu não vai pela cerveja...

– Eu não. Sou mais velha. As duas que foram nessa maratona são moças ainda. E não têm família para alimentar. Eu tenho tantos filhos, vou mesmo perder tempo no comício? Claro, também gosto de beber uma birra, a minha igreja não proíbe, é a católica, mas assim... hum-hum, sabes, não é?

– Deixa fazer mais coisas, não é tão severa...

– Isso mesmo. Mas tenho de trabalhar.

– Amanhã não, amanhã vai à missa.

– É isso, meu filho.

– No outro dia que nos conhecemos não era domingo.

A senhora olhou para ele, como tentando adivinhar se havia alguma intenção manhosa na frase. Depois respondeu, com voz tranquila:

– Não lembro o dia que foi. Mas teve o óbito de um sobrinho, missa de óbito. Talvez foi nesse dia.

– Sobrinho mesmo? Porque às vezes...

– Sim, esse era mesmo sobrinho do meu falecido. Filho de uma irmã dele. Tive que faltar no serviço na parte da manhã, só fui mais tarde. Os filhos das minhas amigas chamo de sobrinho, mas não são. O Diogo era mesmo.

O silêncio se instalou durante momentos. O tráfego não estava muito acentuado, se aproximando o fim de tarde, pois as pessoas já teriam saído de Luanda em grande número. Agora era ao contrário, longas filas de carros a entrarem na cidade, de gente que tinha passado o dia fora, nas quintas ou povoações onde tinham família, ou nos restaurantes de beira-rio ou lagoas onde se pescavam os cacussos, peixe muito apreciado e relativamente barato.

– Dona Luzitu, a senhora vende num mercado ou é mesmo zunga de rua?

– Na rua, meu filho. No passeio perto do mercado de S. Paulo. Temos um grupo de amigas, ocupámos um espaço. Todos os dias uma vai mais cedo, quatro da manhã, põe uns panos no chão, para não deixar ninguém ocupar. As outras lhe encontram lá.

– Deve haver muita luta por um lugar.

– Sempre. Todos dias tem maka. Por isso é bom estar num grupo forte, nos defendemos umas às outras. Cada vez tem murros e chapadas mesmo, vem a polícia...

– Desculpe estar a fazer tantas perguntas, mas me interessa muito conhecer.

– Podes fazer, mano, depois me contas os teus mambos.

– Queria saber mais uma coisa. A senhora é daqui de Luanda ou veio...

– Do Uíje, sou do Uíje.

– O seu falecido também era?

– Também.

– E essas suas amigas do grupo de zunga?

– Também. Somos como parentes. As aldeias são perto umas das outras, lá na terra.

– Os vizinhos lá no bairro são também do Uíje...

– Os vizinhos perto são. Mas tem outros que não são. Vivem mais longe. Assim nos sentimos apoiados, se houver alguma coisa. E nos ajudamos, um pouco de sal, tomar conta dos filho pequeno, se tem um óbito, ajuda assim...

– Compreendo, compreendo. Sabe, dona Luzitu, tem havido promessas de darem casas aos antigos combatentes...

– Ouvi. Faz muito tempo prometem. Ou às viúvas ou aos órfãos.

– Estão mesmo a construir casas. E já entregaram algumas...

– Sim, ouvi. Vamos ver.

– Não acredita muito!

– Olha, meu filho. Muitos já morreram, não receberam casa nem nada. Eu, uma viúva, é que vou receber? Eles combateram, ganharam, temos a independência. Os que aproveitam dela já têm muita coisa. Que interessa os outros que lutaram e não têm nada ou já morreram? Alguém vai lhes lembrar? Eué! Só promessa.

– Pode ser agora.

– Se eu ficava à espera das promessa, já tinha morrido de fome. E os meus filho.

– Fale-me deles, dona Luzitu. Disse que são seis.

– Tive seis. Dois rapazes morreram nessa guerra que acabou, um em 1994, em Malanje, o outro no Huambo, em 1998. Ficaram três meninas e o cassule.

– Os dois que morreram eram militares?

– Sim, militares. Um era tenente, o outro sargento. O tenente morreu primeiro. Deixou viúva e um filho. Fizeram o funeral, pagaram qualquer coisa, disseram iam dar uma pensão, até hoje... Era nova, moça bonita, conseguiu arranjar um homem, dono de cantina, não está mal, mas podia estar, não é mesmo? O meu filho sargento não era casado, até hoje estou à espera de pensão.

– O pai deles ainda era vivo?

– Antes estivesse já morto para não sofrer tanto. Uma pessoa luta, ganha a independência, e ainda dois filho vão morrer na guerra entre nós? Muito sofrimento mesmo. Ele foi embora – olhou nas nuvens – para fugir de tanta injustiça.

Heitor calou todas as perguntas que ainda queria fazer, num afã ridículo de repórter. E se perguntava, ele de natureza calado e tímido, como pudera destapar tanta coisa da pobre mulher? Disse lhe interessava saber e era verdade. Tinha gostado dela logo da primeira vez, talvez porque parecia seca e rija como uma árvore de pau-preto, se adivinhava muita força e ao mesmo tempo bom coração. Agora estava arrependido. Levara a conversa para um caminho que despertava tristes recordações. Mas dona Luzitu não deixou durar muito o ambiente pesado, devia ter conseguido sepultar ou pelo menos controlar suas malambas.

– O meu cassule tem quinze anos. A mais velha das menina tem trinta, casada e doutora.

– Doutora em quê?

– Professora de Português. Fez o curso, chamam como?

– Licenciatura?

– Isso mesmo, em Português. Está ensinar num Instituto de Luanda. A outra, Orquídea, tem vinte e dois, tem curso médio, também professora. Está estudar à noite para ser licen...

– Licenciada. E em quê?

– História.

Heitor deu uma gargalhada. Dona Luzitu se virou para ele com seu ar mais severo, esse rapaz estava a gozar com ela ou quê? Mas ainda rindo Heitor explicou:

– Eu também sou licenciado em História... Tem piada, não tem?

Ela desconfiou ainda um pouco, depois a cara foi desfrisando até rir, já mais tranquila. De repente carregou o sobrolho, de novo desconfiada.

– Mas o man'Xico disse tu és empresário. Empresários não são economista? O meu cassule quer ser, por isso eu sei.

– Brincadeira do Xico, dona Luzitu. Sou historiador, ou pelo menos tirei o curso. Não sou nada empresário, só comprei umas árvores para sombra no terreno. E também não trabalho na área da História. Mas gosto muito disso, é muito bonito saber o passado dos povos, o que aconteceu há muito tempo.

– É o que a minha Orquídea diz. A Rosa, a mais velha, também gostava, mas escolheu Português, fazia mais falta professores de Português, disse.

– E tem razão, fazem mesmo muita falta... Então o cassule quer ser economista. E ainda falta uma menina, a mais nova delas...

– A Margarida? Tem dezoito anos, fez nona classe, diz não quer estudar mais, está a se meter em confusão.

Heitor decidiu não perguntar que confusões seriam, fáceis de supor. Um frase feita caía sempre bem:

– Idade difícil.

– As outra também tiveram essa idade e nunca deram problema. Estudaram, trabalharam, ajudavam em casa, a tomar conta do cassule e dela mesma, Margarida. Esta, hum-hum, tem de fazer tratamento, por isso está no Uíje, com a minha família, vamos ver se tratamento é bom.

Não precisava de questionar nada, adivinhava ser uma terapêutica tradicional. Algum kimbanda lhe deitava fumo para cima e dizia palavras enigmáticas com o fim de afastar os maus espíritos, pensou Heitor, cínico na sua pior fase modernista, talvez também uma beberragem para enganar parvos. A miúda com certeza queria farra, estava na idade, a mãe e as irmãs apertam com ela e então se rebela, já se conhece o filme. Vai resultar o tratamento tradicional? Duvido. Mas ficou calado, nunca ia se meter em makas de família. Ainda por cima se tratando de medicina tradicional, que as famílias mais católicas não desprezavam, apesar de os padres e bispos lhes chamarem artes do demónio, feitiçarias, crendices pagãs, antes merecendo morte por fogueira, nos tempos da escravatura e Inquisição. Hoje havia progressos na compreensão das coisas. Sem o dizerem, limitavam a crítica aos sermões do alto do púlpito. E encolhiam os ombros perante o feitiço misturado com rezas e missas. E promessas feitas à Nossa Senhora da Muxima. Um triplo tratamento.

– As suas filhas são Rosa, Orquídea e Margarida. E o cassule?

– Narciso. Por quê?

– E os falecidos? Desculpe perguntar, mas como se chamavam?

A senhora suspirou. Heitor não percebeu se era do desgosto, se de estar farta de tanta pergunta. Mas lá respondeu:

– Jacinto e Lírio.

– Sempre nomes de flores...

– Foi o falecido que escolheu. Gostava muito de flores, sabia muitos nomes e o que queria dizer cada uma.

– Não devia ter trabalhado de marceneiro mas sim de jardineiro. Ou tinha alma de poeta...

Ela teve um sobressalto e lhe bateu no joelho mais próximo.

– Chega de falar da minha família. Agora me conta teus mambos.

Heitor teve de inventar uma estória, então não era escritor? Revelou essa parte com verdade, se refugiara dos pais e dos amigos para escrever um livro. Tinha acabado, estava satisfeito. Mas queria ficar ainda mais algum tempo, até porque tinha pagado o aluguer de três meses de avanço, não foi muito, na cidade exigiam avanço de um ano, pelo menos. Era uma falsidade, a viúva dona do terreno aceitou só um mês, para o poder despachar quando lhe surgisse negócio, mas lhe pareceu ser necessário aumentar o prazo para dar mais confiança, não estava ali fugazmente, tencionava permanecer, até tinha comprado árvores. Continuando a narrativa, explicou, estive sem telemóvel nem carro, para poder ficar mesmo isolado só a escrever, por isso andava no candongueiro. Agora fui buscar um carro na família, trouxe o telemóvel, mais umas coisas de que ia precisar, música por exemplo, mais livros. Contava escrever outra estória, mas não podia contar antes de estar pronta.

– E comes como?

– Eu mesmo faço. Alguma compro já pronta, outra cozinho eu próprio. Gosto.

Não lhe contou, foi a Esmeralda que lhe ensinou. Ele rondava a cozinha, rondava, provava daqui e dali, quando era pequeno. Ela reparou no interesse dele em vê-la misturar os ingredientes, depois querer provar se o molho estava apurado, meter o dedo na comida com risco de se queimar, não faz isso, menino, eu dou. Esmeralda começou a ensiná-lo às escondidas da mãe. Os dois adivinharam, dona Genoveva não ia gostar da brincadeira, onde já se viu homem cozinhar numa casa particular? Só em restaurante. E não era futuro para filho dela, pois então. Esconderam as aulas de culinária, portanto. Passado muito tempo, ele até tinha apurado alguns conhecimentos, no apartamento, procurado novos temperos, usando livros de cozinha ou a inevitável internet. Ainda experimentaria um dia entrar na comida japonesa. Não contou estas coisas todas a dona Luzitu, eram irrelevantes agora.

Pensou Heitor, a mãe esqueceu perguntar como ele comia, só disse parecer mais magro. Devia explicações, ainda bem que não se enfiaram por essa picada na conversa. Dona Luzitu, pelo contrário, achava muito bem a vocação para a cozinha. O falecido dela também sabia, tinha mesmo jeito, às vezes dizia, hoje é comigo, até coisa reservada às mulheres, como bater o funji com o pau, sentado no chão, os pés a segurarem a panela para as duas mãos ficarem livres e manipularem o pau. Mas tinha de bater o funji às escondidas das vizinhas, seria grande vergonha se descobrissem. Ele só dizia em casa, bato mesmo o funji, como é que fazíamos lá na guerrilha, tínhamos mulher à disposição para nos fazer comida? Uns agora é que armam, esqueceram de cozinhar, são senhores muito importantes. Para o churrasco não se escondia. Churrasco sim, era trabalho de homem, no quintal, com umas birras bem geladas a acompanhar, amigos e família à volta.

– Bons tempos – suspirou a senhora.

Tinham chegado perto da casa dela.

– Fico aqui mesmo. A minha casa é para ali.

Apontou para um amontoado de casebres à beira da estrada, feitos de todos os materiais de construção existentes, desde papelão a tijolo, passando por tábuas toscas, paus, capim, vidro, chapas de ferro, enfim, o que pudesse simular uma parede. E cobertos com chapa, algumas apenas com bocados de plásticos de diferentes cores.

– Eu levo-a lá, dona Luzitu.

Ela já tinha aberto a porta da frente e ia sair.

– Carro ali não passa, só tem caminho para pessoa. Muito obrigado, mano, aqui está mesmo bem, a casa é perto perto, fica atrás dessas aí na estrada. Muito obrigado mesmo.

Ele deu a volta e ajudou a senhora a pôr a banheira na cabeça.

– Dona Luzitu, não moro longe e este é o meu caminho para a cidade. Se quiser, combinamos uma hora, de vez em quando lhe levo, não me custa nada. Às vezes tem de ir, está a falhar o candongueiro, num aperto desses, ajudo com todo o prazer.

– Hum-hum, não dá, saio às cinco da manhã. Obrigado, mano, você é mesmo boa pessoa.

E ficou a vê-la atravessar a estrada de trânsito sempre intenso, quase saltar o separador feito de grandes blocos de cimento onde à noite os carros chocavam devido à velocidade elevada e a grandes doses de álcool dos condutores, correr de novo para passar até o passeio e se enfiar entre duas casas, desaparecendo. Só o corpo dela tinha indicado haver ali uma passagem, para ele o outro lado da estrada era uma fila infinita de borrões, servindo de habitação. Ali, naquelas casas, uma habitante tinha feito a licenciatura e outra estava a fazer? Sem luz elétrica... Bem, talvez tenham feito uma puxada e se serviam da rede pública, senão teria de ser à luz de candeeiro que os jovens estudavam, adultos trabalhavam, se vivia e se morria. Desejou, por trás desta fila de casebres há umas casas um pouco melhores, uma delas que o antigo combatente construiu com a ajuda de familiares e amigos. Seria menos injusto.

Fez arrancar o carro com súbita angústia no peito. Como antes, ao pensar na sublime criatura que o pôs na rua. Mas agora era outra coisa, talvez a angústia viesse da vergonha. E lembrou o que disse, fui à família buscar um carro, assim, como quem vai ali comprar um pão. Pouco depois, desviou da estrada principal, se meteu na ruela que mais tarde desembocaria na picada.

Quando chegou a casa, depois de sair do carro, sentiu uma diferença. Olhou para todos os lados, o que estava mudado? Foi ver as plantas, a bacia com as sementes de jindungo ainda sem novidade, ouviu o latido do *Comandante* dentro de casa. Já vou, já vou, e foi abrir a porta e receber as festas agradecidas do companheiro. Estava a escurecer, dentro de dez minutos seria noite. Entrou em casa, para conferir os estragos, tinha de os haver, um cão fechado numa casa durante todo o dia não a deixa impecável. Nada de especial, duas marcas de mijo na sala e um montinho de merda no chão do quarto. Tratou das limpezas. Fez mais festas ao cão. Voltou para fora, olhou tudo de novo, deu três ou quatro passos, e então se assustou.

Havia diferença, sim. O jipe.

E logo foi tomado pelo medo.

O carro ia atrair ladrões àquele quase descampado, sem vizinhos, sem proteção. Quem passasse na ruela de acesso à picada só o veria se decidisse avançar até muito à frente. Hoje talvez não. Mas no dia seguinte o mujimbo já se espalharia, o tipo a viver naquela casa isolada agora tem um carro. E os bandidos iam saber. E os bandidos vinham. Enquanto não tinha nada a despertar a atenção, era mais ou menos ignorado, pelo menos pouco interessante. A partir do momento em que um jipe imperava naquele nada, deixava de ser um desgraçado como os outros, era balado, um *boss*. Mesmo se era um jipe velho a mostrar muitos anos de uso e degradação. Mas pronto a ser roubado. E os bandidos eram violentos, primeiro disparavam, depois levavam as coisas.

Entrou para casa, acendeu a luz, ficou sem ler, o livro à frente dos olhos, apático, pensando no que fazer. Decidiu arriscar, passo a noite aqui. A última noite. Venho cá de dia quando me apetecer, mas durmo no apartamento, não dá para brincadeiras.

De qualquer maneira, a partir do apartamento estaria mais próximo do teatro de operações, se por acaso Marisa mudasse de ideias. Só mudaria se ele a procurasse, insistisse, implorasse. Das outras vezes a iniciativa foi sempre dela. Tinha de alterar isso, era obrigado a passar à ação. Já tinham avançado o suficiente no relacionamento para ele poder vencer a timidez, haka, tinham estado na cama duas vezes e a última em trabalhos muito íntimos. Timidez ainda? E, no entanto, ele recuou à ideia de a procurar. Não precisava, pedia o número dela, agora usava de novo telemóvel. Certamente Antunes tinha o número. Ou facilmente arranjaria. Ligou para o amigo.

– Meu, preciso do número da Marisa. Tu tens?

– Então é assim? Já não se cumprimenta, passa-se logo para o que interessa? O Lucas tem razão, andas muito estranho, só a pensar nos teus mambos.

Do outro lado da linha se ouviam vozes, um ou outro grito e até música. Antunes devia estar no estúdio, ou então num bar. Ou em casa de alguém, com várias pessoas.

– Desculpa lá, Antunes, tens razão. Ando assim um bocado aboamado. Preciso do número dela.

– Para lhe pedires desculpa?

– Por quê? Sukuama!

Do outro lado dispararam uma gargalhada. Era o Lucas. O sacana do Antunes tinha chamado o amigo para ouvir também a conversa, só podia ser. Traidor do caralho! Foi o que lhe disse.

– Porra, pá, não te chateies. O Lucas estava mesmo aqui ao lado e como tenho de falar alto, há muito barulho, ele encostou o ouvido. Mas eu passo o número. Embora ache que tenhas de pedir desculpa, ela ficou lixada da vida...

– Como, lixada da vida?

– Numa tristeza... Nem te conto. Ainda não se refez. Embora a tenham visto sair ontem com um tipo no carro. O que não quer dizer nada, pode ser apenas para se arrefecer, tu é que a incendiaste e não o contrário.

– Estás só a falar à toa para o teu kamba Lucas aí ao lado partir a moca.

– Mas porquê não lhe pediste o número?

– Dás ou não? Não pedi porque na altura não pensava em usar telemóvel, nem em lhe ligar. Mas agora há um imprevisto...

– Pois, daqueles imprevistos que sabemos – disse o Antunes.

Logo se ouviu a voz do Lucas:

– Mas comeste a gaja ou não?

– Vai te foder.

– Já viste, Antunes? Este gajo era tão bem educadinho... Foi lá para o mato, viver com o submundo, e a linguagem mudou.

– És mesmo preconceituoso, Lucas. Com que então submundo? Aos condenados da Terra chamas submundo?

E interrompeu a chamada, fingindo ofensa. Antunes haveria de lhe ligar, com uma conversa diferente. Conhecia os amigos, até se podiam insultar e agredir. Mas voltavam sempre à estaca zero.

Amigos de infância são assim, dialéticos. Ou tudo ou nada.

Deu comida ao *Comandante*. Ele não tinha fome nem disposição de preparar nada para si. Ficou a ver o cão comer. Antunes não telefonava. Haveria de o fazer. Agora ficavam nessa de fazer o outro sofrer algum tempo. Não tinha pressa. Antunes sabia estar em falta, nunca devia ter metido Lucas na conversa, e portanto acabaria por dar o braço a torcer. Neste momento estariam os dois a falar, vou telefonar, não, espera mais um bocado, deixa o gajo sofrer, não, Lucas, é chato, o gajo pode precisar de alguma coisa, pois, sabemos mesmo do que ele precisa, do número da boazuda, também eu preciso. E riam e bebiam. Não contariam a mais ninguém, a sacanagem não passava daí. Havia mambos que eram só entre os três.

Mas que estória era aquela de Marisa estar triste? Primeiro chateada, depois triste. Chateada com ele não seria, francamente, não tinha feito nada para a chatear, ela é que disse, não posso, desculpa, e bazou. Triste? Seria? Por causa dele?

Então ainda havia esperança.

Passado um bocado, o Antunes ligava para lhe dar o número. E desculpa a brincadeira de há bocado, não pensava que te passasses dos carretos. Estava tudo bem, já tinha passado, e se despediram dos melhores modos. Mas Heitor não lhe perguntou se era verdade, Marisa está mesmo triste?

Pouco dormiu. Deitado na cama, com mosquitos a zumbir e a picar, os pensamentos na Marisa, misturados com bandidos que podiam ser atraídos pelo carro, os olhos abertos no escuro, ouvindo o ronco suave do *Comandante* no melhor dos sonos, até madrugada chegar.

15

Tinha feito o Instituto Médio na opção de Construção Civil. Havia poucas possibilidades de voar mais alto para um jovem sem família encostada ao poder. Colegas dele na escola de base tinham lanche, carros a virem buscar no fim das aulas, o traje obrigatório azul-claro, blusa e calção, sempre bem lavado e passado a ferro, enquanto ele disfarçava as manchas ao fim do segundo dia a usá-lo. Só tinha dois conjuntos e tinham de dar para a semana inteira. A mãe, empregada doméstica, podia lavar roupa apenas no domingo, pois máquina elétrica era cara e muitas vezes nem eletricidade tinham.

O pai morreu no sorvedouro da guerra de 1975, antes mesmo de os zairenses e dos sulo-africãos do *apartheid* terem invadido o país pelo norte e pelo sul, com todas as almas caridosas do mundo a desviarem os olhos para não verem. É cómodo não ter que tomar posição. O pai nem militar era, apenas simpatizante. Estava porém no sítio errado daquela vez que os "irmãos" fenelosos ousaram uma surtida da sua sede na Avenida Brasil para entrarem no bairro Rangel. Um pioneiro de doze anos tentou defender a sua rua com uma espingarda feita em casa, daquelas de tubo de água cheio de pólvora e pregos e pedras pequenas, um canhangulo. O tiro partiu, por milagre sem rebentar com o cano e o atirador, como muitas vezes acontecia. Acertou no feneloso da frente que ficou a estrebuchar no chão. O pai de Jeremias Guerra estava por perto, procurando se esconder numa porta mal avistou os soldados, porém sofreu a vingança enraivecida dos "irmãos", todos a disparar para ele, enquanto o miúdo escapava, brandindo a arma, muito orgulhoso pelo seu feito. Depois os soldados pegaram no colega ferido, abandonaram o bairro demasiado perigoso para eles, se acoitaram na sede. O azarado António Guerra, maquinista do Caminho de Ferro de Luanda, estava morto, no chão, à frente de uma porta fechada, onze balas no corpo. A casa a que se encostara ficou furada por mais de vinte projéteis, mas número certo não há, ninguém se preocupou em contar.

As mulheres começaram a gritar, os homens a acorrer, ainda o levaram já cadáver para o hospital universitário ali perto. A família só soube quando a mãe voltou a casa e uma vizinha contou, o teu António está no hospital, lhe dispararam nos fenelosos, esses aí mesmo da Avenida Brasil, passada então a ser conhecida por Avenida dos Massacres. A vizinha não teve coragem de contar, podes ir devagar, já não adianta. Mas acompanhou a mãe ao hospital, em mudez de gravidade. E mais duas que se juntaram. Todas caladas. A mãe, no entanto, adivinhou o significado do silêncio e ia rápida, lágrimas caindo no asfalto.

Jeremias era muito pequeno, ficou em casa com a irmã mais velha, de dez anos, e o irmão de oito. Ele tinha três quando lhe mataram o pai. Não lembra de nada, só das estórias que lhe contaram sobre os massacres feitos sobre a população do Rangel e do Marçal, a partir daquela sede que depois foi tomada de assalto pelos camaradas do pai. Todos os seus aquartelados foram escorraçados para lá de Luanda, cheios de sorte porque sobreviveram. Não guarda rancor, os soldados não tinham nome para lhes apontar, ele era pequeno e não viu nada, nem sentiu. Mas a vida da família ficou mais complicada, ouviu dizer. Como tantas famílias com os pais mortos na guerra, durante anos e anos.

Vidas.

O traje, igual para todos os alunos de todas as escolas, era substituído no princípio de cada ano letivo. De borla. Às vezes também sapatilhas. Ninguém pagava nada na escola, nem livros nem cadernos. Era o socialismo. Não durou muito tempo. Quando entrou no Instituto Médio, já não havia uniforme, cada um vestia o que tinha.

Os livros não eram pagos, mas poucos eram distribuídos, começavam a ser substituídos pelas aulas ditadas pelos professores, alguns falando só espanhol dos cubanos. Ao fim de um certo tempo, dava para entender, eles falavam devagar e repetiam muitas vezes.

Terminou o ensino médio, ficou com um curso e idade de ir para a tropa. Foi. Fez a guerra. Seis anos. Conheceu Angola quase toda, faltou Cabinda, Uíje e Zaire, também as Lundas. Por todo o resto andou. Às vezes em combate, outra vez esquecido em quartéis, no princípio. Servia para descansar. Como tinha formação média, quiseram que fosse fazer um curso para oficial mas Jeremias recusou, não tinha jeito para comandar homens, disse. A verdade era outra: sabia, se fosse oficial, nunca mais saía da guerra. Também era verdade que poderia subir na hierarquia, mas possuía a despretensão da juventude, não pensava como hoje, com toda a sabedoria da idade adulta. Alguns começaram como ele e chegaram a general. Ele, porém, ficou soldado, ajudando quando havia construções. Até finalmente passar para uma brigada que reparava pontes destruídas ou montava as de metal, destinadas a serem provisórias mas que se tornavam definitivas, ou ajudava na construção e reparação de casernas, trincheiras reforçadas, *bunkers* para esconder os Mig de combate. Ia lendo tudo o que lhe caía na mão, defeito de criança, ler, o melhor passatempo.

Também aí o quiseram promover e acabou mesmo por passar a sargento na brigada de reparações. Esse labor não o poupava aos horrores da guerra, pois muitas vezes tinha de se trabalhar em regiões onde os combates e os bombardeamentos eram constantes. Construía para outros destruírem. Era frequente. Acontecia construir, a obra depois de pronta ser tomada pelo inimigo e depois destruída pela aviação amiga. Ele ficava a ver de longe o destroçar do seu trabalho. Encarava o mambo com muita calma, embora soubesse ser um desperdício do seu esforço.

A guerra não é só desperdício?

Achava, mas, prudente, nunca comentava, as palavras iam para lá do sóm, voltavam como chicote. Faziam a guerra para acabar com a guerra, era a palavra de ordem. E cantarolava quando estava sozinho, muito baixinho, fazer a guerra para acabar com o Guerra. Ele próprio, Jeremias Guerra. Como o seu pai, António Guerra, tinha sido acabado pela guerra.

Predestinado?

De repente, sem ter movido um dedo para isso, foi desmobilizado. Nunca percebeu a razão, pois outros ficavam esquecidos durante anos e anos, tinham de fazer muita pressão para saírem, ou serem feridos, ou se fingirem de cacimbados, malucos varridos, ameaçando disparar contra os oficiais. Ele continuava o seu trabalho, sem refilar, sem exigir nada, gostando de fazer construções num deserto de mato mesmo se eram destruídas dias depois. Pouco importava o destino da obra, aplicava os conhecimentos adquiridos na escola e aperfeiçoava mesmo saberes no contacto com engenheiros militares. A exigência no esforço e a qualidade das suas obras podem ter sido notadas por algum responsável mais pragmático. Pois, mal foi desmobilizado, logo lhe ofereceram trabalho numa empresa estatal importante, nem procurou. O cargo era tentador para alguém com vinte e oito anos: fiscal de obras. Deixou de fazer construções, passou a vigiar o que faziam, como faziam, corrigia o que havia a corrigir, escrevia um relatório, tudo tranquilo. Ganhava razoavelmente, dada a idade e pouca experiência, mas lhe prometiam promoção rápida. Sobretudo, estava longe da guerra. Para a mãe, que já tinha perdido o marido e o filho mais velho, este sim, como militar, foi um alívio. E ele podia tomar conta dela. A mãe deixou de trabalhar para fora, ficou só dona da casa onde continuavam a habitar. A irmã há muito se tinha juntado a um camanguista, e vivia em Malanje, no sonho traidor das pedrinhas de brilho. Só estavam portanto ele e a mãe.

Até aparecer Rosa.

Tinha conhecido poucas raparigas na vida. Coisas rápidas de estudante e, depois, coisas rápidas de combatente. Rosa merecia outro tratamento. Quase a acabar a faculdade, bonita, boa conversa, filha de um antigo combatente pela Independência. Ele falava muito para si próprio, desde novo, quando tinha a certeza de estar sozinho, sem pensar ser coisa de maluco, pois não era, apenas não lhe apetecia falar os seus pensamentos para os outros. Mesmo na escola, preferia o silêncio e ouvir. No entanto, por vezes, nos intervalos, desatava a discorrer sobre a lição anterior e os colegas se iam reunindo à volta dele, espantados, pois repetia tudo na perfeição, uma memória prodigiosa, acrescentando também comentários, mas falava como para si, sem mudar o tom de voz, tranquilo como o Kwanza quando passa a caminho do mar, entre o verde das árvores da Kissama. Com Rosa aconteceu isso. Falava, ela ouvia, e se encantava, porque ele podia discorrer sobre construções, sobre a guerra, episódios e mais episódios, truques para encarecer obras, desvios de verbas, características dos Mig 27, discursos presidenciais, livros ou filmes, notícias de Kaliningrado, o que fosse, sempre com um ar calmo, sem se armar em fino nem em mais letrado do que era. Era ela a futura licenciada, mas ele filosofava mais sobre literatura que a própria, estudante de Português. Rosa se maravilhou.

E se apaixonou.

Jeremias tentava tornar a relação deles mais íntima, no entanto Rosa mantinha alguma distância. Não é fácil quando se está apaixonado, dizem os sábios, mas ela conseguia, embora à custa de muito esforço e sacrifício. Não chegavam a discutir sinceramente o assunto, ele mantinha a sua personagem de pessoa calma e desprendida, nunca se zangando ou fartando de alguma coisa, detestando querelas. Ela não sabia explicar a si própria qual a razão de arrefecer os entusiasmos dele, pelo menos era o que lhe confessava. Beijos, sim, aceitava com prazer. Algumas carícias. Nada mais. Como se precisasse de mais tempo para o compreender inteiramente e o aceitar dentro de si. Ou era ele a efabular como os poetas, com isso calando frustrações. Se falava de noivado, apresentação às famílias, ela recuava. E um dia ele descobriu, porque ela se abriu, Rosa nunca tinha falado em casa sobre o facto de ter um namorado. Para a família dela, afinal, ele não existia. Estaria assim tão apaixonada? Rosa garantia, sim, estou, te amo mesmo. No entanto, nenhum passo para aprofundar a relação, sequer a legalizar. Ele achava estranho, mas estava disposto a lhe dar todo o tempo necessário.

E todas as desculpas.

Foi quando decidiu viver mais no centro da cidade, perto do serviço, o que lhe seria relativamente fácil pelo cargo que ocupava. Quando conheceu Rosa, já não trabalhava na empresa estatal, corroída pelo capitalismo selvagem instaurado nos anos noventa e a propositada má gestão para a levar à falência e à venda aos diretores por um punhado de milho velho. Nem necessitou de estágio ou formação particular, passou logo a ser fiscal do governo da cidade e em breve um chefe no município.

Notou o apartamento numa das suas inspeções, parecia o alojamento ideal para quem quer formar uma família. Não foi difícil ficar com ele por um preço simbólico. Em princípio, as casas do Estado deveriam ser vendidas apenas aos inquilinos que pagassem renda de forma regular. Porém, uma casa devoluta, sem dono à vista e sem ocupante, por razões decerto muito extraordinárias mas que nem interessava aprofundar, fica mesmo à mercê de quem conhece as ligações certas. E havia gente que lhe devia favores. Quando contou ingenuamente a Rosa a maneira fácil como adquiriu o apartamento, ela teve uma reação inesperada. Jeremias pensou ela ia ficar feliz, obter uma casa significava que tinha planos para Rosa, o que era verdade, mas afinal ela se enfureceu, eu sentia qualquer coisa, não sabia o que era mas algo me dizia não és o que aparentas, tens duas caras, afinal como os outros, aproveitas a tua posição para infringir leis e princípios, que sempre dizes defender com risco da própria vida. Não foi para isso que o meu pai e os companheiros lutaram, não é por isso que tanta gente morreu nas guerras. És um oportunista e um corrupto.

Não te quero ver mais.

Assim mesmo, não te quero ver mais.

E não viu. Jeremias deixou passar algum tempo, ela vai procurar, acalma e racionaliza, depois pede desculpa, com o tempo compreenderia a posição dele, retomariam a relação que era recente mas profunda. Também era orgulhoso, e não foi procurá-la. Ela nunca mais. Perdeu a esperança de uma mudança na postura de Rosa e só então se convenceu de que ela dizia a verdade, não te quero ver mais.

A mãe não quis abandonar o Rangel e ficou na casa velha, arranjando uma sobrinha para companhia. Ele mudou para a nova. Vai aos sábados visitá-la e comer o sagrado funji, símbolo de família kaluanda.

Com Rosa, algo se partiu dentro dele. De facto, aproveitou da sua posição para conseguir a casa, reconheceu. O que todos faziam se tinham oportunidade. Nem percebera cometer um ato de oportunismo, o apartamento estava desocupado, muito mal tratado, precisava de obras. Antes que alguém o viesse habitar indevidamente, o que seria certo, por que não aproveitar o milagre caído nas mãos, assim, numa cidade cheia de gente a mais e prédios a menos? Legalizou-o, arranjou-o, trabalhou com as mãos em muitos fins de semana, para Rosa e ele, era crime? Crime não era, mas sim abuso de poder, pois colocou uma placa na entrada, "propriedade estatal, proibido ocupar, incorrendo na pena..." E mudou a fechadura de imediato. Outro citadino não o poderia fazer sem arriscar castigo pesado. Numa semana tinha o apartamento em seu nome, o que normalmente exigiria um ano de muito esforço, pedidos de ajuda, requerimentos, fotocópias de requerimentos, mais diligências, corridas de repartição em repartição, distribuindo documentos de guiché em guiché, para haver sempre qualquer coisa errada, um carimbo importante a faltar, devendo retomar o processo de novo, até se descobrir que a matriz do tempo colonial estava ilegível e se devia refazer o arquivo inteiro. Suplícios de qualquer cidadão na época das privatizações e que ele não sofreu porque era fiscal do município, com conhecimentos nos cartórios, no ministério da habitação, no da administração interna, no governo provincial, na conservatória e mais onde fosse necessário.

Rosa tomou-o por oportunista? Pois ia mesmo ser.

Foi vivendo no apartamento, a mãe no Rangel. Raras vezes abria a porta para alguém. Tinha muitos conhecidos, poucos amigos. Esses, eram os de infância, a maior parte mortos ou espalhados pelo país. Outros kambas, do tempo da guerra, também andavam com o exército de um lado para o outro. Em Luanda não tinha quase ninguém. E não levava mulheres para casa. Por isso o apartamento se tornou uma espécie de santuário, com uma fotografia de Rosa no móvel da sala, como legítima esposa que nunca foi. Nem noiva. Terá mesmo sido namorada? Sim, foi. Por dois meses. Tem também uma da família dela, porém, guardada numa gaveta do quarto. Por vezes pega nela, como se de sua família se tratasse. O pai, Zacaria, de fato sem gravata, dona Luzitu, a mãe, vestida para ir na igreja, Lírio na sua farda e as vissapas de sargento, semanas antes de morrer, Rosa no seu último ano de faculdade, sorridente, Orquídea, uma miúda magrinha de vestido branco, Margarida e Narciso, ela uma criança de três anos e ele no colo da mãe. Faltava Jacinto, já morto na altura. Passou assim tanto tempo? Porque sabe, vai acompanhando de longe e discretamente, Orquídea floresceu em toda a beleza e também estuda, enquanto Narciso se tornou num rapaz atrevido de 15 anos, qualquer dia dará problemas. Só emoldurou a fotografia de Rosa, não fazia sentido ostentar a outra na sala ou no seu quarto, onde só tinha uma pequena com a foto da mãe, por cima da cómoda. As poucas tiradas enquanto todos os seus estavam vivos permaneciam na casa da mãe, no álbum.

Voltou a guardar a foto da família de Rosa. Regressou à sala, onde tem a biblioteca, bem recheada. Na mesa um computador, onde lê jornais, *blogs*, e também livros baixados grátis por já serem clássicos da literatura mundial. Neste momento segue dois cursos pela internet, em espanhol mas dados por universidades americanas, um sobre Design de Interiores e outro sobre História da Antiguidade. Interesses diferenciados.

Portanto, não tem momentos de ócio.

Perder tempo em atividades sociais? Só quando não pode mesmo escapar. Quando o corpo manda, arranja uma mulher num bar ou mesmo na rua, embora seja contra a prostituição, tem princípios.

Os princípios não o impedem de aumentar os rendimentos, mas por enquanto deixemos assim, Jeremias Guerra no seu covil, entre livros e mobílias, cozinhando para si próprio, solitário. Pensando em Rosa, por hábito, já sem saudade, perdida na própria saudade.

Não só o Guerreiro Solitário gosta do seu isolamento. Há outros do mesmo género. Por exemplo...

16

De manhã cedo cedinho, Heitor levantou e foi ver se o carro lá estava. Aleluia, ninguém lhe tinha mexido. Pelo menos aparentemente. Voltou a deitar, mais aliviado. Como fizera na véspera, domingo. O cão não tinha mijado o suficiente quando estiveram fora, ganiu, arranhando a porta. Ele se ergueu de vez, resignado à sua condição de dono de bicho exigente, abriu de novo ao *Comandante*, o qual alçou logo a perna e urinou forte contra a parede exterior da casa. Podias ao menos ir mais longe, se te habituas a fazer sempre aí, vai ficar a cheirar mal. Não havia maka, pior seria se escolhesse uma das jovens mangueiras. De qualquer modo, regressaria hoje ao apartamento, dormir naquele desterro era um perigo. Tinha arriscado não uma noite mas duas seguidas, por preguiça. Preguiça mais forte que o medo. E falta de coragem de telefonar a Marisa. Sem problemas de roubo por mero acaso. Um fim de semana era o suficiente para todos os ladrões de carros da vizinhança saberem da existência daquele jipe, velho mas em bom estado, ainda longe da merecida reforma.

Hoje, no entanto, teria de dormir no apartamento.

Só então pensou, este gajo é um cachorro especial. Todos os da sua idade ainda mijam agachados, como as fêmeas. Um bicho que continuava com as orelhas completamente caídas, particularidade dos cachorros pastores-alemães, já alçava a perna para urinar? E ele andava tão tonto por causa de Marisa que nem reparara nessa interessante anomalia. Estranho, mas não grave. Tinha de treinar o *Comandante* a mijar, não contra a parede do apartamento mas num jornal velho no chão, e depois levá-lo para o passeio com o jornal, obrigá-lo a urinar no jornal lá fora, até ele aprender que não se fazem todas as necessidades dentro de casa. E devia descer com o bicho várias vezes ao dia para não lhe cagar o apartamento. Complicado. Esquecera isso quando pediu um pastor-alemão. Nem é verdade, nessa altura pensava viver na casa de campo até a eternidade, fazia sentido ter um cão. Foi breve, a eternidade.

É sempre, dizem os descrentes.

Se lavou, sempre com a porta de fora aberta para o cachorro entrar e sair quantas vezes quisesse, se vestiu, preparou café para si e leite para o *Comandante*. Estavam prontos para arrancar, ainda não eram sete da manhã.

Enfrentou o tráfego provocado por toda a gente querendo entrar em Luanda naquele princípio de semana. Má hora para fazer o trajeto, devia ter molengado mais e só sair por volta das dez, já os desesperados tinham ido para o trabalho e melhorado a qualidade do ar das ruas e avenidas de entrada na cidade.

E quem encontrou pouco depois, na paragem do candongueiro? Dona Luzitu, pois claro, acompanhada de uma jovem com livros na mão. Estacou. A senhora sorriu, ao reconhecer carro e condutor. Avançou logo com a banheira, ele deu a volta, abriu porta, ela pôs a banheira no banco de trás. O *Comandante* abanou a cauda, nada zangado por ocuparem o espaço dele.

– Muita sorte mesmo – disse dona Luzitu. – Essa é a minha Orquídea.

Bonita, o raio da moça. E com um sorriso de aurora. O nome tinha sido bem escolhido, Orquídea. Dava para murmurar acariciando cada sílaba. Heitor apertou a mão e se apresentou. Convidou-as a entrar, a mãe na frente, Orquídea atrás com o cachorro, mais a banheira com os produtos de zunga. O *Comandante* tinha reconhecidamente bom gosto, porque começou logo a lamber as mãos da moça e só lhe faltava se atirar já para o colo. Ela retribuiu a gentileza, como Heitor constatava pelo canto do olho no retrovisor.

– Me atrasei muito hoje. Até estava para não ir no trabalho, mas depois tomei um chá e melhorou.

– Estava a se sentir mal?

– Foi da barriga. Mas as minhas amigas já estão lá e aguentam o meu lugar. A Orquídea vai na escola dela, hoje também atrasou por minha causa.

– Vai dar aulas ou receber? – pelo retrovisor observava a moça. Achou necessário acrescentar: – No sábado demos encontro e a sua mãe disse que é professora em Viana no primário e está a estudar na universidade.

– É verdade. Vou na faculdade, hoje não há aulas na escola. Tinha muitos ratos e baratas. Fizeram desinfestação no fim de semana. De maneira que só amanhã ela reabre. Uma borla a calhar. Tenho um trabalho a apresentar em breve na faculdade e aproveito o dia para trabalhar na biblioteca.

– Então na faculdade frequenta o curso noturno...

– Sim.

– É muito duro... Sabe, eu sou licenciado em História.

Ela riu, é mesmo? Pelos vistos a mãe não tinha revelado em casa muitos pormenores do seu acompanhante de sábado. Ou então a moça tinha jeito para ocultar coisas. Se fosse verdade, podia se tornar numa arma de destruição maciça. Bonita, muito bonita mesmo, inteligente certamente. Determinada, como quem trabalha e estuda à noite, nas piores condições. E dissimulada? Um perigo, uma bomba pronta a explodir. Dona Luzitu ouvia a conversa entre os dois, muito satisfeita da vida. Orgulhosa da filha, capaz de discutir com um doutor que também escrevia livros, ele mesmo disse. Porém, Heitor se perguntou, tem ela cara de dissimulada, ranhosa, outra acendalha? Doeu o peito pela lembrança. Não posso me tornar misógino, sobretudo desconfiado. Acontece um tipo apanhar com uma sublime lhe dando com os pés sem dó e depois uma acendalha, o que ainda está para provar se é mesmo. A terceira beleza não pode ser também uma armadilha mortal, coincidência a mais. Ou então, definitivamente predestinado a sofredor.

– De facto é duro estudar e trabalhar. Ainda por cima dar aulas em Viana e frequentar a universidade em Luanda. Com este trânsito e a falta de transportes públicos... apesar de arranjar alguns apoios...

Mas gosto de estudar, sobretudo História, e também melhoro o salário. Por isso faço o sacrifício.

– Mas havia universidades mais perto de sua casa ou do local de trabalho.

– Privadas. Não temos dinheiro para isso. Ao menos se dessem uma bolsa interna para pagar propinas...

– Como filha de antigo combatente até devia ter.

– Nem todos têm amigos bem colocados.

Ele acenou com a cabeça, em jeito de compreensão. Orquídea continuava a acariciar a cabeça do *Comandante*. Numa paragem do tráfego ele olhou para trás e viu, o cachorro dormia com a cabeça na coxa dela. Nada mais previsível. Sortudo do caraças! Só ele não tinha uma coxa firme onde recostar a cabeça cansada da vida.

– O nome dele é *Comandante*.

– Hi, isso é nome de cão? – disse dona Luzitu.

– Escolhi a brincar quando me ofereceram. E agora ficou mesmo assim, acho engraçado. O amigo que me deu disse, se tens um cão *Comandante*, então tu és Almirante. Também achei graça.

– E vais mudar o teu nome, mano?

– Não, claro que não. A minha mãe matava-me...

Todos riram, se concentrando depois na rua e nos carros avançando à frente. Porquê tinha puxado a mãe para a conversa, se perguntou ele, um pouco perturbado. Por um acaso ou milagre especial, certamente suscitado pela presença muito religiosa de dona Luzitu, o certo é que não havia engarrafamentos e o trânsito fluía com normalidade, embora lento. Já se aproximavam do mercado.

– Deixo-a no mesmo sítio que a encontrei, dona Luzitu?

– Sim, aí fico mesmo bem, obrigado.

Quando parou o carro, Orquídea se despediu também. Ele ainda disse, posso levá-la para mais perto da faculdade, mas ela agradeceu, aqui é muito fácil apanhar um candongueiro. Os olhos deles chocaram. Os dela eram brilhantes. O branco muito branco, marfim novo. Ele baixou os seus. Moça tão linda, caramba! O *Comandante* soltou um ganido lamentoso ao vê-la se afastar. Ele recordou a imagem de Marisa, mais velha, mais cheia de carnes. Orquídea tinha linhas

delgadas, embora os seios fossem espetados e as ancas suficientemente redondas. Andava com ligeireza, ajudando a mãe. Aumentou
o som do rádio, embora fosse muito cedo para começar o programa
de Marisa. Dava música. O *Comandante* saltou para o banco da frente, ele mandou-o para trás. O cachorro não compreendeu a ordem.
Teve de encostar e parar o carro para o pôr atrás. Bastava uma tra-
vagem brusca e o bicho ia chocar contra o tabliê. Também crianças
não devem andar à frente, pensou. Como as crianças, os cachorros
devem ser educados a andar devidamente num carro. Arrancou e o
Comandante não tentou vir para a frente, embora se pusesse no meio
do assento, tentando lamber-lhe o braço. Vá, fica calmo, amigo, e lhe
fez uma festa numa operação complicada de puxar o braço todo para
trás. Nestas brincadeiras, chegaram à rua onde morava. Problema
agora era arranjar lugar de estacionamento. Deu duas voltas ao quarteirão, pejado de viaturas, até conseguir encontrar um sítio tornado
vago pela saída de outro veículo. A sorte favorece os valentes.

Ao sair do carro, lembrou, mas este tipo não sabe andar ao lado
de uma pessoa na cidade. Vai se meter na rua e ser atropelado pelo
primeiro candongueiro mais apressado. Não tinha trela, nem se lem-
brara de comprar. Pegou nele ao colo e andou assim os quinhentos
metros até o prédio. Subiu ao terceiro andar para deixar o cachorro
no apartamento. Parecia um brinquedo mas estava cansado de tanto o carregar nos braços. Era urgente a questão da trela, pois como
faria para o levar a mijar e cagar no passeio? Ligou ao Lucas para
lhe perguntar, tu que tens cães, onde se compra uma trela e coleira,
mas o kamba estava numa obra, muitos ruídos e ele só ouvia, sempre
comeste a gaja ou não?, por isso desligou e tentou recordar todos os
amigos donos de animais. Saberiam onde havia uma clínica veterinária, pelo menos para vacinar os bichos, e essas clínicas vendiam os
produtos próprios, não em supermercados. Antunes não tinha cão
nem gato, Marisa ele nem sabia, mas era uma oportunidade para lhe
ligar, não, estupidez, ia telefonar por uma razão mais importante e a
hora decente. Lembrou da Susana, sim, era adepta de cavalos, cães
e gatos, a Susana sabia. Antes teve de arranjar uma explicação para o
sumiço, já sabia que todos os amigos estranhavam a súbita ausência,

mas estava de novo no apartamento, foi um caso de força maior mas já agora explica-me onde posso comprar uma coleira e uma trela para um cachorro. A Susana teve o maior prazer de lhe indicar dois sítios, um mais caro mas com maior facilidade de estacionamento, o outro mais barato e relativamente perto da casa dele, só que era preciso enfrentar aquele inferno que todos conheciam de andar à procura de sítio para estacionar, a menos que queiras ir a pé. Foi mesmo isso que ele decidiu. Deixou o *Comandante* com um jornal velho no chão e a ganir baixinho, partiu para a aventura cada vez mais rara e sempre estonteante de andar a pé pelo centro da Nguimbi, a capital do caos.

Por vezes os carros ocupavam todo o espaço dos passeios e era preciso ir para a rua, sempre com atenção às costas, não viesse algum mais distraído. A vantagem de os candongueiros usarem sempre os rádios no máximo de volume era que se escutavam ao longe e dava para ele se meter entre dois veículos parados e deixar passar. Em ruas mais estreitas, tinha de ouvir motoristas desesperados a lhe buzinarem desalmadamente para o forçarem a sair da rua. Enfim, nem dava para apreciar esse fim de cacimbo tão agradável, em que ainda não havia calor para fazer suar e se podia andar a pé e sem ar-condicionado. De repente, mesmo à frente dele, percebeu um movimento de pânico. Mulheres com quindas ou banheiras na cabeça corriam para todos os lados, jovens com relógios e telemóveis nas mãos também fugiam. Era um sinal, a polícia e os fiscais se aproximavam. Os vendedores bazavam por não terem licença e fazerem os seus negócios em plena via pública. Se encostou a um prédio, para não ser apanhado na fúria policial. Apesar de todos os protestos e pedidos de moderação por parte de políticos e comentadores nos órgãos de comunicação social, alguns caíngas e fiscais não resistiam à tentação de apanhar uns produtos, com o pretexto de venda ilegal, para se aboletarem com eles. O processo tinha diminuído dois meses antes, por irem ocorrer eleições, tornando todas as autoridades mais simpáticas para os vendedores de rua, afinal uma fonte de vida para muitas famílias e, portanto, votantes. Era a razão de dona Luzitu estar a vender à vontade naquele sítio tão central, mais as

O Tímido e as Mulheres

suas amigas e centenas de concorrentes, quase impedindo os carros de passar numa rua, antes larga, dando acesso ao mercado de S. Paulo. A operação de correr atrás das zungueiras era pois inusitada para esta altura política, daí Heitor ficar encostado ao prédio a apreciar a cena. As mulheres conseguiram se safar, ou os caíngas não se interessaram por elas. Mas dois jovens foram encurralados e os polícias discutiam com eles, negociando certamente qual a parte dos telemóveis e relógios mudaria de mãos, para pagar a multa informal. Só viu os caíngas meterem coisas nos bolsos e virarem costas. Quando estavam a mais de vinte metros, os jovens espoliados gritaram, vocês é que são os ladrões, vão bardamerda, vamos votar contra vocês, esperem só pra ver, o vosso partido vai ser bassulado, viva a oposição radical, ao que os policiais nem ripostaram, apenas encolhendo os ombros. Entregaram um objeto a cada um dos fiscais municipais. Todos felizes, iriam transformar os produtos roubados em cerveja, sobretudo. Heitor sentiu, devia ter gritado como alguns populares fizeram, deixem lá os moços em paz, estão só a ganhar a vida deles, não estão a roubar nem a matar. Devia, sim, gritar e se indignar, já era altura de terminar essa pouca vergonha de polícias e fiscais corruptos. Mas sabia, nunca seria capaz de tomar uma posição. A desculpa mais cómoda seria de não querer comprometer o futuro político de sua amantíssima mãe. Merda, hipocrisia! É só medo mesmo, reconheceu. Um covarde.

Condoído.

Não houve mais incidentes até chegar à loja da clínica veterinária. A única maka foi ter de pagar os produtos com o cartão, pois não tinha dinheiro suficiente para o fazer. Dez vezes mais caros que o seu real valor, calculou. Felizmente tinha trazido o cartão de débito, senão teria sido uma viagem em vão. No regresso, segurava com força o saco de plástico onde vinha a coleira e a trela, pois os gatunos eram muito rápidos no bote. Os jovens estavam de novo a vender os relógios e telemóveis e as zungueiras sentavam no passeio com suas banheiras de legumes, fruta e bolos. Os caíngas tinham ido perturbar outra rua.

Chegou a casa e experimentou a coleira no *Comandante*. Um *comandante* de coleira, prisioneiro de guerra, coitado. Fez uma festa ao animal, o qual, sentindo o aperto no pescoço, sacudiu a cabeça o mais possível. Diminuiu de um furo o aperto. Dava para meter dois dedos entre a coleira e o pelo, agora não te podes queixar. Vais te habituar. Prendeu a trela à coleira e disse, vamos. Seria a palavra de ordem para o cachorro saber que iam sair, a qual aprenderia depressa. Aliás, bastaria ver a trela para saber do passeio. Os cães são bué espertos.

Há pessoas que nem tanto.

No passeio, ficou ali com o *Comandante*, mas não acontecia nada. Andou de um lado para o outro, o cãozito a puxar pela trela, se deitando no chão a tentar morder nela, apenas vontade de brincar, mas mijar ou cagar, nada. Havia moças que paravam para fazer festas no bicho, jovens que fingiam lhe dar pontapés na sua selvajaria contida de jovens. É por isso que prefiro o género feminino, pensou Heitor. As miúdas sempre dizem, tão giro, sorriem para o dono, acariciam o cão. Muitos engates se fazem assim, tinha visto num filme quase só dedicado ao assunto. Americano, pois claro. Mas por mais gente que passasse e nele tocasse, o animal não fazia nada do que devia. Aposto, vamos lá para cima e vais borrar a sala, se não for a minha cama. Levas uma porrada para aprender. Ia desistir, quando finalmente o bicho cheirou bem o tronco da árvore mais próxima, se virou e levantou a perna. Mijou. Bom, era um progresso. E a outra coisa, nada? Também não tinha comido muito na véspera e de manhã só leite. Pois é, temos de pensar em paparoca para ti. Estúpido que sou, fui à clínica, tinha lá ração, que é o que os bichos devem comer e eu, burro, nem me lembrei de lhe comprar. Para castigo devia lá voltar. Mas lhe deu uma preguiça! Voltou a entrar no prédio e subiram as escadas, operação difícil, ainda mais complicada que ao descer, pois o *Comandante* ainda não tinha os movimentos bem coordenados e estava pouco habituado a escadas. Demorou, mas subiram. O cachorro chegou com a língua de fora.

Heitor lhe deu água. Deixou o prato fundo com água à entrada da cozinha. Já sabes, é aí o teu sítio, não preciso de te trazer. E agora, cumpridas as minhas tarefas de babá de cachorro, que mais vou fazer?

O Tímido e as Mulheres

Telefonou à dona Zulmira, senhora que lhe limpava a casa três vezes por semana e cozinhava para os restantes, dizendo, estou de regresso, pode vir amanhã, mas a senhora já estava ocupada, agora tinha de esperar uns dias até voltarem a acertar as datas, ele de facto tinha desaparecido sem deixar rasto e lhe devia uma parte do mês, sim, tem razão, dona Zulmira, mas tive de viajar de repente, eu pago-lhe mas venha logo que puder, telefone antes para eu preparar o dinheiro, está bem?, e ainda teve de rogar e pedir desculpa, ao que uma pessoa se sujeita quando perde a cabeça por causa de uma sublime qualquer.

Esqueceu a parte positiva, talvez a mais importante: entretanto, tinha escrito um livro. Os autores são sempre os primeiros a desdenharem do seu trabalho, diria o Antunes, armado em filósofo barato. Que sabia o Antunes de autores, que tinha ele escrito ou composto ou pintado? Os autores dão importância à sua obra, normalmente são acusados de só nela pensarem, menosprezando tudo o resto. É o contrário, Antunes, não percebes nada destas coisas, quando estamos em processo de criação o mundo desaparece, estamos noutra. Uma ova, isso é o que se dizia no século XIX, rebateria o Antunes, em que era de bom-tom os poetas morrerem aos trinta anos de tuberculose. Se ficavam doentes, não era por estarem sempre a viver as obras, era por apanharem doenças venéreas e se drogarem e beberem como camelos, só para parecerem poetas, o que era muita injustiça do Antunes, pegava no caso de três poetas e generalizava para toda a literatura, mas os nossos prosadores, por exemplo, e se queres pegar no século XIX, podes pegar, um Cordeiro da Matta, um Paixão Franco, um Fontes Pereira ou um Pedro Félix Machado, e mais outros que nem vou citar, diz-me qual morreu de tuberculose ou era bêbedo ou drogado. Cidadãos empenhados, exemplares, bons chefes de família, e escritores. Foi discutindo virtualmente com o Antunes, andando de um lado para o outro, seguido atentamente pela cabeça do *Comandante*, deitado no chão da sala, o qual deveria pensar que os humanos são bué malucos, discutem sozinhos, se zangam e mandam palavrões, sem o deixarem dormir sossegado.

A querela foi interrompida pelo toque do telemóvel. Era o Lucas:

– Há bocado estava num estaleiro, não te ouvi. Que querias?

– Já resolvi. Era para saber onde se compra trela e coleira para o cachorro.

– É no...

– Já comprei. O que costuma ele comer?

– Só agora perguntas? O desgraçado deve estar a morrer de fome. Está habituado a ração seca. E leite. Quando for maior, cortas o leite, só ração. Encontras em qualquer supermercado, mas a melhor é a XXX, há à venda em todo o lado e ele adora.

– Tem comido os meus restos e leite. Mas já pensei em lhe comprar ração...

– Pensaste. Mas não compraste. Ainda estás com aquela gaja nos cornos? Trepaste ou não? É de não trepar que ficas só a pensar nas coisas em vez de fazer. Também só pensaste em comer a tipa?

– Vai te lixar! Escusas de insistir, não te conto nada da minha vida íntima, nem a ti nem a ninguém.

– Pronto, é só porque andamos preocupados. Já sei que foste lá a casa e levaste o jipe. Menos mal. Só que um jipe aí é demasiado...

– Já pensei nisso e já decidi voltar para o apartamento. E estou no apartamento. Como vês, também decido e faço. Mas só como e quando eu quero.

– Pronto, pronto, já não está aqui quem falou. Olha, vamos jantar juntos hoje? Abriu um restaurante japonês na Ilha, quero experimentar. E não te pergunto nada sobre a gaja, prometo. Mas que é boa de comer, é, não há dúvida.

Era mesmo próprio do Lucas. Está bem, iriam ao tal restaurante, depois combinavam. Perguntado como sabia que ele tinha ido a casa dos pais, o Lucas revelou ter sido dona Genoveva, mal o filho saiu de casa telefonou ao amigo a avisar. Estava toda feliz, a velhota, como podes ser um sacana tão grande para ela? Dona Genoveva devia ser mãe do Lucas, podiam trocar, a mãe de Lucas era bem fixe, sem pretensões a fina, trabalhando no duro com o marido para educarem os filhos, lhes dando espaço para respirarem. Lhes tinham calhado as mães erradas, o Lucas com uma que ele desprezava, ou pelo menos ocultava da sociedade, agora que era um engenheiro importante, ou tinha ares disso, andando num *tubarão* e relógio mais largo que o pulso. E ele tinha dona Genoveva, que não desprezava, nem ela se deixava ocultar, bem pelo contrário, se exibia no seu efémero poder. E lhe estragava a vida com mimos e controlos. Como fizera com o pai, castrado em plena idade madura, empurrado para cargos não ambicionados, então se te sentes incapaz de lutar por eles, passo eu à ação, vou à luta, algum de nós tem de ganhar posição de relevo para a família poder prosperar. Grande prosperidade. Ele saíra uma carta furada no naipe da mãe, sem vontade de ir para Direito e por essa via entrar na política, sem vontade de se inscrever na Jota, apenas interessado em sonhar suas estórias e chegando ao ponto de sonhar suas vidas. Péssimo investimento de dona Genoveva, capaz de levar mais rápido a senhora ao túmulo se não tivesse tido a oportunidade e habilidade de subir nas organizações partidárias.

Tinha feito tudo o que se propusera? Não, devia telefonar a Marisa. Ligou o rádio e constatou, o programa dela tinha terminado há muito. Com as voltas por causa do *Comandante*, perdera a noção das horas. De repente, passou um raio pelo cérebro. Correu para o primeiro papel que encontrou. Escreveu:

Ela suga
o mel
Volúpia
dela
Volúpia
do mel

Marisa devia estar disponível. E ia dizer o quê? Seguir o conselho do Lucas. Pensar em volúpia.

Não pareceu muito entusiasmada quando percebeu quem era, aparentava mesmo muita frieza. Heitor, no entanto, explicou, mudei-me de novo para a cidade, olha, se quiseres saber, o endereço é o seguinte, não tens nada para escrever?, eu espero, deixa lá, tens o número do meu telemóvel, é este, gostava de voltar a estar contigo, conversarmos. Ela disse não ser grande ideia, que gostara muito de o ter conhecido e ao livro, mas era melhor ficarem por ali, se se encontrassem em qualquer lugar claro que conversariam, mas só pela força do acaso, não por iniciativa própria, ela tinha os seus compromissos, e debitou a ladainha da mulher casada e séria, eu estou mesmo a ficar um cínico, oiço este rosário de obrigações e tristezas, e em vez de me comover, tentar demovê-la com voz tremente de desejo, fico a pensar como o Lucas, papo furado, imaginando a bunda dela com uma cueca estreita e branca na pele negra, um sacana frio, de repente se lembrando de lançar um argumento filho da puta, das duas vezes que estivemos juntos foi por tua iniciativa, então não tenho o direito de estar contigo uma vez por minha iniciativa, isso é que é a igualdade de género que todas vocês agora apregoam, argumento que por momentos a deixou atordoada, dava para perceber pelo silêncio, e lá veio a voz lamentosa, tens razão, nunca devia ter aparecido na tua casa da segunda vez, mas queria muito ouvir a estória lida e gravada, foi a única razão e as circunstâncias depois nos levaram a atitudes menos corretas, mas nem ela estava acreditar no que dizia, era evidente, te vai lixar, minha linda, mas ele só afirmou ter o direito de insistir, ela podia pensar algum tempo, de qualquer modo agora tinha o número dele, nenhuma desculpa para o ignorar, pois continuo a ouvir o teu programa e já sei interpretar certas coisas, escondendo que hoje não tinha ouvido, esperava não ter havido grandes revelações pois então ela percebia a mentira, lamento, Heitor, lamento mesmo e te peço desculpa.

Pois, ele era o tipo a quem pediam sempre desculpa depois de lhe darem um pontapé.

Destino?

17

O sábado de Marisa não merece mais de uma linha, trabalhou de manhã e descansou à tarde. As compras seriam para domingo e depois um bom almoço de comida da terra.

Quando casaram, Lucrécio quis manter a tradição dos almoços de sábado, melhores e mais prolongados, em que ele abria uma garrafa de vinho. Almoços acabando pela tarde. Marisa bem se esforçou por o ajudar a manter o costume herdado de séculos luandenses, que ela também tivera na casa paterna. No entanto, o trabalho da manhã não lhe permitia chegar a tempo de preparar o almoço, o qual demorava mais, pelas muitas manipulações implicadas. Como Lucrécio dispensava a praia de domingo, onde já se viu ir para a areia de cadeira de rodas ou então no teu colo?, decidiram transferir a tradição para esse dia, não era infração grave, algumas famílias mais modernas também tinham adotado. Ela ia dar um mergulho à Ilha, se calhava no tempo do calor, estacionando logo no princípio das praias, e vinha rapidamente começar a labuta das panelas. Lucrécio andava pela cozinha, fingindo ajudar. Coitado, que podia ele fazer? Conversavam. Ele falava mais, ajudando o tempo passar. Das coisas que congeminava lendo livros ou jornais, tagarelando com pessoas ou no trato dos seus educandos. Tinha sempre observações a fazer sobre o mundo exterior. Pertinentes. Ela cortava os legumes, punha a cozer, arranjava o peixe ou a carne, fazia os refogados, batia o funji sentada no chão, como a mãe e a mãe da mãe fizeram, variando, ora de mandioca ora de milho ora mistura dos dois, quando não fazia dois pratos, um de carne e um de peixe, sempre arrematados por feijão branco cozinhado em óleo de palma, preferência das preferências de Lucrécio. Abrir a garrafa de vinho para deixar respirar vinte minutos antes de irem para a mesa, isso era missão do marido.

Ele era bom de mãos. E de tempo.

Depois do almoço jiboiava no sofá da sala, ele numa poltrona, com a televisão ligada, mas muitas vezes sem a verem.

Dependia.

Acontecia ele seguir um jogo de futebol, enquanto ela passava pelas brasas. Sem ser preciso pedir, Lucrécio baixava o som para não lhe incomodar a sesta. De qualquer modo, dizia ele, os comentários idiotas dos tipos da televisão eram perfeitamente dispensáveis, bastava ver o jogo. Parecem escolhidos a dedo de entre os mais burros e impreparados dos locutores e apresentadores televisivos. O filho ou sobrinho de algum chefão tinha pretensões e não aptidão para televisível, então lhe enfiavam na secção desportiva. E não só um a um, lamentava Lucrécio, eram às carradas. E assim vai o erário público para a sarjeta. E a inteligência do serviço público. E se embrutece o povo que só tem na televisão o meio de instrução. Antes lesse uma das publicações saindo nos fins de semana. Mas não, toda a gente prefere a telinha, não dá o trabalho exigido pela leitura. Nem o proveito.

Mas o povo foi educado a não descobrir isso.

Por este e por todos os regimes do mundo.

E lá partia ele para a doutrina absorvida em Proudhon ou Kropotkin, os grandes anarquistas do século XIX e que estudara da forma mais profunda. Retificava, no caso de Proudhon seria mais um precursor que propriamente anarquista. Na educação do povo estaria a saída para as sociedades coercivas, injustas, desigualitárias. Por isso raras televisões do mundo inteiro passavam programas instrutivos, vendendo apenas o ópio do futebol (que ele gostava de ver de vez em quando, mas não só), os entretenimentos parvos, os concursos de misses, passagens de modelos e outras futilidades, as novelas recriando mundos imaginários em que o pobre pode casar com a rica ou vice-versa e todos os preconceitos são superados no fim pelo amor e pela bondade de alguns, os cultos e hinos satânicos das diferentes igrejas, e tudo o resto já explicado por Marx, um gajo inteligente e porreiro acima da média mas privilegiando o coletivo sobre a liberdade, a sua única falha de pensamento. Se não sou livre, como posso criar uma sociedade justa? E só posso ser livre se a minha cabeça o for, recusando cadeias de qualquer ordem, sobretudo a do pensamento. Acontecia falar destas coisas a ver um jogo de futebol, o que fazia Marisa adormecer como gostava, suave, suave.

Ela acordou, se espreguiçou, e se fôssemos dar uma volta? Ele anuiu, o jogo estava uma droga, cada equipa com medo da outra, a se contentarem com um empate. E o árbitro era uma desgraça, estragava o pouco de jogo tentado pelas equipas. Não são todos eles, ultrapassando o futebol? Juízes, juízes, com que direito julgavam outros? Primeiro deviam provar coragem, retidão, capacidade de julgamento, só depois os diplomas de direito.

Mudaram de roupa e Marisa ia ajudá-lo a entrar no carro. Mas onde estavam as chaves? Vendo-a procurar na carteira, ele perguntou, são as chaves? Deixaste no aparador da entrada. Lá voltou Marisa para dentro de casa. Encontrou logo as chaves, abriu o automóvel, segurou em Lucrécio de modo a ele poder entrar. Depois meteu a cadeira de rodas na mala, era leve. A primeira era pesadíssima, mas depois começaram a aparecer umas novas, feitas de uma liga mais leve, embora muito mais caras. Mas foi uma bênção a redução do peso.

Como acontecia nos domingos, poucos carros na rua. O trânsito estava todo transferido para fora da cidade, ou então para a Ilha. Ela não tinha intenção de se aproximar desses pontos complexos, preferindo apenas uma volta pelo interior de Luanda, os bairros que poderiam ser considerados históricos e estavam em grande transformação. Passou pela casa de Jeremias Guerra, o Guerreiro Solitário. Sem qualquer intenção, era o caminho habitual. Mas o sentimento de culpabilidade existia, pois se arrependeu de ter escolhido essa rota. Disparate, pensou depois. Nem sequer o tipo me interessa. Lucrécio olhava as casas, as montras das lojas, olha, abriram mais uma de roupa aqui, não existia no mês passado, enquanto ela ia anuindo, meio distraída. Se ao menos a sua preocupação fosse o Senhor do Dia 13... Pior era a outra tentação, essa sim, tentação a sério, perdida nos matos invadidos para lá de Viana. Heitor não se mostrava nem procurava conversar, mais de uma semana depois de terem falado pelo telefone, talvez ofendido, pelo menos frustrado. Compreendia as razões. Ele também devia compreender as suas. O escritor esperava o telefonema dela, foi isso que disse, agora tens o meu número, espero por ti. Mais de uma semana e ele cumpria, não ligava, esperava. Sempre cavalheiro. Um triste cavalheiro, sofredor. Fora o ar de perda que mais lhe atraíra nele. Só isso?

– O quê, vão construir um prédio aqui? – disse o marido.

Tinha todo o aspeto, pois o terreno estava vedado por chapas com as cores de uma empresa de construção. Antes havia ali uma vivenda muito jeitosa, com jardim, e até relativamente nova. Na parte central da cidade, o terreno valia ouro, de modo que pouco importava derrubar uma casa nova para construir uma torre de vinte andares, o lucro seria sempre enorme. Lucrécio concordou com a observação de Marisa, não vai sobrar uma casa mais antiga no centro, e continuou a dominical pesquisa, enquanto ela tinha tempo para pensar em Heitor e nos seus mambos. De todos os homens que tinha conhecido depois do marido, o escritor estivera o mais próximo de a levar a quebrar a regra da fidelidade. Para dizer a verdade, ela ou as circunstâncias tinham forçado as coisas até ao limite. Tinha de reconhecer, ele fora compreensivo, um tipo nobre. Talvez por timidez, ou então estava blindado por sólida formação moral. Ou as duas coisas. Outro qualquer teria insistido, pressionado. E ela pela primeira vez cederia. Nem sabe ainda como conseguiu ter a lucidez de saltar da cama, arrependida de o fazer ainda antes de pôr o pé em terra, gostaria muito mas não posso... desculpa. Gostaria mesmo. Ainda hoje sentia a mão quente a abarcar o sexo dela. Mais uns segundos naquela situação e seria ela a despi-lo.

– Pronto, mais uma aberração – protestou Lucrécio. – Como podem permitir uma coisa destas?

Tinham postado um muro à frente de um prédio, roubando dois metros de passeio e desalinhando toda a cortina dos edifícios desse lado da rua. Nem se percebia o propósito, talvez por questões individuais de segurança. De qualquer forma estava errado e era certamente ilegal, os transeuntes teriam de pisar a rua para passar ou então roçavam o muro em construção.

– Não há limites para o descaramento? E os fiscais, para que servem?

Marisa lembrou o chefe dos fiscais, ele próprio assim se tinha intitulado, Jeremias Guerra. Bem, talvez não fosse o muata-mor, apenas um dos chefes. Ela tinha percebido se tratar do máximo da fiscalização citadina. Pura gabarolice, para impressionar? Havia muatas municipais, havia diretores no âmbito da cidade, governadores de província, tudo junto e somado, muitos graus possíveis de chefia. Talvez não fosse o responsável por este atentado, nas palavras indignadas de Lucrécio. Mas afinal, lá por ele ter boa prosa, que disparate era esse de pretender desculpar o Senhor do Dia 13? Lhe dizia então alguma coisa? Não, decididamente não. Heitor era outro mambo. Uma atração, vontade de olhar para ele, ouvir os seus silêncios, sentir os olhos escuros sobre a pele dela. Aquela tristeza incrustada no rosto dele, emoldurado por cabelos longos e encrespados, um ar sofredor de arcanjo caído em desgraça, atração fatal. Amor? Não, apenas desejo.

Seria mesmo?

Marisa conseguia o prodígio de conduzir o carro, embora de forma automática, pensar num homem que não lhe interessava, noutro por quem se confessava muito atraída, e ainda ostentar um ar relaxado, de quem frui de um passeio pela cidade, ouvindo e de vez em quando respondendo ao marido com frases apropriadas, embora parcas. Sou mesmo uma sacana, pensou ela, se vendo a um espelho. Dissimulada, falsa, traidora. No entanto, sabia, amava Lucrécio, ele era o homem da sua vida. Complicado? Para ela era tão evidente...

Lucrécio não aceitou a "Marcha Nupcial" de Mendelssohn na abertura do casamento. Quem casa ao som dessa música devia antes se fardar, como indo para uma guerra. E casamento não é forçosamente uma guerra, embora seja uma subtil luta por poder, no melhor dos casos. Espero que o nosso não signifique guerra fatal. Portanto não há marcha nenhuma, apenas uma kizomba. Como não amar um homem desses?

Porém...

– E se fôssemos beber um copo a algum lado?

– Mas não na Ilha – disse Marisa. – Demoramos duas horas para fazer cinco quilómetros. E o mesmo no regresso.

– No primeiro bar que encontrares.

Estavam perto do Tropicana. Havia lugar para estacionar quase à porta. Ela ajudou Lucrécio a se instalar na cadeira de rodas e empurrou até ao bar. Há muito tempo não iam lá. Tinha sido um dos seus preferidos no princípio da vida de casados, mas depois o bar fechou para obras e esqueceram-no. Estava remodelado, aumentado, com cores alegres e pinturas nas paredes. Música muito suave. Poucos clientes. O dono reconheceu-os e veio imediatamente, nesta mesa ficam bem. Há muito tempo não aparecem.

– Desde as obras – disse Lucrécio.

– Pois, as malditas obras demoraram dois anos. Perdi muito dinheiro e clientela com a paragem. Para já não falar da empresa de construção que me chupou tudo o que podia. E os polícias que vêm exigir dinheiro para protegerem o bar de bandidos.

– Fazem isso? – perguntou Lucrécio. – Julgava que era só na Chicago do Al Capone.

– Isso e muito mais – se juntou mais à mesa, para falar à vontade. – Por isso acontecem coisas estranhas. Sabem daquela, absolutamente verdadeira, da esquadra de polícia onde roubaram o aparelho de televisão? Os caíngas estavam na sala ao lado a jogar às cartas, se depenavam jogando altas quantias, vá lá saber-se onde conseguem tanto dinheiro para o arriscarem no jogo, os bandidos entraram e levaram o aparelho nas calmas. Depois vêm aqui extorquir-me...

– Passaremos a vir mais vezes – prometeu Lucrécio. – Para compensar os azares.

E piscou o olho ao dono do bar. O homem tinha uma barriga de respeito. Apesar do ar-condicionado, suava da parte da testa muito calva. Ainda usava os mesmos suspensórios, ou uns parecidos, dos tempos em que eles iam ao estabelecimento. De facto, além de uma imagem de marca, era mais prático para quem ostentava uma barriga daquelas.

– Mas isto ficou mesmo impecável – disse Marisa. – E deve estar a faturar bem...

– Nesse aspeto, não me posso queixar. Agora está vazio, não é boa hora. Mas mais para o fim da tarde enche, mesmo aos domingos. Por isso o conservo aberto hoje. A partir das seis, começa a compensar. Também é verdade, não tenho dias de descanso, os sete da semana aqui. Porque se não apareço, os empregados fazem a festa. Difícil arranjar gente de confiança e os meus filhos nem querem ouvir falar de me ajudarem. E a mulher já se foi.

– Lamento – disse Marisa. – Há muito tempo?

– Três anos. Mas deixemos as tristezas. O que vão beber?

Pediram duas birras. A estalar e com um colarinho de espuma.

– À maneira, lembro como gostam, não esqueço os gostos dos fregueses – disse o dono. E foi tratar da encomenda.

Há coisas que nunca esquecem ou será ele que tem uma memória de elefante, pensou Marisa, ao ver os finos a serem postos na mesa. Exatamente como eles gostavam. Lucrécio só disse, levantando o polegar, fixe. O dono riu, envaidosado, e a barriga estremeceu. Voltou para o seu balcão, feliz. Se via, gostava dos seus clientes e de socializar com eles. Por isso os que iam pela primeira vez acabavam por ficar agarrados ao bar, presos pela simpatia do dono.

Tudo correria bem, se não houvesse caíngas gananciosos.

Tinham repetido a dose de cerveja quando entraram no bar os dois amigos, Lucas e Heitor. Marisa estava virada para a porta e teve um baque ao ver. Se controlou com esforço. Heitor notou a cadeira de rodas, percebeu de quem ela estava acompanhada e empurrou o kamba com o ombro para uma mesa do outro lado, sem fazer nenhum gesto de reconhecimento. E se sentou de costas para ela, não por intenção de mostrar ressentimento, mas para a deixar à vontade. Lucas, contudo, virado de frente, fez uma vénia cerimoniosa e trocista com a cabeça. Ela correspondeu, com máxima discrição, e se concentrou na fala murmurada de Lucrécio. Este pareceu não reparar em nada. Mas daí a minutos perguntou, são teus colegas da informação?

– Quem?

– Os dois que entraram.

– Não. Conheço um deles, nem sei de onde... Mas não me parecem jornalistas.

Resposta que pareceu satisfazer o marido, pois ele continuou explicando como o seu pai, no fim da vida e um pouco desorientado, teimava em caçar pássaros com chifuta, para escândalo do pessoal do bairro, não pelo facto de ele caçar pássaros, kota tem direito a variar da cabeça e ter comportamento de criança, mas por ser com chifuta, pois as pedras iam parar aos telhados dos vizinhos, sem força suficiente para os partir mas provocando barulhos incómodos ao baterem nas chapas de zinco. Melhor usar uma espingarda de ar comprimido, queixavam. O pai passou a dar pelo nome não oficial de Sansão, alcunha de gozo por ser baixo e fraco. Sempre passava das marcas quando bebia duas birras a mais, nervos fragilizados, como bem diagnosticara o enfermeiro Acácio, socorro de todos os desvalidos do bairro. Alguém mais versado em leituras bíblicas contou aos amigos haver uma diferença de detalhe por o nosso Sansão usar chifuta na luta contra os inimigos pardais ou rabos-de-junco enquanto o verdadeiro tinha usado uma queixada de burro para vencer um exército inteiro de filisteus ou nabateus ou coisa parecida, que nenhum do grupo era muito de bíblias mas alguns tinham visto o filme com o canastrão do Victor Mature, se babando pela beleza de Hedy Lamarr. Felizmente o pai já não estava em idade de perceber essas ironias maldosas e até sorriu com bonomia.

– Muito triste – finalizou Lucrécio.

– Sim, muito triste – disse ela, pensando em outra coisa. Também já conhecia a estória do falecido sogro.

Marisa, perturbada pelo que sabemos, não perguntou o que seria triste. Lucrécio também não reparou no pouco interesse dela, metido dentro de suas tristezas. Se torna evidente, o filho achava triste o facto de o pai acabar assim, de miolos esvaziados, gozo dos amigos de bairro. Ele, libertário, queria outro tipo de morte, consciente, de preferência como Hemingway, provocando a sua quando achou a vida sem sabor. Ou por outra razão qualquer, nunca foi esclarecido, mas esta versão é a sua preferida: farto de repetir as mesmas coisas, sem mais estórias para escrever sem se copiar, diminuído fisicamente, enfiou um tiro de caçadeira na boca. Bem, nem todos o podiam fazer. Chegar ao ponto de ter ganhado o que havia a ganhar na literatura, escrito os livros que bem quis, Nobel reverenciado, jornalista reconhecido, aventureiro cansado de mil aventuras, desde ser condutor de ambulância na Itália da Primeira Grande Guerra, amigo de toureiros em Pamplona, mesmo do genial Manolete, combatente na Guerra de Espanha contra o fascismo, caçador nas planícies do Quénia e à sombra do Kilimanjaro, pescador de espadartes e caçador de submarinos nazis nas águas de Cuba, tendo as mulheres que quis e não quis, gozando a última época gloriosa de Paris, bebendo vinho e uísque no *Café du Luxembourg*, cruzando com Picasso e Kandinsky, na sua casa dos Estados Unidos, acariciando a caçadeira de dois canos, sem saber o que fazer com ela, cansado do que realizou e sem força para tentar repetir o muito que desconseguiu na vida, que melhor razão para enfiar um cartucho de chumbo grosso e resolver a questão?

Assim se remata em beleza uma vida cheia.

Lucrécio não notou, porque estava de costas, que um dos homens olhava insistentemente para a mulher, o que estava de frente para ela e tinha os dois incisivos de cima grandes quando ria, lhe dando ar de coelho mas um coelho caçador, não comedor de capim e cenouras, glutão de mulheres. Se tivesse notado, Lucrécio também não faria nada, se resignaria, ela atraía mesmo a gula dos olhos dos homens, soube desde o princípio e não fugira do risco. Marisa fingia não reparar no guloso postado à sua frente mas se perguntava, estão a falar de mim e agora o Lucas tenta o que Heitor não insistiu?

– Vamos embora? – pediu ela.

– Já? E se tomássemos mais uma cerveja?

– Tenho de conduzir, esqueceste?

– Ah, pois. Eu ao menos, nem mesmo quando ando na cadeira preciso de me conter no álcool... De qualquer maneira, ao rítimo que as coisas caminham nos regimes repressivos, qualquer dia também um polícia aparece com um bafómetro para medir a alcoolemia e me multar no passeio. Enquanto não chegam esses tristes tempos, uma mais só para mim, se não te importas.

Ela fez sinal ao dono do bar, o qual trouxe mais uma birra.

– E a senhora?

– Ela ainda é dos tempos de ter medo dos polícias e do bafómetro – disse Lucrécio.

O dono do bar riu e encolheu os ombros. Pois, eu tenho medo do bafómetro, mas tu devias ter de outra coisa, pensou Marisa muito calada. Cada vez as infeções urinárias do marido eram mais frequentes, qualquer dia uma se tornava crónica, um rim colapsava. Talvez o álcool não fosse a melhor das coisas para a saúde dele, degenerando à vista desarmada. Porém, seria justo lhe tirar um dos poucos prazeres da vida, necessariamente curta?

Foi nessa altura que Heitor se virou um pouco e cruzou os olhos com ela. Baixou logo a vista e volveu para a frente. Lucas deu uma gargalhada claramente ouvida na mesa do casal. Havia algo de ofensivo naquela gargalhada. Ostensiva. Não de riso por uma piada, mas apenas para ser ouvida. Seria possível? Não queria acreditar, mas tudo indicava que Heitor tinha contado algo do acontecido naquela última noite. Contou como se passou, o que já era mau, ou ainda acrescentou triunfos, só para armar? A dúvida doeu. Lucas podia tentar os ares de predador mais bem-sucedido do mundo, ela se estava nas tintas. Mas Heitor revelar os seus segredos ou até exagerar neles, isso era demais.

– Bebe lá a tua cerveja e vamos embora.

Marisa foi mesmo ao balcão pagar a conta, enquanto Lucrécio, surpreendido mas obediente, se forçava a beber a cerveja toda de uma vez. A mulher tinha algo a corroê-la, por muito que tentasse disfarçar, ele sabia. Mas não tinha coragem de perguntar e ouvir uma desagradável verdade ou, pior, uma mentira mal engendrada.

Hemingway teria coragem?

18

Orquídea saiu de casa cedo nesse domingo. Pôs o seu melhor vestido de todos os dias. Tinha um melhor para usar nas festas e outro ainda melhor para desfilar beleza. Reservados os dois primeiros para a noite, o último para especiais, género casamento de amigos. Rosa tinha prometido um novo quando ela obtivesse vinte valores numa prova e ia hoje cobrar. Conseguira mesmo um vinte no último trabalho da faculdade, um estudo sobre poesia angolana dos anos oitenta do século passado. Pegou apenas em alguns autores, não podia tratar todos. Mas generalizou com certo atrevimento. O risco resultou. Ou o professor andava distraído ou ela fizera mesmo excelente trabalho. Curioso, pensou. O meu primeiro vinte é fora da minha área. Em comunicações sobre História tinha conseguido altas notas mas nunca o máximo. Numa disciplina de opção, zás.

Caso para pensar.

O dia ainda não estava muito quente. Nem ficaria, setembro era um mês de transição, fresco, embora nas casas tapadas só com zinco já se suasse nas tardes. Felizmente a casa deles era coberta por chapas de fibrocimento e tinha teto falso. O pai não conseguira levar a sua avante por oposição do resto da família e também das autoridades do bairro. Queria pôr capim por cima do fibrocimento, ficaria muito mais fresca. Artes do mato. Mas os outros diziam, aqui é cidade e não admitimos cubatas. A vivenda ficaria a parecer cubata. No entanto, autorizavam njangos grandes para restaurantes e até hotéis com bares cobertos a capim, especial é certo, vindo da Namíbia ou da África do Sul. Injustiças ou preconceitos, acusava o pai. Mas teve de se render. Escondida das vistas da rua pelos barracos que entretanto montaram à frente dela, era uma moradia apresentável para uma família de poucas posses. De alvenaria, três quartos de dormir e sala, um quartito no quintal que dera para os rapazes, agora só com Narciso, uma casa de banho dentro e outra no quintal. Este era pequeno mas tinha uma árvore de sombra, frondosa. Sempre ali houve festas, porque afinal era o único quintal sobrando nas redondezas. Antes as casas tinham espaço, e havia arruamentos entre elas, as farras se repartiam entre amigos ou conhecidos, mas as famílias cresceram e os proprietários foram acrescentando quartos para os filhos e para os sobrinhos vindos do interior flagelado pela guerra. Disponibilizavam um lugar para um irmão e cunhada e filhos em recuo das áreas tradicionais, o qual construía uma pequena barraca. Amigos ou gente da terra de origem também aproveitavam a parede exterior de uma casa já erguida e lhe colavam um casebre, ocupando a rua. Assim, foi aumentando brutalmente a densidade populacional, a área toda tomada por residências feitas dos materiais possíveis de encontrar para gente com bolsos vazios, chapas de todo o tipo, tijolos, blocos de cimento, papelão, madeira de caixotes, até jornais.

A residência deles, pelo contrário, perdeu habitantes, primeiro com o casamento do irmão Jacinto, a morte de Lírio, depois com o casamento de Rosa, a morte do pai e agora com a estadia, espera-se temporária, de Margarida no Uíje. Não foi necessário adicionar quartos, o espaço de cada um até alargou. Por isso as festas de contribuição aconteciam lá. Cada convidado trazia alguma coisa, comida ou bebida, se inventava uma aparelhagem para a música e se dançava nos fins de semana. Mesmo nos óbitos, porque uma pessoa pode estar muito triste e dançar, afasta as malambas.

Dependia da música.

Não pode ser muito animada, assim parece mal. Coisa de depois da Independência, porque antes, nos óbitos, se cantava apenas, canções antigas acompanhadas de palmas para marcar rítimo, não havia danças nem música alta, explicavam os mais-velhos. Porém, entre os numerosos casos funestos, a mortalidade sempre muito elevada, havia no entanto momentos de alegria em que os jovens se divertiam. Foi no quintal de Orquídea que se estreou Alta Vision (dito em inglês, claro!), então miúda franzina mas talentosa na canção e na dança, tão talentosa que hoje é estrela brilhando na Europa, levando longe o nome do país. Também foi nesse quintal que o famoso futebolista Trukau descobriu o seu amor, Lena Enganosa, e um dia lhe levou até na China, onde joga agora e ganha milhões, segundo os jornais. Um quintal importante, pois. Com história. Moribundo, entretanto. Só vive a mãe e ela em casa, mais o Narciso no quintal.

Aconteceu uma altura de terminar as festas de contribuição. O bairro não tinha segurança suficiente para que as pessoas abandonassem o abrigo dos seus kubikos e se entregassem nas mãos dos bandidos. A polícia deixou de achar seguro andar à noite a patrulhar nos becos e ruelas apertadas entre barracos. Grupos de delinquentes, geralmente jovens, tomaram conta do espaço, impuseram mesmo recolher obrigatório desde que cai a noite até de madrugada. Chegou a acontecer, a esquadra de polícia mais próxima foi assaltada para roubarem os telemóveis e armas dos agentes. Os polícias, envergonhados por terem sido *colocados* e sem coragem de arriscarem a vida, aldrabaram depois que estavam entretidos a jogar às cartas, nem notaram os ladrões. A verdade porém foi sabida nas ruas e becos, contada pelos próprios assaltantes, vaidosos por derrotarem o adversário na própria casa e querendo desmoralizar de vez as instituições repressivas. A esquadra acabou por ser fechada.

As inutilidades devem ser escondidas dos olhos do público.

E Orquídea, temerária, arrisca uma noite ser assaltada e violada, quando vem das aulas na faculdade, embora não ande de facto sozinha. Também traz por precaução uma bombinha de gás no saco, mas servirá para proteção contra três ou quatro estupradores? Cada noite que chega sem problemas é uma noite ganha.

O quintal se converteu pois no local de encontro dos amigos do irmão, alguns de péssimo aspeto e não melhor compostura. Por vezes o cheiro de liamba chega nas narinas da mãe que dá em doida a gritar com eles. Adianta? No dia seguinte o cheiro volta. E ela,

Orquídea, já viu uma faca brilhar na mão de um deles. A mãe avisou Narciso, cassule de quinze anos, tem cuidado, se apanho um dos teus kambas outra vez com uma faca, te juro, queixo na polícia, vão todos dentro. Não vês o perigo que corremos, a tua irmã e eu, com esses bandidos na nossa casa? E lhe chapou com duas bofetadas bem sonoras. Adiantou? Narciso disse, ir na polícia fazer o quê, mesmo de dia eles têm medo de vir aqui. E os jovens continuam com suas conversas em voz baixa, as birras e as passas. E certamente as armas. Há roubos na vizinhança. Podem ser eles.

Quem ousa afirmar o sim ou o não?

Orquídea ouviu dizer, alguns ex-militares do bairro formaram uma milícia, lhe chamam LimpaMerdas, ou apenas LM, e andam à noite armados pelos becos, a abater os bandidos que conseguem apanhar. Ladrão ou estuprador ou assassino que agarram não é entregue à polícia, pois no dia seguinte estaria de novo na rua. Lhe executam mesmo e deixam o corpo exposto, de aviso. Foi Narciso que falou lá em casa. A voz tremia ao contar dos LimpaMerdas. Tem medo por causa dos amigos? Ou de si mesmo tem medo?

Meu irmão, meu irmão cassule...

Chegou na rua onde ia apanhar o candongueiro. Trânsito calmo, pouca gente na paragem, ia ser fácil. Foi. Até deu para evitar os encontrões que amarrotam a roupa de domingo. A música estava no máximo, como sempre, mas o contrário seria de espantar. Lhe tinham dito, e depois confirmado pelo mujimbo, que alguns médicos já tinham levantado mesmo o problema de essa música alta todo o tempo estar a provocar impotência sexual nos taxistas, uma taxa anormalmente elevada para os parâmetros nacionais, atendendo ao facto de serem jovens. Problema de saúde pública, portanto. Era conhecido e confirmado que todos tinham elevado grau de surdez, mas impotência... Mambo muito mais sério numa sociedade de transição. Orquídea não era dessas feministas de dizerem, armam-se em machos, agora bem feito. Não, ela se preocupava com o bem geral e uma doença era sempre uma doença, coisa para evitar. Doença com consequências psicológicas graves. Pensando bem, causa de muito suicídio e até de homicídio por frustração e ciúmes. Só para atraírem clientes com música a estralejar. Um estudo provaria o oposto, achava, a maior parte dos clientes ficando incomodada com tão altos decibéis, se pudesse escolhia outro modo de locomoção. E para atrair a freguesia bastavam os lotadores a berrarem enquanto não ficassem roucos. Só por moda saída não se descobre de onde, usavam as colunas de som no máximo. Moda estúpida. Não são todas? Muitas são.

Foi com manifesto alívio que saiu do táxi discotecante.

Ainda precisava de andar para chegar à rua de Rosa. Ia cedo. O cunhado e os miúdos deviam ter saído, para a praia ou outro entretenimento qualquer, enquanto a irmã estaria na cozinha. Chegava a tempo de a ajudar na preparação do almoço. As ruas tinham muito pouca gente, em contraste com os dias de semana. Luanda do centro, conhecida antigamente como a cidade do asfalto, ao domingo era afável e descontraída, dava gosto passear nela. Particularmente esse Maculusso todo a terminar na Maianga, ruas com acácias rubras. A casa era próxima da Igreja da Sagrada Família, toda ao contrário da de Barcelona, a do Gaudí, que tinha visto em livros e, mais tarde, num filme. Esta era moderna, acabada em poucos anos. A de Gaudí respeitava a tradição de muitas catedrais antigas, séculos e séculos de reinvenção, acréscimos e paragens, remodelações, arriscando nunca acabar. A Sagrada Família de Luanda respeitou os prazos, seguiu os projetos modernistas, não trazia nada de novo.

De facto, estava Rosa sozinha na cozinha. Se cumprimentaram em grande festa e Orquídea mostrou a nota obtida, deves-me um vestido. A irmã bateu palmas.

– Boa! Sabia ias conseguir. O vestido está no meu quarto, na sua caixa.

– Não acredito. Compraste-o? Como sabias eu ia ter um vinte?

– Aconteceria, mais cedo ou mais tarde, tu és uma miúda esperta. Comprei-o logo que apostámos. O ano passado...

Riram. Foram ao quarto de Rosa. De facto, dentro do guarda-fatos estava uma caixa de papelão, o vestido azul dentro. Rosa estendeu-o.

– É lindo – disse Orquídea.

E duas lágrimas rolaram dos seus olhos infinitamente brilhantes, o branco deles mais branco que os dentes, se possível existe.

Abraçou a irmã. Sempre se tinham dado bem, com uma diferença de idades de oito anos, mas que nunca impediu uma certa cumplicidade. Orquídea levava os recados ao Anselmo, namorado de Rosa, às escondidas dos pais. O problema não era a mãe, era o pai. Jurara que nunca permitiria o namoro, por Anselmo ser filho de um conhecido dele com quem tinha desavença antiga. A velha estória já gasta dos amores proibidos por ódios familiares, mais um Romeu e Julieta tropical. Podia ser por Anselmo descender do Soyo e o uijense Zacaria não querer misturas com outra província do antigo Reino do Kongo. Maka tribal, portanto. Ou por terem lutado em movimentos de libertação rivais, o que orienta a maka para o campo da política. Ou por serem de clubes de futebol diferentes, Zacaria do 1.º de Agosto e o outro do Petro-Atlético, fator mais banal. Ou porque um ficou a dever dinheiro ao outro num pequeno negócio, mambo corriqueiro. Ou porque se rivalizaram através de alguma moça, assunto gerador de muita tensão.

Tantas razões para um ódio arrasador.

Fiquemos frustrados, nunca o saberemos.

O pai de Anselmo até gostava de Rosa, que lhe foi apresentada pelo filho com muita apreensão. O ódio afinal era de sentido único, o pai de Anselmo abençoou a futura união com um grande abraço na noiva. A união só se concretizaria depois da morte de Zacaria. Se diga a verdade, quando o pai dela era vivo os dois eram novos de mais para amigarem, ainda estudantes. Não foi portanto a morte a provocar o desenlace da situação, o que poderia ser de mau agouro e, sobretudo, de péssimo gosto. Foi a corrente da vida. Estudaram, acabaram os cursos, começaram a trabalhar, resolveram casar. Normal. Pelo caminho ficou o passamento de mais-velho Zacaria e o fim de sua raiva surda com causa desconhecida. Enquanto não tiveram telemóveis para se comunicarem facilmente, Orquídea serviu de Mercúrio. De forma zelosa e discreta. Mais amigas ficaram as irmãs. E Orquídea foi madrinha do filho mais velho de Rosa, Joaquim, três anos de idade. Ana tem dois anos. E não pensam em tão cedo terem outro filho. Casais modernos, com ambições nas carreiras. Contribuíram para a espécie e a nação com dois filhos, então não têm direito em pensar no seu futuro profissional, sobretudo no dela?

– Mas conta então, como está o teu namorado?

– Não tenho – disse Orquídea.

– Quando telefonaste no outro dia, pensei...

– Hi! Estás a falar do que nos deu boleia? Esse deve ser mas é namorado da mãe, eles é que se conhecem...

Depois de gargalhar com a piada, Rosa olhou bem a irmã nos olhos. Segurou mesmo no braço dela para não fugir.

– Senti interesse na tua voz quando disseste, imagina, também é historiador... Adivinhei alguma coisa.

Orquídea desviou os olhos. Foi a uma panela, levantou a tampa, fingindo examinar a fervura.

– Bem, ele é interessante... Cabelo grande, quase um Jimmy despenteado, já ninguém usa... Barba grande... Vês o género...

– Um Jesus Cristo negro!

– Isso! Foi a minha primeira ideia. Ou um guerrilheiro fora do tempo. A mãe estava toda encantada, ele nos levou mesmo até no sítio de venda, ainda me ofereceu boleia até na faculdade, eu é que recusei. O nome é Heitor.

– Nome histórico – gozou Rosa. – Tudo a condizer com os teus sonhos. Mas vamos ser cínicas. Ele não se chama assim. A mãe disse que tu estudavas História e ele sacou dos seus poucos conhecimentos e lembrou do nome Heitor, um tipo qualquer lá dos tempos, ficarias fascinada. Ficaste?

– Estás a gozar comigo? Lembras que despachei logo na primeira vez aquele Adão? E nome mais histórico que esse não existe.

Riram as duas. Com efeito, o desgraçado do rapaz chamado Adão (ou ngombelador a merecer corretivo), aparecido no quintal na festa errada, segundo os vizinhos, festa certa segundo o próprio, aguentou na mesma como pato, sem cerimónias nem vergonhas se meteu a dado momento com Orquídea, convidando para dançar, bebeu umas birras até, ele que nem tinha levado nada como contribuição. Ao segundo convite para dança e à terceira cerveja ingerida, acompanhados com certo atrevimento das mãos irrequietas, Orquídea achou era demais, o pôs na rua, maneira de dizer, melhor seria afirmar, o pôs na viela com seu ar mais ameaçador, e desapareça de vez. Mambos antigos do quintal, quando ainda faziam festas. Os patos eram admitidos, sim, mas com moderação. Os abusadores deixavam de ser patos, passavam a marrecos. E para esses não havia condescendência.

Moral do bairro.

– Não tens então namorado...

– Não.

– Já está na hora. Vais acabar o curso mais um ano ou dois... Depois tens grande aumento salarial ou mudas mesmo de escola. E deves pensar em casar.

– Para quê tanta pressa? Tenho vinte e dois anos. Só quando aparecer o tal.

– A mim podes contar – insistiu Rosa. – Sabes, não vou comentar com ninguém, nem com o Anselmo... Esse tal Heitor...

Orquídea fez ar de enfado.

– E tu a dar. Não quero saber desse Heitor. Interessante, sim... Mas nunca mais o vou ver.

– Moram perto um do outro.

– Qual quê. Nem sei onde ele mora. No mabululu... E ele também não sabe onde moramos. Só conhece a paragem onde apanhamos o candongueiro.

– Já é alguma coisa. Se houver interesse...

A chegada de Anselmo com as crianças terminou a difícil conversa. Essa Rosa mais as intuições dela... Sempre fora muito perigosa, adivinhava tudo o que passava na cabeça das pessoas próximas. Desde miúda. A mãe um dia pensou mesmo em lhe levar no Uíje, onde havia um homem curando esse dom de previsão, o qual pode ser benéfico para os outros, mas sempre perigoso para o próprio. Muitos adivinhos eram usados pelos reis antigos para escolher os momentos das guerras ou das colheitas ou dos casamentos. Acabavam sempre com a garganta cortada, tem um dia em que falham a previsão e encontram o destino. Orquídea não esqueceu esse desabafo da mãe, tanto tempo antes. Como não esqueceu os olhos abatidos de Heitor no carro, mirando disfarçadamente para ela pelo retrovisor. Podia?

Mas agora o afilhado chegara e corria para os seus braços.

O cunhado, Anselmo, usava a cabeça rapada, como era moda entre os jovens quadros. Alto, bonito, da mesma idade da mulher, um homem transmitindo força. Divergia das manas na política. A Rosa e ela lhe consideravam de direita, talvez tradição familiar. Embora hoje em dia ninguém saiba onde se situa a fronteira entre direita e esquerda, uma linha de areia no deserto, como escreveu alguém acerca da verdade num romance que fez o seu tempo. O casal, solidário em tudo, se dividia no momento do voto, cada um escolhendo partidos diferentes, resquícios do passado em que movimentos rivais lutaram contra o colono. Mas aceitavam com tranquilidade as diferenças de opinião. E discutiam e divergiam, sobretudo na altura das campanhas eleitorais, como naquele momento acontecia. Orquídea sabia, mesmo se não fosse ela a puxar para o mambo, a polémica ao almoço seria política, pois as eleições estavam à porta. Ela, Orquídea, já tinha opção e era diferente da do casal. A dado momento diria, felizes vocês que sabem em quem votar, nem comparam ideias, nem precisam ouvir discursos, já têm uma opção pré-definida, são como os crentes que não precisam de gerir a dúvida religiosa, pois possuem o dom de deterem o absoluto. Eu tenho a infelicidade de teimar em procurar ideias novas, ser relativista, já sucedeu assim há quatro anos, votei num partido que nem o mínimo de votos teve para se manter como partido, agora provavelmente vai acontecer coisa diferente, vou votar em branco, para mostrar que não quero nenhum deles, todos com linguagem ultrapassada, boa para convencer quem já está convencido. Sabia, ia dar uma boa discussão, o casal unido contra ela.

Tudo válido para manter um casal unido.

Mas antes, tinha de brincar com o afilhado e com a sobrinha, encantados com o passeio, querendo contar todas as novidades, as brincadeiras nos artefactos de ginástica da avenida marginal remodelada, onde havia pequenos espaços de diversão destinados à meninada, obra pronta mesmo a tempo para servir de mais uma bandeira eleitoral do partido no poder, o mesmo de sempre, o do falecido pai Zacaria. Joaquim não deixava Ana explicar nada, ainda na sua língua titubeante. O irmão aproveitava para monopolizar a conversa, ainda por cima a tia era sua madrinha, ele tinha direitos. Como as crianças descobrem logo os seus direitos e abusam deles! Se tivesse tempo, dominada pelo assédio do afilhado, Orquídea pensaria no mambo, o género humano tem no ADN o destino de dominar, o de ser egoísta, excludente, obsessivo. Mas não era altura de grandes filosofias, nem de ir buscar aos seus estudos históricos os exemplos para defender qualquer tese, preferia se deitar no chão, se envolver com os dois sobrinhos, rir com eles, controlar confrontos, esquecer a vida dura de estudante trabalhadora, habitante de musseques mal concebidos e ainda menos patrulhados, rir com gosto e voltar ao seu tempo de meninice, em que os irmãos mais velhos e o pai estavam vivos, em que não sabia o que eram guerras nem sofrimento, onde nem precisava saber o significado de segurança, apenas se deleitando com os doces feitos pela mãe no fim de semana, doces simples, micates, paracuca, geleia de abóbora, goiabada, sumo de múkua, e ouvir as músicas da época, Elias e seu kimbundu rouco, Mamborró das Garotas, Burity, Tchipa, Bonga, Kafala, Flores e tantos, tantos...

– Vamos pra mesa – ordenou Rosa.

Parou a brincadeira, iam todos lavar as mãos.

Durante o almoço, Joaquim, muito cônscio do seu papel de afilhado, queria manter o monopólio sobre a atenção de Orquídea. Mas a mãe lhe cortou as pretensões, agora somos nós que falamos, tu, cala e come. Assim mesmo, as ternuras têm limites.

– E como vai o petróleo? – aproveitou Orquídea. – Como o país, sempre a crescer?

Anselmo, economista júnior, trabalhava numa petrolífera estrangeira. Já tinha manifestado em vezes anteriores o seu incómodo pelo facto de o tratamento não ser o mesmo para angolanos e estrangeiros, os quais no ramo se chamavam expatriados, talvez por ser politicamente correto. Seguimos a moda. Bebeu um gole de vinho, talvez refletindo, talvez apenas para se dar mais importância.

– No geral do país a produção aumenta. E os preços estão bons. Portanto, tudo é perfeito.

Havia amargura na ironia.

– Continuam a fazer discriminações na tua empresa?

O gesto resignado. Uma garfada na boca.

– Sempre. Mas a culpa não é alheia. Devia haver mais rigor da nossa parte. Por preguiça ou comodismo, ou porque as autoridades o permitem, deixamos que nos pisem a cabeça, deixamos mesmo. Até um dia… sabes como é, pode demorar, mas quando reagimos é à bruta. E isso não traz boas coisas, geralmente. Claro, a companhia está sempre com a angolanização dos quadros na boca, e de vez em quando faz umas flores, inventa uns *workshops* para aperfeiçoamento da malta, mas é só para enganar. Basta contar os diretores ou chefes de departamento e comparar as origens, estamos sempre em clara minoria. Ou por falta de formação ou por falta de empenho, diz a companhia. Às vezes até é verdade. Então perdemos a força negocial. No entanto, temos muito bons engenheiros e outros especialistas, tão bons ou melhores que os vindos de fora, e não são promovidos ou são a conta-gotas. E os salários diferem muito. Além dos subsídios para alojamento, transportes, saúde etc. Nas outras companhias é a mesma estória. A culpa é nossa, que deixamos andar, talvez vaidosos por podermos dizer, trabalhamos em tal ou tal empresa, nomes sonoros no mundo. O governo também não ajuda, se queixamos os dirigentes fingem não ouvir. Ou até pior, já aconteceu virem com a desculpa, não os podemos confrontar, são demasiado poderosos e precisamos da tecnologia deles. Assim, nunca teremos a nossa própria tecnologia.

– Já falei muitas vezes ao Anselmo e aos amigos dele, deviam levar o caso para os sindicatos – disse Rosa.

– E eu já repeti, mulher, os sindicatos não fazem nada. Os dirigentes sindicais são uns lambe-botas…

– Escolham outros – cortou ela. – Para isso há a democracia. No país e nos sindicatos. Nós organizámo-nos, criámos sindicatos, exigimos, e olha, os salários subiram, não me posso queixar, ganho bem.

Anselmo teve um olhar incomodado. Orquídea notou e não gostou da maneira como ele fitou a irmã.

– Até ganham melhor que os professores universitários, em muitos casos... – disse ele, com frieza.

– É verdade – disse Rosa. – Porque estamos mais organizados.

– É um bocado estranho – disse Orquídea. – Deve ser fenómeno passageiro.

– Quando se entra no mundo do petróleo, a lógica também é estranha – disse Anselmo, mirando a faca que tinha na mão. – Não é como no ensino, onde os sindicatos de professores são ativos e acabam por conseguir obter melhorias de salários ou de condições de trabalho. No nosso setor, ninguém quer saber de sindicalismos, estamos em contacto com o mundo moderno, o mais moderno que há, e ficamos subjugados à lógica dele, nem somos capazes de refilar porque não o entendemos. Vêm com teorias das quais nunca ouvimos falar, são capazes de nos pôr em videoconferência com Nova Iorque ou Paris ou Hong-Kong, e gaguejamos nas reivindicações, tropeçamos literalmente na língua. Tipos palradores cá fora ficam mudos quando veem o chefão no ecrã à frente, posando no seu gabinete envidraçado, fato do melhor tecido e com um charuto na mão. Imagino, em vez de elaborarem o discurso a fazer, ficam fascinados com a dúvida, mas é correto fumar num gabinete envidraçado de uma ponta à outra? Claro, o outro não tem o charuto aceso, apenas brinca com ele. E já está, hipnotizou o subdesenvolvido.

– Exageras – disse Orquídea.

– Um pouco – consentiu Anselmo. E deu uma gargalhada.

Mudaram de assunto, passaram para as eleições no fim de semana seguinte, os três de acordo com uma única coisa, os órgãos de informação estatais deviam ser neutros, isentos, sem fazerem propaganda partidária. Difícil de acontecer em África. No entanto, há exceções conferindo esperanças.

E as crianças já se tinham levantado da mesa, indo brincar para o quarto, eles continuavam a discutir política, misturada com mujimbos de quem anda com quem e qual o membro do governo que tem um caso com uma deputada da oposição. Tudo se sabia. Se não se sabia, inventava-se, que também não trazia grande mal ao mundo. Estavam afinal em família.

Nas despedidas, Rosa veio acompanhar a irmã à porta. Orquídea aproveitou:

– Está tudo bem entre vocês?

A outra baixou os olhos num instante e depois enfrentou-a. Tentou falar naturalmente:

– Está. Notaste alguma coisa?

– Ele olhou-te de uma forma não muito normal.

– Quando?

– Quando disseste que o teu salário era bom.

Rosa abanou a cabeça. Baixou ainda mais a voz.

– Isso... O eterno machismo. Agora ganho mais que ele. Se sente frustrado, tem vergonha por isso. Não é muito mais, mas mudou a relação.

– Mudou como?

– Comprei uma geleira nova. A velha estava a cair aos bocados. Fez bué de confusão, porque tomei a iniciativa sem lhe consultar... Talvez tivesse razão, podia perguntar antes, olha, encontrei uma geleira assim, acho que devemos comprar. Mas foi um impulso, teve de ser. Não era preciso tanto barulho, ficar tão zangado. E logo veio a recriminação, pois, como ganhas mais que eu, já te permites comprar coisas sem me consultar... Enfim, mais mambos.

– Que mambos?

– Fica para outra vez.

Rosa estava nitidamente a cortar a conversa e a mandá-la embora. Tinha medo de que o facto de estar aos cochichos a sós com a irmã irritasse o marido? Podia ser isso? Orquídea não insistiu, até porque estava atrasada para apanhar o candongueiro, mas ficou com uma impressão desagradável.

19

Jeremias Guerra tamborilou com os dedos na mesa do escritório. Arranjara num ápice uma desculpa para fugir quando o diretor o mandou ao antigo bairro Terra Nova desvendar o mistério da construção de um muro de mais de três metros de altura em terreno público, se ainda restava algum terreno público na cidade. O diretor aceitou a proposta de enviar o adjunto Inácio cumprir a missão no seu lugar. E ele se deixou ficar molemente no gabinete, um papel à frente, para fingir trabalho no caso de alguém abrir a porta sem bater, hábito de alguns funcionários formados no tempo antigo de falta de respeito pelos chefes, quando lhes tratavam apenas de camarada. Pensava. Voltou a tamborilar na mesa, procurando concentração nos pensamentos. Porque tinha muito em que pensar.

Em Marisa também, claro está.

No entanto, havia um desejo não realizado que lhe enredava as reflexões. Um tipo andava a roer a corda, a engonhar. E um assunto de grande importância estava parado por o tipo não se decidir, ou então estava mesmo decidido em lhe dificultar a vida. Era coisa simples, mas nem sempre as pessoas são simples, e acabam por complicar tudo. O tipo se chamava Laurentino, senhor dos seus sessenta anos e filho de um grande bebedor de cerveja, de preferência a célebre moçambicana Laurentina que corria então livre pelos bares de Luanda, na qual portanto se inspirara quando registou o filho. Laurentino também era dado ao gosto paterno, mas optando pela cerveja nacional, até porque a moçambicana desapareceu do país há muito. O que é totalmente irrelevante para este caso. Embora talvez importante para o confuso Jeremias, fiscal sem vontade de fiscalizar muros insignificantes, enquanto mais importantes mambos escapuliam no horizonte. De repente se perguntou por que lembrou das razões do nome Laurentino, pessoa que conhecia desde criança, primeiro como ajudante de relojoeiro, depois como relojoeiro e vendedor de joias em ouro. O caso tinha a ver com essa faceta de Laurentino, o ouro. Com o preço atingido nos últimos tempos nos mercados internacionais, qualquer negócio dourado era interessante.

Ligou para ele. Sempre era melhor enfrentar os bichos pela frente.

– Então, senhor Laurentino, o meu assunto?

Ouviu impacientemente as considerações do outro, desculpas descosidas de que não tinha possibilidade de satisfazer os apetites de Jeremias, se lhe vendesse o pouco ouro existente na loja ficaria também desfalcado, e às vezes há gente querendo comprar um regalo para a noiva ou marido, o ouro dele era do melhor existente, não se tratava dessa fancaria que se encontrava no Brasil ou na China, ouro de lei como o melhor português etc., etc., em suma, nada feito.

Desligou quase sem despedir. Má educação estudada, ostensiva, estava mesmo chateado. Era óbvio, o Laurentino não queria vender nem um grama, à espera de mais uma subida, considerando o facto de haver problemas sérios nas minas da África do Sul, o que levaria os preços a novos recordes.

Voltou à inércia anterior. Olhou para o papel à sua frente. Sabia qual o despacho a escrever ao alto do lado direito: TC. E a sua assinatura. Era tudo, Tomei Conhecimento. O que queria dizer, não me aborreçam, é assunto que não me interessa e vai dormir para sempre no arquivo. Mas só escreveria quando aparecesse alguém e fosse necessário mostrar como se empenhava no trabalho. Prerrogativas de chefe, mandar no seu tempo. Gostou da atitude do diretor, aceitou a sua recusa quase explícita porque a desculpa era mais que esfarrapada, escolheu logo o Inácio para o substituir. Os dois sabiam o que estava em jogo. As eleições perto, possível mudança no governo do país, e da província em seguida. Mexidas nos escalões de baixo. Qual é o diretor que num momento como este arranja briga com um seu subordinado que poderá em breve lhe substituir? Todos procuram ficar de bem com todos, que se lixe o trabalho, o serviço público, a treta do costume.

E Jeremias começava a se fartar mesmo do trabalho. Tanto tempo perdido entre aquelas paredes, brincando com papéis. E quando saía era para enfrentar a cidade, os seus congestionamentos de trânsito, a poluição no ar, as pessoas zangadas com a vida, porque faltava água, porque faltava luz, porque havia buracos nas ruas, porque os jovens não respeitavam ninguém, porque os mais-velhos não se faziam respeitar, corruptos na velhice quando a juventude foi honrada, enfim, havia mil e uma razões para se sentir hostilidade no ambiente. E ele era uma pessoa de paz. Não seria muito mais interessante desfrutar dos rendimentos e ler os milhares de livros que lhe faltavam?

Obcecado pela leitura.

Quem mais vendia ouro em Luanda? Talvez os comerciantes libaneses ou os senegaleses. Mas não seria ouro de lei, uma falsificação qualquer, talvez chinesice. E Marisa merecia ouro verdadeiro, um monte de quilates. Mesmo que fosse para esconder do marido. Aceitaria ela a prenda? Primeiro tinha de o arranjar, depois se veria. Ouro. Podia ser em forma de anel, de fio, de brinco, de pulseira. A forma não importa, o ouro sim. Só mesmo Laurentino tinha daquele que não envergonha o dador, pode ser mordido com força, o dente dói, o ouro fica sem falha. Desse aí mesmo.

Porra, Laurentino!

Meteu o papel na gaveta da secretária, fechou a gaveta à chave e se levantou. Podia ter deixado o papel em cima, à vista de todos, era uma informação sem importância. Mas não achava bem. Já o tinha há uma semana para despacho, se tornara uma espécie de talismã, devia guardar até escrever o TC em cima, no lado direito. Então escolheria outro. Saiu do gabinete e não encontrou a secretária. Dona Ester devia estar na casa de banho. Escreveu um *post-it* que lhe colou mesmo à frente da cadeira, saí e não volto.

Andou rente aos muros, mas não a caminho de casa. Tinha direito a carro para missões de serviço, preferiu porém sair sem dar nas vistas. Atravessou dois quarteirões até entrar numa rua estreita que ia dar a um largo. A vivenda que o atraía estava do outro lado. Em obras. Tinha um painel com as autorizações e o nome da empresa de construção, tudo como mandam as regras. Mas ele tinha estudado o assunto com calma. Visitou várias vezes o largo para acompanhar os trabalhos. Requisitou os papéis todos, atuais e antepassados. O seu instinto, apurado por muitos anos de experiência, dizia, aqui há bilo. Como em tantos outros casos enterrados pelas mudanças sociais operadas na cidade e a ineficácia da burocracia. Na véspera deixou lá um papel, às quatro horas da tarde esteja na vivenda para discutirmos.

Entrou no quintal e logo reconheceu o dono da casa. O qual veio ter com ele, nervoso, um sorriso tremebundo nos lábios.

– Senhor fiscal?

– Exato. Quer ver o meu cartão?

– Não é necessário.

Pensou, porque estes tipos ambiciosos e arrogantes, quando se sentem entalados, metem logo o rabo entre as pernas, com atitude de resignados e culpados, como se a aparência de humildade ou covardia abrandasse o instinto assassino de quem os vem ameaçar.

– Tenho todos os documentos, senhor fiscal. Estas obras foram autorizadas pelo governador.

– Eu sei. Não se trata das obras. Sabe, descobri um problema... Não são as obras. O problema é o terreno. Pode provar que é seu?

– Se a casa é minha...

– Aí é que está. Comprou a casa. Já há muito tempo, eu sei. Mas não o terreno. O terreno pertence ao Estado. Pode provar que o terreno é seu?

O outro começou a suar em bica. Tinha comprado a casa onde vivera desde a Independência, pagando o aluguer ao Estado. Quando saiu a lei a permitir a compra, tratou de tudo na maior das legalidades e adquiriu a vivenda. Obteve a escritura. Registou. Onde estava então a maka?

– Ora aí está – disse Jeremias. – Já compreendeu, comprou a casa mas não o terreno.

– Não podia comprar uma sem o outro.

– Tanto podia que o fez. Prove, comprou o terreno? Não pode provar, não existe nenhum documento sobre isso. Nesta altura andamos a endireitar todos os disparates que se fizeram durante muitos anos. Incompetências, pessoal jovem e sem formação adequada, outros a procurar lucros... Olhe, isto vai ser um sarilho para si. Quando se souber, o governador vai ficar furioso por ser enganado, levou-o a assinar uma ilegalidade, aceitar uma obra sobre propriedade alheia, e ele não é de brincadeiras, vai ser o senhor a pagar, pode ter a certeza... No mínimo, a casa vai abaixo. No máximo, há um processo, tribunal, talvez cadeia. Depende do advogado. É isso que quer?

O homem limpou a testa com o lenço. Bem lhe disse a mulher, ontem à noite quando lhe foram levar o papel da convocatória deixado na obra, consulta já um advogado, um fiscal que te convoca fora do serviço é mau sinal, tens de te defender. Ele não ligou aos conselhos femininos, desprezava os instintos sempre temerosos da esposa, além disso era gente importante, estava acima desses pequenos funcionários armados em espertos, conhecia gente reinando no governo a quem pagava almoços nos melhores restaurantes. E o caso lhe parecia estranho, talvez na escritura estivesse também a prova do pagamento do terreno, mas para isso de facto um advogado era necessário. Havia que ganhar tempo, em primeiro lugar.

Mas se borrava já de medo.

– Como posso resolver o assunto sem ir tão longe? Haka, deve haver uma solução justa.

– Eu tenho faro. Pesquisei, pesquisei, acabei por descobrir porquê tinha o nariz com vontade de espirrar. Por isso o vim avisar. Se eu não disser nada, se eu não vir o que se passa, ninguém vai saber, pois ninguém vai se dar ao trabalho de pesquisar como fiz. Nem há outro com o meu faro. Portanto, convença-me a ficar calado.

Aí entravam em terrenos mais conhecidos. O empresário quase suspirou de alívio, embora fazendo esforço para manter um ar humilde, estes corruptos gostam disso, ficam convencidos de que detêm todas as rédeas do poder. A voz soou mais nítida, quando perguntou:

– Quanto?

– Quinze mil.

– Kwanzas?

A gargalhada lhe açoitou até nos ossos. Não precisou corrigir. O fiscal também não. Tudo estava falado. Quinze mil dólares para não ter chatices. Acrescentava ao preço de venda da casa, podia recuperar a quantia. Pensara ser pior.

– Para quando?

– Quando lhe dá jeito?

– Pode ser amanhã.

– É esse o número de conta.

E um papel foi passado para a mão do homem.

– Tenha uma boa tarde – disse Jeremias.

E se afastou para a ruela de onde viera. O homem ficou a mexer na cabeça. Podia lixar o fiscal, ir a um advogado, apresentar o caso no governador, tinha o papel. O problema era mais complicado que isso: o número era certamente de um banco estrangeiro, um número de vinte e três algarismos, um IBAN. Conta secreta, certamente. Não sabia o nome do fiscal, nem de que organismo exatamente era, provincial, municipal, nacional? Pelo número da conta não chegariam ao tipo. E o tipo chegaria facilmente a ele, bastava passar uns dias e o dinheiro não ter entrado na conta. Que ganhava com a denúncia? Nada. Só perdia, pois criava um inimigo com vontade de se vingar. Tinha outros negócios em andamento e nem todos eram transparentes, podiam ser prejudicados. Ainda por cima, não seria difícil recuperar os quinze mil na venda da casa. Amanhã iria ao banco. Mas era mesmo verdade, comprando a casa não comprava o terreno? Como se fosse na orla marítima? Talvez estivesse a ser enrolado, mas o tipo era ameaçador com a sua fala mínima, estupidez arriscar, sim, amanhã fazia a transferência.

Nem todos têm estofo de herói.

Simples, perfeito. Jeremias Guerra, caminhando a pé para casa, ia finalmente satisfeito. Gostava destas artes da guerra, a verdadeira.

Adivinhava os pensamentos do outro, se chamando burro porque nem sequer quis ver o cartão dele, onde poderia sacar um nome para denúncia. Jeremias não era parvo e numa das suas idas ao Marçal tinha mandado fazer a um chinês de pequena loja de fotografia um cartão, em tudo idêntico ao seu, mas com o nome e o serviço falsos. Os mais desconfiados até podiam querer a identificação e faziam esforço para decorar o nome. Mas acabavam por se sujeitar. Se pedisse uma gasosa pesada demais, não dava certo, haveria revoltados, desesperados. O segredo estava em evitar sempre desesperos, fontes do mal. Muita guerra inútil nasceu do desespero e por futilidades. Como exigia pouco, pelo menos à medida das possibilidades da vítima, esta nunca reclamava, mesmo se chiava por dentro. E pouco a pouco, não tão poucas vezes assim, pois os negócios eram diários, os quinze ou dez mil iam pingando na conta das Caraíbas.

Tinha uma boa reforma garantida.

E não o incomodava nada olhar para o espelho e ver um corrupto.

É o que há de mais no mundo. E poucos sentem problemas morais. Os psiquiatras não teriam mãos para tanta obra, se de repente os corruptos tivessem remorsos e cacimbassem ao mesmo tempo. Os psiquiatras sofreriam esgotamentos cerebrais e o capitalismo se esfarelaria no ar.

No entanto, havia precauções a tomar, dado o estado do mundo.

Devia inventar um tratamento na Europa ou umas férias sem vencimento para abrir uma conta na Suíça, na moeda mais segura do mundo. As contas nas Caraíbas podiam ser muito proveitosas por causa dos juros elevados mas não eram imunes a inesperadas pressões governamentais. Os bancos suíços, pelo contrário, não vendiam segredos. Ou então, se o faziam, era para serviços poderosos investigando figurões muitíssimo ricos. Não era o seu caso, modesto funcionário, embora o acumulado em pequenas operações bastante rentáveis durante uns anos, desde que Rosa o deixou por causa das vias turvas usadas para conseguir o apartamento, desse bastante folga. Entretanto, os paraísos fiscais podiam se transformar em infernos com relativa facilidade. De facto não conhecia nenhum caso de conta nas Caraíbas aberta a pedido de um governo ou uma polícia, mas também não pretendia possuir meios de o saber. Mesmo que tivesse havido, são notícias que não aparecem nos órgãos de comunicação. Estava pouco sossegado, portanto. Chegara a ocasião de ir à Suíça, abrir uma conta em francos lá do sítio e canalizar todo o dinheiro para o verdadeiro paraíso, soterrado pela neve das montanhas. Mesmo com juros baixos e à conta-gotas, para não chamar a atenção. Os bancos suíços andavam a ser pressionados para combater a lavagem de dinheiro, era caso público. Teria talvez de justificar a proveniência do dinheiro, mesmo se tratando de pequenas quantias repartidas por vários bancos em Genebra, Zurique, ou outras cidades. Já o devia ter feito há muito.

A tranquilidade acima de tudo.

O diretor desconfiava dele, tinha a certeza, já lhe fizera perguntas estranhas e acontecera interromper conversas suspeitas, olhares velados. Mas não podia provar nada, Jeremias sabia ser discreto. E nunca mudara o nível de vida, nem carro próprio tinha. Obtivera um apartamento pelas vias mais legais possíveis, embora sem direito a ele e abusando dos conhecimentos, no entanto não era crime nenhum, talvez apenas uma falha de caráter, como achara Rosa. Além do mais, podia atestar várias irregularidades cometidas pelo diretor e pelo próprio ministro, fotocopiara bastantes documentos, os quais para maior segurança digitalizara e guardara num *e-mail* do ciberespaço, sempre às ordens. Por isso tinha os chefes na mão para quando fosse necessário atirar a merda para cima. Só o governador da província escapava ao seu zelo de espião, nunca lhe descobrira nada de relevante. O governador era o único que o podia encostar à parede, se encontrasse indícios ou provas dos seus negócios escuros. Mas os governadores de Luanda, por tradição, ficam pouco tempo no cargo, há demasiadas ratoeiras na cidade, ou eles são sempre escolhidos a dedo para caírem logo nelas.

Cidade armadilhada. A sua.

Onde vivia Marisa.

Primeiro gostava de a ouvir, na rádio. Depois passara a amar o seu humor, a alegria da juventude. Viu-a muitas vezes, sempre camuflado. Foi sabendo da vida dela, os amigos, os colegas, o marido, o passado, quase os sonhos. Montou uma verdadeira caça à mulher. Então começou a telefonar para o programa, escolhendo o personagem que mais lhe convinha, o senhor sem nome nem história, que gosta apenas de falar sobre os mambos interessantes, e nem sempre importantes, com voz neutra na aparência, enganosamente tediosa. Lançou o anzol e sentiu ela engoliu. Até ao dia em que Marisa se descaiu e lhe chamou de Senhor do Dia 13. Só duas pessoas podiam saber isso, ele e ela. Claro, ela disse em público e muita gente descobriu no instante a estranha coincidência. Talvez não tenham raciocinado como ele, nem estavam tão atentas assim ao que se diz na rádio. Quem pensou, ela se interessa pelo ouvinte, a ponto de descobrir a que dias ele telefona? Havia uma pessoa, suspeitou Jeremias, o marido. Aquele aleijado devia medir todas as palavras da mulher. Por amor? Não, por insegurança. Tinha também seguido Lucrécio, sabido de toda a sua estória, dos passeios ao quiosque da esquina, as observações do senhor Tomás, o vendedor de jornais, falando mal de toda a gente mas poupando Lucrécio, coitado do homem, a morrer aos poucos, e com a mulher chamativa que tem, não é que seja uma maluca, não, nunca ouvi nada a respeito, verdade seja dita, mas é meio tresloucada, só uma pessoa anormal se casaria com um aleijado destes, condenado a termo, porque, como não se movimenta, os órgãos começam a falhar, explicou-me um amigo enfermeiro, e acho mesmo está a envelhecer depressa demais, fique sabendo, ele é muito mais novo que eu, não parece, pois não?, acredite, senhor, o Lucrécio não dura dois cacimbos, vejo-o a enfraquecer de dia para dia. Infelizmente, pois é um cliente fiel, compra sempre o seu jornal, e é um bom ouvinte.

Sentiu alguma premência mas se conteve em agir.

E aconteceu escutar aquelas lamúrias dela na rádio, se arrependendo de algum pecado mortal em público, destilando amarguras imprudentes, lhe dando a entender, claro que sem querer, o momento é este, tens de lhe aparecer, o fruto está maduro, pede para ser colhido.

Foi comprar o ramo de rosas, de novo.

O Tímido e as Mulheres

A conversa com Marisa no carro não correu mal, como previra, deu para superar a desconfiança inicial. Foi um deslize propositado indicar que conhecia a casa dela, temos de arriscar sem rede e depois descobrir uma liana a que nos agarrar, esse é o gozo. Tinha uma profissão servindo às mil maravilhas para lhe arranjar cipós, escadas de embrulhar, cordas de amarração, o que fosse, bastava saber acionar o seu papel de fiscal, melhor, chefe de fiscais. Um dia teria de vestir a pele de ministro e ver o resultado, há muitos ministros e secretários de estado, e nem todas as faces estão sempre a aparecer nos órgãos de comunicação. Aposto, se me apresentasse a alguém como ministro, sem especificar ministro de quê, porque então o risco seria demasiado grande, a pessoa olharia com insistência, diria, sim, já vi a sua cara na televisão, afinal em que posso servi-lo? Porque ele tinha mesmo uma cara igual a centenas que aparecem na televisão. Isto para demonstrar, o senhor Jeremias Guerra estava convencido de ser um grande ator, podendo representar qualquer papel, sobretudo provocando a doce sensação da adrenalina a tomar conta do corpo e do espírito.

Não em doses exageradas, mortais.

Chegou a casa, mudou de roupa para uma mais confortável, foi à cozinha preparar um uísque com muito gelo. Sentou na sala, olhando para a televisão apagada. Cedo demais. Ia mergulhar nalgum livro e só à noite ligaria o aparelho, a disciplina era fundamental para regrar a sua vida de rotinas mas também de belos sonhos. No entanto, agora ia beber metodicamente o seu uísque, pensando nas coisas boas e simples da vida. Por exemplo, o próximo golpe, já adiantado nos planos e procedimentos. Tinha a vítima, pedira as informações necessárias, esperava apenas resultados sobre algumas dúvidas menores. Estimava poder chegar desta vez aos cinquenta mil sem problemas, o tipo tinha muito dinheiro e, sobretudo, variadíssimos rabos de palha, projetos-fantasma para os quais pedira adiantamentos estatais, sempre concedidos mas nunca realizados, falcatruas no comércio e, sobretudo, o objeto do seu interesse, a aprovação e construção de um condomínio de cinquenta casas nos lados de Talatona. À superfície, tudo bem feito, mas havia pequenas falhas na papelada, sugerindo ligeira fraude, que poderiam servir de anzol para um grande susto. O indivíduo não tinha nenhum interesse, nesta altura do seu grande sonho, em ser apanhado numa falta menor, porque já se sabe, os jornais podem descobrir a tampa da retrete e há sempre uns merdosos não controlados que gostam de pôr os mambos na internet, levando algum serviço paralelo de investigação a escavar outros negócios e desenterrar coisas bem mais sérias.

O único problema grave para Jeremias era o sócio minoritário da vítima, um comandante da polícia já retirado da circulação mas ainda com muitos contactos nas bófias e mantendo aquela mentalidade de resolver tudo pela violência. Aguardava uma informação vital, a altura do ano em que o antigo polícia irá como sempre fazer *check-up* ao Brasil. Estará longe, a lhe meterem o dedo no cu para controlarem o crescimento da próstata, esse é o momento exato para atacar o sócio sozinho e indefeso. O polícia devia ter entrado na sociedade apenas com o seu nome e antiga posição, assim cobria a falcatrua. Por isso, Jeremias tinha mandado o chinês falsificar um cartão em que figurava como superintendente provincial de fiscalização urbana, cargo capaz de fazer se borrar qualquer aspirante a construtor de condomínio de luxo. Saboreou o uísque. Será o último golpe, pede reforma antecipada e depois só se dedicará à jornalista. Com milhões de dólares convertidos parcialmente em francos suíços, não se deve jogar só com uma moeda nestes tempos instáveis.

Quanto a Marisa, vai esperar mais uns dias. Não convém precipitar as coisas, pois pelas falas no programa ela parece ter recuperado do trauma desconhecido. Pode ser falso alarme, embora o estado de decomposição do corpo do marido não o seja, comprovou recentemente, não por vista, mas pelo relatório de um enfermeiro que teve acesso ao ficheiro do médico de Lucrécio. Infeções sucessivas, qualquer dia uma septicemia mortal, ou falhanço generalizado dos órgãos vitais, não passa do próximo cacimbo, garantiu o enfermeiro, metendo no bolso as notas prometidas. Ele entretanto devia aparecer de vez em quando, manter conversas semelhantes às que ela gostava de lhe conceder nas ondas, tempos antes, porém sem muita frequência, o que pode desgastar o interesse, mas se mantendo

O Tímido e as Mulheres

suficientemente próximo para oferecer o ombro amigo no momento fatídico.

Vem em muitos livros o mesmo conselho velado: precipitação inimiga da perfeição. Mais frequente acontecer com os jovens, sempre ansiosos por resolver os problemas, ou ansiedade pelo sucesso, a fama. Os homens maduros geralmente conseguem realizar os sonhos, pois ponderam as ações, estudam os territórios onde vão agir, o que nos seus tempos militares se dizia, fazem mais fiáveis reconhecimentos. E só dão o bote quando têm asseguradas muitas possibilidades de êxito. Se atirar para um abismo sem paraquedas, esperando sempre um milagre, não é próprio de gente experiente, antes do jovem leão da lenda. Jeremias Guerra sabia ser paciente e se orgulhava da sua capacidade de prever situações. Se recostou feliz na cadeira, imaginando praias de areia branca com coqueiros, Marisa a seu lado.

É fácil degustar um uísque nestas condições ideais.

20

Existem mesmo coincidências na vida, por muito que uns arma-dinhos em espertos digam o contrário. Sem elas, não haveria estórias e as estórias correm aí por todo o lado.

Basta ficar de olho aberto.

Portanto, não merece admiração o facto de Heitor, tendo resol-vido num sábado passar uns momentos de meditação e trabalho na casa do mato, como lhe chamava agora para distinguir do seu apartamento na cidade, encontrar dona Luzitu na rua, perto da casa dela. Heitor decidira refletir e trabalhar, pois uma ideia de estória lhe incomodava os sonos e os pensamentos. Sobretudo uma personagem feminina, de seios fartos, uma bunda generosa e lábios carnudos, afinal uma figura muito semelhante a Marisa, a tal que não lhe ligava para o telefone e que ele fazia questão em esquecer, para falar de impossíveis. Tão insólita maneira de se conhecerem e tão inverosímil situação criada, sobretudo por ela e sua descontração com os homens, mereciam ser contadas. Nin-guém acreditaria se basear num facto verídico e diriam, este gajo tem imaginação, olha o que o sacana inventou, como se a vida não fosse muito mais imaginativa que a ficção. Queria cumprimentos desses, este gajo tem capacidade de invenção. E que lho disses-sem. E que escrevessem mesmo "... apesar de o centro da intriga se basear no absurdo, acaba por ser engenhoso e interessante". Não queria mais. E riria para dentro, com que então absurdo? Algumas pessoas saberiam ser baseada no acontecido, real. Pelo menos uma pessoa saberia.

Levava portanto o computador e o *Comandante*.

Dona Luzitu estava na rua com sacos na mão e ele parou para cumprimentar. A senhora fez grandes manifestações de alegria, lhe tocou mesmo no cabelo.

– Já tem tempo que não nos vemos – disse ela. – Vim fazer umas compras na cantina do maliano.

– E hoje não foi na zunga?

– Nada, mano, está-se mal. Nas eleições, ninguém que nos impedia de vender ali. Mas acabaram as eleições, veio polícia, fiscais, grande confusão, umas colegas presas, outras lhes apanharam as mercadoria, as roupas, os calçados, mesmo as comida... Escapei, haka! Foi nessa semana passada. Não volto lá. Dizem, vão acabar com a venda nas ruas, vão fazer mais mercados. Mas mercados para todos que andam na zunga? Quando? Só promessa.

– E como vai viver?

– Estória comprida. Tenho plano. Mas olha, mano, não queres vir na nossa casa almoçar? Vou fazer bom funji, Orquídea ajuda. Vem Rosa e o marido, mais os meus neto. Podes vir, ficamos satisfeitos.

– Dona Luzitu, muito obrigado. Mas não sei onde é a sua casa.

– Então vem comigo, te mostro. É muito perto mesmo.

Não podia recusar, pelo menos conhecer a casa. Depois, se estivesse demasiado enfronhado no trabalho, telefonaria a pedir desculpa. Se Orquídea estava lá, ela lhe daria o número de telemóvel. Escondeu o computador embaixo do banco da frente, fechou o carro, com o queixoso *Comandante* lá dentro, não demoro, aguenta só um coxito. Atravessaram a rua e ele pegou num dos sacos da senhora, eu levo. Se enfiaram numa nesga entre dois barracos, um deles muito característico pois a parede da frente tinha um plástico azul a reforçar, parecendo mais enfeite, mas sempre protegia das águas trazidas pelo vento, nas raras chuvadas. Atrás da linha dos barracos, viu a vivenda, achou, só pode ser esta, até porque as outras casas eram casebres de todos os tamanhos e feitios, erguidos com os mais diversos materiais. E era mesmo aquela, graças ao antigo combatente. A sala parecia acolhedora, embora os móveis, modestos, precisassem de algum reparo. Tinha duas cadeiras a fazer conjunto com um sofá coberto por pano do Congo, uma mesinha com TV, um aparador... e Orquídea de cabelo molhado e uma canga de praia enrolada no corpo. Era bonita demais o raio da moça! Ficaram muito atrapalhados os dois, pois ela vinha de um quarto, convencida de estar sozinha em casa, e ele nem se tinha adaptado ainda ao ambiente para ter um encontro daqueles, mortais.

Felizmente reapareceu a mãe e ele disse, tenho de ir, deixei o cão fechado no carro.

– Está convidado para o almoço. Uma ou duas da tarde...

Orquídea muito admirada. Tinha apertado frouxamente a mão que ele lhe estendera, nem falou bom-dia.

– Vou tentar vir. Mas posso ficar com um número de telefone para o caso de ter de falhar? Sabe, vou ficar a escrever, e às vezes, nessa situação, uma pessoa esquece que o mundo existe...

Escrever? Orquídea estranhou. Talvez um artigo sobre História, então ele não era historiador? Ou algum relatório de serviço, sabia lá onde ele trabalhava. Preferiu ficar calada. Era óbvio, ele queria ficar com o número dela. São tão previsíveis os homens com as suas urgências... Que raio de amigo tinha a mãe arranjado. Rosa estava totalmente enganada, o rapaz não lhe interessava, pensou, altiva. Mas deu na mesma hora o seu número, que ele gravou na memória do telemóvel.

Se despediram e Heitor voltou ao carro. Olhou bem para fixar a entrada da ruela de trás, pois o plástico azul ultrapassava ligeiramente a parede e escondia a nesga entre as barracas. Realmente, era preciso ser do bairro para descobrir. O *Comandante* se lamentou durante um bom bocado e lhe lambia as mãos, mostrando ter perdoado a traição e ausência. Partiram para casa, por entre o amontoado de muros e paredes a nascerem do nada, qualquer dia seria difícil de chegar lá, a menos que alguma força superior conseguisse manter aberta a picada pré-existente. No entanto, havia mesmo forças superiores a se interessarem pelo destino de picadas entre casas?

O Tímido e as Mulheres

Regou as arvorezinhas, como sempre fazia aos jindungueiros levados na bacia para o apartamento. Teria de os trazer um dia e plantá-los, pois na cidade não tinha onde o fazer. Quando tivessem tamanho suficiente, pois ainda estavam nos dois centímetros de altura. Como era de prever, nasceu uma profusão deles, dava para um canteiro grande, se ele tivesse vontade de cavar tanto terreno. E depois, vendia os jindungos na zunga? Sempre podia entregar a dona Luzitu e ela acrescentava aos seus produtos. Uma sociedade simpática.

Planos.

Trouxe a mesa e o banco para fora e colocou-os na parte onde havia ainda sombra. Por volta do meio-dia a sombra teria desaparecido e seria obrigado a ficar dentro de casa. Mas então já o calor apertaria, vindo das chapas da cobertura. Afinal, talvez não tivesse sido grande ideia vir trabalhar para o mabululu, sem ar-condicionado. Tentou dispor personagens, mas só uma se impunha, a mulher de curvas e carnes aprazíveis. Sentia, tinha de escrever sobre ela para a esquecer. Ou pelo menos para dominar a ideia de Marisa. Mas tinha vontade de a esquecer? Podia sequer? Tentou definir Antunes, Lucas, ele próprio. Entraria na estória? Claro, embora não arriscasse aparecer como narrador, as pessoas têm tendência a confundir o narrador com o autor e ainda criava uma cena dolorosa, Marisa era conhecida e reconhecível. Os amigos sabiam parte da estória, algum ia mujimbar e pronto, o escândalo se espalhava. Acabou por se entreter com estas figuras secundárias, pintando-as, mudando alguma coisa nelas, mas sem coragem para enfrentar o verdadeiro problema.

Evitando Marisa, uma nevoazinha no meio da bruma.

Quando o Sol estava quase na vertical e a sombra foi engolida, arrumou mesa e banco na sala. Ligou o computador à eletricidade, pois a bateria estava com pouca carga. Mas já não tinha vontade de brincar aos escritores realistas, fingindo inventar o acontecido. Para o *Comandante*, tinha sido uma ótima manhã, pois entrava e saía quando queria, fazia as necessidades por todo o lado e por vezes corria atrás dos pássaros. Já sabia os seus direitos e deveres. Na cidade, quando o dono estava sentado a fingir trabalhar, ele era silencioso e se movia com recato. Mas havia um momento em que precisava mesmo de mijar e então avisava. Desciam os dois à rua. No mato não era necessário descer escadas, o cachorro se tornava autónomo. Heitor estava seguro, se pudesse escolher, o *Comandante* preferia viver na casa do mabululu, mesmo com o barulho assustador dos bulldozers e da azáfama humana construindo à volta deles. No entanto, a democracia ainda não tinha chegado aos animais e ele, Heitor, preferia decididamente trabalhar no apartamento. Ia avisar a senhoria, pagava só este mês. Se antecipava a qualquer ordem de despejo, pois ela não ia resistir às ofertas de compra do terreno para construção. E levava já hoje os seus pertences, que se resumiam a pouca coisa, não tinha intenção de voltar, senão para dar uma vista de olhos e observar as plantas, destinadas a morrer de sede. Podia guardar dois ou três jindungueiros em vasos, seria a recordação do tempo de exílio, o resto das plantinhas deitava fora. E levava os três banquinhos que comprou. *Para lá das ondas* também. Seria afinal a mais importante das recordações, embora tivesse tendência de esquecer. Por que seria?

Arrumou as coisas no carro, fechou a porta de casa, mandou o *Comandante* saltar para o jipe, coisa que ele fazia com o maior prazer. Arrancou. Era cedo demais para ir ao almoço de dona Luzitu, avançou para leste, passando pela recente zona industrial e os projetos enormes do porto seco. Virou depois para sul, chegando ao Bom Jesus. Viu o verde das margens do Kwanza, as fábricas e as obras que se erguiam, o movimento anormal para um sábado. Desde Viana havia de facto muita coisa nova e a nascer todos os dias, áreas enormes de expansão urbana, um crescimento assustador. Estamos a fazer aqui uma megalópole ou lá o que se chame. Como vamos viver, edificações cada vez mais longe do centro, sem grande descentralização nem de serviços nem de administração? Vai ser o caos, se assustou.

Uma da tarde. Hora decente de regressar e chegar para o almoço. Antes telefonou a Orquídea, tenho um problema, será que posso levar o meu cachorro, ele não tem onde ficar, mas claro, o almoço era no quintal e o *Comandante* bem-vindo.

Nem muito tarde nem muito cedo. Às duas menos um quarto parou o jipe à frente do plástico azul, pôs a trela no *Comandante* e meteram os dois pela estreita nesga entre paredes. O cachorro estava excitado, tentando cheirar tudo e puxando pela trela. Os cheiros novos, de musseque, deveriam excitá-lo. Ou então adivinha onde está Orquídea e corre para ela. Será mesmo?

Tinha pouca vontade de fazer psicanálise ao *Comandante*.

A bater à porta e a lembrar, porra, em vez de ter ido ao Kwanza podia ter comprado vinho nalgum sítio. Venho de convite pela primeira vez e não trago nem vinho, nem bolo, nem flores. Foi assim que a minha mãe, senhora deputada, me ensinou?

Mas Orquídea já abrira a porta e ele esqueceu os remorsos. Estava vestida de pano do Congo, um vestido comprido, simples, se colando às formas do corpo. O *Comandante* cheirou a perna dela e ganiu de alegria. E ela agarrou no cachorro. O Dr. Heitor chegou, disse a moça para dentro, alto. Atravessaram a sala para chegar no quintal, onde estavam várias pessoas à volta de uma mesa, na sombra de uma frondosa árvore. Ele soltou o cachorro da trela, antes de começar a cumprimentar a família. Conheceu Rosa e o marido, Anselmo. Conheceu Narciso e os seus quinze anos problemáticos. O rapaz desviou os olhos, não era bom sinal. Os dois filhos de Rosa se precipitaram para o *Comandante*, o qual rosnou primeiro, se rendeu à brincadeira depois. Lhe mandaram sentar e Anselmo perguntou, vai uma cerveja?

– Peço desculpa, dona Luzitu, mas peguei no trabalho e estou atrasado – mentiu descaradamente.

– Atrasado nada, mano. Eles chegaram também só há bocado. É sábado! O trabalho correu bem?

Ele inclinou a cabeça para a esquerda e para a direita, assim-assim.

– O que é que está a escrever? – perguntou Orquídea, para o pôr à vontade, enquanto o cunhado descapsulava a cerveja.

Heitor tinha vontade de mentir mais uma vez, para se resguardar ou esconder vergonhas. Não foi capaz.

– Tento escrever uma estória. Mas ainda ando a delinear as personagens.

– Ah! – disse Rosa, toda interessada. – Um romance?

– Francamente não sei – e riu. – Não sei se sou capaz. Um romance é coisa muito complicada. Escrevi alguns contos e o que se pode chamar uma novela ou romance pequeno. Acho que estudou literatura, pelo que a sua mãe me disse...

– De facto. Compreendo o que quer dizer. Sobre as fronteiras entre novela e romance. Difíceis de traçar. Será importante?

– Acho que não – disse ele. – Apenas neste caso, em que dizer, escrevi um romance, me parece muito pretensioso... Não combina bem comigo.

Rosa olhava para Heitor, com o nariz para cima. Como se tentasse cheirar a alma dele. Atitude conhecida de Orquídea, que a temia, porque às vezes descobria coisas inconvenientes. Mas, pelo ar da irmã, parecia simpatizar com o recém-chegado, logo lhe diria, dá para teu namorado, gosto dele e é bonito, não hesites. Orquídea abanou instintivamente a cabeça e Rosa viu o gesto. Sorriu, cúmplice. Merda, pensou Orquídea, estou lixada, não me larga mais.

– Julguei que era historiador – disse Anselmo.

– De facto foi o que estudei. Mas nunca trabalhei nessa área.

– Podia escrever romances históricos – disse Orquídea, para afastar a ironia adivinhada em Rosa.

– Sim, juntava as duas coisas. Quem sabe, um dia...

– Desculpe, Heitor, eu sou muito prático. E às vezes indelicado por ser direto. Peço antecipadamente desculpa. Não vive disso, pois não? O que faz para viver?

Ele riu. Anselmo de facto era direto. E teve de explicar o que tinha feito até então, o emprego na imobiliária, o abandono para escrever um livro, sem nunca referir a verdadeira razão do exílio, a expulsão da vida da sublime, e que agora estava a pensar se voltava para o mesmo emprego, no caso de o antigo patrão lhe perdoar o abandono, ou se procurava outro. Ao falar, ia se apercebendo da imagem que passava, um perfeito inconsciente ou então um menino rico sem necessidade de trabalhar. Talvez não, sobretudo por parte das irmãs, compreendiam a premência de tudo largar para escrever o livro da sua vida. É sempre o livro de uma vida, todos eles.

Entretanto, Orquídea se antecipou a Rosa na apreciação em forma de pergunta, quem são os seus pais? Porque estava claro para todos, não precisava de se sustentar, tinha quem o fizesse por ele, menino de família.

Caía mal numa casa de musseque.

Dona Luzitu veio em socorro dele, vamos servir o almoço, Orquídea, vem ajudar. Heitor aproveitou a pausa para resolver o problema íntimo, contar tudo? Respondeu:

– O meu pai é diretor nacional... Mas eu economizei dinheiro dos salários, vivo da poupança por enquanto...

Não lhe perguntaram pela mãe e ele omitiu. Tanto melhor. A resposta dada era suficiente para uma primeira abordagem. No fundo, estava satisfeito com a maneira como se safara, pois continuava o ambiente de simpatia. Talvez Anselmo estivesse algo desconfiado ou incomodado por tratar com alguém vindo da elite urbana, mas não teria muitas razões, se dava afinal com diretores, nacionais ou não, e provavelmente aspirava a um cargo elevado. Tinha sido apresentado como petrolífero, portanto rodava nas margens do poder. Hostilidade visível só em Narciso, o miúdo lhe olhava com intensidade, a estudar gestos e reações. Ciúmes? Nada sabia sobre ele, só que tinha quinze anos. Era pouco para compreender porquê aquela hostilidade. Heitor estava vestido como qualquer caluanda ao sábado, o mais à vontade possível. Nem os *jeans* eram de marca, nem as sapatilhas, não havia nada que o diferenciasse de Anselmo ou de outro qualquer. Aliás, o petrolífero levava um belo polo com logotipo chamativo. Bem, havia o cabelo que já não era muito comum. Mas alguns jovens usavam penteados dos anos setenta, sobretudo tranças, além das cabeças rapadas da moda, por isso um jimmy poderia parecer antiquado, boelo, mas não agressivo. Preferiu não reparar no miúdo, havia outros motivos de interesse.

Veio a comida e as vozes se elevaram. Orquídea trouxe um prato velho com comida para o *Comandante*, posso lhe dar? Heitor agradeceu, o cachorro se atirou ao funji com muito apetite. Foi preciso segurar nas duas crianças e pô-las na mesa, pois queriam ficar a ver o *Comandante* comer e a lhe fazerem festas, o que não era boa ideia.

Ele rosnava quando estava a comer e alguém lhe tocava. Pensava ser algum ladrão de comida, razão para defender o seu prato com dentes arreganhados.

– Vai publicar o livro que escreveu? – perguntou Rosa.

– Bem, ainda não fiz nada por isso. Um amigo meu disse poder me apresentar um editor, mas não sei. Talvez seja cedo...

– Tem medo de enfrentar a crítica? – perguntou Orquídea, trocista.

Ele preferiu meter uma garfada na boca antes de responder. Acabou a cerveja. Com a verdade me enganas, não era um provérbio? Quem sabe se um provérbio banto.

– Ainda não estou preparado para a enfrentar. Também preciso de ouvir mais opiniões sobre o livro, de outras pessoas... Dá medo de facto entregar um livro a um editor. E se ele diz, não publico porque não vale nada, vá criar vacas?

Anselmo descontraiu de vez em relação a ele. Sorriu, lhe deu um toque na mão.

– Joguei futebol quando era novo, da idade do Narciso. Só treinava. Um dia me disseram, no sábado vais fazer parte da equipa. Quase que não dormi na véspera. Fui suplente. Quando me mandaram aquecer para entrar no jogo, tremia, os joelhos batiam um no outro. Sei o que é isso.

E também escapaste à guerra, pensou Heitor, senão era a ela que te referias sobre o medo do primeiro passo. Talvez tenhas escapado por uma boa razão, eras bom aluno e merecias um adiamento até terminares o curso, e entretanto a guerra acabou. Tinha sido o seu próprio percurso, sem precisar de recorrer a cunhas dos pais. Agradeceu, com um gesto de cabeça, a solidariedade de Anselmo.

– Há sempre uma primeira vez – disse Orquídea.

Heitor não soube se ela apenas aludia ao caso dele e ao medo de enfrentar um editor. Podia estar a pensar nela e numa primeira vez... Se ele fosse o Lucas, levaria a frase da moça para o campo da lascívia, declarada ali desavergonhadamente à frente da mãe e dos irmãos. Devia ser apenas um encorajamento e assim o interpretou.

Dona Luzitu resolveu falar a Heitor dos seus planos de montar um negócio de roupa, ali mesmo no quintal.

– A Rosa me prometeu, compra duas máquinas de coser e fazemos roupa para vender mesmo no bairro. Tenho duas moças jeitosas, sabem costurar, aprenderam na igreja. Elas trabalham aqui na sombra. Dá mais que vender na zunga e andar sempre a fugir dos fiscais.

As duas irmãs trocaram olhares e sorriram. Heitor não soube como interpretar, ironia perante sonhos impossíveis, ou apenas sorrisos de satisfação por verem a mãe com planos de vida?

– Ouvi dizer, a roupa que vem nos fardos da Europa fica mais barata que a feita aqui em Angola. Havia mesmo uma ONG estrangeira que foi acusada de dar cabo da indústria de confeções de Benguela, porque os fardos que importava não pagavam imposto por se pensar que era roupa para oferecer a refugiados e deslocados de guerra, e afinal vendiam nos mercados de rua...

– Sim, Heitor, lembro-me desse caso – confirmou Anselmo. – Mas a roupa de fardo não é igual à nossa, que as nossas mulheres gostam de usar. Se for bem feita pode conseguir alguma clientela. O que os economistas chamam um nicho...

Heitor conhecia a ideia. Acenou com a cabeça, confirmando.

– Vai ser mesmo boa roupa – disse dona Luzitu. – Vou estar sempre em cima das costureiras...

– Coitadas – disse Orquídea.

– A mãe é dura, mandona, exigente – disse Rosa para Heitor. – Elas vão sofrer...

Anselmo abriu duas cervejas, uma para cada um deles. E Heitor estranhamente se sentiu em casa e já queria discutir detalhes do plano de dona Luzitu.

– Se for muito dura para elas, não vão embora, dona Luzitu?

– Não, essas minhas filhas estão sempre a me gozar. Xê, tu, Narciso, diz aqui, eu sou dura para ti, te trato mal?

O miúdo fingiu que não era com ele. Encolheu ligeiramente os ombros e continuou a comer. Silêncio. Só o miúdo comia. Os outros todos observavam. Alguma tensão no ar.

– Estão a ver? – continuou dona Luzitu. – Não tem nada para dizer. Eu é que tenho muito a contar dos amigos dele.

Narciso só então levantou os olhos para a mãe. Voltou a baixá-los e prosseguiu a sua tarefa de acabar com o funji.

Que por sinal estava muito bom. O conduto era de carne seca com um molho espesso, acompanhado com saka-saka à moda do Uíje, muito melhor que a kizaka de Luanda, mais seca. Havia também folhas de fúmbua, quiabos cozidos, batata-doce assada, esparregado de jimbôa, banana-pão, tudo como mandavam os preceitos de um almoço de sábado. E logo viria o bolo que imperava no centro da mesa, protegido das moscas com uma cobertura de rede. Heitor voltou a repetir tudo, como lhe mandava o apetite e a delicadeza, para satisfação da dona da casa, vendo assim reconhecido o seu valor de cozinheira.

Anselmo servia as cervejas. Só os dois bebiam. As senhoras eram abstémias, por falta de gosto e não por religião, a católica era muito permissiva, se o padre até bebe vinho na missa, como lembrou a dona da casa. As garrafas estavam guardadas numa caixa térmica cheia de gelo, por isso apresentavam a temperatura adequada.

– Dona Luzitu, desculpe insistir – falou Heitor, admirado de si próprio e de tanta vontade de animar a conversa. – Mas como vai escolher os modelos?

Ele não quis ser direto para não ofender a senhora, tão gentil, que o recebia com a hospitalidade rara em outras paragens, mas achava, com seus preconceitos de gente morando no asfalto, zungueira não é propriamente conhecedora das artes de modista, e alguém teria de orientar as moças, não só fazer de inspetor. Dona Luzitu riu, bem--disposta, feliz mesmo por poder desfiar seus planos ainda quase clandestinos. Não só planos dela, para dizer a verdade.

– Já pensámos tudo. Rosa arranja as máquinas, eu compro uns panos nos armazéns dos senegaleses. E Orquídea já comprou umas revistas de modas africanas, vêm donde mesmo, Orquídea?

– Umas da Costa do Marfim, outras da África do Sul, tem uma de Paris. Enfim, há muitas revistas de moda africana. Escolhemos os modelos mais fáceis de fazer no princípio, para as moças ganharem experiência. Depois nos aventuramos para mais complicados. Se houver freguesia. Temos de ir aprendendo também com os clientes.

– E os quimonos tradicionais para acompanhar os panos? – perguntou Heitor. – Ainda são muito frequentes nas senhoras da Ilha. E pessoas de Benguela e do sul gostam de usar.

– Sim, esses não podem faltar – disse dona Luzitu. – E são mais fáceis de fazer.

Narciso levantou da mesa, talvez chateado perante a ideia de ter o quintal ocupado durante todo o dia. Mas disse:

– Posso ir, mãe? O jogo é daqui a bocado.

A dona da casa autorizou, disse para Heitor, tem um jogo aí no campo da Viana, ele vai só assistir.

– Um dia vou jogar – disse o miúdo.

– Devias já estar num clube – disse Anselmo. – Hoje se começa cedo. Aqui perto não tem nenhum clube com escola de futebol?

– Tem – respondeu Narciso, se afastando. – Mas é preciso pagar.

O miúdo saiu e Heitor se sentiu na necessidade de retomar a conversa.

– Pois eu desejo muita sorte para a vossa empresa.

Ia dizer, a minha mãe gosta muito desse tipo de vestidos, sobretudo para as cerimónias e atos oficiais, pode vir a ser vossa cliente, mas travou às quatro rodas, primeiro elas ainda não tinham começado com o negócio, e depois teria de dar explicações sobre a sua progenitora, o que talvez fosse melhor ficar para outra ocasião. Além do mais, duvidava muito que dona Genoveva aceitasse mandar fazer roupa nos confins da cidade, num musseque de Viana, mesmo se fosse para agradar ao filho.

– Vai dar certo – disse Orquídea, olhando para ele com intensidade.

Heitor acreditou.

Depois a conversa derivou para um tema sempre atual, a criminalidade nos bairros e as construções anárquicas. A propósito disso, Heitor foi instado a explicar bem onde ficava a casa onde morava, o que ele corrigiu, decidiu deixar o ximbeco, parecia demasiado arriscado para viver e incómodo para escrever, mas conseguiu dar a conhecer o sítio, o qual afinal era conhecido de todos, a quinta do velho Moreira. Ele disse, a dona é a viúva de um general, mas isso era recente, quem fez a casa e queria usar a terra para a agricultura era o senhor Moreira, um branco vindo da Madeira e que tinha uma cantina em Viana onde vendia o vinho batizado com água, a fuba e o peixe seco, além de velas, petróleo, sabão, enfim, os produtos mais requisitados pela população pobre da zona. O terreno ainda ficava longe da cidade de Viana, então um satélite industrial de Luanda, a vinte quilómetros, e o velho Moreira acabou por nunca habitar a casa nem verdadeiramente desenvolver a quinta, porque entretanto vieram as confusões de antes da Independência e ele resolveu bazar para a sua ilha de origem. Até hoje o sítio é conhecido como do velho Moreira. Entretanto, teve vários donos mas sem ninguém morar lá.

– Está toda pintada e impecável – defendeu Heitor.

– Costumávamos caçar pássaros e apanhar cajus ali, era eu miúdo – disse Anselmo. – Os cajueiros desapareceram todos. Lembro de ter parado lá já faz tempo e a casa estava bastante mal cuidada. A dona deve ter mandado pintar quando soube que ia passar uma estrada ali perto e havia planos de urbanizar a área.

– Então por que me alugou?

– Pode mandá-lo embora no fim do mês, não é? Enquanto não se constrói, ela aproveita para ter alguém que toma conta da propriedade. A zona vai ficar ligada à autoestrada semicircular, os preços dos terrenos estão com certeza a disparar.

– Há construções a toda a volta – disse Heitor.

– Vê? Ela deve estar a discutir o negócio, a regatear, a tentar ganhar o mais possível.

– E eu de guarda ali...

– Exatamente, Heitor.

– Bem me pareceu que era barato demais...

Rosa deu uma gargalhada.

– Já não há viúvas desinteressadas neste mundo... O escritor afinal serve de guarda.

Heitor riu também. Acrescentou:

– E sem arma.

– Tem razão, não convém dormir ali – disse Anselmo. – Muito isolado, muito perigoso.

– Não sabia que já estavam a construir para aqueles lados – disse Orquídea. – Afinal se constrói por todo o lado. O tal canteiro de obras...

Havia alguma ironia na última frase, pensou Heitor. A mãe dele não gostaria do tom, claramente a gozar com as bandeiras eleitorais do seu partido. E ele recordou o fim de semana passado em que, sem nenhuma convicção mas por lealdade familiar, foi votar, mais um voto para a sua mãe manter o lugar de deputada. Sentiu obrigação de pegar na deixa de Orquídea, outra forma de lealdade:

– Mas aqui pomos primeiro o canteiro, se fazem as construções, só depois nos lembramos das ruas, estradas, esgotos e canalização de água. Sempre ao contrário.

– Mas nos negócios há quem se antecipe sempre – contrapôs Anselmo. – É preciso ter boas fontes de informação. Basta saber que um dia vai haver uma estrada importante perto. Porque essa ligação à semicircular já está desenhada, sei de fonte limpa. Vai ser muito mais rápido vir de certas partes novas de Luanda para aqui.

As duas crianças brincavam com o *Comandante* e os seus gritos enchiam o quintal.

– Não dorme lá na casa do Moreira, mano, mas vem sempre nos visitar – disse dona Luzitu.

– Sem dúvida. Muito obrigado.

Brilharam os olhos de Orquídea?

Viria visitar, sim. Agora já sabia o caminho. Traria flores, um ramo bonito, de rosas de porcelana. E contaria então sobre a mãe, se perguntassem, não havia razão para sentir vergonha. Cada um tem direito ao seu contraditório. Engoliu o resto da cerveja e o líquido gelado escorreu pela garganta como o melhor néctar.

21

Lucas achava ter cumprido o período de nojo razoável. O amigo parecia ter desconseguido comer Marisa, ou então a relação fora efémera. Ainda na véspera jantaram juntos, refazendo o trio da meninice com o Antunes. E ele puxara duas vezes pela conversa da radialista mas nem Heitor nem Antunes tinham pegado no assunto, Marisa parecia assunto encerrado. Parecia. Pelo menos seria essa a sua desculpa, no caso de o mambo se envenenar por aquelas voltas que o azar dita. Cumpriu largo prazo sem interferir, deixando o destino se jogar, agora também tinha direito de arriscar a sua sorte.

Ia portanto vestir o safári de caçador.

Com perguntas atiradas como quem não quer a coisa, de Antunes recebeu informações. O amigo bem percebia as intenções, mas fingia ingenuidade e dizia tudo o que Lucas queria saber, sem ironia aparente. Um Antunes a piscar afinal os olhos de gozo, antevendo o plano dele e o fracasso. Como bom jornalista, Antunes por vezes passava informações mas não fazia perguntas e, muito menos, dava palpites.

Era adepto da neutralidade da comunicação social.

Assim, Lucas esperou a saída do trabalho na rádio e se camuflou atrás de Marisa. Com tanto trânsito, nunca fora fácil perseguir alguém em Luanda. Nem ele era perito. Mas conseguiu não a perder de vista, nem aproximar demasiado, chamando a atenção. Corria riscos, sabia, os jornalistas têm boa memória visual e ela podia se

O Tímido e as Mulheres

lembrar do carro dele. Sentiu, os deuses ou espíritos dos antepassados estavam consigo, pois Marisa guiava claramente para a baixa da cidade e, portanto, não para casa. Fim de tarde e se dirigia para a Ilha? Oh, lá, lá, esperemos que não haja encontro marcado, porque então está-se mal. Depois de quilómetros a dez à hora, dúvidas sobre o itinerário, para-arranca, para-arranca, ela estacionou enfim na zona dos restaurantes e esplanadas sobre o mar. Lucas não teve a sorte de encontrar lugar, parecia Marisa tinha apanhado o último disponível. Mas sabia onde ela estava, já não era mau. De facto, teve de dar uma volta para conseguir um lugar precário, sujeito a ameaça de multa e depois silenciamento do polícia com conversa e a respetiva gasosa. Não seria brilhante perspetiva no caso de dever sair rápido. Vantagem, era perto da esplanada.

Os deuses continuavam no entanto com ele. Viu-a logo, sentada a uma das últimas mesas. Sozinha. Esperava alguém, era o mais certo. Ninguém vai até quase ao fim da Ilha para ficar sentado sozinho numa mesa disputadíssima pela clientela, só um músico com dois sons se sobrepondo na cabeça ou um poeta trauteando os três versos vitais da sua obra-prima, filosofia de Lucas. A senhora devia estar em casa junto do maridinho, o que é que a malandreca vem aqui fazer? Não pode ser coisa apresentável, menina.

Nem hesitou, avançou.

– Marisa! Há quanto tempo não a via...

Ela assustou um pouco, devia estar enfronhada nas suas malambas, mas acabou sorrindo, forçada, olá, como vai?

– Posso sentar-me um pouco? – E nem esperou a permissão.
– Que é que vai beber?

– Já encomendei. Um *gin* tónico.

Marisa achou-o de inaudita desfaçatez, mas já adivinhara das vezes anteriores, Lucas tinha todos os tiques de um predador. Não deve ser difícil reconhecer, diga-se de passagem, e não é só por causa dos dentes de coelho sempre prontos para a cenoura. Uma maneira de andar, de olhar, uma segurança nos olhos insistentes, no riso. Tão fácil desenhar o retrato... Mas se arrependeu de confidenciar o que tinha encomendado, dava parte de fraca, parecia se desculpar de não

199

ter esperado por ele, como se estivessem combinados e ela se adiantasse por sofreguidão. Disparate, sabia estar a pensar disparates, de forma caótica, mas era a sua maneira de fugir à tristeza, a qual tinha um nome, por sinal muito próximo deste ngombelador de meia-tijela, mas que não poderia desfeitear por ser amigo de quem era.

Lucas acenou ao empregado, mas este tinha muitas mesas a atender e fingiu não reparar no gesto. Marisa observou o malogro do caçador, divertida. Não tens tanta sorte com os empregados como julgas ter com as mulheres.

– Pois, a última vez que nos vimos foi no Tropicana. Fui com o Heitor mais ou menos por acaso, já foi um bar que frequentávamos, mais o Antunes... A propósito, jantámos os três juntos ontem.

Não disse mais nada, à espera de uma qualquer reação, então não era uma informação importante para começo de conversa? Ela se fez de desentendida. Tinha visto o Antunes no serviço nesse dia, conversaram, mas não sobre a noite anterior. Cada um evitando talvez trazer o nome de Heitor para a conversa. Lucas, pelo contrário, atirava-lhe com o nome como se joga barro à parede. Não ia pegar. Olhou o mar, os casais espalhados pelas mesas, uma ou outra criança a correr. Agora estava atenta, na defensiva, não como ele lhe apanhou no princípio, desprevenida. Nunca se tinha interessado por mulherengos, lhes guardava mesmo certo desprezo, e não ia ser hoje.

Só que Lucas não o sabia.

Este finalmente conseguiu se fazer notar pelo empregado, que veio no seu vagar receber o pedido, um uísque de malte com muito gelo. Marisa sempre ouvira dizer aos entendidos que malte não se bebe com gelo, só os novos-ricos o fazem. Embora essa regra tivesse de ser desrespeitada ali na banda, por causa do calor. Mesmo uísque de vinte anos exigia gelo, diziam alguns pretensos especialistas, argumentando sempre com a temperatura ambiente, os quais Lucrécio vituperava com a habitual veemência, ignorantes, bandalhos, burgueses de ontem, enólogos de kimbo, a verdadeira aristocracia do uísque não admite tanta matumbice, e felizmente aqui não vêm muitos escoceses fanáticos, senão tínhamos mais um conflito armado.

– Espero não estar a incomodar – disse Lucas, um pouco a despropósito, pois até já tinha encomendado a bebida.

E em jogada arriscada.

Lhe dava a deixa para afirmar, por acaso até incomoda, estou à espera de um senhor num negócio clandestino, talvez fosse boa ideia ir para outro lado com o seu uísque de malte e muito gelo. Ela, no entanto, sabia ser incapaz de tratar mal um dos grandes amigos de Heitor, se não o maior. Devia-lhe isso, pelo menos. Apenas abanou a cabeça, negando.

– Vem para aqui muitas vezes? – perguntou Lucas.

– Não. Mas hoje apeteceu-me.

– Eu venho, esta é das esplanadas que prefiro. Está sempre fresco, o serviço não é mau de todo, pelo menos comparado com o de outras. E vê-se gente bonita...

Talvez estivesse à espera de uma resposta, sobretudo à frase final, a qual tinha muito molho. Mas se ela não o rejeitava de forma mal educada por causa dos amigos, também não o ia encorajar com conversinhas de meninos. Teria preferido estar sozinha, curtir a melancolia, mas não houve oportunidade. Ele impedia, paciência. Porém, sem grandes ganhos. Pelos vistos, este garanhão passava o tempo em bares, pois das duas últimas vezes que estivera num encontrara a figura, da primeira vez certamente por um acaso, mas hoje... será que vinha atrás dela? Afastou a ideia. Devia ser mesmo coincidência porque ele de facto andava sempre por estes sítios, quadrava bem com o personagem. Também não há assim tantos lugares frequentados pelo *jet-set* nacional, embora fosse cedo, os fotografados para revistas de moda aparecem tarde em festas, bares, espetáculos, e acordam tarde todos os dias, para manterem a beleza. Lucas seria adepto da luta por aparecer no *jet-set*? Talvez não, de qualquer forma parecia alguém seguro de si e sem necessidade de procurar ocasiões de afirmação. Mas era difícil decidir.

Lucas, pelo seu lado, sentia a indiferença dela, e a iniciativa a lhe fugir pelas mãos oleosas. Ponderou abandonar a caça, ou melhor, ir caçar para outro lado. Mas era aquela a vítima que lhe interessava. E a tática era cansá-la com a amizade entre homens.

– O Heitor a um momento dado vinha muito aqui. Com a namorada... a que o deixou.

Ela tinha adivinhado uma ruptura recente no passado do escritor mas nunca conversaram sobre o assunto. Sugestão de tristeza no primeiro encontro, apenas. Passemos. Lucas insistiu.

– Chegava a ser uma obsessão, nem usava o nome, dizia só, vamos à esplanada. Já se sabia, era aqui. Depois percebi, o fanático não era ele, era ela. Nem sei porquê ela hoje não veio, talvez não esteja no país. Ou muito ocupada com outras coisas. Desde que arranjou o tal namorado com quem traiu o nosso amigo.

Mais uma vez estudou as mesas e seus ocupantes, como se imaginasse que a sublime podia se esconder numa sombra, por ali. Se tratava de teatro, quando uma pessoa diz de outra, anda sempre por aqui, passeia sempre um olhar automático abarcando todo o espaço, comprovando a ausência afirmada. Vem nos livros, pensou Marisa. Gajo sem graça, desconsegue mesmo de me surpreender. A frase final carrega veneno, como em todas as falas. Algum desprezo escondido, por sinal. Se coloca no lugar do amigo abandonado, sempre fiel. Com isso pensa amolecer-me o coração?

– Ela é de facto muito bonita... Nós, os amigos do Heitor, ficámos muito admirados com aquela ligação, que só podia falhar. Ele é um verdadeiro intelectual, sempre preocupado com os problemas sérios do mundo, um sonhador, como todos os artistas afinal. Como se metia com uma mundana daquelas? Quando acabou, ninguém ficou admirado, só ele. Tentou colar os cacos do coração destroçado, para usar uma imagem literária...

Marisa pensou, imagem mais gasta que a estátua de Nossa Senhora da Muxima, estamos mal de talentos, embora repletos de fatuidade. Fez um sinal de reconhecimento a um tipo que a cumprimentava de uma mesa, acompanhado de uma mulher e respetiva criança. Não se lembrava deles, mas era comum retribuir saudações sem tentar localizar os outros na sua memória. Lançou uma mirada rápida a Lucas, o qual se inclinava para trás na cadeira, numa atitude relaxada, de pessoa bem de vida. Olhava na direção do mar. Deve ter notado a mudança do corpo de Marisa, pois virou a cabeça para ela.

– O seu *gin* está no fim. Vai outro?

Ela negou em silêncio. A tática era embebedá-la? Primitivo demais para um tipo de qualquer modo minimamente sofisticado. Heitor não teria como amigo um matumbo, o Lucrécio que lhe perdoasse a cena do malte com gelo.

Lucas pensava a toda a rapidez. De facto, tinha um cérebro privilegiado para matemática e estratégia, também muita prática. Revia as deixas e o silêncio dela aparecia como uma muralha difícil de abater. Haveria uma brecha, há sempre, só que ele não encontrava a alavanca para a abrir. Disparava à sorte.

– Gostou mesmo do livro do Heitor?

Sempre à carga com o amigo. O que imaginava ele, obrigá-la a conversa mole por causa do escritor? Por que Heitor lhe teria confidenciado o que tinha acontecido entre eles e talvez até o que não sucedera? Queria tirar nabos da púcara? De repente, teve uma revelação, só podia ser isso, Heitor, sempre reservado, não tinha contado nada, mas absolutamente nada aos amigos. E Lucas se mordia todo por saber qual o grau de intimidade alcançado. Para encontrar a chave do enigma. Sorriu à descoberta, mas ele deve ter tomado como sendo uma reação boa à lembrança do livro. Concordou com a cabeça, muito.

– Acho que ele pode ser um grande escritor – continuou o amigo. – Se deixar de sonhar com a vida e começar a vivê-la, no bom e no mau aspeto que a vida tem para oferecer. Suponho, um escritor deve conhecer muito da vida, por isso tem de viver intensamente. Mas Heitor se fecha na sua concha, sonha, imagina coisas, eu sei porque ele já me contou várias vezes, imagina que é isto ou aquilo, imagina que vai numa viagem e descobre coisas que lhe acontecem, mas afinal é o que leu em livros ou viu em filmes... É assim que depois compõe as personagens, são versões do que ele imagina poder vir a ser. Deve corresponder ao método dos escritores, não sei...

Finalmente Lucas começava a dizer coisas mais atraentes. Com alguma certeza ouvira essas observações de Antunes, o amigo capaz de interpretar uma cabeça de escritor ou artista. Talvez o próprio Heitor falasse disso nas suas conversas de copos, embora ela duvidasse, o escritor parecia muito fechado, mesmo em relação aos amigos. Talvez não em relação à sua arte, quem sabe? Tipos muito modestos, humildes, sisudos têm temas ou situações que lhes fazem perder o recato e se desmancham todos em inconfidências. Lucas debitava agora como sendo suas deduções, mas enfim, seriam interessantes mesmo se roubadas de outrem, mais suportáveis de aturar.

– Eu sou o contrário dele. Por isso nos damos bem. Quando quero uma coisa, não estou com rodeios nem fico a sonhar como seria bom tê-la e como viveria com isso. Ataco.

Estava a ser perfeitamente claro, mesmo se falava no abstrato. Há mulheres que se deixam abater por um tipo assim? Porque estava anteriormente a dizer enfim algo mais agradável, inteligente, levando talvez a uma conversa civilizada, e de repente interrompia, estragava tudo, se pondo na pele do predador, com o sorriso mais conspícuo e uma palavra guerreira, ataco.

Estava mesmo a merecer um corretivo para não esquecer tão cedo.

Ela o paralisou de espanto ao dizer em tom baixo:

– Em minha casa não pode ser. Que tal na sua?

Lucas ficou, talvez pela primeira vez na sua vida, sem fala perante uma proposta de mulher. Não esperava submissão tão rápida, antes pelo contrário, apenas estava ganhando tempo para a retirada ser digna, não parecer debandada. Terminava o uísque e ia embora, já tinha decidido. Quando afinal ela se rendia com um assalto feroz.

Espantosa Marisa.

Ainda um pouco atordoado, fez sinal ao empregado para trazer a conta dos dois. Ela continuou a beber tranquilamente o resto do *gin*, chupando as pedras de gelo, sem olhar para ele, preferindo fixar a sombra escura do mar, para lá das luzes que deixavam ver a areia branca e a espuma das ondas morrendo na praia.

Ela seguiu o carro dele. Lucas conduzia devagar, com os olhos constantemente no retrovisor, para não a perder. De facto, tinha apenas indicado o destino, mas dissera, venha atrás.

Chegaram sem problemas ao sítio, uma das novas vivendas construídas no bairro à frente da Chicala, um trabalho enorme de aterro para se erguer um condomínio de luxo. Ela assobiou, o rapaz mandava dinheiro, aquilo não era uma casa comum de Luanda, era certamente das mais caras no mercado. Entraram e ele propôs, uma bebida? Mas ela não lhe deu tempo, aproximou a cara para o beijo e depois roçou-lhe com os lábios no ouvido, onde é o quarto?

Marisa levava vestido mas não se preocupou em o tirar. Derrubou o parceiro na cama e se deitou por cima dele, beijando-o. Lhe foi levantando devagar o polo, a afagar o peito com a mão livre. Ele deixava, totalmente passivo. Mesmo com a viagem, onde tivera tempo para coser as pontas do raciocínio, ainda não se refizera do espanto. Que raio de mulher decidida! Claro que tinha comido o Heitor, ela é que o comeu, e logo na primeira noite.

Comia todos?

Marisa sentiu a intumescência do sexo dele crescendo e ameaçando forçar a sua barriga. Quando o polo tapou por inteiro a cara de Lucas, antes de sair pela cabeça, ela se levantou de um salto. Lucas ficou à espera de um próximo gesto, cego pelo polo, pensando, esta miúda gosta de tomar a iniciativa, deixemos pois que se divirta, que terá ainda para me espantar? Vai agora tirar-me as calças?

Só suspeitou do que passava quando ouviu a porta da frente bater. Se levantou, compondo o polo, mas quando chegou à entrada, o carro de Marisa já tinha arrancado.

– Sacana, cabra, filha da puta!

E pontapeou o vazio. Teve vontade de derrubar um vaso de porcelana para aplacar a ira, mas pensou a tempo no que lhe custara o objeto e travou o gesto.

Mesmo com o choque da surpresa, o sexo não arredou pé, teso como um imbondeiro. Porra, que faço para me aliviar, vou procurar a Clara? Era uma antiga namorada permanentemente a suspirar por ele, e por isso usada para necessidades súbitas, quando não tinha alternativa. A esta hora, antes do jantar? Também não dava, tarde demais, estaria com o marido, mais que suspeitoso das suas relações.

E lá ficou Lucas, teso, furioso, frustrado, com vontade de matar.

Marisa conduziu para casa, onde tinha um marido para nutrir. Precisava de arranjar uma desculpa para o atraso, o que não seria difícil, a profissão era muito exigente quanto ao tempo e Lucrécio compreensivo. Além disso, não era muito tarde, vezes sem conta chegava à meia-noite ou mesmo mais tarde, por deveres do ofício. Só compôs o cabelo, sem parar de guiar. No entanto, não estava satisfeita. O tipo merecera, pois armara um número de galã de opereta. Mas ela fora talvez demasiado rude para com o amigo de Heitor. De qualquer modo, não esperava um novo encontro com os dois, o qual poderia ser constrangedor. Embora estivesse segura, Lucas não ia contar a desfeita a ninguém, nenhum caçador confessa errar um tiro. Fora um pouco incoerente, devia reconhecer, pois suportou o assédio óbvio com a desculpa de dever aturar o tipo por ser um dos grandes amigos de Heitor. Para depois lhe propor ir a casa dele, aceitar que ele pagasse a conta da esplanada e o deixar abananado. Dura demais? Ele merecera, sem dúvida. Mas devia controlar o temperamento, qualquer dia arranjaria problemas. Sim, confessava para si própria sempre que acontecia um mambo destes, a atitude não a satisfazia em nada e não mudava o mundo nem os garanhões. Se arrependia mas só até a próxima oportunidade, não conseguia resistir.

Quem cumpre promessas, afinal?

22

Mais tarde, Heitor haveria de se perguntar, o que lhe levou de novo àquela casa. O destino? É a desculpa habitual quando se não tem resposta. O desejo de rever Orquídea? Não, a beleza dela era perturbante mas motivo insuficiente para se meter no carro sem o *Comandante*, um sábado à tarde, aguentar os engarrafamentos desse dia em que toda a gente sai para as ruas, embora depois de almoço as coisas melhorem porque preferem jiboiar, ultrapassar Viana e se meter entre as vielas levando à rua principal do bairro dela. Estacionou, ainda sem perguntas sobre as suas razões de tal viagem.

Antes fora dar uma olhada à casa onde habitou. Ainda não tinha desaparecido sob a vaga de construções que tudo engolia. Lá estava o mamoeiro e as três mangueiras que plantara. Parou o carro e num gesto de melancolia regou as árvores. Todos os seres vivos merecem o aceno de uma esperança, mesmo se estão inevitavelmente condenados à morte. Sentiu pena de não ter trazido o *Comandante*, ao menos ele poderia ir mijar no umbral da porta ou numa das árvores. Regressou à rua principal e estacionou à frente da barraca com o plástico azul. Saiu do carro, afastou o plástico e viu a casa de dona Luzitu. Deviam estar na sesta de depois do almoço, hora inconveniente para visitas. Logo corrigiu, as mulheres nunca têm tempo para sestas, devem lavar a loiça e depois se dedicarem a outros afazeres até prepararem de novo o jantar.

Tocou e Narciso abriu a porta. Não fez cara alegre ao ver o visitante, mas respondeu à pergunta dele, sim, a mãe estava. E, como constatou logo em seguida, também Orquídea, Rosa e o marido. Um outro homem, bastante velho, pois já ostentava cabelo branco, brilhante por causa dos raios de Sol que se infiltravam pela folhagem da árvore do quintal. Dona Luzitu fez uma festa, ainda chegas a tempo, mano, acabámos agora mesmo de almoçar, mas sobrou muita comida, nos ajuda então a dar cabo dela. Ele cumprimentou todos, depositou a garrafa de uísque que trouxera, um de doze anos, nas mãos da dona da casa, se não é muito abuso aparecer assim sem convite...

– Já disse, mano, vens quando queres, somos amigos.

Ele de facto já tinha comido na cidade e só aceitou a sobremesa, uma fatia de bolo. Anselmo abriu a garrafa de uísque e se serviu e ao outro conviva, Dionísio, como aprendeu na apresentação. Orquídea foi entretanto buscar um copo para ele, e o cunhado Anselmo também o serviu.

– Mas não quer mesmo um pouco de muamba? – perguntou Orquídea, a dos olhos brilhantes. – É galinha de quintal, não dessas de supermercado, sem gosto.

– Não, obrigado, só mesmo o bolo.

Dionísio era amigo do bairro, companheiro do falecido pai delas nos jogos de cartas e conversas de fim de tarde no quintal. Tinha a profissão de pedreiro e ajudara na construção da casa. De facto, pelo que apurou mais tarde Heitor, fora mais que pedreiro, o verdadeiro arquiteto e mestre de obras. A conversa interrompida pela chegada de Heitor versava mesmo à volta das edificações prolongando o bairro para zonas que antes foram de quintas, magro pasto e terrenos de cajueiros e imbondeiros. Dionísio queixava, difícil encontrar trabalho nessas obras, o que parecia absurdo. Porém, era um facto. As novas urbanizações eram construídas por empresas grandes, estrangeiras quase sempre ou a elas associadas, as quais preferiam gente vinda de fora, reservando os trabalhos mais simples e pesados para os nacionais.

– Como eu dizia... se fosse novo e só servisse para servente, eles me aceitavam. Mas como conheço o ofício, podia ser mesmo chefe

de pedreiros, eles não querem, mandam vir da terra deles. Talvez...
não sei, para esconderem o mau trabalho.

Anselmo não parecia muito de acordo com Dionísio, embora
argumentasse com cautela para não ofender o mais-velho, pondo
sobretudo questões e monossílabos. O economista, apesar de ser
quadro júnior de grande empresa, tinha vindo de famílias modestas,
como quase todos, onde se prezavam ainda os valores de respeito
e reverência pelos anciãos. Seria talvez a última geração a preservar
esses valores, pois os mais novos só se regiam pela procura de dinheiro, carros e festas. Finalmente, arriscou um pouco na contradição:

– Algumas empresas grandes que conheço trabalham bem.
E aceitam angolanos em cargos de chefia. Não são todas, como diz,
desculpe se lhe contradigo, senhor Dionísio.

Continuaram a discutir, Rosa de vez em quando conseguindo
enfiar uma frase, mas recebendo resposta carrancuda do marido,
como se ela estivesse a mais na discussão. Heitor já conhecia o tema,
hoje com o senhor Dionísio e a construção, ontem com Lucas e os
projetos, amanhã com outro amigo e a agricultura. Era o que se
discutia entre kambas, o tema quase único das conversas sérias dos
quadros jovens, as condições de trabalho, o futuro das profissões
e a concorrência dos estrangeiros, fossem chineses ou portugueses,
brasileiros ou paquistaneses. Sabia, mais um pouco e todas as culpas
seriam dirigidas ao atual governo, desinteressado em defender os
interesses dos nacionais. E alinhariam nessa crítica mesmo aqueles
que tinham acabado de votar no partido vencedor. Todos talvez não,
Anselmo parecia advogar outra linha.

Mais interessante era a conversa de Orquídea, hoje sentada a seu
lado (já estava naquele lugar ou mudou quando ele se abancou?),
falando do curso, dos sonhos de o acabar no próximo ano e na dificuldade real de encontrar livros. Ele perguntou por alguns títulos,
ela ouvira os nomes em aulas ou fora delas, mas nunca tivera à disposição. Nem existiam na biblioteca da universidade, podia garantir.

– Tens de os ler. Sem eles, nunca serás uma verdadeira historia-
dora. Eu empresto-te.

– A sério? Quando?

– Quando quiseres. Tenho-os no apartamento, nunca mais lhes toquei. De facto, na época, mandei vir de fora. É só questão de combinarmos para ires lá buscar. Tens mesmo de os ler.

Pensou sem falar, como já desisti de ser historiador, até posso te oferecer. Ficou calado, gozando a satisfação dela. Como seria o corpo de Orquídea? Muito diferente do de Marisa, sem as suas formas generosas, mais seco, embora bem modelado, mais jovem também. De repente, olhou para os outros e notou, duas pessoas observavam a conversa deles, uma sorridente, dona Luzitu, outra de cara fechada, Narciso. Os restantes três discutiam empregos e desempregos, defesas de interesses e perigo de xenofobias, sempre latentes.

– Telefono amanhã para combinarmos? – perguntou Orquídea.

– Sim, quando quiseres. Tenho todos os livros de História numa estante, é fácil encontrar. Há outros além desses que falei, podes escolher à vontade. Não me servem para nada.

– Mesmo se queres ser apenas escritor, talvez te sirvam um dia.

– Pode ser. Se me meter pela via do romance histórico. Mas não me parece, interessa-me mais a realidade atual. Ou o etos universal...

– Há sempre um momento em que é preciso cavar lá atrás para perceber a realidade atual, não?

Esperta, a miúda. Além de bela como Nefertiti. Ou pelo menos a sua máscara dourada. Depois consideraria uma estupidez, quase doença, mas estava sempre a compará-la com Marisa. Esperou um pouco, a ver se ela pegava na sua alusão ao etos universal. Ela não lhe ligou importância. Ou então nem percebeu a palavra. Seria possível? Era reconhecida a carência de cultura clássica dos universitários recentes, mais virados para conhecimentos superficiais. Pelo menos ouvia todo o tempo esse género de queixas, e alguns dos seus colegas de curso encaixavam no retrato, apesar de estudarem História, Filosofia, Literatura e afins. E não acontecia só no país, parecia ser praga mundial. Praga? Talvez fosse o futuro e ele já reagia como um ancião ultrapassado. Preferiu responder, sem fazer observações arriscando parecer arrogantes e pouco gentis.

– De facto, se te cingires à realidade concreta da sociedade. Claro, nesse caso o passado é importante para explicar o presente. Mas se te interessar tratar temas universais, do que diferencia o homem dos outros animais, aí a História será menos importante...

– Mais a Psicologia, a Sociologia, queres dizer?... Hum, todos precisam de estudar o que foi para se saber o que é.

– Essa frase é boa. Como disseste? Todos precisam de saber o que foi para saber o que é...

– Mais ou menos.

Riram os dois. E ele emborcou o uísque.

Anselmo concordava, no outro tabuleiro, com o senhor Dionísio, não precisavam de trolhas ou carpinteiros ou eletricistas vindos de fora, os nacionais até sobravam, há trinta anos que os formavam. No entanto havia uma questão, veja, senhor Dionísio, os nossos trabalhadores faltam muitas vezes, há demasiadas desculpas com óbitos e festas de casamento e paludismos e atrasos dos candongueiros, isso é verdade, temos de reconhecer, muitos empregados não dão garantias de seriedade e as obras atrasam, o que dependia, dizia o outro, se tiverem boas condições de vida os nossos bumbam mesmo e pouco faltam no salo, têm medo de perder o emprego, mas se o salário é miserável e muito inferior ao do estrangeiro, que afinal faz a mesma coisa, então que bumbe o estrangeiro, para quê me vou esforçar em manter um emprego da tuji? O mambo era complicado, deveras. E, apesar das tentativas de mediação de Rosa, os dois se embrulhavam comparando situações, não tendo Anselmo razões de queixa na sua empresa, só para dar o meu exemplo, mas o sobrinho é quadro superior, tem conhecimentos, contestava o outro, se berrar alguém ouve, mas os pobres dos operários e serventes, mesmo se tocarem batuque aos milhares, quem lhes vai ouvir?

Há ouvidos pouco sensíveis.

Quiseram saber a opinião de Heitor e foi o senhor Dionísio a tentar lhe puxar para a discussão. Heitor encolheu os ombros, conversa pouco interessante, preferia a de Orquídea. Porém, não podia ser mal-educado em frente de um amigo íntimo do falecido chefe de família.

– Pode haver alguma verdade na crítica que os estrangeiros fazem à nossa baixa produtividade, mais-velho. Está explicado, as sociedades camponesas têm outros rítimos de trabalho, embora não seja justo dizer que são imbumbáveis, como já ouvi. Fazem o que têm a fazer, só com o seu tempo definido pela natureza. E são sobretudo as mulheres quem mais trabalha.

Uma vénia em relação às donas, as quais sorriram. As três. Ganhou fôlego para continuar:

– Os nossos trabalhadores abandonaram o campo há poucas gerações, a maior parte ainda cresceu nele. Também as relações sociais e familiares são vitais nessas sociedades precárias, sempre em risco. Daí a solidariedade forte, o parentesco fundamental, nunca se sabe quando vamos precisar do apoio da família ou do grupo social. Por isso ninguém pode faltar a um óbito de um conhecido para ir trabalhar, é contra as normas da convivência. A razão é portanto cultural. Mas pode ser modificada aos poucos. Se houver incentivos para que se mudem os costumes. Leva tempo. Com bons salários, boas oportunidades de promoção, os costumes começam a ser menos rígidos...

– Foi o que eu disse – afirmou o senhor Dionísio. – Não com o belo palavreado do doutor...

– Tudo bem, tudo bem – disse Anselmo. – Mas com essas teorias não vamos a lado nenhum. Temos de ser mais exigentes, não há tempo para desculpas culturais. É exatamente por isso que as grandes empresas muitas vezes preferem estrangeiros para desempenhar a mesma função e pagando mais caro. O estrangeiro cumpre mesmo as normas e regulamentos, vem cá para isso, enquanto o angolano pode desaparecer durante uma semana sem aviso...

– Porque o estrangeiro ganha sempre mais – disse Heitor, chateado da vida por estar a embarcar na mesma discussão de sempre e que tentara evitar. – Paguem melhor aos angolanos e descontem todas as faltas. Verão que passam a ir a menos casamentos e óbitos. Ou vão só nas horas vagas.

– O importante é a qualidade do trabalho, meus sobrinhos – disse o senhor Dionísio. – E a nossa muitas vezes é tão boa ou melhor que a dos outros, mas alguém reconhece? Os nossos próprios dirigentes preferem estrangeiros para professores ou babás dos filhos, ou para limparem as sanitas das mansões...

Anselmo abanou a cabeça, discordando. Mas não teve coragem de retomar a palavra, sentia o isolamento. E o chefe-pedreiro foi desfiando exemplos de desconsiderações e discriminação nos postos de trabalho. E nos créditos bancários, que desprezavam sempre as pequenas empresas, normalmente de nacionais, em favor das grandes empresas. E com juros altíssimos. Heitor deixou de prestar atenção ao discurso do mais-velho, se virando para Orquídea. Ela lhe serviu mais uísque. Dona Luzitu disse lá do fundo, lhe dá mais bolo, filha.

Nessa altura, Narciso desandou. Já tinha a sua dose das eternas conversas dos adultos. Chatas. Se era mesmo essa a razão da fuga, Heitor lhe deu razão. Porém, se adivinhava ele próprio preso àquele quintal, sentindo o perfume vindo de Orquídea, a amizade saltando dos olhos de dona Luzitu, a perspicácia calada de Rosa. Gostava de estar ali, longe da cidade e sua mesquinhez de formigueiro, pressentindo o silêncio do mato, mesmo se as palavras e preocupações eram idênticas e se já não havia mato por perto.

Espectro de mato conserva o cheiro e a tranquilidade?

Dona Luzitu insistia com Orquídea, lhe serve mais bolo ou então comida. Acabou por consentir num prato de feijão de óleo de palma com farinha de mandioca torrada por cima. Lembrou da mãe e achou graça. A senhora deputada ficaria furiosa se imaginasse o filho a comer feijão de óleo de palma regado a uísque. Foram esses os modos que te ensinei? Ali, no quintal, dona Genoveva não contava, só Luzitu. E, sobretudo, Orquídea. E tudo era admissível, mesmo uísque de doze anos a acompanhar feijão. Não se sentia assim livre há muito tempo. Talvez só quando acabou o livro e encheu o peito de ar, saiu para perto do mamoeiro e gritou a plenos pulmões, acabei a porra do livro. Tanto mais feliz quanto sabia ser injusto chamar porra àquele livro, não era porra nenhuma, sentia ter finalmente acertado. Na altura, não conhecia Marisa nem Orquídea. E ainda sofria por causa da sublime criatura que lhe deu o pontapé na vida. Mas o ar entrara por ele dentro, era fresco, brisa marinha vinda de muito longe.

Revivificante.

Escurecia e acenderam luzes. Na árvore havia duas lâmpadas de pouca intensidade, o suficiente para se verem uns aos outros. Porém, chamavam também os mosquitos e outros insetos. Ele achou ser o momento de regressar. Resistiu à insistência de dona Luzitu, desculpe mas tenho de ir para a cidade, vai haver muito trânsito, deixei o cão sozinho no apartamento.

Esse foi o único argumento válido.

Orquídea acompanhou-o à porta. Ele de repente sentiu uma urgência inexplicável. Lhe tocou no cotovelo, numa intimidade audaciosa que o surpreendeu.

– No outro dia perguntaram o que faziam os meus pais. Não sei porquê, mas só falei do meu pai. Omiti a função da mãe, também ninguém me perguntou... Mas sinto que tenho de te dizer. Ela é deputada.

– Oh, uma notícia daquelas... Tens vergonha disso?

– Não, não tenho. Nem há razão. Ou há?

– É daquelas que em quatro ou cinco anos nunca abriram a boca no parlamento, senão para bocejar? Mulheres ou homens, tanto faz, são incapazes de expressar uma opinião, só servem para fazer número e gastar o nosso dinheiro.

– Não sei, nunca lhe perguntei que posições tem tomado. Mas não me parece que seja dessas, ela tem muitas ideias, boas ou más, não interessa, e gosta de as impor. Pelo menos em casa e com as amigas. E é intransigente nas suas opiniões. Não a vejo muito calada lá, só à espera de um sinal para levantar o braço e votar.

– Então não tens que ter vergonha. Deves ter orgulho.

– Isso também não.

– Por quê? Achas mal uma mulher fazer política?

– Não, não é nada isso. Coisa minha... Olha, ela gosta de controlar a minha vida, foi a causa de eu ter ido para o apartamento. Por vontade dela, eu nem trabalhava, era um estudante eterno, dependente das saias dela e do dinheiro que me metia no bolso.

Orquídea teve um sorriso triste. Olhou a rua que os separava da cortina de casebres à frente da estrada principal. Já estava noite. Fresca.

– Já agora, que entraste em confissão, também tenho uma coisa para dizer. Por momentos pensei que eras outro Anselmo. Esse acha mal que as mulheres façam política, assunto de homens. E até que defendam ideias. Não notaste, não deu tempo...

– Por acaso reparei que quando a tua irmã falava ele franzia a cara ou desdizia...

– Ah, notaste. Bom observador! Pois, escritor...

– Eles não se dão bem?

– Antes davam, a minha irmã estava em casa. Agora que os filhos cresceram um pouco, a Rosa voltou a trabalhar. Professora no ensino médio. Ganham bem, sabes, se são licenciados. Ela acaba por ter salário maior que o dele. Pronto, aí começaram os problemas.

– O velho machismo!

– Ficou inseguro. Acha uma vergonha o homem ganhar menos que a esposa. Esconde isso dos próprios pais. E quer controlar todos os gastos. Têm makas se ela compra coisas por sua iniciativa.

– É chato. De facto pareceu-me um pouco tradicionalista.

– Há tradicionalismos e tradicionalismos.

Ficaram calados, sentindo a presença do outro. Muito próximos. Falavam baixo, para ninguém ouvir. Seria chato para Orquídea que alguém surpreendesse confidências dela sobre a família. Para dizer a verdade, ela não sabia porque tinha puxado aquele assunto. Ele se abriu primeiro, falando da mãe, ela sentiu necessidade de replicar a confiança. O silêncio pesava e Heitor pensou em aproveitar para bazar. Mas Orquídea retomou a fala:

– Conheço um casal que vive mal porque o homem recusa que se gaste em casa o salário da mulher, superior ao dele. Então têm de viver pior, os filhos com falta de algumas coisas, só porque ele ganha pouco. E que fazem ao salário da mulher? Fica no banco sem lhe mexerem, por imposição do marido. E controla a conta para garantir que ela não lhe mexa. Ainda acabam milionários...

– Mentalidade retrógrada – disse ele. – Pois, há de tudo quando se quer ser tradicionalista. No entanto, nalgumas sociedades agrárias, primeiro come-se a comida saída da lavra da mulher e só quando esta acaba é que se consome a produzida pelo homem. Também é tradicionalismo.

Riram os dois.

– Estórias dessas conheço bué – disse ela. – E de maridos que ficam ciumentos, pensam que a mulher os anda a enganar por ganhar tanto dinheiro, aí é preciso ela mostrar os extratos de salários, explicações e mais explicações. Ou o outro que diz, agora não faço nada em casa, não ajudo mesmo, já que ganhas tanto, fazes tudo, eu me torno imbumbável sustentado!

– São boas estórias. Mas vais me contar noutra ocasião. Agora tenho mesmo de ir.

Hesitaram como iam se despedir mas ela avançou a cara para os castos beijos na face. Amanhã te telefono. Ele nem lembrou que seria domingo, de facto tanto lhe fazia. Saiu dali, aproximou da junta entre as duas casas, ainda de sorriso nos lábios e o cheiro dela a tontear o nariz, afastou o plástico azul para chegar à rua.

Encontrou uma arma à frente dos olhos.

– Passa o telemóvel e o dinheiro.

Estava escuro e ele preso entre as duas paredes de casa. Sentiu outra presença atrás. Todos os meios de comunicação social, autoridades e amigos insistiam, o melhor é nunca resistir, esses bandidos de telemóveis chegam a disparar se encontram oposição. Entregou o aparelho, o dinheiro dos bolsos, me deixe os documentos que é difícil de tratar e não lhe servem de nada. O bandido apontou o caminho dele com a arma e se afastou de um passo. Ele avançou para o carro, abriu a porta e sentou no banco. Só então ousou olhar para a casa tapada com o plástico. Pareceu ver Narciso no vulto se escondendo na abertura. Podia ser?

Tremia.

Falhou na tentativa de dar ao arranque. Não acertava com a chave no buraco. E sabia ser urgente partir, pois os tipos podiam voltar. Já tinham bazado, mas só muito mais tarde ele teve essa certeza. Ainda achava estarem ali perto, emboscados, a lhe visarem com a arma. Podiam se arrepender, já que lhe apanhámos o telemóvel, agora ficamos também com o carro, esse tipo é um boelo. Finalmente a chave acertou no orifício e o carro pegou.

Se fosse Narciso? Que fazia, avisava a mãe? Avisava Orquídea? Estava vazio demais para pensar. Nem ligou as luzes, arrancou à toa.

O Tímido e as Mulheres

O trânsito estava lento mas só perto de Luanda começou a ter noção das coisas. Ficara como bêbedo, sofrera um apagão, de ideias, de emoções, de memória. Em estado de choque. Felizmente não tivera a pulsão de fugir com o carro a alta velocidade, pois não seria capaz de o controlar e chocaria logo. Vá lá, tinha os documentos, já não era mau. E não levava muito dinheiro consigo, o prejuízo era mínimo.

O bilo era o moral, destroçado.

Deviam ser miúdos, pois nessas circunstâncias bandido adulto ficava logo com o carro. Eles só queriam o telemóvel e o dinheiro dos bolsos. Mas porquê se referia a eles? Plural porquê? Só vira uma arma e um vulto que se afastou para ele passar. Depois um vulto, o mesmo ou outro, parecendo Narciso. Tentou refletir. Seria demasiada coincidência que ao atravessar por entre as duas casas tivesse logo uma arma apontada do lado da rua. O bandido tinha sido avisado que ele vinha aí, ou o vira e deu uma volta desconhecida para o apanhar de frente, o que significava ter de atravessar um casebre. Ou havia outros espaços entre os casebres? Dona Luzitu lhe mostrara aquele e só aquele. Enfim... não adiantava muito especular se era um ou dois ou um bando inteiro. O facto é que lhe levaram o telemóvel. Era sábado à noite, nenhuma loja onde pudesse comprar outro. Podia, nos miúdos que vendem na rua, mas só aceitam dinheiro e ele não tinha. E também os vendedores de rua tinham deixado a atividade e regressado aos kubikos. Só na segunda poderia arranjar outro e recuperar o mesmo número.

E Orquídea ficou de ligar amanhã.

Azar do caraças! Ia passar por mal-educado, gajo que promete coisas e depois nem atende o telefone. Segunda-feira resolvia o mambo e telefonava para ela. Ou pedia emprestado um aparelho para lhe ligar amanhã e combinavam o encontro. Era o mais razoável. Ver como estava o *Comandante*, levá-lo à rua para uma mija e depois lhe dar de comer. E tentar a sorte com o Lucas ou o Antunes, algum estaria em casa. Ou outro amigo qualquer. Por sorte fixara o número de Orquídea, tinha boa memória para certas coisas, como números de telefone e nomes de personagens. Mas acabou por não ligar a nenhum amigo nessa noite, já bastava de emoções, não queria conversas e gozos. Bebeu os restos de uísque que encontrou no apartamento, ficou parvamente a se emborrachar à frente da televisão, até sentir sono. E dormiu mesmo como se nada tivesse acontecido.

Os religiosos contra o álcool têm muito que aprender.

De manhã, estava na rua com o *Comandante*, o qual já tinha mijado uma vez numa árvore mas ainda tinha para mais. Passou uma moça conhecida e meteu conversa, faz tempo que não te vejo, Heitor, sempre inatingível. Seria uma promessa velada, um queixume ou só gozo? Não se preocupou em aprofundar a questão, entrou logo no mambo. Perguntou, sei, é um grande descaramento, mas posso usar o teu telemóvel, pois me roubaram ontem o meu? Ela lhe entregou o objeto e ele ligou para Orquídea, explicou sem detalhes que tinha sido assaltado, não falou da desconfiança em relação a Narciso, explicou o local do prédio e combinaram a hora do encontro.

– Não tens mesmo vergonha nenhuma, então usas o meu telemóvel para marcar encontro com uma garina? – perguntou a outra, sem pudor de mostrar a sua kuribotice ao ouvir toda a conversa.

Não era o que ela pensava, respondeu ele, sem mentir totalmente. Quem de facto podia prever os acontecimentos da tarde, quando Orquídea fosse ao apartamento, feliz da vida por apanhar uma série de livros e com vontade de retribuir a gentileza?

A amiga foi embora, deixando um vago rasto de ressentimento no ar, e Heitor pensou em Orquídea. Aquela miúda é um fenómeno. Como consegue ir às aulas ao fim da tarde e regressar a casa às dez ou onze da noite? Como ainda está viva? Ou, pelo menos, não foi estuprada vinte vezes? Tem de ter mais cuidado. Um curso é importante, mas não pode ser a qualquer custo.

Disse isso à tarde, quando ela apareceu e já tinha escolhido oito livros para levar, mais emocionada que uma criança a quem oferecem um balde de gelado. Compreensível tanta emoção, em Luanda obter oito livros de um curso é muita fezada, mais do que a maioria dos licenciados leu na vida inteira. Ele arranjou um saco forte, de pano, para aguentar o peso. Livros de História não são leves, transportam com eles toda a humanidade, sua sujeira, sua grandeza.

Pensamentos dele.

Quando deparara com o escritório, Orquídea se espantou, afinal tens gabinete? Bem, com alguma benevolência se podia chamar gabinete àquele quarto com três estantes de madeira cheias de livros, uma secretária e respetiva cadeira de braços, ao lado uma mesinha com a impressora.

– Vantagem de ter uma mãe deputada? – perguntou ela, e Heitor não percebeu ironia, apenas curiosidade.

– Não. Isto consegui sozinho. Claro, muitos dos livros foram comprados por ela ou com o dinheiro dos meus pais. Muitos anos a acumular livros...

– Vais seguir tradição familiar e ser político?

– Não, de certeza não. Conheci o poder de perto, o suficiente para dele me afastar. Quero só viver a minha vida, fazer o que gosto. Não aparecer em nada público.

– Mas és escritor. E se tiveres muito êxito com os livros, muita fama? Tens de aparecer.

– Quero apenas que as pessoas gostem de me ler. Fama não.

– Por quê?

– Porque é incómodo... E logo aparecerá alguém a inventar uma coisa para me destruir o prestígio. Me deitar para a lama. A gente não presta, demasiado invejosa. Ontem falávamos de tradicionalismos... Antes, quem se distinguia na sociedade tradicional, arriscava um feitiço fatal, por ser diferente, provocando inveja. A inveja trazia o feitiço. Agora, quem se destaca, arrisca a calúnia. Não sei o que é pior. Arrastam-te para baixo porque não podem subir contigo. E não podes fazer nada, entrar no jogo deles. Sabem que são inalcançáveis e inventam, inventam... Como os comentadores anónimos da internet. A escumalha dos covardes.

– Se fores um bom escritor, não sei como vais fugir a isso.

A conversa não interessava a Heitor, demasiado particularizada, centrada nele e em especulações sobre o seu incerto futuro. Tinha outra preocupação real. Por isso mudou o rumo.

– Estava a pensar como te telefonar para avisar do roubo do telemóvel e de repente liguei as coisas e me recordei. Assistes às aulas da noite aqui na cidade. Como fazes para ainda estar viva? É uma loucura, não podes continuar a fazer isso, a tua mãe, a tua irmã, elas deixam? A tua zona não é nada segura. Resta saber se há alguma segura aqui na Nguimbi, não é?

Ela riu aquela gargalhada que provocava ecos nos ouvidos.

– Não tem maka. Uso um método.

– E que método é esse então? Ou é muito secreto, com direitos de autor?

Ela olhou com intensidade para ele, como a ponderar se Heitor merecia a confidência. Ao mesmo tempo, esse passo de espera criava expectativa, revelava assunto importante. E talvez íntimo. A voz saiu mais grave, acompanhando.

– Tenho um candongueiro, meu amigo e vizinho do bairro... Ele espera pelo fim das aulas e me leva a casa. Sempre é menos perigoso, embora não deixe de o ser.

– E fica à espera na rua que acabem as aulas? – A voz dele era desconfiada, desconseguia de evitar algum tom irónico, pois ali haveria mais gato escondido que o contado. – À noite é raro encontrar candongueiros por aí.

– Como esse meu amigo diz, quem anda à noite aqui na Lua é porque tem carro. Mas ele arranja sempre alguns clientes apressados que vão justificando o facto de ficar até o fim das aulas.

– É preciso mesmo ser um kamba daqueles...

– É, daqueles mesmo... Já não existem.

Ele guardou uns momentos de silêncio. Evitou, hesitou. Estavam de pé, muito próximos, à frente da estante dos livros de História. Sentia o perfume dela. Tinha vergonha, muita vergonha, mas a pergunta lhe escapava dos lábios sem controlo.

– Vocês... enfim... vocês namoram?

Ela voltou a soltar uma gargalhada de cristal. Tanto faz, da Boémia ou de Murano, cristal límpido na mesma. Os olhos riam como nunca, brilhantes como Vénus menina numa noite gelada do sul polar.

– Nada, nunca. Somos mesmo só amigos. Como irmãos.

Não disse o que ele esperava, não tenho namorado. Frase definitiva. Se referiu apenas ao candongueiro, o que mantinha o assunto em empate técnico.

– Incrível essa estória.

– Como vês, ainda há heróis. Sem dúvida ele é o meu herói. Não lhe digo, senão baba-se todo...

– Sim – disse Heitor. – E como os verdadeiros, é anónimo ou quase... Olha, por acaso não é o Xico?

– Não sei se é o teu Xico. Mas de facto é o meu Xico.

– Granda man'Xico! Sempre com a música no máximo e a meter as mudanças com o pé?

– Sim, é esse – confirmou ela, espantada.

– Conheci a tua mãe no carro dele.

– Ah, está explicado. Estamos rodeados de feitiços e feiticeiros. Os feitiços fazem com que nos conheçamos pelo puro acaso. Man'Xico é um deles, um feiticeiro dos bons. Reúne pessoas na sua caixa de música, transporta-as para lá das rotas estabelecidas, só porque simpatizou com uma mulher ou um homem, ajuda-me a estudar, leva a gente sempre com segurança no nosso destino. É mesmo um herói anónimo.

Ele sentiu o ciúme assaltá-lo. Orquídea falava do candongueiro com amizade desmesurada. Disparate, então não estava apaixonado por Marisa? No entanto, depois do choque provocado pela sublime criatura que o pôs a andar, podia se apaixonar por uma outra, se interessar por uma terceira e continuar preso à ideia da primeira, a ingrata. E ter dor de barriga e o coração aos pulos ao lembrar o bico teso das mamas da sublime ou de Marisa.

Petrarca não o escreveu?

Ele ou outro, milhares especularam sobre a arte etérea de acumular amores. Se especula menos sobre a arte do fracasso no amor. Orquídea seria também uma promessa de fiasco?

Heitor era demasiado tímido, já o sabemos, nunca daria o primeiro passo para o descobrir. E Orquídea não lhe facilitou a vida. Se afastou na direção da porta de entrada, com o saco de livros na mão. A conversa estava terminada e o negócio feito. Ele pensou em voltar a falar sobre o assalto perto da casa dela, alertá-la para Narciso. Uma forma de a manter interessada ali com ele. Podia entretanto oferecer uma bebida... Calou. Fora uma impressão fugaz, como podia acusar alguém na base de uma sombra que se desfaz na escuridão? E que ganharia Orquídea em saber que o irmão era assaltante de forasteiros? Bem, talvez houvesse utilidade, mas não lhe cabia levantar suspeitas com tão ligeiros indícios. Acompanhou-a à porta, arrastando os pés, incapaz de encontrar pretexto para a reter.

Orquídea se despediu com dois beijos na cara. O *Comandante* ladrou de saudade. Ele também sentiu saudade antecipada, mas calou.

Sentou no sofá da sala e pensou na moça procurando inutilmente um candongueiro num fim de tarde de domingo. Estaria man'Xico lá em baixo? Devia lhe ter proposto uma boleia, eu te levo, não me custa nada, mas não teve coragem. Enfrentar de novo aquela rua onde foi assaltado, vê-la desaparecer por trás do plástico como um ator de teatro na boca de cena, voltar para Luanda sozinho? Era demais. Hesitou em considerar o que seria pior, o seu medo ou a sua preguiça.

Um merdas, como lhe acusavam antes.

Não era a opinião do *Comandante*, todo feliz com as carícias nas orelhas, já a espetarem para cima.

23

Havia mistério nela.

Mistério adensado por culpabilidade, tristeza, drama disfarçado. Então Lucrécio não ia notar mudanças em Marisa? Quem perde os olhos apura o olfato e o ouvido, dizem. Quem perde as duas pernas apura o sexto sentido, não a irracional intuição tão prezada por alguns poetas obscurantistas, mas a capacidade de entender o ser profundo dos outros. Como as velhas do kimbo que cheiram a barriga de uma mulher e dizem, estás mesmo grávida. Ele não precisava de cheirar o pescoço de Marisa para sentir o desejo insatisfeito dela. A questão que o incomodava era não chegar ao conhecimento das razões do sofrimento da mulher. Ela mascarava, mas sofria. Um olhar mortiço aqui, um *rictus* desenhado nos lábios ali, um sobressalto, um súbito silêncio no raciocínio... Como um ferro em brasa sempre pronto a ser usado para a desinquietar.

Lucrécio sente dores indefinidas pelo corpo. Não lhes chamaria dores, de tão fracas. Mas existem. E um enfraquecimento geral. Ainda ontem Marisa lhe disse, estás mais magro, temos de te pesar. A operação é complicada e por isso exige paciência. Têm uma balança na casa de banho, inicialmente para ela controlar as suas variações de forma e volume. Mas cada vez mais o objeto se tornou o fiscal dele. O método mais prático é ela pegar no marido ao colo, notando a sua extrema leveza, subir para a balança e registar o peso total. Depois sobe ela sozinha e desconta. De cada vez a diferença é menor. No princípio, quando o médico recomendou medições regulares, ele recusou o método. Era, porém, tão complicado se sentar na balança e manter todo o peso do corpo sobre a bunda, com a tendência das pernas inertes caírem para o chão e alterarem o resultado, que acabou por aceitar o que lhe parecia uma humilhação. Ficar no colo dela. O marido é que devia receber a mulher no colo, para a consolar de qualquer tristeza ou para jogos sexuais. Respirou fundo, fez apelo às suas convicções de igualdade, deixou que ela lhe pegasse e o confortasse, farias o mesmo por mim.

Passou a mão pelo peito, não encontrou nenhum músculo. Só pele e osso. Literalmente. De facto, estou mais magro. Como o pêndulo dos relógios antigos de parede, fatalmente, o peso baixa, mês a mês, contagem a contagem. As pernas cada vez mais finas, a cabeça parecendo maior em relação ao tronco. Os rins trabalham pior e as infeções mais frequentes. Um dia para um, no seguinte parará o outro. E é o fim. Ou será o coração a não resistir? Algum órgão falhará em breve, até dava para fazer apostas e ficar de lado a observar os jogadores.

No fundo, viveu mais que o previsto, e até foi feliz. Por grandes temporadas esqueceu a espada sobre a cabeça. Graças a Marisa. Ela lhe deu tudo neste fim de vida. E antes. Aquilo que lhe foi possível dar, não um filho, algum deles seria estéril, nunca quiseram saber, se colocaram acima das situações em que poderia haver recriminações, por tua causa não somos uma família completa, por tua causa não sou mãe ou pai. Ela lhe deu de facto todo o possível. Estava na hora de retribuir.

E retribuir seria libertá-la.

Só conhecia uma maneira.

Comia menos há uns tempos, dizia não ter apetite, quando não era verdade, por vezes lhe custava adormecer, pela fome. Ela insistia e ele, não me apetece, comi o suficiente, mas estás a perder peso e o médico... deixa lá o médico, querem todos manter os doentes preocupados, assim têm mais consultas e proventos, no que na situação deles até era falso e injusto, Dr. Justino era amigo de casa, vinha a qualquer chamamento, nunca cobrou nada. E até chegava a telefonar, se o casal passava tempo sem o contactar, para saber do amigo doente. Em discussão familiar, essas injustiças são de relevar, quem não as comete? São de boca, não do coração. Também não faziam vencer discussões, mas acabavam com elas. Lucrécio conhecia toda a arte da argumentação e de matar um debate. Poderia ser político, se acreditasse servir para alguma coisa. Marisa sabia dos truques, por isso desistia da alegação. Para retomar no dia seguinte. Até que faziam a operação da pesagem. Com os resultados já esperados, a diferença entre o peso total e o peso dela diminuía regularmente. Inexorável, diria ele.

Não tinha medo da morte, só tinha medo de não saber morrer e sentir medo no fim.

Suprema humilhação para o guerreiro.

Porque, falando claro e rude, era de morte que se tratava. Usemos a palavra temida sem hesitação, a palavra que sempre fez mover e parar a humanidade. Tudo se resume a isso. Basta saber como o fazer, pensou Lucrécio, pesando as possibilidades. Um tiro na cabeça, enforcamento, afogamento na banheira? A maneira que achava melhor era meter a cabeça, não no fogão e ligar o gás, mas num balde cheio de água, o que exigia muita determinação. Fácil seria ficar no passeio, na sua cadeira de rodas, e se deitar para baixo de um camião desses acelerados que passam à frente de casa. Mas era um espetáculo público. E ele nunca gostou de dar nas vistas, embora, andando na rua, dava sem querer. Fácil seria meter um tiro na cabeça, bastava ter uma arma, o que não acontecia. Ou cortar as veias e se deixar esvair num banho de água quente, como os aristocratas romanos do Império. As duas possibilidades implicavam muito sangue, demasiado trabalho de limpeza para os outros. A forca era solução muito complicada nas circunstâncias dele. Comprimidos ou veneno não seriam fáceis de obter sem levantar suspeitas. Por isso a água era uma excelente alternativa. E num balde. Ao menos seria original. E ninguém poderia negar dignidade e recato. Porque, quem, podendo, não levanta a cabeça do balde quando precisa desesperadamente de respirar? Quem conserva a cabeça na água e respira o líquido com determinação? Ele seria capaz.

Ideia lhe dando conforto.

Quando o momento chegasse...

Teve de abandonar essas cálidas ideias pois um explicando lhe batia à porta. Mais um idiota preguiçoso, cuja incapacidade a família queria compensar com trabalho complementar. Lhe davam dinheiro a ganhar e devia ficar agradecido, mas já não ficava, sobretudo se tratando destas famílias de novos-ricos ou gente caminhando para tal, julgando com o dinheiro comprar o que lhes faltava, inteligência, imaginação, empenho. Talvez o jovem explicando não tivesse culpa da estupidez dos pais, os quais até o faziam afinal com as melhores intenções. No entanto, sempre se resumia ao mesmo: a ignorância e a arrogância do dinheiro juntas, a nova cultura da cidade, tudo envolvido em palavras de ordem da moda, parcerias, empreendedorismo, resgate dos valores morais. Ninguém pronunciava o nó do problema, a ganância.

Falando, ouvindo o estudante a gaguejar frases meio desconexas, examinando os problemas resolvidos e os por resolver, ia pensando com tristeza no que se tornara a sua cidade, uma alegoria do lixo. Uma montanha de imundície em forma de casas, ruas, pessoas e lixo propriamente dito, mas sobretudo vaidades e comportamentos lixosos, se já tinha sido inventada a palavra. Ganância e lixo, a sua verdadeira cidade, não uma *pólis*. Teria feito tudo para combater esta situação? Não. Claro que não. Arranjava boa desculpa, que podia fazer o tipo condenado a uma cadeira de rodas? Mesmo se pudesse andar sobre as duas pernas, a cidade seria outra, por sua iniciativa? Certamente não. Aprendeu muito, estudou avidamente, talvez apenas por vaidade. Para pouco servia o aprendido. Voltava ao mesmo: conseguira Marisa. Não evitara o declínio anunciado da cidade, mas ganhara a sua maior pérola. Injustiça merecida. Roubar Marisa à cobiça dos bem andantes e ladrões sem vergonha, compradores de consciências, era a sua glória. Ao menos ela não se deixava enganar pelas promessas de cruzeiros pelo mundo ou pela vida em mansões com vinte criadas filipinas. Alguma coisa com ele tinha aprendido. Porque Marisa comungava das suas ironias sobre a cidade e sobre os anões mentais com que coabitavam. Poderia ter as suas fraquezas, as suas ambições, menina muito cedo levada a ser mulher, mas nunca se dobraria por uma ilusão de enriquecimento fácil, sempre prezaria o trabalho e a competência. Se alguma coisa sabia da mulher, o que poucos maridos se devem vangloriar de conhecer, era isso, a certeza da integridade de Marisa.

Portanto, a angústia dela passava para ele, a angústia pressentida nos olhos tristes, no rebolar insone à noite na cama, nos alheamentos, nos silêncios. Há muito a gargalhada límpida dela não fazia estremecer as paredes da casa, como ainda meses atrás. Desejo de um filho? Até podia ser. Nunca o dissera nem deixara subentender. Hipótese de qualquer modo a não desdenhar. Se nunca queixara, podia ser pela mesma razão dele, a de não criar culpabilidades escusadas. Valeria a pena terem uma conversa franca, procurarem os médicos, fazerem testes? No entanto, no fim da vida, ele ia provocar uma gravidez para a deixar sozinha com uma criança? Marisa parecia ignorar o seu estado físico e aceitaria a solução. Haveria de o odiar por a ter deixado em situação de viúva grávida ou com um bebé nos braços. Por outro lado, talvez a alegria de ter o filho compensasse tudo o resto, afinal. Mas não tinha coragem de encetar tal conversa, só se ela tomasse a iniciativa. Enfim, sempre havia uma razão para a tristeza dela. Sem o surpreender, o pensamento acalmou por instantes a angústia.

O importante era encontrar uma razão para o mundo.

O aluno foi embora, cumprida a hora de explicação, e ele podia penar sozinho. Felizmente, chegou Marisa. Já não naquela revoada dos bons tempos, em que todas as cores se tornavam mais vivas e mesmo as panelas da cozinha pareciam dançar com a sua presença. Em todo o caso, o fim de tarde se iluminou para ele.

Ela mudou de roupa, para uma mais à vontade, *jeans* e blusa. Depois, num daqueles arranques próprio dela, levantou do sofá da sala e propôs:

– Damos uma volta pela cidade? Há muito tempo não vês as obras na Ilha, vamos até a ponta.

Ele ia recusar, para a poupar, acabada de chegar do trabalho. Ainda cansada, teria de guiar naquele caos de trânsito até a ponta da Ilha, para ficarem sentados numa esplanada, uma trabalheira de entrar e sair da cadeira de rodas, em casa e lá na esplanada, para de novo entrarem em casa. Ele não estava fatigado e a proposta era tentadora. Mas Marisa teria um cansaço suplementar, uma injustiça. Ela interrompeu o fluxo de pensamentos:

– Lembras como fazíamos antes? Ficávamos no fim da Ilha, no carro, a beber uma cerveja de lata bem gelada? Então? No fim, mesmo no final, ainda há espaço para os carros pararem e se ver o mar. O resto da Ilha, como sabes, é só obras e restaurantes e casas. Mas lá ainda há um resto. Vamos aproveitar enquanto não acabam com ele.

Sim, essa era a sua Marisa, defensora da cidade.

E o trânsito afinal não foi assim tão complicado como previra, talvez por causa das obras, as quais tinham alargado as avenidas, criado pontos de estacionamento, evitando o habitual entulhar de carros, todos a se atrapalharem num novelo irresolúvel. Era já noite quando chegaram ao final e de facto havia espaço para parquear, com as luzes da cidade de um lado e, do outro, as luzes dos navios ancorados dentro e fora da baía, o mar calmo, o som muito suave das ondas se roçando nos esporões de blocos de cimento e um ou outro grito de criança na noite. Marisa foi ao bar mais próximo comprar duas cervejas geladas e bebiam mesmo pela lata, calados, gozando as confissões sussurradas do mar e a companhia. Lucrécio esqueceu as suas dúvidas, a angústia se recolheu nos compartimentos íntimos do corpo enfraquecido, sentindo só o cheiro forte de Marisa.

E da maresia.

Quem disse que a vida não tem momentos únicos?

Nessa altura deixou para trás os projetos fatídicos e se pôs a contar uma notícia recente que lera, uma descoberta interessante sobre o Bosão de Higgs, considerada a partícula primordial da matéria, que no túnel do CERN sob os Alpes, entre a Suíça e França, os cientistas europeus procuravam obter fazendo chocar protões à velocidade da luz ou quase. Tinha havido resultados muito animadores. Seriam precisos mais testes, mas os cientistas de todo o mundo se convenciam que finalmente o bosão, que muitos chamavam de "a partícula de Deus", fora por brevíssimos instantes criado.

– É uma notável descoberta, a prova de uma teoria muito antiga, de cinquenta anos, vai dar prémios Nobel, oh, se vai... Mas o mais engraçado foi o que passou ontem na nossa televisão, ainda não tinhas chegado a casa. Em nota de rodapé, a propósito disso, escreveram, e cito textualmente: "O homem está mais perto de conhecer a origem do Universo, mas já se sabe que Deus não apareceu na Suíça."

E Lucrécio soltou umas das suas gargalhadas mais gostosas. Ela também riu, mas depois ficou séria, porque não sabia como interpretar, só estupidez, como ponderava o marido, ou subtil ironia antirreligiosa de um funcionário da televisão? Disse-o.

– Achas? – retorquiu Lucrécio. – Não estarás a tentar defender os teus colegas da televisão? Aposto contigo um contra mil em como foi uma bestinha qualquer que não percebeu nada da notícia, pela primeira vez ouviu falar da partícula de Deus finalmente criada e resolveu escrever aquilo, porque achava que o objetivo da experiência era agarrar ali Deus no subterrâneo, ver como era a tal partícula, pois uma partícula de Deus é Deus inteiro, lhe pedir logo dois milagres, riqueza e uma operação plástica para ficar irresistível.

– Estás a gozar, assim não vale – riu ela.

– Só dá mesmo para gozar. Com os da TV e com Deus, qual dá mais gozo?

Lucrécio, o ateu.

Ela foi buscar mais duas latas de cerveja. Abriram-nas, festejando, batendo uma na outra. E ficaram a ver os reflexos das luzes da cidade e dos barcos nas águas calmas da baía, do lado direito deles, ou no alto mar em frente e à esquerda. Estavam rodeados por mar e barcos, exceto nas costas, sobre a língua de areia que ligava ao continente. Marisa procurou a mão dele. Tinham todo o tempo para ir para casa.

Está-se bem, alagados de mar.

Ela ia aproveitar o momento para contar o que lhe baralhava a cabeça? Lucrécio achou não, a altura seria outra, se houvesse motivo para tal. Podia até nem ser nada, uma tristeza de qualquer coisa indefinida da infância vinda à superfície, ou o voo do pássaro aziago cuja sombra se projeta sobre os vivos como um prenúncio de desgraça. De repente, aí estava ela como sempre fora. E ele, compungido, a descobrir que afinal se tinha ralado à toa, como um menino marginalizado e obrigado a inventar mundos e pessoas e dramas.

Quem não está condenado a uma cadeira de rodas não percebe.

– Sabes, há momentos em que não percebo o quanto ganhámos – disse ele. – E acabo por ser injusto. Reclamamos todos os dias contra o que está errado. Muita coisa, na verdade. Mas esquecemos como viviam os nossos pais, e eu próprio quando era pequeno. Com medo, com vergonha, sem possibilidade de afirmação. O colono era o Deus, o carrasco e o patrão, tudo numa pessoa. Dizendo constantemente que só nos fazia o bem. Tínhamos de o amar, porque ele nos ajudava, nos dava o ser. Sem ele, não éramos nada. Humilhados, explorados e ainda por cima gratos. Despersonalizados, assim éramos bons meninos. Não passávamos de bons meninos, nem podíamos aspirar a mais. Era o que se devia ensinar nas escolas. As crianças e os jovens de agora não sabem nada disso. Não entendem como os pais sofriam. E não entendem as causas dos erros que se cometem hoje, por necessidade de afirmação.

– Um ajuste de contas com o passado, queres dizer?

– Não é consciente. Mas quando os nossos ricos e os que ainda não o são, mas acham que vão ser, se armam com ouros e fatos caros, pedindo crédito para comprar coisas que lhes sobem o estatuto social de forma apenas virtual, é por causa desses traumas do passado, têm de provar que são pessoas e que também têm valor. Só nós podemos entender.

– Eu já não conheci o tempo colonial e no entanto não me armo por aí em rica e prepotente e arrogante como os jovens...

– Tu sabes como viveram os teus pais, eles contaram. Foste educada para compreender o que é importante na vida. Os jovens de hoje não. Tudo lhes foi fácil, obtiveram diplomas, mandam os melhores carros, saem à noite com os bolsos cheios para gastar. E se houver maka, o papá resolve. O trauma dos pais leva-os ao laxismo, a comprar o respeito dos filhos. Conseguirão?

– Não. De um modo geral, os filhos reprovam muita coisa aos pais e nem lhes são gratos. É um choque de gerações que acontece em todo o lado, e em todos os tempos.

– Não digo que seja só um mambo nosso. Mas talvez tivesse havido ocasião de evitar ou pelo menos minimizar, se a geração anterior estivesse menos traumatizada. Repara. Uma coisa assombrosa aconteceu aqui e ninguém lhe dá valor. Qual é o país do mundo que depois de quarenta anos de guerras de toda a espécie, com exércitos e mais exércitos em ação, uma vez atingida a paz, desconheceu totalmente os bandos armados de desertores, de tipos recusando a paz, usando as armas que guardaram para atacar quem andasse pelas estradas? Aqui aconteceu. Houve o acordo de paz e nenhum camião com bens foi assaltado por um grupo de bandidos numa estrada, nenhuma fazenda isolada foi roubada ou destruída, nada. Veio a paz e pronto, deixou de haver insegurança nos matos. Insegurança existe, sempre existiu, nas grandes cidades. Os bairros periféricos, os musseques, estão a ser dominados por gangues cometendo muito mais crimes do que os anunciados, há zonas em que é preciso passe dos gangues para entrar. Mas essa criminalidade não é de ex-militares, ou só marginalmente. Os miúdos que nunca fizeram guerra são os bandidos urbanos. E perigosos, porque não têm treino para controlar o dedo que toca no gatilho, nem experiência para pensar duas vezes antes de disparar. Alguém fala dessa faceta do nosso povo, capaz de atirar para trás os traumas da guerra? Só vemos a parte negativa.

– Qual é a tua ideia?

– Que somos um grande povo, bom e generoso, como diz o hino. Infelizmente não o sabemos. Ou poucos o sabem. E quando esses poucos se querem fazer ouvir, são abafados pelos altifalantes de todas as propagandas adversas. Ficam a clamar no deserto, como os nossos antepassados do século XIX.

– Hoje te deu para o orgulho nacional – riu ela.

– É, desculpa, coisa de velho.

– Tu não és velho.

– Mais do que pensas...

A conversa derivava para terrenos perigosos, os dois pressentiram, os dois pararam a tempo. Essa era uma verdade que recusavam enfrentar, pelo menos Marisa. Talvez fosse o momento de começar a deitar avisos, pensou Lucrécio. Porém, decidiu, não ia estragar aquele momento único, os dois sozinhos no mar. Era mar demais para falar ou sugerir assuntos deprimentes.

Há limites para o masoquismo.

– Quanto tempo levará até novas gerações compreenderem as verdadeiras possibilidades e lutarem pacificamente por elas? Porque esta seguinte não me parece ter interesse em tão complicados e elevados voos, apenas sonhando com riqueza fácil.

– Há exceções – disse Marisa.

– Há sempre exceções. Mas também há sempre uma matilha pronta a perseguir as exceções. Sabes, ser diferente é qualidade de alto risco. A maior parte dos tipos reunindo essas qualidades prefere não sair do anonimato. Viva a segurança!

Ela lhe bateu com suavidade no peito com o punho fechado, a fingir um gesto de cumplicidade visto nos filmes americanos. Mas de facto o objetivo era apenas para afastar a nostalgia.

– Não sei se já reparaste, mas estás aí só a desancar na minha geração. Como se não valêssemos nada.

– Já falámos das exceções. Como conjunto de facto valem muito pouco. Estou, claro, a focar apenas esta elite urbana que aparece por todo o lado, sobretudo nos programas fúteis das televisões e nas revistas de fofocas, a que dá pois o rosto à tua geração. Felizmente é uma minoria da população, embora muito barulhenta. O problema é que vai monopolizar o poder no futuro, o político, o económico e, o que é mais grave, o cultural, o simbólico.

– As modas...

– Exatamente. Ditam a moda. E todos imitam, como ela própria imita o que se faz nos Estados Unidos, ou julga que se faz. Via Brasil ou via Europa, mas sempre imitando os Estados Unidos...

– Melhor do que imitar a China...

– Melhor seria não imitar ninguém.

De novo o silêncio. Lucrécio jurou a si próprio, não ia insistir mais nessas falas negativas, trazendo nuvens. No entanto, não lhe ocorriam temas divertidos, como o do Bosão de Higgs. Permaneceu calado. Ela mexeu as pernas, para fazer alguma coisa, talvez para afastar o torpor.

– Queres mais uma cerveja? – perguntou Marisa.

– E como me levas depois a casa? Começa a ser a hora de os polícias com bafómetro aparecerem nas ruas.

– Ainda é cedo. Mas tens razão. Regressemos como dois bons meninos. Bebemos em casa.

– É isso. Acabamos a noite em grande. Tens de me trazer mais vezes aqui, dá para respirar.

Mal sabia ela, pensou Lucrécio, mas respirar é coisa que ele pensa fazer cada vez mais dentro de um balde com água.

Raio de maneira de acabar um belo passeio.

24

Recebeu o aviso, o antigo comandante da polícia partiu ontem para o Brasil para lhe meterem o dedo no cu e apalparem a próstata. O alvo estava portanto isolado, à mercê. Procedeu como de hábito, disse à secretária, dona Ester, se o chefe procurar fui resolver uma pendência no ministério da Justiça. A senhora encolheu os ombros, bem sabia reconhecer uma mentira. Também estava a caminho da reforma, ia se chatear? E quem era ela para chamar a atenção de quem a promovera de datilógrafa de segunda a secretária do chefe dos fiscais? Não se deve morder a mão que nos dá a comida, sempre disseram os suecos. E depois, Jeremias não lhe tratava mal, sempre com o maior respeito. Nunca armou em ngombelador. Ela é que, quando descobriu a terceira catorzinha que o marido engatara, uma miúda sem mamas ainda, tentou se vingar seduzindo o chefe, discretamente. Uns olhares daqui, uns suspiros dali, uma mão posta por baixo do seio a levantar a tralha, os truques habituais. No entanto, o fiscal fingiu não reparar, ou então não reparou mesmo, metido com as suas malambas. Teria outros interesses, cada um esconde por vezes preferências socialmente inconfessáveis. Ela não guardou ressentimento, evitou deixar evoluir o súbito interesse, para aí mesmo, foi um aviso divino, nada de vinganças dessas, nunca deram certo, Deus castiga. Perdoou o marido, ia fazer mais como então, ficar sozinha na sua idade? Há uns tempos já vinha notando mudanças na roupa dele, aparecia desconjuntada, de quem se esfregava muito pelos cantos, alguns perfumes estranhos se evolando delas, depois os sintomas acabaram de repente. Era claro, a catorzinha ganhou novas asas, foi procurar mais fartos braços.

E o marido acalmou de vez.

Dona Ester aproveitou a ausência do chefe, começou a tratar das unhas, os papéis não fugiam, esperavam com paciência pelo tratamento, as unhas é que precisavam de atenção permanente, crescem sempre, são exigentes, tanto como o cabelo.

Jeremias Guerra telefonou da rua para a vítima, estou no seu escritório dentro de dez minutos, queira aguardar por mim. Sem mais explicações, para enervar o outro. E o caso começou mesmo como de outras vezes, só que foi talvez mais demorado, porque o fiscal também usava maior prudência ao abordar o tema, com uma introdução das suas, voz calma, sem altos e baixos, um tema do dia a dia, as dificuldades do trabalho no município por causa da burocracia. Só depois vieram as alusões e possíveis consequências. O empresário no princípio se sentia imune, riu com as ameaças veladas, deixe de brincadeiras, conheço o meio em que me movo há muito tempo, sou até um dos tubarões, você sabe disso, até Jeremias suspirar, com toda a piedade do mundo, sacar do primeiro papel e mostrar uns números sublinhados.

– Vê, estes não conferem. Claro, não é grave, mas se tivermos de fazer um apuramento mais sério, uma sindicância ou até um incómodo estudo de impacto ambiental, será necessário parar as obras, bloquear financiamentos dos bancos, chatices, perdas... Tanta gente à espera de moradia, alguns até já avançaram dinheiro... Provavelmente muitos, uma bicha deles atrás de si a perguntar pelas casas meio pagas... E olhe para este papel, faltam todos os carimbos exigidos. Haka, como conseguiu deixar passar isto? Um sério lapso! E aparece assim no meio de outros documentos tão bem elaborados, limpinhos, convincentes... Só pode ser interpretado como tentativa de fraude. Claro, não foi o senhor, o senhor não suja as mãos com estas borradas, se tratou de algum empregado menos cuidadoso e o mais certo é verificarmos que afinal houve negligência dos serviços, seus e do Estado, sabemos como a nossa administração trabalha mal apesar de todos os cursos e reciclagens e vindas milionárias de consultores-formadores, um novo esquema de ajudar alguns países europeus exangues a reciclarem a sua mão de obra em excesso... No entanto, até se chegar a essa conclusão inofensiva de um inocente erro de um burocrata, o que teremos? Averiguações, suspensões de obras, discussões com os bancos, o governador a ficar nervoso, o caso a transpirar para os jornais, essa peste...

O empresário estava com a sua farda habitual de empresário bem-sucedido, fato da melhor qualidade comprado em Londres, sapatos italianos a brilharem de felicidade. Havia ar-condicionado ligado, mas os outros em situações semelhantes suavam. Este não, era um senhor no seu castelo. E falava manso, sopesando palavras.

– O senhor superintendente pode resolver este caso com facilidade, está na sua mão. Como posso convencê-lo?

Tinham chegado ao âmago da questão. O empresário conhecia os truques todos e já percebera onde o falso superintendente queria chegar. Falso, falsíssimo, pois o cartão apresentado como superintendente da fiscalização provincial tinha sido forjado pelo chinês das fotografias, como outros cartões. Jeremias não se importou com o à-vontade do empresário mostrando desbragadamente que sabia estar a sofrer chantagem e extorsão. Tinha de reconhecer, negociava em termos diferentes desta vez e com outro tipo de vítima, mais rodada na alta traficância, transpirando poder. No entanto, a encenação fazia parte do jogo, havia que salvar as aparências apenas e nunca ser claro demais para uma gravação valer como prova.

– De facto posso ajudar, compreendo as despesas que terá de suportar se começarmos com as investigações. E o próprio país se atrasa com estas imprecisões, não pense que sou insensível às necessidades da população. Por isso, quando estes papéis me foram apresentados por um subordinado, disse, não, encarrego-me eu próprio do assunto, o senhor é demasiado conceituado e respeitado para o incomodarmos com rotinas de funcionários menores. E os prejuízos. Basta eu mandar arquivar este rascunho de inquérito, pois nem à fase de inquérito chegámos... ninguém vai vasculhar. E o meu subordinado fica mergulhado por uns tempos em trabalho suplementar para esquecer o sucedido, disso me encarrego, sou perito em inventar tarefas inúteis.

– Fico muito agradecido se o puder fazer. São os inevitáveis erros burocráticos. E nós, os empresários, não podemos ocupar-nos dessas coisas pequenas, temos tanta responsabilidade em fazer crescer o país, devemos reservar-nos para pensar na globalidade...

– Claro, claro. Fica o assunto entre nós.

Jeremias fez o gesto de se levantar da poltrona. Depois voltou a se deixar cair nela.

– Há um pequeno pormenor. Há sempre um detalhe aborrecido, não é mesmo? Pode ser necessário calar alguma boca que apareça pelos lados da comunicação social, sabe, andam sempre atrás de nós, a cheirar a carniça... Urubus, é o que são. Nós os dois conhecemos este mundo, os jornalistas têm sempre um preço...

– Quanto acha que precisará para cobrir completamente o erro? – a voz tinha ganhado um timbre mais duro, o que era inevitável, tinham chegado à parte mais dolorosa da questão.

E ele atirou candidamente com cinquenta mil em voz sumida. Sumida mas firme. Não era para regatear. O empresário encaixou o número, não pediu especificação de moeda, se via tratava os dólares por tu. Fixou o fiscal, hesitou, depois disse na mesma forma fria:

– Como é melhor? Um cheque?

– Não, não. Tem aqui o número.

E Jeremias entregou o célebre número de IBAN do banco das Caraíbas. Depois trataria de transferir o dinheiro para a Suíça.

– Será feito ainda hoje – prometeu o empresário, rogando no seu interior pragas de filho da puta para cima, ai se te apanho pelos tomates, mas sorrindo, cortês.

Jeremias cumprimentou cordialmente, saiu e respirou fundo.

Atingira o teto. A partir de agora, seria um funcionário impecável até ao fim da estadia nas fiscalizações. Faltavam poucos meses para meter os papéis da aposentação por trinta anos cumpridos a serviço do Estado. Tudo como mandavam as leis, tudo limpo, nada a objetar. Passava à reforma, aparentando o mesmo nível de vida de sempre, sem dar nas vistas. Entretanto, iria abrir a conta na Suíça e transferir tudo o que tinha nos paraísos fiscais para lá. Em doses médias, para não levantar demasiadas suspeitas. Neste momento o nome de Angola estava na moda, já se sabia no mundo da finança que havia no país gente muito balada, por isso seria aceite com deferência pelo banco suíço, sem medo de acusações de lavagem de dinheiro. Só consideram lavagem quando se trata de pouco dinheiro, até lhe chamam sujo.

Sujo era todo o dinheiro, não havia mais limpo que o seu.

O empresário cedera, de qualquer forma, com certa facilidade. O que fez disparar os seus instintos, esperava mais luta, até mesmo umas ameaças brandindo os amigos bem posicionados, de preferência na polícia ou nas forças armadas. Sobretudo atendendo à segurança e frieza iniciais. Depois não resistiu muito. Foi o que lhe causou medo a certo momento, podia estar a gravar a conversa, daí a calma manifestada. Jeremias preferia fazer este tipo de negócios ao ar livre e de surpresa, sem dar tempo para truques do género câmara escondida ou microfone quase invisível. Mas neste caso isso seria quase impossível, dado o peso da vítima e a aproximação com o comandante de grande próstata. Não era tipo para ser convocado para uma obra, fique aí à minha espera. Tinha mesmo de arriscar o encontro no escritório e seja o que Deus quiser. O gajo ia ganhar milhões e milhões com o negócio do condomínio em Talatona, o qual, ao experiente nariz do fiscal, cheirava mesmo a fraude e das grandes, embora não tivesse conseguido apanhar o filão de provas escondidas algures. Portanto, para tal fraude, cinquenta mil era uma migalha. Ele engoliu a migalha sem água, era amarga, e acabou, não pensa mais no assunto até ter ocasião de o apanhar a jeito para a vingança. Nisso não guardava ilusões, o outro sonhava com represália. Só que nunca o apanhará a jeito, Jeremias já estará fora das jogadas e dos meios em que se poderiam cruzar. O nome e a função por que o empresário o conheceu não são verdadeiros. Mas é evidente, com os meios existentes, o empresário poderia chegar a ele com relativa facilidade. Mas a vontade de vingança também não será grande, o silêncio vale sempre mais para os negócios. A probabilidade de ser castigado era realmente de uma em cem, dava até para jogar na roleta russa.

Cálculos otimistas de Jeremias Guerra.

O Tímido e as Mulheres

Uma vez que está resolvido o seu problema financeiro, pode se dedicar a tempo completo às boas e agradáveis ações. Marisa, em particular, com fracas prestações no seu programa matinal, perdida a chama luminosa dos belos tempos, sinal de que as coisas não lhe correm pelo melhor na vida.

Jeremias Guerra foi comprar um ramo de rosas.

E apareceu de novo ao fim do dia na saída da rádio. De ramo na mão. Sentia o ridículo da situação mas pouco se importava. Os guardas sorriam nas costas dele, apontavam o dedo. Como se ele não percebesse. As coisas pouco habituais aparecem sempre como ridículas e neste caso ele arriscava mesmo servir de chacota escondida, a mais mortífera. No entanto, o sacrifício valia a pena, pois também Marisa compreenderia o sacrifício a que ele se expunha só por gentileza. Haveria recompensa, mais cedo ou mais tarde. Não para já. Como na sua vida profissional, no que tocava à vida pessoal era também um jogador de xadrez, previa com muita antecipação e tinha paciência de chinês.

Mas até os melhores falham, há dias aziagos.

Marisa apareceu e se admirou com a presença. Quando ele sacou do ramo escondido nas costas, a jornalista não evitou sorrir. E também sorriu para os colegas se atropelando na saída da rádio para presenciarem a cena. Cambada de bestas, parecem uma multidão de bárbaros a assistir a um combate de boxe, sem desprezo para a nobre arte.

– Aposto que me vai pedir uma boleia – avançou logo ela, sem mesmo o cumprimentar.

– Grande capacidade de adivinhação!

– Pode entrar. Levo-o a casa.

Uma vez ainda passa, pode mesmo ter graça. Mas uma segunda já era demais, pensou ela. Se sorria por fora, cordial, endurecia por dentro. Os colegas vão começar a murmurar, algum ainda põe uma piada na internet. A brincadeira ia parar hoje mesmo, estava decidido. Quando saíram pelo portão, ela disse:

– Senhor Guerra, agradeço muito as flores e tudo isso. Mas vai ser a última vez que vem me esperar à saída do emprego. Quer atirar a minha reputação por terra?

– Claro que não, claro que não. Peço desculpa se a coloquei em posição difícil, não era minha intenção. Mas não vejo o mal...

– Não viu a turba de jornalistas se amontoando para comentarem o facto de ter voltado a trazer-me flores? O que pensa que eles estão neste momento a especular? Sou bem educada, sei que não faz por mal, por isso aceitei as flores e não as atirei ao chão e lhe virei costas. Não era o mais sensato? Cortava ao menos com o falatório. Mas não o quis ofender, humilhar, só isso. Portanto, acabou, da próxima vez que aparecer na rádio, vou ignorá-lo pura e simplesmente.

– Não volta a acontecer.

Ela fingia maior zanga que na realidade sentia. Ao menos ele se lembrava de trazer flores e se expor. Uns restos de admiração pela voz que a fez vibrar em tempos passados. Espantosamente monocórdica e no entanto... aí estava o seu encanto e interesse. Mas manteve um silêncio parecendo castigo. E o fiscal não abria a boca, desiludido. Já tinha percebido, nem sempre acertava nos tempos de ação. Fora infeliz ao escolher a forma de reaparecer. Demasiada autoconfiança derivada do sucesso com o empresário? Autoconfiança em excesso era sempre um perigo para quem vive nas margens da lei. Mesmo para quem não aparenta rabos de palha. É isso, facilitou. Ainda bem que foi com Marisa, ela tinha o condão de o aquietar e lhe chamar à razão quase sem um gesto. Teria de pensar muito bem os próximos passos, nada de asneiras, imprudências. Tinha perdido Rosa sem o perceber, devia ter servido de aviso.

Tinham chegado a casa dele. Marisa parou o carro.

– Penso que quer ficar aqui – disse ela, com voz neutra.

– Sim, sim, claro. Muito obrigado.

O fiscal torcia as mãos, nervoso. Marisa reparou e teve pena dele. Mas também não o ia ajudar, isso só o faria criar ilusões perigosas. O melhor era ser firme para evitar males futuros.

– E desculpe...

– Não tem de pedir desculpa – disse ela. – Sei, veio procurar-me com as melhores intenções. Mas o mundo nem sempre compreende as boas intenções, o mundo real é muito cruel.

Jeremias Guerra ia perguntar, posso telefonar?, mas travou a fala. Podia sempre telefonar, claro, para quê perguntar? Marisa é que podia não querer responder. Quando fosse o momento, ele ligaria para o estúdio, ainda sabia o número de cabeça. Iria algum dia esquecê-lo? Apertou a mão dela estendida amigavelmente, saiu do carro e atravessou a rua. Só então ela arrancou.

Ao abrir a porta da rua, ele se virou e viu o carro partir. Vontade de correr atrás. Encolheu os ombros, pensou, vou mergulhar no último livro do Pamuk. Sempre era uma consolação.

Pamuk e Istambul, a associação era óbvia, escritor e cidade. Já não o era tanto com Tombuctu. E porquê de repente aparecer Tombuctu no seu cérebro? Foi, no entanto, pensando na mais mítica cidade do Sahara que entrou em casa. A cidade construída de adobe, com torres únicas cor da terra a serem permanentemente comidas pelas tempestades de areia do deserto, voltara a ser notícia. E pelas piores razões. Jeremias Guerra, um adepto do estudo pelo seu próprio prazer, se enchia de raiva ao lembrar o que estava a acontecer no Norte do Mali. E todos deixavam. Bibliotecas vivas ou em terra a serem destruídas, património único, lendas das mil e uma noites, música de flautas e longas cantilenas dos homens do deserto, uma cultura milenar, incêndios e desmoronamentos em nome de uma religião... Ninguém fazia nada. A cidade que albergava a universidade corânica de Sankoré, o centro irradiador do Islão para toda a África Ocidental, a capital do Império Songai, um dos mais bem organizados estados comerciais do continente até o século XVI, o centro das caravanas da rota do ouro, sofria devastações de fanáticos perante a impassibilidade generalizada. Jeremias sofria com as desgraças alheias, sobretudo se tocavam à cultura, ao passado. E jurou a si mesmo, quando entrasse na reforma dourada, iria desafiar as areias do Sahara, dormir pelo menos uma noite em Tombuctu (ou talvez não dormir por causa do calor da noite). Pouco importava, uma noite passaria lá debaixo das estrelas brilhando em todo o seu esplendor, como só podem brilhar estrelas no meio do deserto.

Ir lá era um necessário gesto de solidariedade.

Mudou a roupa de sair para um cómodo roupão e chinelos, preparou um uísque e pegou no livro de Pamuk. Tombuctu tinha alguma relação com o escritor turco, e não só pela consonância dos nomes. Um dia talvez descobrisse a ligação profunda, haveria de investigar o assunto, quando tivesse todo o tempo do mundo para estudar o que realmente interessava.

Estava pois comodamente sentado na poltrona da sala, saboreando o uísque e se preparando para ler, quando tocou a campainha da porta. Contrariado, pois detestava ser incomodado quando sozinho em casa, foi abrir. Um choque muito forte. O empresário chantageado estava à sua frente, acompanhado de um outro, um matulão de cabeça rapada. Empurraram-no para dentro de casa e fecharam a porta. Passearam pela sala, olhando tudo. O empresário apontou para o copo de uísque, o outro sorriu, sorriso de *rottweiler*. Este empurrou Jeremias para a poltrona, fique à vontade. O empresário sentou no sofá, à sua frente.

– Então achava que nos podia chantagear, senhor Jeremias Guerra? Como foi o nome com que se apresentou hoje? Nem interessa. Tão falso como o seu cargo de superintendente. Escolheu mal. Superintendentes só existem na polícia, devia saber, tinha mesmo a obrigação de saber, é de facto uma burrice desconhecer esse pormenor.

O *rottweiler* aquiesceu, com o seu sorriso canino. O empresário apontou para o parceiro e disse:

– Ele conhece a hierarquia toda, faz parte da confraria. O meu sócio está fora mas contactou-o para me acompanhar aqui. Muito treinado para arrancar confissões. E arrependimentos...

Jeremias sabia se encontrar em posição muito complicada. Nem ousava pensar, procurar um ponto de fuga. O cérebro estava vazio, bloqueado. O de pé e cabeça rapada era então amigo do comandante com a próstata fodida. Talvez seu antigo subordinado. Estes gajos são sempre muito solidários para os velhos chefes, foi o único pensamento capaz de produzir na situação de desespero.

– Viemos cá para lhe dizer uma coisa – continuou o empresário. – A sua chantagem falhou. Não vai receber nada. E, ainda por cima, tem dois dias para acelerar todo o processo que pretendia travar. Se ao fim de dois dias não tenho os pretensos inquéritos arquivados e aquele papelinho que você me mostrou sem os carimbos todos mas desta vez impecável, então o meu amigo polícia virá acompanhado de outros amigos e o senhor vai ter de gastar uma fortuna com a dentadura completa, os queixos e talvez também uma cabeça nova. Fica caro, muito caro. Estamos entendidos? Sacana de merda, pensava que me extorquia facilmente cinquenta mil dólares?

– Só? – disse o polícia, esfregando as mãos nos olhos, em jeito de espanto.

– Se fosse um milhão, eu até pensava duas vezes, pedia tempo para comprovar tudo, podia haver fundamentações graves. Mas cinquenta mil? Se tinha tantas provas para me lixar, pedia tão pouco? Deve fazer isto muitas vezes a uns verdadeiros otários, só esses caem com ameaças mal amanhadas. Prosseguindo, podemos pôr a polícia competente a esmiuçar todo o seu esquema, se ainda quiser armar em fino. Já lhe dei dois dias, nem mais um. Se não arranjar os carimbos, arrumo-o de vez. Vai kuzuo, e ainda por cima todo partido.

– Haka! – disse o polícia careca. – É vergonha. Só cinquenta mil dólares? Você é mesmo a vergonha dos chantagistas... E onde está o brio profissional?

Jeremias Guerra baixou a cabeça. Contrito por ter sido apanhado como uma criança? Com vergonha de ter exigido tão pouco? Ou humilde por sentir as calças ficarem molhadas de mijo? Só queria que os dois desaparecessem para conseguir mudar de roupa, pôr as ideias em ordem, acalmar o coração a bater na garganta, quase o sufocando. Agora sabia o que era realmente ter medo. Não tanto do polícia grandalhão, mas da frieza do empresário, frieza entrando pela espinha de um tipo, produzindo choques elétricos. Aquele camarada fazia contas com a maior das facilidades, suportava estoicamente o sofrimento ou a raiva, esperava a vingança sem comoções disparatadas. Um inimigo temível. Muito acima do seu nível, tinha de reconhecer. No fim de contas, não lhe ficava mal esta réstia de modéstia.

O *rottweiler* olhou à volta, pegou num jarro, sopesou-o, aguardou sinal do empresário. Este abanou a cabeça. O outro então mirou à volta, encontrou um bibelô da estimação de Jeremias, vinha da avó materna, o empresário fez que sim. O animal arreganhou a dentuça, deu uma gargalhada e deixou o bibelô cair no chão, se estilhaçando todo. Jeremias Guerra teve um sobressalto. Como se lhe tivessem dado um tiro.

– Só para não esquecer o prometido – disse o empresário, rindo.

Foram enfim embora e bateram a porta com toda a força.

Jeremias esperou dois minutos antes de ousar se mexer. Então bebeu o uísque de um trago e lhe soube mal, gostava de o fazer com todo o vagar.

Perdi cinquenta mil.

Bem, de facto não mudava grande coisa. O problema era que agora o pedido de reforma se tornara uma urgência premente, tinha de desaparecer o mais depressa possível, hoje, amanhã, que se lixassem os carimbos no papel. Talvez o empresário não quisesse mexer mais na merda, sabia que o susto era suficiente para não se aproximar mais, mas o sócio comandante desejaria vasculhar os negócios todos, só para chatear. Seria difícil descobrirem qualquer prova de outras extorsões, o esquema se defendia bem porque os lesados nunca apresentavam queixa. E como os encontrar, como saber quem eram? Numa cidade em construção e reconstrução permanente, as testemunhas se esvaíam como a espuma das ondas. Mas sempre podiam lhe partir os dentes todos, só pelo prazer do comandante, bastava soltar o *rottweiler*.

Havia um mambo sério a ponderar, só daqui a alguns meses podia pedir a aposentação completa, com os trinta anos de trabalho. Se pedisse a reforma agora, receberia apenas a parcial. Que se lixe, tinha lá fora dinheiro de sobra para viver bem até ao fim da vida. Se tratava antes da sua saúde. Uma decisão se impunha já. Adeus reforma, batia masé as asas e talvez um dia voltasse para conseguir a parcial.

Quem também me mandou meter com um verdadeiro tubarão sem medir todas as consequências? Já devia saber, nesta terra, os pequenos só podem comer os pequenos. Não tinha garganta para uma jamanta daquelas, fiquei engasgado.

Devemos confessar, foi mais uma notável mostra de humildade e arrependimento, mas lhe valia de pouco, tarde demais.

E Marisa?

Estaria longe de Luanda quando o marido dela batesse as botas, não lhe ofereceria o ombro solidário.

Faltava tempo para guardar tudo, resolver os pendentes. Nem casa, nem aposentação, nem Marisa. Só a saúde e a fortuna nas Caraíbas. Tinha de aproveitar o poder de mobilidade que ainda lhe concederam.

Não era Tombuctu, não estava cravado na areia do deserto.

Assim desaparece Jeremias Guerra da estória, enternecendo-nos no final com a sua preocupação em relação a uma cidade fabulosa no meio da areia que perdia diariamente os seus monumentos mais valiosos, por incúria de um lado, fanatismo do outro.

25

Lucrécio procurava todos os pretextos para entristecer. Porque ela estava melancólica, ele também tinha de ficar. Dever de solidariedade? Preferia não analisar os seus estados de espírito, sim os dela. Ele era um peso na família e os dois sabiam, embora nunca o tivessem confessado. Tinha perguntado, no princípio da sua relação mais séria, estás preparada para todos os entraves e trabalhos que te vou provocar, mesmo se involuntariamente? E ela disse, não vais provocar nenhum. Havia no entanto constrangimentos que Marisa com toda a delicadeza procurava iludir e, sobretudo, esconder.

Por exemplo, férias.

Uma jovem saudável desejava conhecer o mundo. Uma jornalista, ainda por cima, tinha muitas oportunidades. Ela, pelo contrário, nunca esteve na Europa. Quando era estudante, e por dificuldades da família, seria difícil sair do país, ou até mesmo da cidade. Mas depois de começar a trabalhar, depois de casarem, os problemas financeiros ficaram reduzidos. Toda a gente do seu meio viajava. Ela não. Até tinha exigido no contrato com a rádio não ser obrigada a sair da cidade para reportagens. Era um sacrifício óbvio. Marisa nunca o representou como tal. E quando ele a encorajou um dia, seria interessante para ti fazeres a cobertura desse acontecimento no Huambo, ela recusou com um sorriso, não me interessa, a sério, prefiro ficar contigo.

O Tímido e as Mulheres

Só saíram uma vez do país e a viagem se converteu numa trabalheira desgraçada.

Foram ao Brasil.

De facto, só chegaram ao Rio de Janeiro, pois abandonaram a ideia de visitar também Salvador da Bahia, apesar de tanto se entusiasmarem antes em conhecer a mítica terra de tantos artistas e crenças de origem africana. Sonharam juntos e em voz alta com a capoeira e a umbanda e a música de rítimos tão próximos dos seus, estudaram até os mitos de formação existentes ainda na terra irmã do lado de lá do mar, Kalunga de altas vagas, nem sempre benignas. Fizeram planos de almoçar num restaurante famoso junto do mercado e jantar em terreiros de altas árvores com todos os santos por cima. E recapitularam todos os nomes de orixás, a localização de igrejas famosas, os sítios e ruas descritos nos livros de Jorge Amado. O Brasil para eles era Salvador, como Angola era Luanda.

Doce engano.

Ficaram num hotel do Leme, no princípio de Copacabana. Mas foi complicado chegar lá. Claro, a companhia aérea estava preparada para viajantes de cadeiras de rodas. E o hotel no Rio também ajudou. Mas, mesmo assim, era sempre complicado apanharem táxi, embora fossem os mais simpáticos tipos do mundo, sempre prestáveis, custa nada, levo o senhor para dentro, ora essa, e acabaram por não conhecer senão a orla, com muitas viagens a Ipanema ou ao centro. Não subiram ao Corcovado nem ao Pão de Açúcar. Era possível, sim, e outros faziam. No entanto Lucrécio logo se enervava, porque sentia que estava a atrapalhar Marisa e sobretudo a limitá-la, preferia não sair do quarto, vai tu, vai à vontade. Ele ficava olhando o mar quando ela corria na praia, mesmo à frente do hotel, se misturando com as belezas de todas as cores e minúsculos biquínis se pavoneando pelas areias. Ela dizia, podemos deixar a cadeira de rodas no posto de vigilância e te levo ao mar, o que ele repudiava com energia, seria uma vergonha ir nos braços da mulher. Ou então podias ficar no passeio embaixo de uma árvore, até há sombras agradáveis com bancos, ou esplanadas onde se bebe água de coco e cerveja, mas ele raramente aceitava descer com ela a empurrar a cadeira.

– Também já é teimosia. Em Luanda sais sozinho de casa para um passeio todo esburacado. Aqui há elevadores, rampas para as cadeiras, pisos suaves, francamente, Lucrécio.

Ele não queria enfadá-la mas desconseguia de evitar. Como se houvesse qualquer coisa dentro da sua cabeça a controlar a alegria. Acabava por castigá-la com as suas recusas constantes. Só esperava que ela dissesse, haka, para quê vieste então ao Rio se é para ficar no quarto, não estavas melhor lá em casa? Mas ela nunca disse isso, nunca queixou nem criticou, apenas tentava convencê-lo a sair. Essa paciência infinita dela confundia-o e muitas vezes o irritava. Era demais. Generosidade desmedida, como a mãe leoa protegendo as crias. E sentia ser uma cria dela, o que não ajudava o seu orgulho de macho. Depois se penitenciava, machismo de analfabeto, estraga-prazeres, sadomasoquista. Ia buscar ao arquivo mental todos os nomes conhecidos e por inventar para se flagelar. Lhe pedia desculpa mil vezes, tens razão, sou uma besta. Porém, logo a seguir era capaz de repetir o mesmo, não me apetece, porque não vais sozinha, devíamos ter arranjado um grupo de turistas muangolês, assim tinhas companhia para as saídas. E ia por aí inventando o que deviam ter pensado antes e não anteciparam, o que podia ainda se corrigir, até ela parar com a conversa doentia, chega, eu estou bem assim, não queres sair, não saímos, não queres ir à praia, eu vou sozinha aqui à frente do hotel, tudo bem, não estraguemos as férias, estamos de férias, esqueceste?

A beleza do Rio comovia-o e queria vê-la aproveitar dela ao máximo. É verdade. Nem se importou, até achou imensa graça quando Marisa apareceu no quarto muito enervada com um encontro que teve em baixo, ao voltar da praia. Já tinha reparado numa senhora branca de idade madura que não tirava os olhos dela, ao cruzar na rua. Nesse dia, Marisa sentou num banco para deixar secar o corpo antes de regressar ao hotel, bebendo a água de coco com a ajuda de uma palhinha. A senhora sentou ao seu lado e meteu conversa. Pelo sotaque a senhora percebeu, crioulinha, você não é daqui do Rio, né? Lá se explicaram as mútuas proveniências, a senhora nascera em Minas Gerais e estava no Rio há anos, na praia de Copacabana passava horas, meu terreno de caça, nunca mais voltei a Minas depois

O Tímido e as Mulheres

de descobrir este filão, mas nunca tinha visto uma crioula assim, que é o que eles chamam aqui às negras, explicava Marisa a Lucrécio, como se ele não soubesse, até já lhe tinham chamado de crioulo-só-metade quando deixou uma gorjeta inapropriada num botequim do lado, no entanto, como lhe contava Marisa, a senhora dizia nunca ter conhecido uma crioula tão linda como ela, e foi logo avançando com a mão para a coxa, deixa só eu tocar um tiquinho essa pele que parece cetim, pelo que recebeu um tapa na mão, não sou dessas, e a muangolê saiu disparada para o hotel, já viste o abuso, só mesmo o que me faltava! Não era abuso nenhum, acalmou o marido, apenas uma apaixonada por ti, tem mal? Se há algo que devemos sempre perdoar é a paixão que provocamos, não somos inocentes ao ostentar tanta beleza. E tu és um Rio de Janeiro melhorado, como é que a mineira não ia ficar tresloucada?

Gozaram durante muito tempo com essa estória. Depois foi a altura de viajarem a Salvador e ele disse, vai tu, não estou para outra viagem de avião sempre a atrapalhar toda a gente e depois, como sabes, lá tem muitas ladeiras, ruas empedradas, não podemos andar de táxi em todo o lado. Vai tu, eu espero aqui no hotel, já tenho a minha rotina e eles me conhecem as manias, sobretudo o Alfonsino. Alfonsino era o jovem que se encarregava de levar os clientes ao quarto, carregar as malas, resolver os problemas de televisão ou internet que falhava etc. Uma simpatia de garoto morando numa favela no alto de Ipanema, muito orgulhoso porque tinha agora um elevador montado pela prefeitura, tornava mais fácil subir o morro com as mercadorias. E morava num sítio onde tinha vista sobre o mar e ao mesmo tempo sobre a lagoa Rodrigo de Freitas, nem aqui no Leme tem uma vista tão linda como a da minha casa. Alfonsino conversava muito com Lucrécio, cada um contando as estórias das duas cidades, se tornando cúmplices de muita ironia em relação aos responsáveis do hotel, suas regras estritas, e a alguns hóspedes de maior notoriedade, por serem exigentes, ou falarem mais alto atroando insanidades, ou, como dizia Alfonsino, armarem em besta, só porque ostentam dinheiro que talvez nem tenham. Alfonsino recebeu esse nome por ter havido um Presidente da República de um país vizinho que assim se chamava e o pai dele admirava. Dizia sempre, o Brasil assim não dá, precisamos aqui de um Alfonsino. Lucrécio tinha vaga ideia, mas passemos...

Perante a casmurrice do marido, Marisa abandonou a ideia de ir a Salvador. Por isso só conhece duas cidades no mundo, Luanda e Rio de Janeiro. Realmente estranho. Nem mesmo Dondo ou Caxito, terras relativamente perto da capital onde nasceu. Quando o diz a pessoas que pouco a conhecem, desacreditam, acham está a efabular por estranha vaidade, apesar de não ser muito claro como alguém se pode armar em fino declarando tanta falta de viajância. Luanda e Rio, as suas duas únicas cidades. Não chega? Para alguns até é demais, nem todo o coração aguenta tanto céu azul e tanto mar. Mas Lucrécio sabia, Marisa renunciava a outras cidades apenas por piedade. E então ficava irritado. Recusava qualquer compaixão, rebaixamento para o mais fraco. Bem tentava orientar os pensamentos, focá-los no amor da mulher, apenas amor. Talvez fosse. E não generosidade, embora esta não pudesse estar afastada do amor. Exercício inútil. Se irritava e o dia estava estragado. Tinha de a ferir para compensar. O que vinha da forma mais calada e covarde, reconhecia. Renunciando a algo que lhe apetecia, a ela e a ele. Vai tu, faz tu, não quero incomodar os outros com a minha presença, detesto chamar a atenção, porque não sou transparente, tão transparente para me confundir com os insetos atraídos pela luz? Estava a ficar doido e tinha total consciência da sua loucura. Não se importava, aliás. Os loucos são felizes, basta ver como se riem das coisas mais estúpidas que se possa imaginar. Riem felizes do voo de uma borboleta. Como se a borboleta não fosse feita para voar até se consumir no prazer do seu voo. É o prazer da borboleta que o doido descobre, intuitivo e sensível como ninguém. Resvalava para essa ladeira da loucura e pensava nela como uma libertação. Doido alegre e sem fazer mal. Pois é, mas havia maka: a um momento dado tinha a lucidez de perceber quanto a sua loucura afetava Marisa, a fazia sofrer. Não a atirava para longe dele, antes pelo contrário, ainda mais se aproximava e preocupava. Sofrendo. Escondendo as lágrimas. Ele, porém, pressentia-as. E gostava de saber da existência de lágrimas nos olhos dela. Lágrimas por ele e não por causa de outra coisa que lhe escapava. Grande filho da puta, dizia a si próprio. Sem remorso, porém, sou mesmo.

Ultimamente os restos de lágrimas nos olhos dela tinham outro motivo que não a maldade de Lucrécio, ele adivinhava. Outra razão, quem sabe um homem. Não podia se impedir de pensar na hipótese. Ele se avizinhava do fim, tinha consciência. Mas ela não tinha motivo de estar ao corrente, Lucrécio conseguira sempre guardar o segredo. Não era por ele se aproximar do fim que ela chorava nas escondidas. A ideia despertava ciúme, curiosidade, raiva. Ao mesmo tempo, pena dela. Sim, ficava furioso se sentia despertar a piedade nas pessoas mas ao mesmo tempo tinha pena do sofrimento de Marisa. Sentir pena dos outros não é menorizá-los? Ou só o é se tratando do próprio? Sempre o ego se sobrepondo à razão e à humanidade.

Uma merda, o ego.

Um paralítico inteligente não tem outra coisa senão o seu ego. Como o prisioneiro de consciência. Pensamento pouco convincente mas valia por momentos. O monstruoso ego de que se armava levava-o a pensar no fim com desprendimento, a maneira mais elegante e nobre de a libertar. Suicídio por amor. Não pela falta dele, mas por demasiada abundância. Marisa ficaria para sempre com a saudade dolorosa, se sou livre a ele o devo, ele foi libertador até ao fim e aqui estou eu, graças à sua generosidade total, ao seu desapego da vida e dos seus prazeres, apenas para eu ser uma borboleta. Gostava de pensar assim, embora soubesse, era o máximo da vaidade e da ingratidão, também do egoísmo. Um aleijado tem toda a razão para ser egoísta e outros defeitos, mais defeitos não pode ter. Remoía a ferida para se sentir vivo e poder castigar a mulher. Não foi ele que a chamou à sua janela dando para a rua, foi ela que olhou para dentro e mais tarde sorriu e cumprimentou e ainda mais tarde parou para conversar. Ele não lhe propôs nada, sabia estar a desejar o paraíso e este tem limites para os humanos. Foi ela que veio do infinito do Olimpo, se achegou como um céu de estrelas, brilhantes, quentes e redondas, estrelas de fogo. Ficou queimada também? Mais ficou ele. Portanto se vingava do amor.

Nessa noite acordou com o barulho de Marisa. Ela não parava na cama, se virava para um lado e depois se punha de barriga para cima, as pernas afastadas debaixo do lençol. Havia luz difusa passando pela janela, eles gostavam de dormir nesse crepúsculo esbranquiçado que rodeava os contornos das coisas. E do corpo dela. Por vezes suspirava, passava as mãos pela barriga, pelas coxas, se virava com um murmúrio. Ele se inclinou mais, tentando perceber o sussurro ou queixume se desprendendo dos lábios da mulher. Desconseguia. Não era um nome. O ciúme, no entanto, roía. E se ela dissesse um nome de homem, como ia interpretar? O nome do amado? Ou apenas um colega do serviço que entrava no pesadelo? Se fosse pesadelo... Mais parecia um sonho erótico. Ela virou de novo, agora barriga para o colchão. As pernas afastadas destacavam mais a bunda redonda. E o murmúrio pareceu soluço, mais fundo. De novo. E ainda mais, ao rítimo da bunda se erguendo e baixando muito lentamente. Como se fizesse amor, isso mesmo, mas tão suavemente que mais parecia um ligeiro roçar do sexo pelo colchão. Um gorjeio abafado, de novo um suspiro, não, claramente, não, não. Tinha parado de roçar no colchão, virou para o lado dele, o lençol atirado para baixo, a coxa sobressaindo na claridade vinda da rua. Acalmou.

Ele ficou pensando, sim, tinha sido um sonho erótico. E ela recusava a tentativa de alguém. Seria? Ou a sua imaginação doentia a pregar partidas, a criar o que temia? Demorou muito tempo, ela virada para ele, ele para ela, os olhos abertos, tentando adivinhar o que passava naquela cabeça adormecida.

E de novo ela disse não. E mudou de posição num estremeção, a barriga para cima. Não tinha sutiã, as mamas estavam visíveis, os bicos duros emergindo. Como se adivinhasse a direção do olhar dele, a mão direita passou pelas mamas, primeiro uma, depois se ficou pela segunda, segurando o bico. E voltou a fazer ruídos de garganta, desencontrados. A mão esquerda afastou definitivamente o lençol e estava nua, indefesa, suspirando não, isso não. Lucrécio se pôs por cima dela e penetrou-a. Mesmo se é por outro, ela está a precisar, pensou.

O corpo dela foi reagindo maquinalmente ao rítimo imposto por ele, mas estava a dormir e gemia não, não, não, embora deixasse ele fazer o que queria. Depois ele sentiu as mãos dela percorrendo as costas dele, a bunda magra, e pararem, como surpreendidas, nas coxas esquálidas. Ele manteve o rítimo, mas muito atento às reações de Marisa, claramente em processo de despertar. Depois as mãos dela subiram para as costas, o abraçaram e ela disse, hei... Lucrécio.

Estava definitivamente acordada e banhada de gozo.

Com quem sonhava ela? Não se descaiu, o único nome pronunciado foi o seu, mas antes negava pela boca o que pelo corpo consentia. Tinha algum significado? Lucrécio preferiu não se mortificar mais.

Saciado, adormeceu.

26

Era um domingo.

Marisa avançou a preparação do almoço e foi à praia. Resolveu ficar perto de um restaurante da Ilha, o qual tinha sombrinhas e camas com mesinhas de madeira para alugar. Desprezou as camas, passou para mais perto do mar, estendeu a toalha na areia e se deitou nela. Havia bastante gente nas sombrinhas e na areia. O calor viera cedo nesse ano, como tinham previsto os meteorologistas. Por uma vez tinham acertado. Ou começava a se entender melhor os efeitos dos fenómenos do Pacífico Sul, *El Niño* e *La Niña*. Já se sabia, havia uma relação com o clima do Atlântico e talvez com as cíclicas secas no Sul de Angola. Reparou, à sua volta havia muitos brancos, bem como nas camas e na esplanada. Aos pares, em casais, numerosos jovens e mesmo crianças. Imigrantes recentes, se notava pelas pronúncias do português.

Heitor estava na mesma praia, a uns vinte metros. Deitado na areia, lia. Também tinha notado a proliferação de imigrantes recentes à sua volta. Não o incomodava, era um cidadão do mundo, por acaso nascido neste país. No entanto, reconhecia pouca sinceridade nesta atoarda, embora dizê-lo numa roda de amigos ficasse bem e provocasse discussões. Estava, ao contrário do que apregoava, bem marcado pelo país e pela família, teria de reconhecer se aceitasse fazer uma confissão. Heitor tinha estado algumas vezes na Europa, ou com os pais ou mesmo sozinho. Particularmente em Portugal.

E tinha gostado daquela terra, de gente no geral simples, acolhedora, e de excelente comida.

É sempre a ideia que se tem daquele país, lhe tinha contestado uma vez o Lucas, gente simpática e boa comida. Um lugar comum, claro, mas eu tenho pena de que agora estejam na maior merda, acrescentou Heitor, obrigados a emigrar para cá e outros sítios. Triste país em que o seu símbolo maior, o poeta Camões, foi enterrado numa vala comum para pobres e sem-abrigo! Será mesmo verdade, duvidou Lucas, é o que dizem, rematou ele, embora tenha sido sepultado com toda a pompa num dos mais importantes monumentos do país, séculos depois: já viste a confusão de ossos numa vala comum! De qualquer modo, mesmo que não seja verdade, é uma boa metáfora. Li-a algures.

Quando afastou os olhos do livro e se debruçou sobre o braço direito para contemplar o mar e as pessoas, lhe chamou a atenção o corpo escuro. Premonição? A saliência da bunda tão familiar?

Sentiu um baque, Marisa.

Ela estava deitada de costas para o sol e não se via o rosto, portanto difícil de confirmar. Ficou na indecisão de se aproximar para tirar dúvidas. O melhor seria não mexer, esperar. Ela tinha de ir à água, ninguém aguentava muito tempo aquele calor.

O problema das praias da Ilha para pessoas sozinhas era o de como preservarem os seus bens, a carteira em especial, quando iam à água. Por isso ele frequentava sempre a areia daquele restaurante, pois havia guardas e sempre seria mais difícil um ladrão arriscar apanhar uma bolsa ou carteira ou a roupa. Pela mesma razão, os mais velhos ou suficientemente balados ficavam nas camas, onde estavam mais próximos do restaurante e dos seguranças, os quais só permitiam o acesso de alguns vendedores de jornais, artigos de artesanato, roupas e panos africanos, ou de toalhas e biquínis vindos do Brasil. Mesmo assim, os furtos eram frequentes, sobretudo na zona não vigiada pelos seguranças, e que constituía toda a praia para lá das camas e sombrinhas até ao mar. Quem ficasse na areia que se cuidasse. Durante algum tempo ele se preocupou com isso. Depois aprendeu a lidar com o risco. Ficava o mais perto possível da zona protegida, pois os ladrões de qualquer maneira se sentiam vigiados, mesmo que não o fossem. Psicologia de escritor. E fazia um montinho com a parca roupa e chinelos. Do outro lado colocava furtivamente um saquinho de plástico com a carteira onde ficavam os documentos, o dinheiro e as chaves, numa cova ligeira. Tudo tapado pela toalha. A tendência do ladrão seria se aproximar com ar de quem passeia, estudar o terreno e de repente dar o bote, apanhando o monte que sobressaía, o da roupa. Do mal o menos, teria de ir de fato de banho e descalço para casa mas no carro e com os documentos e chaves preservados. Resolveu ir dar um mergulho, esperando ver se era de facto Marisa. Mergulhou. A água ainda não estava com a temperatura de janeiro/fevereiro, mas já bastante aceitável. Os europeus achavam quente demais, os russos então até suavam dentro de água, eles que nadavam com as focas e os icebergues.

Não deu nenhuma braçada, embora o mar estivesse calmo, a água límpida. Voltou a sair. Se virou para o mar, devia dar outro mergulho, apetecia. Mas desistiu.

E então viu a mulher se dirigir para a água. Era mesmo Marisa.

Ela não vinha na sua direção mas havia todas as possibilidades de o ver. Que fazer? Heitor olhou sempre em frente e quase fugiu para a sua toalha. Ficou a admirá-la a mergulhar e nadar, um tempo sem fim. Ela acabou por sair da água e era um deslumbramento o corpo escuro escorrendo mar. Então Heitor se decidiu a um gesto de alta audácia. Pegou nos seus pertences e avançou para o sítio onde Marisa se preparava para voltar a deitar.

– Posso estender a minha toalha aqui ao lado? – perguntou.

Ela reconheceu-o e sorriu, claro que podes, estavas afinal aqui?

– Venho sempre para esta praia, os caranguejos já me conhecem – disse ele.

Ela sorriu. Ele pôs de um lado a carteira e do outro a roupa e chinelos, a toalha por cima, e se deitou. Marisa não deixou de reparar na meticulosidade.

– Para quê isso?

Ele explicou, medidas de segurança. E desenvolveu a sua teoria. Ela confessou, bem pensado. Mas eu tenho um saco, não dá para camuflar.

– Não dá, não. Embora possas tirar de lá a bolsa com documentos e chaves e escondê-la debaixo da toalha, do outro lado. Levam-te o saco, mas com pouco dano. E aqui estás longe das camas e sombrinhas, muito perto do mar. Quanto mais longe da esplanada, mais perigoso. Lá em cima sempre há os guardas...

– E achas que os guardas fazem alguma coisa se alguém for roubado mesmo nas barbas deles? Não fazem, te garanto, tenho experiência disso. Eles só protegem os clientes do restaurante, os que estão na esplanada e nas sombrinhas.

– Podem não fazer. Mas os ladrões não o sabem.

Ficaram nestas conversas de estratagemas para enganar os pobres larápios, afinal menos criminosos que alguns vigilantes defensores da lei e até seus legisladores. Estiveram animados durante uns instantes. Depois se impôs o silêncio. Os dois virados para o mar, apoiados nos cotovelos. Cada um querendo perguntar algo ao outro. Entretanto, a praia se enchia ainda mais com a aproximação do meio-dia, hora a partir da qual os angolanos gostam de sol e água. Um erro médico, já se sabia, mas fazer mais como? Podiam falar sobre isso, era um assunto para preencher a conversa. Mas nenhum pegou ou então estavam os dois demasiado obcecados com os seus fantasmas. O mar também mudava, porque a brisa ganhou mais força. Começavam a se distinguir os cabritinhos de espuma provocados pelas pequenas ondas agora aparecendo.

– Tempo de ir embora – disse Marisa. – Tenho de acabar o almoço.

– Ainda fico mais um bocado... Gostei de te ver.

Ela já estava seca, pôs o vestido ligeiro por cima do biquíni, escondendo as carnes esculturais. Um toque no braço, *ciao*, nem um beijo na face. Ele não se mexeu, só respondeu *ciao*. Dor violenta no peito. E tesão a obrigá-lo a se virar de costas para o sol. Ficou quieto, a se acalmar, até adormecer. Foram segundos mas assustou, e se foram horas? Tinha o corpo a escaldar e correu para um mergulho rápido. Voltou logo à toalha. Ficava mesmo ali ao pé do mar, tinha preguiça de voltar para junto da zona da esplanada, a qual agora estava muito mais ocupada, com pouco lugar vago. Ao menos perto do mar estava mais fresco. Viu as horas, ainda era cedo.

Mirou banhistas e mar, sobretudo este, com as ondas a se formarem, como era mais habitual no período da tarde. E de repente teve uma ideia. O mar ficou longe, a sua visão corria por sítios onde nunca tinha estado mas se fartava de ver na televisão, as chanas do Leste de capim ondulante ao vento e as florestas ao longo dos rios. E a ideia ia correndo louca na cabeça dele.

Se vestiu depressa e partiu para casa. Conduzia o carro sem notar bem as ruas e o movimento, era tudo automático. A sua cabeça estava longe, dedilhando teclas.

Não tomou duche ao chegar a casa, como de hábito, sentou logo à frente do computador. E, de um jato, compulsivamente, escreveu o conto seguinte:

A ORDÁLIA

Jiba vivia numa região onde havia muitas makas por causa das invejas e, portanto, muitos acusados de feitiçaria e era hábito obrigarem os suspeitos a passar por uma ordália. Nos kimbos da região, normalmente se dava veneno ao suspeito e se ele ficasse vivo era inocente. Mas o soba tinha ouvido falar de outro tipo de exame e copiou: o caminho das brasas. As brasas eram espalhadas pelo chão e o acusado de ser feiticeiro tinha de atravessar esse espaço, pisando as brasas com os pés nus. Se ficasse incólume, era considerado inocente. Todos até então tinham sofrido horríveis queimaduras nos pés e, por consequência, considerados feiticeiros. Só a morte os redimia, por veneno ou decapitação.

Jiba teve dois óbitos seguidos na família. Os adivinhos foram consultados, duas mortes em pouco espaço de tempo na mesma família era coisa suspeita e só os que sabiam interpretar os espíritos do além podiam arranjar uma explicação aceitável. Todos os membros ficaram numa roda, os adivinhos no meio, dançando e bungulando, com pequenos uivos de mabeco. Depois de uma hora de dança e bungula-ção, pequenas paragens para tomarem uma beberagem, Jiba foi apontado como o autor das duas mortes, os dedos dos adivinhos dirigidos, trementes, para ele.

Era um moço calado, bom caçador, na idade de arranjar mulher, sem falhas a apontar até então. O soba, no entan-to, aceitou sem hesitar o veredicto dos adivinhos, marcou a data para a ordália. A família de Jiba chorava, além da morte dos dois entes queridos, a futura perda de Jiba, pois seria certamente considerado culpado. A mãe dele era a única pessoa com coragem para dizer, o meu filho está inocente, esses adivinhos são uns aldrabões, tinham de apontar alguém e escolheram a ele, como podiam ter incri-minado outra pessoa qualquer. Os irmãos e irmãs dela e o próprio marido aconselhavam, cala masé essa boca, se ele for de facto inocente passa sobre as brasas sem se quei-mar. Se continuas a falar assim, ainda vais ser também acusada de comer[1] os familiares.

Jiba sabia o seu destino marcado, se não fizesse algu-ma coisa para o mudar. As noites em claro ajudaram-no a escolher um plano e a aperfeiçoá-lo, se tratava apenas de concentração. Levou as noites inteiras a treinar o poder da concentração, primeiro numa ideia ou numa pessoa, depois numa ação. Conseguia ficar muito tempo só a ver essa pessoa ou a pensar na mesma ideia ou a imaginar uma ação. Todos os barulhos desapareciam, não via a lua a espreitar pelos buracos do capim, qualquer distração virava fumo, o seu cérebro se fixava apenas no que esco-lhera como alvo no exercício dessa noite. Não era fácil mas conseguiu aprender a se concentrar, mesmo quando era picado por um bicho ou algum facto exterior, como o ladrar de um cão, podia distrair a sua atenção. E só pensava, con-centra-te, concentra-te.

---

[1] Comer no sentido de provocar a morte.

No dia da ordália, acordou cedo, foi tomar banho ao rio, sob os olhares desconfiados dos outros habitantes, todos silenciosos guardas do soba, se posicionando para evitarem que fugisse. Queimaram muitos paus numa fogueira, no meio da praça da aldeia. Depois espalharam as brasas. O soba deu o sinal e os adivinhos dançaram com os rabos de antílope para espantar moscas e usando máscaras de xinganji, ao som dos batuques rituais.

O caminho de brasas não ultrapassava os dez metros. Jiba calculou que quatro saltos seguidos eram suficientes para chegar ao fim, talvez mesmo só três. Se concentrou, sentindo primeiro o calor que vinha das brasas. Se concentrou mais e deixou de sentir esse calor. O soba deu o sinal de começo, baixando o braço. Jiba viu o gesto mas não se desconcentrou. O que interessava não era o sofrimento.

O que interessava era não mostrar sofrimento.

De repente deu o primeiro salto e resistiu à queimadura horrível no pé, não fazendo nenhuma careta. O segundo salto foi imediato e queimou o outro pé, mas não se torceu num esgar e encetou o terceiro e o quarto. Estava para lá do caminho das brasas, os pés ardendo, mas a expressão serena. Olhou o soba, os membros da família, os adivinhos, e foi caminhando devagar para o mato, pensando apenas em não coxear. Ninguém se opôs, nem o poderia ter feito, todos esperavam, aparvalhados, a sentença do soba. A qual só podia ser uma, a absolvição, pois não tinha havido nenhuma mostra de sofrimento por parte do acusado. O soba não queria acreditar ser ele o primeiro chefe naquela região a decretar uma inocência, mas teve de o fazer, aboamado, o Jiba não foi o causador da morte dos seus parentes.

Entretanto, Jiba conseguiu controlar as dores horríveis nos pés e caminhou até junto do rio. Entrou na água e então berrou todas as dores. Ninguém o seguira, ninguém ouviu a sua fúria.

Desapareceu no mato durante quinze dias. Como caçador, conhecia todos os recantos, por isso não lhe foi difícil encontrar o local ideal para se esconder. Os batedores mandados à sua procura para lhe dizerem, regressa, foste ilibado e até já há um teu tio agora acusado dos crimes, bem o procuraram mas não encontraram. Durante esses quinze dias, os suficientes para os pés cicatrizarem, se alimentou apenas de raízes e frutos. E o mel das formigas vimbulumbulu produzido num tronco derrubado por uma faísca e semiapodrecido. Só saía do esconderijo à noite para comer e beber água. Os leopardos deixaram-no em paz, como se soubessem que ele não era inimigo armado.

Quando reapareceu na aldeia, mais magro mas andando normalmente, direito, calado como sempre, a família festejou o seu regresso ao mesmo tempo que lamentava, porque no dia seguinte um dos tios dele, irmão da mãe, o acusado de feiticeiro, ia sofrer a prova da ordália. Ele ficou indiferente, o tio fora um dos mais enraivecidos contra ele e a sua mãe, quase a acusando também de ser feiticeira por lhe ter nascido. Que se concentrasse então o velho, se fosse capaz. Assistiu à prova, de braços cruzados, bem à frente do soba, que agora olhava para Jiba sem conseguir disfarçar o seu temor. Jiba era a prova que a ordália não significava nada, mas o chefe não o sabia, só Jiba sabia. Deixara de acreditar nos adivinhos e nos feiticeiros.

O tio tremia ao enfrentar o caminho das brasas. Em vez de fazer como o sobrinho, que saltou decididamente sobre elas, avançou timidamente o pé e gritou ao poisá-lo. Avançou o outro e gritou mais alto. Não andou, nem para a frente nem para trás, gritando. Estava encontrado o feiticeiro. Tiraram-no de lá para lhe cortarem a cabeça, pois os feiticeiros descobertos não podiam continuar a viver.

A família lamentou muito nessa noite. Menos Jiba. Quando a mãe, toda feliz por o ter perto dela, lhe disse, não tens pena do teu tio?, ele lhe mostrou à socapa a planta dos pés cheios de cicatrizes. Só disse, aqui as pessoas morrem à toa. A mãe compreendeu e calou. Seria o segredo dos dois.

Jiba foi recompensado com o carinho do povo da região pela injustiça provocada pelos adivinhos, os quais não paravam de tentar justificar o erro de o acusarem: uma ave tinha passado sobre eles, o pássaro negro os distraiu e leram mal os sinais no ar, ou outra desculpa qualquer. As pessoas acreditavam haver uma razão para a falha dos adivinhos, eles não podiam errar.

Jiba ganhou prestígio pois era o único caso de alguém que passara pelo caminho das brasas sem se queimar. E ganhou o receio do soba. Que temia perder o respeito do povo, pois afinal ele tinha sancionado a escolha dos adivinhos e mandado Jiba para a ordália. Mas como podia eu saber, sempre assim se fez, dizia o soba de si para si, cada vez mais inseguro, à medida que via a notoriedade de Jiba aumentar, o mesmo Jiba que não respondia aos seus cumprimentos, nem sequer às suas perguntas. O soba percebia a ofensa ostensiva, fingia ignorar. Que podia ele fazer contra alguém que tinha passado a ordália? Obrigá-lo a repetir a proeza, acusando-o de novo de feitiçaria? Sabia que não podia. E Jiba não escondia o seu desprezo pelo soba.

O velho temia pelo posto mas foi surpreendido pela morte.

Devia ser um seu sobrinho a herdar o mando. Mas o povo começou a murmurar no njango e nos vários njangos das aldeias vizinhas, já é tempo de dar a autoridade a quem não vai abusar dela. E o povo escolheu Jiba. Claro, os sobrinhos do soba falecido tentaram resistir, elegendo o mais velho de entre eles para suceder ao tio. Mas foi inútil. O povo só reconhecia Jiba, o que passara no caminho das brasas.

Jiba porém não aceitou, também deixara de acreditar na nobreza das chefias.

Havia um impasse. O povo queria Jiba, o sobrinho do falecido era apupado quando aparecia no njango, chegou mesmo a perder todo o tipo de apetites, até o de mulher. E Jiba não aceitava o cargo.

A mãe dele lhe falou numa das noites seguintes:

— Tens de aceitar, não há alternativa. Viste o que te sucedeu. Sem razão, foste acusado. Podes voltar a ser incriminado, embora eu duvide. Mas posso ser eu a acusada, por despeito ou vingança do próximo soba. Se aceitares, nunca tu nem nenhum dos teus será denunciado. Porque serás chefe e és tu que acusas. Também poderás escolher os teus próprios adivinhos.

Reconheceu os sábios conselhos da mãe e aceitou finalmente o mandato. Porém, recusou escolher mulher entre aquelas famílias tão invejosas, sempre a provocarem makas e lutas que terminavam em crimes de sangue ou envenenamento. Atravessou o Kwando para sul e foi lá buscar uma rapariga de dentes serrados, linda mesmo quando sorria.

Jiba se tornou soba daquelas paragens e não decretou mais ordálias. Enquanto ele foi vivo, ninguém pisou nas brasas para provar a inocência. E os sucessores seguiram o exemplo. Foi uma prática que saiu da tradição, ali, naquelas aldeias junto do rio Kwando, quando ele ainda não se espraia pelas chanas entre o Moxico e o Kwando-Kubango.

Leu e releu o que tinha escrito. Bem, era só uma ideia. Um rascunho de conto, mas podia ser um princípio de romance, ou melhor, a base para um romance. Desenvolver mais as personagens, acrescentar outras, aproveitar para densificar o conflito etc., os truques habituais.

Resolveu tomar o duche e pensar no que ia comer ou onde. O que escrevera ficaria cinco anos a marinar, para ver se resistia. Uma ideia apenas. Aceitar o poder para preservar a cabeça e a dos seus? E depois fazer tudo para o manter, pela mesma razão? O poder como arma de defesa? Uma ideia muito atual em África. Ou talvez apenas uma desculpa e um pretexto. Dava para desenvolver.

Tinha perdido uma oportunidade de ouro com Marisa. Nem tentou qualquer tipo de aprofundamento da relação, apesar da audácia de se aproximar. Ela não queria nada com ele, estava claro, pois nem encetou uma conversa mais séria, arranjando logo o pretexto do almoço para ir embora. E se ela também estivesse com vontade, mas bloqueada? Alguma razão podia haver. Já lhe tinha pedido desculpa pelo comportamento daquela noite e as esperanças que criou, mas o relacionamento parava onde ficara, não foi o que ela lhe disse ao telefone? Qualquer coisa assim parecida.

Telefonou para o Antunes, onde estás? O Antunes estacionava com o Lucas num restaurante habitual dos três.

– Já estão a comer?

– Ainda.

– Então encomenda um calulú para mim. Estou aí em meia hora.

– Vê se vens mais rápido. Daqui a meia hora já bebemos uma garrafa de vinho e hoje é o Lucas que paga, ganhou montes de massa numa empreitada, daquelas meio mafiosas, como é do jeito dele...

Ouviu o Lucas protestar com o Antunes, porra, pá, fala mais baixo, ainda ouvem e acreditam.

– Vou a voar – disse Heitor.

Entretanto, Marisa tinha acabado o almoço e pensava em Heitor, no seu corpo perfeito deitado ao lado dela, a delicadeza como tinha explicado o truque de esconder as coisas essenciais na praia e o silêncio súbito, à espera que ela mudasse de assunto, para qualquer conversa mais importante, sem ousar ser ele a iniciar um tema. Ela não percebia? Já conhecia as inibições do escritor, embora ele estivesse a fazer progressos evidentes, foi ter com ela.

Percebeu o olhar escrutinador de Lucrécio e sorriu para ele, a disfarçar tristezas.

– Estava mesmo boa a muamba?

– Como deve ser – disse ele, limpando a boca.

27

Ao acordar, Lucrécio percebeu, hoje é hoje.

Não parecia um dia diferente dos outros. As dores em todo o tronco lhe diziam, acordas e tens-nos contigo. Como sempre. Fiéis, teimosas, segredando verdades.

Eram seis da manhã, com a luz a se infiltrar pelas ripas da persiana, apesar do leve reposteiro branco que disfarçava a madeira, alguns sons da rua se imiscuindo nos restos de sonhos. Acordava sempre com os primeiros alvores e se inclinava de seguida para ver a mulher dormir. Gestos automáticos, de tantos anos juntos. Tentação de contemplar beleza, espiar desejos? Pouco interessava a razão dos gestos. Eles existiam, tinham a urgência dos instintos. Sempre seria a imagem que dela levaria, dormindo em entrega. Entrega a quem? Dúvidas vindas desde o princípio. Não podia controlar os sonhos dela. Nem queria. Desprezava os maridos suspeitosos, nascidos para cornudos. Com os ciúmes, atraíam os maus ventos. Depois se queixavam do azar. Bem, muitas vezes acontecia o contrário, os cornudos eram os mais desprendidos.

Definitivamente, não há regras.

Ela mantinha os braços afastados, coxas a sobressaírem sob o lençol, a fêmea no seu esplendor.

Não parecia um dia diferente dos outros, mas seria.

A certeza reside em conhecimentos trazidos de vivências passadas, ou nas palavras escritas pelas paredes, ou, sobretudo, saberes soprados pelos espíritos em todos os pontos altos. Sentia a debilidade se apossar irremediavelmente dele, as dores insuportáveis que já não poderia esconder de Marisa, as explicações descosidas, o sofrimento dela ao saber a verdade. Sentia sobretudo o desejo de libertação. Dele. E, porque não dizê-lo, também o dela. Duas linhas paralelas, coincidindo no infinito. Pois esse infinito chegara.

Chega sempre, basta ser lúcido.

Fez um esforço para passar da cama para a cadeira de rodas, encostada mesmo ao lado por Marisa, depois de o ajudar a deitar. Os próprios braços, tão treinados pelos anos, fraquejavam no esforço. E foi com custo mas em silêncio à casa de banho, se lavar. Vestiu camisa limpa, mas manteve os mesmos calções com que dormia. A mulher, mais tarde, ajudaria a pôr uns limpos, sozinho não seria capaz de fazer a troca. Uma humilhação recente. Semanas antes ainda conseguia mudar os calções, mesmo com dificuldade. Mas isso fora semanas antes. O amigo médico a quem explicou o embaraço não escondeu a verdade, agora tudo é mais rápido, tens de te preparar. Preparado estou eu, lhe respondeu, outros é que talvez não estejam. E é difícil confessar. Sim, é sempre difícil confessar, reconheceu o médico, desejas que seja eu a falar com Marisa? Não, deixa, ficamos melhor assim.

Foi à sala, abriu a janela para ver a rua. Ainda um gesto maquinal. Os ruídos já se tinham apoderado do bairro, muita gente passando a pé, as crianças para as escolas, lutando contra o sono, motos e carros. Ele tinha cuidadosamente fechado a porta do quarto, para o barulho da cidade não acordar a mulher, ainda não era a hora dela. E ficou à espera, sentado, olhando as fachadas dos prédios em frente, a rua, os vizinhos... À noite ouvira Marisa chorar de mansinho. O problema se apresentava como sério e secreto, pois ela escondia as razões. O problema aparecia na óbvia forma de um amante. E se fosse apenas por sentir o inexorável fim dele, sofrimento por amor? Por que suspeitar de outras causas se o mais plausível era ela perceber que ele se afundava quase com volúpia e ocultava as dores e as diarreias constantes, armado em forte, um durão? Talvez. Tudo era possível. Nas relações humanas, é difícil haver certezas, apenas intuições. Mas se tornara muito complicado conversar sobre certos assuntos, era como levantar tampas de penicos. Tinham passado a fase da sinceridade, a dos primeiros tempos, da descoberta mútua, agora evitavam cheirar a própria merda. Hipocrisia? Não, delicadeza, medo de devassar intimidades.

Achava.

Dona Clélia apareceu no ângulo de visão, com uma vassoura. Ele fez um adeus com o braço. A vizinha respondeu ao cumprimento e depois começou a varrer o passeio à frente da sua casa. A rua podia estar suja, mas defronte da residência dela tudo tinha de estar limpo, por isso duas vezes por dia ela se esmerava com a vassoura, mesmo se a coluna queixava, mesmo se o tempo escasseava. Senhora criada nos tempos antigos do Bairro Operário, citadina por nascimento e vocação, aprendendo a varrer o quintal com a quase desaparecida vassoura de piaçaba. Desconhecida na parte central da cidade, pois em certos bairros marginais e em povoações do interior ainda era o utensílio preferido para a limpeza de casas, quintais e largos.

Ouviu então o barulho feito por Marisa no quarto. Ela passou depois para o banho e, finalmente, se aproximou de Lucrécio na janela, cheirando ao jasmim do sabonete.

– Já trato do teu mata-bicho.

– Não tem pressa, obrigado.

– Claro que tem pressa. É só um instante.

Ela foi buscar calções limpos e ajudou-o a mudar ali mesmo junto da janela. De fora ninguém veria a operação delicada. Tanto se lhe dava, era humilhação na mesma. Depois a mulher se dirigiu para a cozinha. Tantas coisas a contar, sentiu ele. Não os projetos, esses perderam qualquer significado, embora durante anos enchessem a sua cabeça, livros, filmes, teses sobre a existência, teoremas a descobrir. Para contar eram os sonhos que passaram juntos e os que ele passou sozinho, por ser impossível partilhar. Sim, muitas coisas. Mas que deveriam ficar assim no silêncio de sempre. Comeram sem grandes conversas o pão de ontem com ovos mexidos e o café forte do Uíje, trazido por um amigo.

– Os ovos estavam bons – disse Lucrécio. – E este café do Uíje é o melhor do mundo.

– É bom, mas não exageres – sorriu ela.

Hora de ela ir embora. Se despediu com o beijo fresco de sempre, fingindo alegria mas mal escondendo tristeza. Ele viu o carro se afastar.

Pela última vez.

Aguardou um bom tempo, pois acontecia com frequência ela voltar atrás por ter esquecido qualquer coisa. Hoje nem perguntou, onde deixei as chaves? Ou a carteira bege. Ou outro objeto qualquer. Ele saberia responder, sempre atento à esposa e seus alheamentos. Todas as mulheres cultivavam essa arte de não saber onde poisavam as coisas mais urgentes, era um tique vindo das madames de outras épocas, achava ele. Mas nela parecia tão natural, tão nascido com ela... Talvez não agisse como atriz, talvez fosse mesmo despassarada em relação aos objetos. Porque não o era em relação ao resto. Só lhe ficava bem.

Havia pois a possibilidade de ela ter esquecido algo necessário para trás. Depois de muitos momentos de espera, parecendo uma eternidade, decidiu que já não haveria perigo de ser surpreendido.

Fechou a janela.

Parou na mesa da sala, arrancou uma folha branca de uma agenda e escreveu a mensagem que lhe enchia a cabeça há tempos e que memorizava e corrigia a cada passo, ora tornando-a mais enxuta, por um lado, ora para aperfeiçoar a forma, de outro. Pouca importância teria a sua qualidade estética, nunca se considerou poeta, nem aquilo era na verdade um poema.

> Abri a janela da gaiola
> para poderes voar.
> Essa janela
> por onde entraste na minha vida.

Assinou, mas não pôs a data.

Esquecimento? Alheamento?

O Tímido e as Mulheres

Avançou para a casa de banho. Lá estava o balde de plástico sempre cheio de água, pois era frequente haver falhas e aquela água preciosa servia para emergências. Lucrécio se deixou deslizar da cadeira para o chão e, com muita dificuldade, pôs as pernas fininhas e curtas à volta do balde. Não respirou fundo, não hesitou.

Meteu apenas a cabeça na água.

Com toda a simplicidade.

No princípio não custou. Mas cada vez ansiava mais por ar. E lutava para não aspirar o líquido. Se tratava de um jogo, vamos a ver quanto tempo resisto. Infelizmente não poderia dar uma mirada no relógio, controlando os segundos. De facto ignorou o facto no começo e agora isso ganhava importância. Que chatice, devia ter registado o início, mas deixou de ser possível, bela desculpa, esperem lá, vou recomeçar mas antes marco o tempo. Depois seria complicado acompanhar a marcha do ponteiro, naquela posição de rosto dentro da água e o relógio no braço que apertava o balde. Desculpas para fugir ao inevitável. Estes pensamentos desfilaram muito rapidamente no seu cérebro e ajudaram a preencher o tempo de angústia, convulsões por todo o corpo, exigindo ar, mas a ideia fixa se mantendo, não vou desistir, todas as resoluções foram tomadas com muita ponderação, não sou um merdas para recuar agora. Não suporto ter vergonha de mim próprio e da minha fraqueza no momento mais importante. Passou um tempo vazio que não saberia medir e deixara de ser importante. De novo, como uma rajada de vento varrendo de súbito a rua, a necessidade tremenda de respirar e de afastar a cabeça da água.

Não tiro a cabeça, não tiro a cabeça, sou um homem livre e torno os outros livres.

A cabeça no entanto subiu um pouco, o crânio saiu da água, mas, como impelido por trás, voltou a se enterrar no líquido. Tinha de respirar, impossível aguentar mais, tinha atingido o fim, e então, conscientemente, aspirou a água. Sem desespero. Tossiu e bebeu e respirou mais água e só pensava, tenho de resistir, tenho de fazer isto, sou um libertário, até que o cérebro foi acalmando e viu Marisa debruçada sobre a janela, menina ainda, falando com ele, e viu os prédios novos e o passeio de casa, e amigos de infância rindo para ele ou talvez dele, uma galeria de rostos passando rapidamente e a imagem da mãe há muito esquecida e enfim sentiu uma sensação de voo, viu mesmo o céu e os outros pássaros saudando a ave de belas plumagens em que ele se tornara, rodopiando lá no alto, no meio dos seres livres...

O balde caiu para o lado, com Lucrécio abraçado, e a água entornou.

28

Marisa, entretanto, decidiu à última da hora não entrar no edifício da rádio. Dias antes tinham mudado o programa dela para a tarde. Desculpas e mais desculpas, que já não atraía muita audiência, o programa da manhã estava descaracterizado, arranjaram uma hora e meia para ela depois das notícias do almoço. Um colega e amigo, amante da mulher do antigo diretor e portanto bem informado, lhe confidenciou, houve mudança no ministério e na direção da rádio, os novos acham que perdeste o gás, querem pôr no programa da manhã um par de jovens apresentadores de kuduro, o que era um grande disparate pois os jovens não ouviam rádio de manhã, se é que ouviam alguma coisa. Kuduro talvez, a música da moda, para alguns não sendo sequer música, porém há gostos para tudo. Afastarem-na do programa da manhã era uma arbitrariedade e falta de consideração, de qualquer maneira. Tinha discutido furiosa com o marido, mas ele disse no seu jeito aquietador, aguenta só o emprego mais um tempinho até arranjares outro melhor, não há só uma rádio nesta cidade e foste assediada tantas vezes pelas outras... Vais te safar, calma, esperança, a vida vai mudar. Enfim, depois desta decisão dos novos dirigentes, ela tinha de estar na redação a preparar o programa e apresentá-lo logo a seguir ao almoço. À tarde, saía mais cedo da emissora, é certo, mas tinha pouco tempo para ir a casa, terminar o almoço já encetado na véspera e comer nas corridas, chegando a tempo de entrar no ar. Acontecia mesmo não almoçar, para não atrasar.

O seu período de glória passara. Talvez fosse sua culpa, deixou de ter a paixão do trabalho, distraída, melancólica, pouco animada, o desleixo se paga. A decisão talvez não fosse tão arbitrária assim. Lucrécio, como sempre, tinha razão, devia manter este emprego por enquanto e ir conversando com outros, não existiam na praça muitas apresentadoras com o seu talento e experiência. Devia mesmo refletir no desafio da televisão, sem preconceitos ou falsas modéstias, como tantas vezes lhe propuseram. Sabia ser mais interessante que muitas que por lá se apresentavam em vestidos espalhafatosos.

Por isso nesse dia pensou, que se lixe o diretor, vou até a praia, bebo uma caipirinha num bar da Ilha, volto a tempo de preparar o programa, é só escolher umas músicas e inventar um assunto de conversa, não com os ouvintes, que isso foi nos bons tempos, mas para os ouvintes, à hora da sesta, todos com sono. A música até pode ser de anjos tocando harpa, ninguém repara, mesmo o dijêi cabeceia, sobretudo depois do uísque tomado como digestivo.

Demorou bastante a chegar à Ilha, pois não é nada fácil atravessar a baixa de manhã, centro financeiro e de serviços para onde todo o trânsito converge. E, chegada à ponta da Ilha, descobriu ser cedo demais para a caipirinha, de facto não lhe apetecia beber nada, nem sequer sair do carro. Estacionou portanto no fim da restinga, onde tantas vezes ficara com Lucrécio gozando a noite e a brisa vinda do mar, o mar em três dimensões, como diziam, à esquerda, em frente e à direita. Terra, só nas costas. De manhã era tudo diferente, pois havia barcos se movendo, sol reverberando nas ondas que chocavam nos resguardos feitos de enormes blocos de cimento a avançarem para a água em esporões resistentes. Já tinham visto golfinhos passar ali ao largo e uma vez até uma baleia. Nos tempos... Também já sonhara com aquele ponto, ao escolher música na rádio, especialmente quando descobriu a canção *"Cuando calienta el sol"*. Ouvia a música e visualizava aquilo que passou a se chamar o ponto final, pois aí termina a Ilha. E lhe veio à memória outra canção, esta brasileira, com letra tirada de um livro de Jorge Amado, sobretudo o verso "É tão doce morrer no mar..."

A ideia lhe fez apertar o peito.

Ligou o motor, decidiu ir mesmo trabalhar. Com o bárbaro trânsito da baixa, ia chegar a lindas horas à emissora. Ora, nem estaria diretor ou chefe a quem pedir desculpa. Havia relógio de ponto mas ninguém ligava a ele, o jornalista tem de ter horários muito elásticos, está sempre a sair e entrar do salo e o relógio era apenas o símbolo de um desejo de eficácia, talvez servindo para controlar o pessoal de limpeza e alguns funcionários administrativos, não eles, os deuses do éter.

De facto, já passava das onze da manhã quando chegou. Houve sorrisos, reparos, adeuses, beijinhos, como sempre. Marisa entrava ali como César em Roma depois de derrotar os gauleses. Em triunfo. Mesmo se sentindo derrotada. Acabava por sorrir com as brincadeiras, por vezes alarves, dos colegas, e ficar mais bem-disposta. Apesar da desfeita *burrocrática* de alguns dias atrás, ainda era a sua casa, onde tinha amigos, admiradores e eternos suspirantes.

Antunes, entre eles, lhe apontando o relógio, ontem à noite é que foi uma farra... Ela encolheu os ombros, responder mais o quê? Talvez Antunes até imaginasse cenas impossíveis...

Se sentou a uma mesa da redação, tentou pôr num papel as ideias que lhe ocorreram enquanto esperava no trânsito. Ideias não para um, mas para três programas. Tinha de fazer mais vezes esta fuga ao serviço, se revelando afinal bastante profícua. Esquissou mesmo os três programas e deixou uma nota ao dijêi, pedindo para separar as músicas que iria utilizar depois do almoço.

E partiu. Sentia, como sempre, os olhares dos homens colados à sua bunda. Gingou mais de propósito e ouviu palmas. Mas não parou nem se virou para trás, fez apenas um olá com o braço.

Ao estacionar o carro à frente da casa, num lugar miraculosamente vago, estranhou, a janela da frente estava fechada. Será que o Lucrécio tem frio, estará com alguma febre? Nunca tinha acontecido encontrar aquela janela fechada, de dia.

Abriu a porta e viu logo o corpo deitado na casa de banho, quase enrolado no balde. Vestígios de água, muita. Deixou aberta a porta da rua, correu para dentro e gritou quando lhe tocou e sentiu o frio e a rigidez da morte. Gritou e gritou, abraçada ao corpo tão pequeno, tão estranhamente reduzido, do marido. A vizinhança acorreu aos gritos e depois a polícia. Levada por dona Clélia e outras vizinhas para o quarto, nem se apercebia bem da quantidade de gente que entrara em casa, de abuso uns, só para ver, outros para ajudar. No meio talvez algum tenha aproveitado cassumbular um aparelho ou objeto, há sempre uns vivaços nesses momentos de confusão. A polícia acabou por tomar conta da situação e mandou toda a gente para a rua, menos as senhoras que ficaram com Marisa no quarto. A viúva chorava com as carpideiras e isso evitava que pensasse claramente no sucedido. Só tinha a imagem de Lucrécio todo enrolado no chão, um novelo pequenino e encharcado, abraçado ao balde, um passarinho molhado.

Terá vindo mais polícia, um graduado, pois alguém com carrancuda cara de importante lhe mostrou o papel que estava sobre a mesa.

– Desculpe incomodar... Foi a senhora que escreveu isto?

Marisa limpou as lágrimas dos olhos, tentou se concentrar no papel. Não percebeu o que lia.

– Isso é a letra do meu marido.

– Tem outras coisas que ele tenha escrito?

Não estava a entender mesmo nada. Por que não lhe deixavam chorar, fugir da realidade dolorosa? Por que queriam trazê-la de volta ao sofrimento? As carpideiras estavam caladas, todas olhando para o papel. O polícia entretanto mirava à volta e viu muitos cadernos escritos. Eram os cadernos das explicações de Lucrécio. Pegou num deles. Marisa viu o gesto e anuiu com a cabeça.

– Sim, é dele... Caderno de explicações.

– Parece a mesma letra.

Ela gritou, se soerguendo da cama, numa fúria:

– É a letra do meu marido, já lhe disse. E agora deixem-me em paz.

O polícia encolheu os ombros, rosto fechado.

– O perito vai comparar as letras para ver se é a mesma.

Ia sair, levando o papel e o caderno. Marisa voltou a gritar:

– Deixe então eu ler o papel...

Ele entregou-lho. E ela foi finalmente capaz de compreender,

> Abri a janela da gaiola
>> para poderes voar.
> Essa janela
>> por onde entraste na minha vida.

Soluçou fortemente e disse no meio dos soluços para as carpideiras:

– O pobrezinho estava a se despedir...

– Despedir? – disse o polícia. – Isso é um poema...

– Despedida em forma de poema. Dando-me liberdade...

O terrível pensamento chicoteou-a: ele sabia ou adivinhava as suas intimidades. E foi embora para me deixar ser livre. Chorou então com muito mais sofrimento, remorsos pelo meio.

– Um poema é um poema, não uma despedida – insistiu o polícia no alto da sua sobranceria de homem fardado.

Marisa nem o ouviu.

Uma carpideira se pôs a xinguilar, mal o homem saiu do quarto. As outras aumentaram o som dos gritos e lamentos. Marisa chorava, encolhida sobre si própria, tentando não pensar, mas as palavras escritas por Lucrécio se cravavam como balas no seu cérebro, ele sabia dos seus suspiros mais secretos, quem sabe lhe contaram, ou ela falava em sonhos, daí os olhares fixos, examinando, analisando. Mas como podia ele saber e o quê? Que se encontrara com Heitor? Que estava apaixonada pelo rapaz? Uma pessoa é assim tão fácil de ler? Ou alguém lhe contou, um amigo do bairro que ele encontrava quando ia comprar o jornal, talvez mesmo o senhor Tomás, o dono do quiosque, um kuribota de todo o tamanho, sempre a falar mal dos clientes. O coitado do Lucrécio a sofrer ciúmes por uma coisa sem importância, ela não se entregou e evitou sempre Heitor, não havia razão para um gesto de loucura, mas os homens são difíceis de entender, mesmo sem razão se roem de ciúmes. E lá vinham uns versos acusarem, seria mesmo coisa sem importância aquela paixão que a consumia, que até lhe levou a ser despromovida na rádio, a dor sempre presente de uma ausência consentida? E chorava mais alto para abafar os seus próprios lamentos.

A polícia, entretanto, se atarefava na recolha de indícios. O mesmo polícia, talvez o mais graduado, veio anunciar:

– Vamos levar o corpo para a morgue. Tem de haver uma autópsia.

– Autópsia? – perguntou dona Clélia, parando imediatamente de chorar.

– Sempre que um óbito estranho ocorre, é de lei.

Marisa não replicou. Ainda não tinha pensado sequer no detalhe, como morreu afinal o Lucrécio? Achou normal, com a autópsia, ficariam a saber a causa. Mas logo se compungiu, iam retalhar o corpo do marido. Desviou a atenção, pois já ia formular a ideia que iam retirar os órgãos um a um. Chorando mais forte, varreu essa visão para longe, sentiu apenas a perda.

E a culpa.

Um benemérito não perdeu a ocasião para avisar alguém da rádio, pois a tarde ainda acabara de chegar e já a notícia corria no ar, a nossa querida colega...

A casa se enchia de gente, depois que a polícia se retirou com o corpo e o balde e o papel escrito por Lucrécio e mais coisas que ninguém poderia enumerar. Cada pessoa que entrava fazia ar grave, sendo homem, e se punha aos gritos, sendo mulher. Algumas vizinhas procuravam afanosamente a família de Lucrécio e a de Marisa, quem sabe, quem sabe? Tinham mudado há tempos para o bairro, nunca recebiam visitas a não ser os explicandos dele e um ou outro colega de Marisa. Ninguém com cara de parente. Só a própria podia indicar. Mas por enquanto deixavam a jornalista viuvar, como lhe competia. Dona Clélia pressentiu a ocasião de brilhar, afinal era a mais próxima das vizinhas do casal, ainda de manhã tinha cumprimentado o futuro defunto e depois estranhado a janela fechada. Arregimentou duas outras senhoras da rua, temos de preparar kissângua e umas jingubas e outros quitutes, vamos lá, a vizinha precisa do nosso apoio, enquanto não aparece família.

Havia familiares e em número suficiente. O problema é que nunca iam visitar o casal e por isso os vizinhos não os conheciam.

O Tímido e as Mulheres

Também nem Lucrécio nem Marisa adiantavam conversa sobre parentes, daí a falta de informação. De vez em quando, o casal ia a casa do irmão mais velho de Lucrécio, que tinha uma loja, começada como simples cantina familiar, se tornando mais tarde em estabelecimento de vendas de peças de automóvel, perto da Igreja de S. Paulo, ao lado do mercado. Tinha outro irmão, militar, e uma irmã mais nova, casada, doméstica, arredondando o salário do marido professor primário com venda de sacos comprados na China. E pelo lado da mulher, havia os pais dela e dois irmãos, visitados a espaços, porque nunca foram favoráveis à escolha da filha, embora tivessem acabado por vencer os preconceitos em relação ao deficiente Lucrécio, segundo diziam. Os pais de Marisa foram os primeiros a saber da desgraça, pois o nome dela apareceu logo na rádio como recém-
-viúva. No fundo havia comunicação entre as duas famílias, pois uns avisaram outros e compareceram ao meio da tarde no apartamento do bairro Prenda, apinhado de conhecidos e desconhecidos, de vizinhos e patos, cada um à espera de um sumo de múkua ou um pastelinho, suspirando pela canjica da noite. Pontificavam, claro, os jornalistas, ajudando também na logística. Faltava uma verdadeira dona de casa, a qual chegou enfim.

A mãe de Marisa, senhora de corpo avantajado, abriu caminho até ao quarto, empurrando uns e outros, deixando espaço para o marido vir atrás na esteira.

Depois dos choros e dos abraços, a mãe adiantou criticar, que lhe estava mesmo no ADN, mas então porquê tens o telefone desligado, nem sei como conseguimos dar com a casa. Marisa, naquele momento, não sabia se tinha sequer telefone, não pensara no assunto. De facto, como mais tarde se veio comprovar, rigorosamente não tinha, pois um dos curiosos procurou na bolsa que ela abandonara à entrada e sonegou o aparelho, ganhando assim o dia. Com rara delicadeza, deixou o *chip* em cima de um móvel, pois os contactos sempre fazem falta, sobretudo a viúvas desamparadas.

A mãe de Marisa pôs as carpideiras fora do quarto, se me dão licença, quero falar com a minha filha. Era autoritária e conseguiu os seus objetivos. O marido, com um sorriso a pedir desculpa, fechou a porta nas costas delas.

– Na rádio dizem que deixou um poema de despedida – disse a mãe.

Marisa caiu na realidade de chofre.

– Falam isso na rádio? Como sabem?

– Não interessa como sabem. É verdade que se despediu?

– Li quando o polícia me mostrou... Percebi, era sim uma despedida...

– Então foi suicídio?

A palavra que andava a brincar às escondidas com o cérebro dela desde o início, e que fora sempre rejeitada para a escuridão dos maus pensamentos, os que não devem ser considerados, disparou como um tiro no escuro.

– Suicídio?

Começou a tremer. E a gemer. Por quê, Lucrécio, por quê? Houve uma luta de vontades contra realidades, luta breve. Ficou de repente tudo claro. Se se despedia, sabia que ia morrer. Ela considerara num momento de maior lucidez que ele sentiu a morte vir, ainda teve tempo de escrever, se lembrando dela, e depois partiu. Ataque cardíaco, uma coisa dessas. Suicídio como, com quê?

– A polícia vai descobrir – respondeu a mãe. – Vimos vários agentes a fazerem perguntas às pessoas, quando chegámos. Devem andar a investigar. Queiras ou não, és uma figura pública, isto é caso para ser falado... – se virou para o marido, comandou: – Fica com ela, tenho de ir pôr ordem na casa. E não deixes esse bando de atrasadas entrarem aqui. Só família.

29

Depois da hora do almoço, Antunes tinha telefonado a Heitor, a Marisa está viúva, o marido aleijado foi. O pretendente a escritor sentiu uma tontura, ficou agarrado ao computador como a uma boia. Primeiro não pensou mesmo nada, apenas vontade de vomitar. Depois a ideia avançou devagarinho, ela perdeu o marido, coitada, como deve estar a sofrer. E só por fim, o óbvio e normal em qualquer outra pessoa, porra, está livre, agora é a minha oportunidade. E, quando esta última ideia iluminou todo o seu cérebro e o corpo, o qual se pôs a fervilhar, sentiu vergonha, que oportunismo, porra, porra, devia era ter vergonha. Ligou a Antunes, vais a casa dela? Sim, que ia um grupo de colegas, saíam até mais cedo do trabalho, era uma boa desculpa para mudarem de ares por um bocado, e então Heitor combinou ir com eles, assim ao menos não entrava sozinho num ambiente estranho. Antunes ainda perguntou, achas bem que avisemos o Lucas, mas ele foi rápido, o Lucas não a conhece, não tem qualquer relacionamento, raio de lembrança estúpida, ainda vai fazer alguma confusão. O Antunes riu, meu sacana, não queres concorrência, mas não era nada disso, apenas uma certa discrição que se impunha, a que propósito iria o Lucas a casa de Marisa, sendo muito capaz de se atirar descaradamente à viúva com o corpo do marido ali presente? Na altura Heitor não sabia, Lucrécio tinha sido levado para a morgue.

Assim entrou pela primeira vez naquela casa cheia de gente, mas muito menos do que a multidão se encontrando no passeio estreito e na rua. Foi o cabo dos trabalhos encontrar sítio para estacionar numa transversal, e a mais de trezentos metros. Havia jornalistas com máquinas fotográficas, outros com gravadores pequenos, aproveitando entrevistas. Mas a viúva estava fechada no quarto, só admitindo a presença de íntimos. Foi o que Antunes disse, só a vemos no velório oficial, se houver, aqui não a vemos, pelo menos por agora, ao que outro disse, não vai haver nenhum velório oficial, quem era ele?, mesmo se fosse ela a defunta não haveria, nós, os jornalistas apenas comentamos e ilustramos os velórios oficiais, nunca fazemos parte deles. Também era melhor, disse outro, fazemos figurões se tornarem figuras públicas, mas quando somos uma figura pública com direito a velório oficial é porque deixámos de ser jornalistas. Entretanto, com estas conversas de deontologia profissional e um certo despeito, o grupo de quatro conseguiu um lugar na sala, onde passou uma travessa com copos de vinho, cada um dos três apanhando o seu, exceto Heitor, demasiado lento ou perturbado para o obter. Pensava em Marisa, apenas. E se não ia vê-la, então por que estaria ali? Tinha sido estúpido e aceitou a boleia de um dos colegas de Antunes que os trouxe. Agora tinha de ficar com eles até se fartarem, não poderia voltar a pé para casa, longe demais. E não conhecia mais ninguém a quem pedir uma boleia.

– Achas que ela vai seguir a tradição e ficar na cama durante uma semana? – perguntou Heitor em voz baixa.

– Se depender dela, não, amanhã estará cá fora – disse o Antunes. – E a família dela não alinha muito nesses costumes de kombas de uma semana ou de um mês, como aqui é habitual. Mas sobre a família tu deves saber mais que eu, ela falava pouco disso com os colegas.

– Sei ainda menos.

– Ai é? – Antunes lhe deitou uma mirada insistente. – Julguei que eram mais íntimos, que tiveram tempo de trocar opiniões sobre as famílias respetivas.

– Vai à merda!

Talvez tivesse sido reação exagerada, Antunes podia estar a falar a sério, sem segunda intenção. Ou apenas para preencher tempo. O escritor ia se retratar, pedir desculpa, estava muito sensível, mas não teve ocasião, pois se fez ouvir pela sala toda a voz desconhecida e fanhosa de dona Clélia, protestando, então nós é que somos as vizinhas e apoiámos a viúva desde que foi descoberto o corpo, agora a família tomou conta do caso e nem podemos ir lamentar o sofrimento lá no quarto, nos disseram, se querem chorar, chorem aí mesmo na sala ou na rua, não queremos esses escândalos de xinguilamento e gritos falsos, como se rua fosse sítio para carpir, e xinguilamento algo estrangeiro e vergonhoso, uma ingratidão, é o que é, gente rasca metida a importante, como se o Lucrécio não fosse um cidadão simples, o mais simples que havia, apesar de um sábio, ensinava a toda a miudagem do bairro e até a mais-velhos, no que foi logo apoiada pelo senhor Tomás, lá isso é verdade, o senhor Lucrécio era um homem simples, como todos os sábios, é uma perda para o bairro, para o país, para o país sim, corroborou outro, e Heitor suspeitava ser também um vizinho, mas depois se deu um alvoroço à porta de um dos quartos, provavelmente o do casal, kazukuta atraindo a atenção dos seus três companheiros, é o nosso diretor, é o nosso diretor, o qual foi quase empurrado quando gritou, mas eu sou o chefe dela, argumento pouco importante naquele momento, os familiares de um e outro lado não queriam saber, os pêsames seriam dados na altura do funeral, não haveria komba de uma semana nem para os chefes. Heitor percebeu de quem se tratava pelos sorrisinhos dos companheiros, o Antunes explicando, é o nosso novo diretor, não lhe deixaram entrar no quarto e o gajo agora se julga uma autoridade porque acaba de ser promovido, já deve estar a pensar que chega ao Comité Central ou a deputado e age como tal antes do tempo. Pouco depois, o dito protestante era empurrado na direção do grupo e reconheceu algum deles como colega de Marisa, queria dar os sentimentos da rádio em nome de todos nós, vim para aqui mal soube do infausto acontecimento, e uns gorilas ali não me deixam, mas os jornalistas só abanaram as cabeças, apanharam mais copos numa bandeja que passava, até Antunes lembrar e dizer, diretor, a rádio devia mandar para cá uns comes e bebes, é uma maneira de ajudar a colega, o que foi aceite pelo chefe, uma boa ideia, vou telefonar para o Américo, é quem se encarrega dessas coisas, não é? Podia ser, lhe respondeu Antunes, pensando só para si, o Américo ia cassumbular metade das coisas e cobrar a totalidade, mas antes metade que nada, velório sem bebidas e uns salgadinhos é coisa de miserável, mesmo naquela cidade de gente pobre a morrer, pois os ricos morrem no estrangeiro nas melhores clínicas.

O diretor não suportava a desfeita de ficar esquecido ali na sala e despediu, desaparecendo, certamente para tratar da logística. Os três sorriram entre si, matumbo da merda, oportunista, nem jornalista é!

Heitor já tinha ouvido falar do caso em outras ocasiões mas então se convenceu mesmo da dificuldade sentida pelos jornalistas em abandonarem um congresso, enterro, festa ou encontro, enquanto bebida houver. Porque o grupo foi aumentando com a chegada de mais colegas, dos diferentes meios de comunicação, não apenas da rádio deles. E teve de passar para a rua, onde também apareciam bandejas com bebidas e croquetes ou sandes ou jinguba com mandioca assada. Mais tarde apareceria um carro da rádio com grades de cerveja e salgadinhos, mais a promessa de uma canjica para aumentar a que as vizinhas preparavam para a noite, prometendo ser animada. O problema de Heitor é que queria ir embora mas nenhum tinha essa intenção. Perguntou duas vezes a Antunes, mas este só disse, daqui a pouco vamos, aguenta só um cochito. A maka é que o cochito passou a coche, se tornou num cochão, e ele não aguentava as pernas. Sentou mesmo no passeio, no que foi imitado pelo Antunes e alguns dos outros. Horas de pé, mesmo com bebida, é demasiado sofrimento. A tarde caía, e com a entrada da noite, o fim do calor. Não estava desagradável, sentado no passeio, ouvindo estórias e mais estórias.

A situação dava vantagens, sobretudo para os jornalistas. Foi assim que souberam ter havido pelo menos simulação de suicídio, com um misterioso bilhete escrito em forma de poema como despedida, mas que a polícia achava ser forjado, que a autópsia devia estar a terminar e talvez fosse mesmo crime, pois quem se pode suicidar com um balde de água? Novidade que fez sensação no grupo, um balde de água? Se dizia, a estória estava algo confusa e pairavam suspeitas, pois queriam fazer crer que o falecido tinha metido a cabeça no balde e se deixado morrer, ninguém aguentaria uma coisa dessas, só com uma pessoa a lhe empurrar a cabeça dentro do balde. A polícia andava a fazer perguntas às pessoas do bairro sobre Lucrécio e Marisa, portanto amanhã chegam os caíngas aos jornalistas, vão investigar as atividades de Marisa na rádio, ligações etc., preparemo-nos para o inquérito.

– Se suspeitam de assassinato...

– Eh, pá, isso ainda vai dar muita notícia.

– Como nossa colega, temos de estar à frente dos outros – disse o Antunes, afinal o mais vivo do grupo. – Devemos nos antecipar e ter a versão dela. E ela devia até favorecer-nos, recusando dar entrevistas a outros...

De repente, por causa de um mujimbo atirado por alguém, o assunto tinha tomado conta de toda a conversa, quando antes se falava de várias coisas, do diretor em particular, mas também das estórias de outros funerais, sem nunca se ter preocupado alguém em conjeturar sobre a causa da morte de Lucrécio. O pobre tinha sido esquecido, pura e simplesmente, até alguém de fora do grupo puxar a conversa para o insólito da situação.

– Mas estava com a cabeça no balde?

– Quando a Marisa o encontrou, ele estava deitado de lado com a cabeça dentro do balde e agarrado a ele. Os vizinhos entraram quase logo a seguir, quando ouviram os gritos dela, e viram.

Heitor pensou, mas estes tipos são jornalistas, estão aqui há mais de três horas e só agora se aperceberam do que os vizinhos viram e falaram e talvez tenham até berrado à polícia? O seu amigo Antunes, em particular, mesmo se mais vivo que os outros. Foram como colegas prestar apoio, não para trabalhar, seria essa a desculpa. Ficou no entanto dececionado com a falta de profissionalismo. No entanto, calou. De facto, o insólito caso da morte de Lucrécio perturbou-o, e também ele, mais virado para os seus assuntos pessoais, nem lembrou em saber como tinha morrido o coitado. Por que razão não iriam os companheiros esquecer tal preocupação? Pelos vistos, os polícias repararam em tudo e estão a trabalhar no mambo. O que pode significar para o futuro? Ele era escritor, ou pretendia ser, tinha também a obrigação de se distanciar psicologicamente e analisar a frio.

Não podia, se tratava de Marisa.

Mas, mesmo assim, ainda deu o alvitre a Antunes:

– Não aproveitam fazer uma reportagem?

O amigo caiu em si e esqueceu as bebidas. De facto, estava a desperdiçar uma oportunidade, ainda por cima o merdas do diretor tinha-o visto ali, talvez amanhã exigisse, então e o trabalho de ontem no óbito? Disparou com o gravador para o grupo de vizinhas, sempre prontas a dar todas as informações, reais ou imaginárias. O colega que guiava o carro, ao ver o Antunes a falar com as senhoras de gravador em riste, talvez com medo de ser contaminado pela obrigação do trabalho, disse, isto já deu o que tinha a dar, vou bazar, quem aproveita boleia? E sem escrúpulos nenhuns, Heitor agradeceu, ia mesmo embora, deixando Antunes entregue à tarefa de arranjar apontamentos para o noticiário da noite, era o seu ofício. O Antunes sempre arranjaria uma boleia, os jornalistas são uns privilegiados, têm lata para cravar cigarros, bebidas, boleias e até um jantar de despedida...

Por isso Heitor não estava lá quando a polícia voltou a casa de Marisa e só recebeu os mujimbos pelo Antunes, ao telefonar de manhã cedo, antes de os saber pelos órgãos de informação.

Passou uma noite muito mal dormida porque, sem que ele quisesse, acabava sempre por considerar ter o caminho agora livre até a moça, se, de facto, o que a impedira de aprofundar a relação com ele fosse a existência de um marido. Ela nunca o disse, apenas não posso. Mas dava para supor qual o motivo. E também o perturbava, não a morte em si, mas a estranha maneira de morrer. Não era propriamente vulgar. E, no caso de suicídio, exigia muita vontade mesmo de morrer, não é um qualquer que o consegue. Ele tinha a certeza, nunca seria capaz. A meio da operação desistiria, como quando tentava mergulhar de uma prancha para a piscina, incapaz de vencer a vertigem do vazio. Nem de dois metros saltava, com os colegas e amigos a gozarem, não sejas maricas, lança-te sem pensar, não custa nada, nem mesmo se caíres de peito vai arder por aí além, mas ele desconseguia, parecia estar a milhas da água, só via o fundo da piscina atemorizando-o.

Foi então Antunes a explicar, quando Heitor lhe telefonou de manhã.

– A nossa amiga parece mesmo metida numa enrascada. Ninguém se lembra de a ver entrar em casa, só de a ouvirem aos gritos passado o meio-dia. E disse à polícia que saiu como habitualmente de manhã, não foi logo à rádio, ainda esteve parada na ponta da Ilha, o que deve ser verdade, pois chegou tarde ao trabalho e todos nós reparámos. A polícia suspeita que enfiou a cabeça do marido no balde, aproveitou um poema que ele tinha escrito, e que poderia parecer uma confissão de suicídio, arrancou-o de um caderno e deixou-o na mesa, como se tivesse sido escrito ontem de manhã. O poema não tem data, detalhe importante, segundo os caíngas. Ainda na suspeita dos polícias, depois ela saiu de casa e foi para o trabalho, como se nada fosse...

– Mas por quê?

– Aí é que está. Houve gente da rádio que lançou a pista à polícia e a faz desconfiar de adultério, pois apareceu algumas vezes um tipo a esperá-la à saída do trabalho, com um ramo de flores... Ouvi comentar na altura, há pouco tempo, aliás. Os mujimbos corriam sobre as suas aventuras, como sabes, contei-te, considerada na rádio mulher pouco séria, que punha os homens em brasa e depois recuava, deixando-os a morrer de tesão. Comentários de alguns despeitados, sei, mas agora isso não conta. Se o tipo das flores não aparece a explicar ser apenas um admirador desinteressado, sem qualquer relação mais íntima com ela, a situação fica complicada. Tinha motivo de se desembaraçar do marido por causa do amante, a ocasião de o fazer e, no momento do crime, estava sozinha e até agora ninguém pode comprovar a sua paragem no ponto final.

– Não tem álibi...

– Exato.

– Mas isso não prova nada.

– A autópsia mostrou que o marido morreu afogado e na água do balde. Ninguém se mata assim, conclusão, foi morto.

– É suicídio estranho, mas não impossível.

– Quase impensável. Pois... A nossa amiga está em maus lençóis.

– Prenderam-na?

– Ainda está na cama, a viuvar, como manda a tradição. Com dois polícias à porta. Passei lá agora, antes de vir trabalhar, para acrescentar algum ponto importante à minha reportagem e havia muito pouca gente, só alguns parentes. Ainda tentei falar com ela mas a mãe não me deixou, mesmo indicando que era colega e amigo, só queria consolar etc., etc. A mãe não se comoveu e me mandou dar uma volta... A ausência de gente no óbito significa que já a condenaram.

– Porra!

– Sabes como são aqui os vizinhos. Só aparecem quando se pode chorar à vontade e pitar e beber até cair. Mas se a viúva se torna suspeita de crime, já ninguém quer nada com ela, até são capazes de dizer que nunca a viram na vida. E o Lucrécio continua na morgue, vai de lá direito para o cemitério, não se sabe quando. Sem falar na família dele, já de dedo acusador para Marisa. Até é conveniente para eles, apanham a casa, o carro e tudo o que era do casal, ela ficando na pior.

– Tem pelo menos o emprego... E família...

– Se não for presa...

– Tu achas isso possível?

– Quem sou eu para achar o que a polícia sabe? Já vi coisas piores. Ser acusado é fácil, basta respirar. Difícil é provar a inocência.

– Mas pela lei é o contrário, têm de provar a culpabilidade.

– Aqui? Andas a sonhar, rapaz.

– Não pode ser, alguém põe ordem na coisa. Não se condena uma pessoa sem provas sérias.

– Toda a imprensa caiu lá em casa. Hoje não se vai falar de outra coisa. Se fosse uma Maria qualquer. Mas é a Marisa, conhecida pelos seus programas quentes na rádio... É muita pressão. A polícia precisa de encontrar um culpado e rapidamente. Achas melhor culpado que ela e o tipo do ramo de flores?

– Marisa nunca seria capaz de matar alguém. Muito menos o coitado do marido.

– Como sabes?

– Sei.

– Intuição? Deixa ver. A tal intuição do escritor?

Heitor não esclareceu mais, no entanto era uma certeza que tinha. Pressentimento muito forte, indestrutível. Não quis insistir com Antunes, aliás seria discussão inútil, e o outro também não forçou, considerando a reação de Heitor produto da paixão. Também seria, como poderia estar ausente? Tudo é sempre resultado de um feixe de fatores, nada existe isolado, sobretudo sentimentos.

Tinha vontade de ir a casa de Marisa, vencer todas as resistências da família, lhe consolar com sua amizade. Mas pensou, se suspeitam dela, a presença de homens estranhos na casa só a vai prejudicar. Seria mais um amante saudoso. Lenha para a fogueira da polícia.

Como o povo diz, deixa o tempo lavar.

Devia retomar o livro começado mas não tinha vontade. Os acontecimentos eram demasiado agitadores, nunca haveria o sossego necessário à escrita. Decidira viver do dinheiro que tinha poupado nos anos de trabalho, e apenas escrever. Quando o dinheiro acabasse, arranjaria um emprego qualquer com bom salário. Não seria difícil, a mãe gozava de influência. E, quem sabe, até lá, publicava um ou dois livros com muito sucesso. Como era sonhador, até se esforçava por acreditar nessa possibilidade, sem ter em conta o facto de ninguém viver da literatura em país subdesenvolvido, mesmo com relativo sucesso. Um sucesso subdesenvolvido, claro.

Andou a pé pelo passeio, com o *Comandante* ao lado. Cada semana estava maior e seria um bom protetor. Já sabia onde fazer as necessidades, sem provocar reclamações dos pedestres. Heitor se deleitava com os progressos do cachorro. E era uma grande companhia, com muita paciência para ouvir as suas confidências. Mas se estas se prolongavam demasiado, adormecia como aviso. E Heitor parava de inventar estórias ou reclamações ou protestos furiosos. O cão dormia e isso lhe dava a calma suficiente para sentar à frente do computador e tentar continuar com o livro de consagração. Entretanto, ainda não tinha combinado com um editor para o primeiro, o da revelação. Podia ser mesmo hoje. Antunes tinha passado o número de telefone de um conhecido seu com quem falara há dias sobre o livro. Andaram juntos em Cuba a estudar Comunicação Social. O amigo montara uma pequena editora há uns meses e andava muito excitado com o seu trabalho, aliás, como vais ver quando o conheceres, ele entusiasma-se rápido, é um verdadeiro dínamo. Fala com ele, diz que vais da minha parte, ele atende-te. E acho que é o editor ideal para um livro tão bom.

Por isso, numa decisão que poderia espantá-lo mais tarde, deixou o *Comandante* em casa e enfiou para um bairro novo depois do Morro Bento, no que agora se chamava Luanda-Sul, a nova cidade dos condomínios ricos a caminho da Barra do Kwanza. Falou antes com o editor, Rafael de seu verdadeiro nome, tendo conseguido o endereço e o convite para o visitar quando quisesse. Pode ser agora? Era longe e não a melhor hora para atravessar o caos da cidade, se é que existe boa hora para fazer qualquer viagem na Nguimbi, mas que se lixe, é um passeio, estou mesmo a precisar de relaxar.

Levava uma cópia do *Para lá das ondas* no *pen*.

Demorou uma hora para chegar ao destino. Por sorte andou contra o trânsito, pois afinal ainda era hora de as pessoas entrarem no centro da cidade e Heitor saía dele. Quando chegou ao condomínio, encontrado com alguma facilidade, se guiou pelo endereço. Não havia nenhum anúncio na porta. Tocou na campainha da residência, uma pequena vivenda cor-de-rosa, parecida com as centenas de vivendas cor-de-rosa que a rodeavam. Apareceu uma senhora que disse, ah, a editora é ali atrás, na porta verde. Se tratava do anexo, um quarto acanhado com uma mesa e duas cadeiras, computador, impressora e uma estante com livros e manuscritos. A porta ao lado seria uma minúscula casa de banho.

Rafael sorriu, é o amigo do Antunes, não é? Simpatizaram logo um com o outro. O escritor entregou a cópia com certo receio. E muita timidez. O outro prometeu ler rapidamente e dar uma opinião. A editora era nova e pequena. Além disso, ele era do centro do país, não tinha pois muitos apoios ou patrocínios, sabes como é. Uns tipos publicam uns livros que não valem nada mas como estão encostados, haka, conseguem dinheiro de bancos, de empresas, até do governo. Os livros ficam de borla e tudo o que vendam é para a editora. Não é o meu caso, tenho de lutar contra as gráficas, sempre a sacarem o mais que podem, a inventar eu próprio capas que a minha filha desenha, para ficar mais barato, a fazer todo o trabalho de revisão e rerrevisão e rerrerrevisão etc. Enfim, depois tenho de convencer os livreiros a colocarem o livro em sítio decente, por vezes numa montra, pelo menos numa banca visível, e andar sempre atrás deles para não atirarem os desgraçados cedo demais para a sala de arrecadação. Não sei se estás muito a par do trabalho de edição, não?, é o teu primeiro livro?, pois então vais ver como isto é complicado, não comigo, pois se o achar bom vou querer publicá-lo e lutar por ele até ao fim, mas pelas dificuldades que criam aos livros, aos autores e editores pequenos. Claro, não te aconselho nem me interessa aconselhar ires tentar uma grande editora, primeiro porque elas não existem de facto aqui e depois porque te esmifram os direitos e não tratam bem o teu livro, sempre à procura de um *best-seller* mais etéreo que as calças do profeta. Heitor ia perguntar a que profeta se referia o outro, se ao JC, o qual não usava calças e sim um pano, mas não teve tempo pois Rafael era dinâmico, explosivo mesmo, e telefonou para dentro de casa, encomendando duas cervejas geladas com uns salgadinhos.

– Aluguei este espaço aqui atrás a essa senhora e ela, como boa comerciante, me fornece algumas bebidas e comidas a preços exorbitantes... Começamos já a fazer um brinde ao teu livro. O Antunes disse-me que era muito bom. Acho que vou gostar.

Bateram as garrafas, sorrindo. Heitor, pela primeira vez naqueles dois dias, adivinhou um peso qualquer sair dos ombros. Vivia numa névoa desde a notícia da morte de Lucrécio, uma névoa que não lhe permitia sentir as emoções como antes, tudo na expectativa de algum raio nefasto ou, quem sabe, de uma notícia benfazeja. Mesmo ao dormir à noite, com muita bebida ingerida para anestesia, se mantinha naquela névoa, parecida a uma rede de mosquiteiro, separando-o da realidade. Não era suficientemente forte para lhe fazer atarracar as costas ou moderar o passo, mas era um peso. Ao entregar o livro, sentiu também uma ponta de nostalgia, como se o livro dele se libertasse, deixasse de lhe pertencer. Saudades como quando se tem uma bitacaia no dedo do pé durante dias a fio e depois a tiramos? Fica a fazer falta aquela comichão a que nos habituámos, embora digamos mil vezes como vai ser um alívio arrancá-la. Ou como quando se perde uma mão ou um pé e continuamos a ter dores, sensações, e queremos ir coçar, encontrando apenas o vazio.

Era o que ele sentia ao deixar o livro nas mãos do editor, saudade, apenas saudade.

30

Voltava da editora quando tocou o telemóvel. Viu o nome inscrito, Orquídea. Tinha bebido três cervejas com Rafael, uma celebração a sério, atendendo que eram onze horas da manhã. Não podia arriscar ser apanhado pela polícia, ainda por cima conduzindo com o telemóvel no ouvido. Procurou um sítio onde encostar, mas não foi tão rápido e o aparelho se calou. Encontrou sítio, parou o carro, ligou.

Orquídea encantada por ele ter correspondido, há já uns tempos que não nos vemos, ontem a minha mãe disse, nunca mais convidámos o Heitor para um almoço, será que podes ir lá a casa no sábado? É o nosso velho calulú, mas desta vez com uma corvina seca de Benguela. Ele não podia recusar, ainda por cima gostava de ver a família dela, se bem que da última vez tivesse tido um incidente grave, o roubo do telemóvel. E a dúvida sobre o irmão permanecia. Manteve uma conversa neutra, perguntou pelos estudos, se precisava de mais livros, mas ela ainda não tinha acabado aqueles todos que lhe emprestara, enquanto ele pensava que gostaria, por outro lado, de estar concentrado no drama de Marisa, Orquídea seria uma distração em mau momento. Aceitou, claro, tinha outro remédio?, mas pensando, tenho de sair de lá ainda de dia, vou mais cedo e alego uma emergência, arrisco ainda perder outro telefone, senão o carro ou a vida.

Muitos beijinhos e se despediram. Não queria armar em vaidoso perante si próprio, mas lhe parecia ser uma desculpa esfarrapada essa de a mãe se lembrar de mandar telefonar. Aposto, foi iniciativa dela, a rapariga está interessada no bom da fita. Era bonita de morrer e valia todas as penas. Corajosa de ir à noite para as aulas, voluntariosa, inteligente, que mais era necessário? Mas não se pode ter tudo, pensou com um suspiro. No entanto, foi um pouco de luz lhe aquecendo o peito, o amor-próprio reforçado. Voltou a arrancar com um ligeiro sorriso e a pulsação mais acelerada. Orquídea, Orquídea. Nunca conhecera ninguém com aquele nome. Mas como lhe assentava bem. Inventado de propósito para ela. Grande pai, um artista. Ligou a rádio e esperou pelas notícias do meio-dia, onde falariam certamente de Marisa. Provavelmente saía a reportagem do Antunes.

Estava um pouco magoado com o amigo. Devia ser mais convicto defendendo a colega viúva. De facto não a defendia, até parecia acreditar na culpabilidade dela e sem vontade de mexer uma mão para a ajudar. Seria também um dos despeitados? Na primeira conversa que tinham tido sobre ela, algo ficou no ar, mas o sacana do Lucas provocava sempre o desconversar e depois nunca mais a ocasião se proporcionou. Mas da próxima vez ele ia encostar o amigo à parede, estás com raiva dela porque nunca te deu bola? E agora ajudas no coro da sua condenação? Bem, se dissesse assim, estaria a exagerar, pois o Antunes não era tão explícito. Dava um ar de indiferente, sem tomar posição, mas antecipando a posição negativa da polícia. É do género daquele que pode fazer qualquer coisa por outro mas encolhe os ombros, a sina já está escrita, para quê lutar? O que indiciava algum preconceito ou outro sentimento ainda pior. Decidiu ir almoçar com Lucas e contar a cena, com riscos de intromissões fatais nos seus planos, se lhes podia chamar assim, planos. Para desabafar sobre o Antunes, só poderia ser com o Lucas, quem o conhecia melhor?

Foi pois um choque ouvir na rádio a notícia de abertura relatando a prisão de Marisa por suspeita de assassinato.

E depois vinha a estória toda e algumas entrevistas feitas na véspera, com comentários neutros, parecendo serem escritos por Antunes, mais uma nota da direção da rádio declarando solidariedade com a sua jornalista, mas poderiam fazer de outra maneira?, com a certeza de que a verdade seria esclarecida e a sua trabalhadora, tão conhecida pelos ouvintes, lavada de qualquer suspeita depois do inquérito das autoridades competentes. E mudaram para notícias desportivas. Não falariam mais do assunto, que passara a ser vergonhoso para a rádio, apostou consigo. Deu dois murros no volante.

Porra.

Quando se aproximava do centro, ligou ao Lucas, o qual estava livre para o almoço. Combinaram a hora. O outro não falou logo de Marisa, portanto ainda não sabia da notícia. Seria ele a dar-lha? O trânsito estava parado e ele demasiado lixado da vida para se preocupar com polícias. Telefonou a Antunes, ouvi a notícia da prisão.

– Sim, pá, está feio. Do que consegui saber, e ando atrás das minhas fontes na polícia...

– Afinal tens fontes...

– Claro, uns amigos fixes... Mas um está diretamente no caso e, neste momento, incontactável. O outro disse-me o que sabe e é muito... Ela foi presa às dez horas. Tinha sido interrogada ontem à noite, deixaram-na descansar. Também precisavam de se situarem e fazerem umas investigações. Perguntaram-lhe pelo homem das flores. Ela deu uma gargalhada, explicou quem era, um fiscal do município, que antes falava para o programa, quando havia conversas com os ouvintes, e se apresentou um dia na rádio com um ramo de flores e lhe pediu uma boleia para casa. Um dia e outro. Ela despachou o homem da segunda vez porque podia dar a entender coisas falsas, o qual prometeu nunca mais a procurar. Indicou o nome e a casa do tipo. A polícia foi lá, arrombou mesmo a porta. Tudo indica que o tipo fugiu. Queres mais indício de culpabilidade? Claro, têm de provar que havia uma combina entre eles para matar o marido, é mais complicado.

– Se o tipo fugiu, foi ele que o matou e pronto. Quem pode garantir que é combinado? Por que não acreditar na inocência dela até se provar o contrário?

– Isso é o que se diz nos livros e filmes... – disse Antunes, dubitativo.

O Tímido e as Mulheres

– Que mais sabes?

– A autópsia mostra que morreu afogado, mas isso já sabíamos. No balde. E, coisa importante, segundo o meu amigo que leu o relatório, não há sinais de luta nem violência. Como se o tipo tivesse mesmo posto a cabeça no balde...

– Razão para acreditar nela. Como é que o tipo das flores fugiu?

– Acho que estão a investigar isso. Se saiu legalmente, é fácil, há registo. Se anda por aí escondido, é muito mais difícil de descobrir. Sabes, país enorme, grandes extensões sem rei nem roque... Não te enerves, espero saber logo.

– Eu não me enervo, mas se é só isso, em que base então a prenderam? Não te parece um pouco demais?

– Sabes como é, a malta bate primeiro, pergunta depois...

– Acho que vocês, como colegas dela, deviam começar uma campanha de solidariedade na rádio, denunciando a prisão como violação de todos os direitos...

– Estás a gozar ou quê?

– Qual é a maka? Isto não é um país democrático?

– A prática é o único critério da verdade. Lenine.

– Sei quem disse isso. A vossa prática vai mostrar o que vocês são, aí na rádio. Têm de denunciar a ilegalidade, meterem o Sindicato dos Jornalistas ao barulho, a Marisa tem de voltar para casa e fazer o luto pelo marido. Seja ou não apanhado o homem das flores, que pode não ter nada a ver com o caso.

Antunes ficou calado. O trânsito começou a se desnovelar e Heitor desligou. Não têm nada, não têm nada, e prendem uma pessoa que deve estar em estado de choque. Não entrou no restaurante na melhor disposição do mundo.

Ao ouvir a novidade, o Lucas, com o seu ar mais predador, abriu muito os olhos e disse:

– Uma boazuda daquelas na cadeia? Que desperdício!

Deve ter perdido, no entanto, vontade de se imiscuir mais no assunto, talvez por levar a sério o ar feroz de Heitor. Falaram de outras coisas e Heitor acabou por rir das piadas dele, metido num drama familiar complicado com um primo que andava atrás de uma catorzinha quando ele já tem uns sessenta anos, um velho desses e é teu primo, como não o conheço?, pois Heitor em princípio conhecia toda a família do amigo, a verdadeira e a presuntiva, com os constantes cunhados que Lucas arranjava e desarranjava, nunca soubeste deste primo mesmo, andou sempre pelo Lubango, veio o ano passado para aqui e eu mal o conhecia, mas agora está apaixonado pela miúda e a fugir do pai e dos irmãos dela, que já lhe prometeram arrumar com ele, até merece, se virmos bem, mas é parente e tenho de o esconder em minha casa, fugiu da dele, claro, mantida sob vigilância apertada pela família da catorzinha.

– É um velho debochado – disse Heitor. – Devias entregá-lo à justiça e não escondê-lo. És cúmplice de um pedófilo...

– Para, para, o tipo ainda não lhe fez nada. Vontade não lhe falta, mas não fez. A família descobriu cedo demais... Pelo menos foi o que me garantiu. Está apaixonado, é tudo.

Para desanuviar o ambiente, mandaram vir mais cerveja e o Lucas entrou noutro relato interessante sobre umas maroscas na construção de condomínios, estórias de que a cidade estava grávida. Sempre coisas muito difíceis de se comprovar, por isso restava às pessoas falarem delas e passarem notícias para as redes sociais e jornais privados, alguns arriscando publicar. Lucas era do ramo e não lançava mujimbos nem falsidades, mas contava os casos verídicos aos amigos só para alimentar conversa. E se o citassem, negava tudo. No fim de contas, tinha uma profissão que dependia por vezes das mesmas empresas e pessoas que entravam nas suas estórias. O rumo da conversa levou Heitor a não revelar que estava ambivalente em relação ao Antunes, por um lado magoado com a falta de solidariedade exigida para Marisa, mas por outro agradecido por lhe ter arranjado editor. A amizade é assim, tem sempre dois lados e devemos realçar o melhor. Também preferia ignorar algumas coisas que se diziam sobre o próprio Lucas, engordando os depósitos no banco com algumas operações menos legais, nem as entendia nem queria saber, preservava a amizade e pronto.

No entanto, depois desse almoço, os acontecimentos se desenvolveram.

Em primeiro lugar, o almoço de sábado foi um sucesso, com Orquídea se debruçando constantemente sobre ele, face à aprovação clara da mãe e resto da família, menos o desconfiado Narciso. Não o assaltaram, até porque foi até o carro com Orquídea. A qual lhe apertou o braço quando ele lhe deu os dois beijos da praxe. Um aperto de braço escondido e muito esclarecedor. Combinaram encontro para terça antes das aulas dela. Passaria pelo apartamento para deixar uns livros e levar outros. Talvez falte às aulas nesse dia, lhe segredou ela, conspícua. Dividido, ele optou por deixar as coisas andarem e disse, com voz profunda, seria uma falta muito justificada. E pensou logo em comprar umas garrafas de espumante para pôr a gelar.

Foi descoberto que o Senhor do Dia 13, Jeremias Guerra de seu nome, tinha saído do país legalmente pelo aeroporto com destino ao Brasil. Parecia uma fuga. Só que a saída se deu na véspera da morte de Lucrécio, o que ilibava o homem das flores de qualquer suspeita. Os caíngas discutiram, então ela matou o marido sozinha e como ele sabia da intenção fugiu antes, mas ficaram baralhados porque, ao investigarem as andanças do fiscal, descobriram que ele não foi de férias ao Brasil, nem se despediu da fiscalização municipal, bazou mesmo sem avisar a secretária, caso que mereceu imediato inquérito da fiscalização, ainda a decorrer, o que levou os caíngas a meterem o nariz em possíveis sujeiras do seu serviço. Com o tempo haveriam de descobrir algumas coisas em relação a ele e ao organismo em si, sobretudo por causa de uma denúncia a tentar ser anónima mas que todos sabiam provir de um antigo comandante, mas o assunto sai do âmbito desta estória, pois só nos interessa o destino da bela Marisa, a qual não assistiu ao enterro do marido, realizado três dias depois da morte, por estar encerrada na prisão comarcã. Um verdadeiro desperdício, como disse Lucas e pensava muita gente.

O funeral foi bastante concorrido por gente do bairro Prenda, mas também por aqueles que conheceram Lucrécio no sítio onde nasceu e cresceu, pelos seus explicandos, numerosos, os que admiraram a sua inteligência e tenacidade, o homem que à custa de esforço e sozinho se ergueu do chão, trilhando os difíceis caminhos do saber, para os partilhar com os outros. Mestre lhe chamaram no discurso de homenagem e nenhuma palavra seria mais justa. Os que falaram no elogio fúnebre, porém, tiveram medo de referir suas ideias e práticas libertárias, suas referências aos clássicos, à luta pela separação de poderes, ao seu ateísmo alegre. Não havia bandeira nem crucifixo por cima do caixão.

A liberdade afinal mete medo a muita gente nos tempos que vivemos.

Entretanto, já o Sindicato de Jornalistas se tinha metido ao barulho, alertado ou não pelos colegas de Marisa, mais de supor que não do que sim, na opinião de Heitor, mas apenas porque o Sindicato notou o exagero da medida e decidiu denunciar o arbítrio, o que pressionava a polícia a dar um passo à retaguarda. Ajudou particularmente o médico de Lucrécio, que, ao saber de alguns pormenores do caso, se apresentou na Procuradoria-Geral da República, afirmando que o seu paciente e amigo estava em fase terminal e psicologicamente muito instável, com o problema de não querer de maneira nenhuma fazer sofrer a mulher, o que indiciava o suicídio como causa mais provável, e como o poemeto apontava. O médico aproveitou para lançar uma farpa ao colega que tinha feito a autópsia, pois dizia que mesmo sem lhe abrir o corpo como o forense fizera, apenas por apalpação, ele sentia os órgãos todos afetados, em especial rins e fígado, embora não se tenha limitado à apalpação mas a numerosas análises, radiografias e radioscopias, que deixou com o procurador e mostravam à evidência o estado de falência do organismo que lhe iria provocar em breve um treco, foi a palavra utilizada, ótima porque dá para tudo e toda a gente percebe logo que significa morte súbita. O médico legista, em defesa da sua honra profissional, explicou a familiares e amigos que lhe tinham pedido a causa da morte e ele respondeu afogamento, o que implica apenas os pulmões, não tendo portanto a obrigação de estudar rins ou fígado, tendo até acrescentado sem ninguém lhe perguntar, afogamento aparentemente não forçado, o que desagradou ao polícia chefiando o inquérito. Sem nada na mão, o procurador indicado para o caso foi obrigado a mandar libertar Marisa por falta de provas, mas mantendo-a em prisão domiciliar para futuras investigações, o que continuava a ser uma arbitrariedade, segundo comunicado do Sindicato de Jornalistas. Era um passo, porém.

Apertando Antunes para, junto das suas fontes, averiguar porquê tanta sanha contra a viúva, Heitor acabou por ficar com a ideia de uma vingança mesquinha do chefe dos investigadores, o qual, em tempos, também teria rondado a senhora sem obter seus favores. Como o Sindicato tornou pública a contestação e o médico foi bater mais acima, na Procuradoria-Geral, o vingativo polícia percebeu que valores mais altos se apresentavam e meteu o rabo entre as pernas, embora andasse ainda a escavar, procurando algum motivo para o crime ou uma testemunha incriminatória. Bastaria alguém destruir o álibi de Marisa que o caldo podia mais uma vez entornar.

Heitor tentou visitar Marisa, sem sucesso. Ela só aceitava os pais e irmãos. Ele apenas tencionava lhe mostrar solidariedade e saber se podia ajudar de alguma maneira. E dizer da sua certeza sobre a inocência dela, desde o primeiro minuto, e que seria questão de tempo para as autoridades concluírem que Lucrécio efetivamente se matara.

Não conseguia adivinhar o que passava pela cabeça de Marisa. Alguém conseguiria?

E no entanto era óbvio.

Primeiro, uma dor profunda pela perda do marido, o seu grande e verdadeiro amigo. E remorsos por o ter levado a apressar o fim, para a libertar daquelas tristezas em que mergulhara. O culpado seria Heitor. Não porque ele se tenha portado mal, mas pelo facto de existir e ela o ter conhecido. Seria a última pessoa a querer ver, ninguém gosta de ter perante os olhos constantemente a imagem que lhe recorda erros do passado. Daí a odiar a figura dele seria um passo.

Depois, o futuro. Que futuro? Mesmo se não houvesse julgamento. Ou se houvesse e dele saísse livre. Quem ia esquecer que tinha sido suspeita? Ficava livre, apenas por falta de provas. E a sociedade se dividiria entre os que acreditavam na sua inocência e os outros. Em que percentagem? Isso importa? A dúvida fica colada ao corpo de uma pessoa, insidiosa. Por muitos banhos que tome, por muitas declarações que faça, exigem provas que não lhe compete fornecer. Uma vez lançada a porcaria sobre alguém, nada removerá a dúvida dos espíritos mesquinhos. E com a dúvida permanente a escorrer dela, como pestilência, como suportar a presença constante dos que lhe lançavam olhares dubitativos? Tinha de aprender a conviver com isso, desprezando quem nela não acreditasse, reduzindo à verdadeira dimensão os vermes que dela duvidassem.

Quem na lama quer remexer, que lama seja.

Mas não é fácil atingir esse grau de indiferença, é preciso treino, constância, confiança em si própria. Naquele momento, Marisa ainda estava na fase do luto, no começo da metamorfose. Nunca mais seria a mesma, isso estava claro para ela, nunca mais olharia o mundo e as pessoas da maneira confiante e até temerária como então. E ia se fechar sobre si própria, condenada a fenecer rápido como qualquer flor.

Um capítulo estava encerrado, talvez um livro inteiro.

E Heitor, decididamente, dele estava arredado.

O mesmo Heitor que, alguns meses depois, acompanhou a namorada, Orquídea, ao funeral do seu irmão Narciso, baleado pelo grupo dos LimpaMerdas (LM).

Luanda, março de 2013

GLOSSÁRIO

À laia de: de maneira semelhante a.
Aboamado: absorto, admirado.
Adobe: tijolo de argila.
Alcatroar: untar, misturar ou cobrir com alcatrão.
Altifalante: alto-falante.
Aposentação: aposentadoria.
Atoarda: boato.
Autocarro: ônibus.
Bajar: fujir.
Balado: pessoa com muito dinheiro.
Bardamerda: pulha.
Bassulado: vai ser atirado ao chão, derrotado.
Bazar: ir embora.
Biberão: mamadeira.
Bilo: Problema, assunto escondido.
Birra: cerveja.
Bitacaia: bicho-do-pé.
Boelo: sem graça, fora de moda.
Boleia: carona.
Bué: muito.
Bumbar: trabalhar.
Bungula: dança feita pelos feiticeiros quando pretendem atingir alguém com um malefício; ritmo inspirado nesta dança, muito em voga em Luanda nos anos 1970 e 1980.
Cachucho: anel com grande brilhante.
Cacimbo: nevoeiro; época das chuvas; inverno.
Caínga: polícia de turno.
Calulú: prato de peixe, óleo de palma e farinha de mandioca.
Calús: habitantes de Luanda (modo zombeteiro).

Camanguista (kamanguista): indivíduo que se dedica à camanda (tráfico de diamantes).
Camano: estratosférica, muito para lá do normal.
Camião: caminhão.
Candongueiro: proveniente de *Candonga*, negócio ilegal. Atualmente é usado para designar os táxis coletivos urbanos que, de início, eram ilegais.
Canhangulo: arma rudimentar, de fabricação caseira.
Caraça: interjeição que exprime indignação, impaciência ou espanto.
Carrada: grande quantidade de coisas.
Carrinha: carroça; camioneta pequena.
Carro alto de gama: o modelo mais caro da marca.
Casa de banho: banheiro.
Cassule: caçula.
Cassumbular: conquistar.
Cazumbi: alma do outro mundo; duende.
Chana: o mesmo que savana.
Chifuta: instrumento para caçar pássaros.
Claxonar: buzinar.
Coche: um pouco, um bocado.
Cordelinhos: trama; meio oculto pelo o qual negócios são encaminhados.
Coxito: um pouco.
Cubata: habitação rústica tipicamente africana.
Cueca: calcinha.
Cunha: pessoa influente que pede em favor de outra pessoa com empenho.
Dador: doador.
Dijêi: DJ, programador de músicas (em danceterias etc.).
Duche: ducha.
Ecrã: tela do computador.
Engatatão: conquistador.
Engonhar: trabalhar com má vontade; demorar muito para fazer alguma coisa.
Entesoadora: que provoca tesão, excitante.
Esmifrar: extorquir dinheiro.
Esquebra: brinde que, no comércio, dá-se como agrado ao comprador; abatimento no valor de uma mercadoria.
Esquissar: esboçar.

Explicador: professor.
Fanada: murcha.
Fancaria: trabalho pouco esmerado, feito às pressas.
Fato: terno; vestuário.
Ferrete: Mácula (moral) indelével.
Ficha: plugue (que se encaixa em uma tomada).
Ficheiro: pasta (no qual se armazenam arquivos de dados de um computador).
Fixe: simpático.
Funji: massa cozida de farinha.
Gabarola: gabola; fanfarrão.
Gaja: forma feminina de gajo (cara, fulano, tipo).
Ganga: rebotalho dos minerais; em sentido figurado: confusão.
Garina: moça, jovem; namorada.
Gira-bairro: assim se chamam os carros Toyota pequenos, que passam em qualquer lugar.
Guarda-fatos: guarda-roupa.
Haka: interjeição que exprime admiração.
Hostes: bando.
Imbondeiro: baobá.
Jindungo: pimenta; picante.
Jindungueiro: pimenteiro.
Jinguba: amendoim.
Kaluanda: habitante de Luanda.
Kalundú: espírito de antepassado.
Kamba: amigo.
Kandengue (candengue): criança.
Kazucuta: dança, mas também, não gostar de trabalhar, confusão.
Kimbanda: adivinho.
Kimbo: aldeia.
Kissângua: bebida fermentada feita de cereais (milho, por exemplo).
Kizaka: esparregado de folhas de mandioqueira
Kizomba (quizomba): música/dança de origem angolana.
Kota: mais velho.
Kubiko: quarto ou casa.
Kumbú: dinheiro.
Kuribota (curibota/kuribotice): boato; mexerico.

Kuzuo: preso.
Kwanza (cuanza): unidade monetária de Angola.
Liamba (diamba): maconha.
Liana: cipó.
Mabeco: cão feroz dos matos.
Mabululu: fora da cidade, bairros marginais.
Maka: briga; discussão.
Malamba: lamúria.
Maliano: cidadão, habitante ou natural de Mali (país africano).
Malta: grupo.
Mambo: coisa.
Marosca: trapaça.
Masé: mas é.
Matulão: corpulento.
Matumbice: burrice.
Micate: doce frito, uma espécie de sonho.
Miúdo: garoto.
Moinha: dor fraca, ainda que persistente.
Molhe: mão cheia.
Montra: mostruário; vitrine.
Morgue: necrotério.
Moringue: variação de moringa, vasilha de barro.
Muangolê: angolano.
Muata: chefe tradicional do Leste.
Mujimbo: originalmente, significa notícia, mas tomou o sentido de boato, mexerico.
Múkua: fruto do imbondeiro. Com ele, faz-se um sumo, bem fresco e com qualidades laxativas.
Musseque: nome dado aos bairros dos arredores de Luanda.
Muxoxo: ruído feito com a boca em gesto de desdém.
Ngombelador: sedutor profissional.
Njangos: construções circulares de madeira e cobertas de capim, normalmente sem parede nenhuma para o ar circular. Onde os velhos se reúnem nas aldeias, e hoje são adotados para restaurantes.
Palrador: falador; tagarela.
Paparoca: comida.
Paracuca: doce de amendoim em torrões.

Partir a moca: rir com gargalhadas fortes.

Picada: caminho estreito por entre o mato.

Pide: Polícia Internacional de Defesa do Estado – polícia política portuguesa.

Porreiro: interjeição que exprime aprovação, admiração ou entusiasmo.

Pôs de rastos: expressão, o mesmo que "o deprimiu completamente".

Rato: *mouse* (de computador).

Refego: dobra, prega.

Retrete: vaso sanitário.

Rítimo: ritmo. Pepetela decidiu passar a escrever assim, com o intuito de aproximar o escrito do falado.

Sacanjuele: nome de um pássaro.

Salo: trabalho.

Sande: sanduíche.

Sanita: latrina, privada.

Sarilho: confusão.

Semba: dança.

Siripipi: nome de um pássaro, aqui mais conhecido como rabo-de-junco.

Sítio: lugar.

Soba: chefe de tribo africana.

Sukuama: interjeição similar a "com os demônios!".

Sumo: suco.

Tabliê: painel, onde são instalados instrumentos e comandos, geralmente de um veículo.

Telemóvel: celular.

Tuji: merda.

Vagamundo: vagabundo.

Vénia: mesura; cortesia.

Vissapa: marca que os militares usam no ombro, para mostrarem o seu lugar na hierarquia militar.

Ximbeco: habitação feita de materiais precários.

Xinganji: bailarino mascarado da parte oriental de Angola.

Xinguilar: estremecer os ombros e depois todo o corpo, quando se recebe um espírito.

Zongolas: pessoas que querem saber tudo o que se passa com os outros, linguarudos.

Zunga: venda de alimentos e bebidas nas ruas.

Zungueira: mulher que pratica a zunga.

QUER SABER MAIS SOBRE A LEYA?

Fique por dentro de nossos títulos, autores e lançamentos.
Curta a página da LeYa no Facebook, faça seu cadastro na aba
mailing e tenha acesso a conteúdo exclusivo de nossos livros,
capítulos antecipados, promoções e sorteios.
A LeYa está presente também no Twitter e Google +

www.leya.com.br

facebook.com/leyabrasil

@leyabrasil

google.com/+LeYaBrasilSãoPaulo

Este livro foi composto em Rogel Lin
para a LeYa em fevereiro de 2014.